品读传世经典
提升文学素养

红色文学
经典导读

杨 剑 /主编

前言

在中国文学史上有一句话叫"三红一创,山青保林",指的是对社会产生重大影响的八部长篇小说,即《红岩》《红日》《红旗谱》《创业史》《山乡巨变》《青春之歌》《保卫延安》《林海雪原》,这些著名长篇小说与其他作品共同构成了新中国文学史上著名的"红色文学经典"。

红色经典为我们留下了许许多多耳熟能详的英雄人物,《青春之歌》中绽放着青春风采、勇敢追求民主和自由的知识女性——林道静;《英雄儿女》中面对敌人凶猛进攻英勇作战,为了胜利而牺牲自己,不惜高喊"向我开炮"的英雄——王成;《红岩》中忍受酷刑、坚贞不屈,怀着崇高理想、不畏牺牲的革命烈士——江姐;以及《创业史》中勤劳朴实、坚韧不拔,虽然遭遇磨难却仍坚持创业的普通劳动者——梁生宝。这些栩栩如生的英雄人物,向我们展现了中华民族不屈不挠、英勇奋斗的革命精神,伴随着红色经典作品深入人心,这些英雄人物激励着几代年轻人为了理想而拼搏、奋斗。

曾经,这些红色经典文学作品是每个青少年争相阅读的畅销读物,而作品中性格鲜明、栩栩如生的英雄人物成为数代人耳熟能详和崇拜的偶像。然而随着社会的发展和时代的变迁，青少年所崇拜的偶像已经变成了蜘蛛侠、钢铁侠等超级英雄，或是超级偶像、演艺明星，阅读的课外读物也无非是一些漫画或是小说。现在的青少年都是生长在温室里的花朵，缺乏抗挫折能力、阳刚之气和对理想的追求。所以丰富青少年的知识、增长他们的阅历，更好地对他们进行爱国主义、革命传统的人生观教育，成为势在必行的举动。

近几年，再次兴起了红色经典热，多地都积极发起红色电影、红色文学走进校园的活动，以对学生进行爱国主义教育。然而阅读红色经典不能只是跟风，我们应该赋予它们新的时代意义，以适应当今青少年趣味的形式进行表现，可以让其更好地走进校园，走进青少年的心里。本书精选了数十本耳熟能详的红色文学经典书目，着重展现其创作背景、故事情节、人物性格形象等，致力于寻找这些红色经典故事的熠熠光华，致力于向青少年展现一些革命者、先进人物甚至平凡人物的高尚精神，以激励和鼓舞新一代青少年追慕远大的人生理想，热爱生活、热爱祖国。

英雄不应该被忘却，历史也不应该被遗忘。红色文学经典承载着几代人的历史记忆和情感寄托，它展现了革命先烈以及优秀的中华民族曾经那段激情燃烧的岁月。作为新时代的青少年，我们应该了解这些红色经典，阅读这些红色经典，只有了解曾经的峥嵘岁月和革命历史，感受英雄在战火中历练成长，才能发扬和继承革命者英勇善战、顽强不屈，以及勤劳朴实的精神。

当然，红色经典不可避免地带有时代的色彩和局限性，但是其浓厚的爱国主义精神、顽强不屈的革命精神，以及艰苦奋斗、不屈不挠的精神，一直激励着我们、鼓舞着我们。红色经典是一座精神的丰碑，它们拥有独特的魅力和感召力，不仅可以唤起人们的记忆，更迎合人们的怀旧情怀。现在，传承红色经典和中华民族精神的重任又落在我们的肩上，我们应该赋予它新的时代精神，继承和发扬其爱国主义精神。

目录
Contents

上卷　中国红色经典

红岩

写作背景 003

故事梗概 004

作者简介 005

主要人物 006

红日

写作背景 009

故事梗概 010

作者简介 011

主要人物 012

名家评价 014

红旗谱

写作背景 015

故事梗概 016

作者简介 017

主要人物 018

名家评价 020

保卫延安

写作背景 021

故事梗概 022

作者简介 024

主要人物 024

名家评价 025

青春之歌

写作背景 027

故事梗概 029

作者简介 030

主要人物 031

名家评价 032

林海雪原

写作背景 034

故事梗概 035

作者简介 036

主要人物 037

铁道游击队

写作背景 039

故事梗概 040

作者简介 041

主要人物 042

野火春风斗古城

写作背景 044

故事梗概 045

作者简介 047

主要人物 047

名家评价 049

烈火金刚

写作背景 051

故事梗概 053

作者简介 054

主要人物 055

闪闪的红星

写作背景 057

故事梗概 058

作者简介 059

主要人物 059

名家评价 060

风云初记

写作背景 061

故事梗概 062

作者简介 064

主要人物 064

名家评价 066

红色娘子军

写作背景 067

故事梗概 068

作者简介 069

主要人物 070

名家评价 071

苦菜花

写作背景 072

故事梗概 073

作者简介 075

主要人物 075

名家评价 077

东方

写作背景 078

故事梗概 079

作者简介 081

主要人物 082

敌后武工队

写作背景 084

故事梗概 085

作者简介 086

主要人物 087

平原枪声

写作背景 089

故事梗概 090

作者简介 092

主要人物 093

吕梁英雄传

写作背景 095

故事梗概 096

作者简介 098

主要人物 099

名家评价 100

白毛女

写作背景 101

故事梗概 102

作者简介 103

主要人物 104

名家评价 106

生死场

写作背景 107

故事梗概 108

作者简介 109

主要人物 110

名家评价 111

冰山上的来客

写作背景 112

故事梗概 113

作者简介 114

主要人物 114

沙家浜

写作背景 116

故事梗概 118

作者简介 119

主要人物 120

战斗的青春

写作背景 122

故事梗概 123

作者简介 124

主要人物 124

荷花淀

写作背景 127

故事梗概 128

作者简介 129

主要人物 130

名家评价 131

小兵张嘎

写作背景 132

故事梗概 133

作者简介 134

主要人物 135

地球的红飘带

写作背景 136

故事梗概 137

作者简介 139

名家评价 140

迎春花

写作背景 141

故事梗概 142

作者简介 144

主要人物 144

创业史（第一部）

写作背景 146

故事梗概 147

作者简介 148

主要人物 149

名家评价 151

太阳照在桑干河上

写作背景 153

故事梗概 154

作者简介 156

主要人物 157

名家评价 158

艳阳天

写作背景 160

故事梗概 162

作者简介 163

主要人物 164

名家评价 166

上海的早晨

写作背景 167

故事梗概 168

作者简介 170

主要人物 171

暴风骤雨

写作背景 173

故事梗概 174

作者简介 176

主要人物 177

名家评价 179

山乡巨变

写作背景 180

故事梗概 181

作者简介 183

主要人物 184

名家评价 186

三里湾

写作背景 187

故事梗概 188

作者简介 190

主要人物 191

名家评价 192

李家庄的变迁

写作背景 193

故事梗概 194

作者简介 195

主要人物 197

名家评价 198

小二黑结婚

写作背景 199

故事梗概 201

作者简介 202

主要人物 203

名家评价 205

三家巷

写作背景 207

故事梗概 209

作者简介 210

主要人物 211

名家评价 212

春风沉醉的晚上

写作背景 214

故事梗概 215

作者简介 216

主要人物 217

名家评价 219

高山下的花环

写作背景 220

故事梗概 221

作者简介 223

主要人物 223

名家评价 225

欧阳海之歌

写作背景 226

故事梗概 227

作者简介 229

主要人物 229

下卷　外国红色经典

西行漫记

写作背景 233

故事梗概 234

作者简介 235

名家评价 235

母亲

写作背景 242

故事梗概 243

作者简介 245

主要人物 246

名家评价 248

毁灭

写作背景 237

故事梗概 237

作者简介 239

主要人物 239

铁流

写作背景 249

故事梗概 250

作者简介 250

主要人物 251

名家评价 251

绞刑架下的报告
写作背景 252
故事梗概 253
作者简介 254
主要人物 255

恰巴耶夫
写作背景 256
故事梗概 257
作者简介 258
主要人物 258
名家评价 259

这里的黎明静悄悄……
写作背景 260
故事梗概 261
作者简介 263
主要人物 264
名家评价 266

青年近卫军
写作背景 267
故事梗概 268
作者简介 270
主要人物 271

静静的顿河
写作背景 273
故事梗概 275
作者简介 277
主要人物 277

被开垦的处女地
写作背景 280
故事梗概 281
作者简介 282
主要人物 283
名家评价 284

苦难的历程

写作背景 286

故事梗概 287

作者简介 288

主要人物 289

钢铁是怎样炼成的

写作背景 291

故事梗概 293

作者简介 295

主要人物 295

名家评价 297

牛虻

写作背景 298

故事梗概 299

作者简介 301

主要人物 302

名家评价 304

上卷·中国红色经典

红岩

 写作背景

在重庆西北郊的歌乐山下有两个独特的地方——渣滓洞和白公馆。渣滓洞原本是一座废弃的煤窑,而白公馆则是四川军阀刘湘部下白驹的私人别墅。1938 年,国民党军统将这两个地方改为监狱,用于关押、屠杀共产党人、革命志士以及进步人士。这里关押过很多知名革命者和进步人士,包括叶挺、廖承志、张学良等人。渣滓洞和白公馆是当时最臭名昭著的集中营,被革命者称作"两口活棺材"。

《红岩》讲述的就是发生在渣滓洞和白公馆的故事。人们常说黎明前的暗夜是最黑暗、最冰冷的,解放前夕的重庆也笼罩在一片黑暗之中。被关押在渣滓洞和白公馆的革命者凭借坚强的意志和坚定的革命信仰,与敌人展开了一场胜利前光明与黑暗的殊死搏斗。《红岩》的作者罗广斌、杨益言就是从集中营里出来的幸运的生还者,亲身经历了特务的种种暴行和革命者不屈不挠的斗争。作为幸存者和见证人,两位作者完成了革命回忆录《在烈火中永生》,并进一步搜集整理革命先烈的斗争事迹,完成了这部长篇小说。而小说中的主要人物以及比较重要的人物,包括反面人物,都有比较明确的一个或是几个现实生活原型。如江姐的原型是革命烈士江竹筠,许云峰的原型是革命烈士许建业。

1949 年 12 月初,罗广斌与曾经的难友刘德彬重逢,后来两人又认识了杨益言,开始共同进行对青少年的宣传教育工作。1950 年 7 月 1 日,三人开始在重庆的《大众文艺》上发表报告文学《圣洁的血花——记 97 个永生的共产党员》,它根据罗广斌的《血染白公馆》和刘德彬的《火烧渣滓洞》改编,第一次以三人的名义发表作品。1958 年秋,罗、刘、杨三人共同创作了长篇小说《锢禁的世界》(后又名《禁锢的世界》)。1958 年,三人又在《红旗飘飘》杂志上发表了革命回忆录《在烈火中得到永生——记在重庆"中美合作所"死难的烈士们》,次年又推出了《在烈火中永生》,印

刷很快超过百万。后罗广斌和杨益言两人在回忆录的基础上创作了长篇小说《红岩》。

1961年，《红岩》一经正式出版就在社会上引起了强烈反响，被誉为20世纪中国最有影响力的书籍之一，发行量已逾千万册，"可以说是当代发行量最大的小说"。《红岩》被翻译成十几种文字，很快传播到德国、瑞士、英国、澳大利亚、加拿大等国家，成为广大读者理解革命精神的最佳范本。同时，《红岩》也被改编成电影、戏曲、话剧、舞蹈等多种艺术形式。其中，电影《烈火中永生》和《江姐》更是家喻户晓。《红岩》塑造了意志坚定的革命者形象，作品中的主要人物许云峰、江姐、华子良成为几代人心目中崇拜的英雄，而甫志高这一叛徒让人深恶痛绝。

故事梗概

黎明前的暗夜是最黑暗、最冰冷的。1948年，解放战争正在如火如荼地进行，人民军队以雷霆万钧之势向前推进，并且重重包围了国民党反动派盘踞的最后堡垒——重庆。尽管如此，盘踞在重庆的反动派势力依然进行着垂死的挣扎，并且疯狂地迫害和残杀战斗在地下的共产党员。

同时，重庆地下党运动也如火如荼地进行着。为了领导城市工人运动，重庆地下党工人运动书记许云峰派下属甫志高建立了地下党的备用联络站，即沙坪书店。而甫志高为了表现自己，忘记了保密事宜，擅自销售进步书籍。随后，甫志高又吸收可疑青年郑克昌进入书店工作，导致地下党成员陷入危险之中。虽然许云峰劝告甫志高注意安全、及时转移地下党成员，但是甫志高却认为许云峰忌妒自己，根本不听劝告。结果甫志高被逮捕，还成了可耻的叛徒。

在甫志高的告密下，许云峰、成岗、余新江和刘思扬等共产党员相继被捕，被关押在白公馆中，而地下党组织也遭到了严重破坏。特务头子徐鹏飞为了得到有价值的情报，无所不用其极，使用各种手段迫害他们，给他们食用发霉的食物、在炎热的夏天限制饮水数量，以及严刑拷打等。许云峰等人坚强不屈，用秘密方法与狱中党员联络，并且建立了狱中临时党支部，积极地与敌人作地下斗争。

另外，区委书记江姐前往华蓥山根据地时，发现自己的丈夫、华蓥山纵队政委彭松涛牺牲。她忍着悲痛，前往丈夫生前战斗过的地方继续工作。叛徒甫志高带着特务逮捕了江姐，将她关押在渣滓洞之中。在狱中，江姐受尽了折磨，敌人想尽办法对她进行毒刑拷打，甚至残忍地把竹签钉进了她的十指。面对如此毒刑，江姐毫不动摇地宣告："毒刑拷打是太小的考验，竹签子是竹做的，共产党员的意志是钢铁铸成的！"

为了套取地下党的情报，特务假意释放了一些革命者，其中包括共产党员刘思扬。在刘思扬被送回家的第二天，特务郑克昌伪装成朱姓地下党人，表示要了解狱中地下党的情况，后来被区委书记李敬原派来的人揭穿了真面目。刘思扬来不及转移，又被抓进了白公馆。郑克昌在诱骗刘思扬失败后，又伪装成同情革命的记者进入渣滓洞，企图通过苦肉计刺探地下党秘密，最后被余新江等人识破除掉。

重庆解放前夕，许云峰和江姐等人一方面准备在狱中发动暴动，一方面积极组织自救，企图帮助战友们逃脱。此时，国民党特务已经到了狗急跳墙的时候，徐鹏飞提前秘密杀害了许云峰、江姐、成岗等人。就在江姐等人被害的当天晚上，渣滓洞和白公馆的地下党共同策动了暴动，被关押的一些革命同志终于冲出了魔窟，迎接重庆解放的曙光。

《红岩》从渣滓洞、白公馆两个重庆集中营展开，通过江姐、许云峰、成岗等鲜明的革命者形象，展现了那一段震撼人心的革命斗争历程。同时，作者将狱中斗争、重庆地下党活动、学生运动以及农村武装斗争等线索结合在一起，向人们展现了重庆解放前这一最黑暗时期，革命者为迎接解放、挫败敌人的垂死挣扎而进行的最后决战。

罗广斌（1924年—1967年），现重庆忠县人，出生于一个有声望、有权势的官宦家庭。父母都是国民党官员，而同父异母的长兄罗广文历任国民党18军军长、15兵团司令，抗战后成为四川境内兵力最强的将领。虽然他当时是名副其实的"公子哥"，却向往自由、民主的生活，从而走上了革命的道路。

1948年，罗广斌加入中国共产党，开始从事学生运动工作，并且利用家庭关系进行统战和策反工作。1948年9月，罗广斌被他的上级、叛徒（《红岩》中甫志高的原型）出卖，并且在成都家中被捕，先后被关押在渣滓洞、白公馆监狱。在狱中罗广斌坚持革命信仰，拒绝兄长罗广文的帮助，宁愿坐牢也不愿写悔过书。

1949年11月27日，重庆解放前夕，国民党反动派对狱中地下党进行大屠杀，罗广斌策反看守杨钦典成功，带领多名地下党同志成功逃脱魔窟。解放后，罗广斌积极从事宣传烈士革命事迹的工作。

杨益言（1925年—），出生于四川武胜县。1948年因为在上海参加学生运动而被学校开除。特务误认为杨益言是中共派回重庆恢复《挺进报》的地下党，便立即逮捕了他，关押在渣滓洞中。1949年4月，经过调查特务发现他与地下党无关，只是一般嫌疑犯，所以经家人花钱保释出狱。随后，杨益言一直从事文艺工作，80年代以来，他创作了《大后方》、《秘密世界》、《红岩逸闻》、《红岩之光》、《红岩英烈的故事》、《江姐》等作品。但是大多数作品都与《红岩》有关。

《红岩》还有一位未署名的作者，他就是刘德彬。刘德彬16岁就加入了中国共产党，富有丰富的地下斗争经验，曾经在江姐和江姐的丈夫彭咏梧的领导下工作。《红岩》中关于江姐的很多情节和故事都是他提供的。1948年6月14日，由于叛徒的出卖，刘德彬被捕，被关押在渣滓洞。在重庆解放前夕，特务屠杀监狱中的革命者，刘德彬侥幸逃过一劫，与几位幸存者逃出了渣滓洞。

主要人物

江姐（江雪琴）：

江姐是一位思想成熟的中国共产党形象，1939年加入中国共产党，担任中共重庆新市区委委员。江姐性格稳重、精细，善于关怀别人，俨然大姐姐的形象，这也是人们称她为"江姐"的原因。但是她并不脆弱，是一个意志坚定、可以承受一切灾难和打击的革命者。当她看到丈夫彭松涛在武装暴动中不幸牺牲，头颅被悬挂在城墙上时，她心中悲痛不已，然而她没有沉浸在悲痛中，毅然选择接替丈夫的工作。她不动声色地与前来接应的双枪老太婆会面，不愿因为个人情感影响革命工作。

随后，江姐被叛徒甫志高出卖，被关押在重庆渣滓洞集中营中。特务想尽办法对江姐进行严刑拷打，企图在她身上打开缺口，将重庆地下党组织一网打尽。尽管江姐受尽了酷刑，老虎凳、吊索、带刺的钢鞭、撬杠、电刑等，甚至将竹签钉进她的十指，但是她依然坚贞不屈，并且积极组织同志与敌人作斗争。面对凶残的特务，江姐一如既往地沉稳、顽强，体现了革命者的共产主义情操。

江姐也是一位乐观细心的大姐，她在狱中鼓励照顾小萝卜头、"监狱之花"等狱友，她积极组织策划越狱，鼓舞同志们的士气，而她带领狱友在狱中绣红旗的情形至今仍感动着人们，然而在重庆即将解放的前夕，江姐被特务秘密杀害，为革命事业献出了年轻的生命。

许云峰：

许云峰是小说着重刻画的主要人物之一，1931年，九一八事变后，他积极投身到抗日救亡的革命洪流之中，是位斗争经验丰富的共产党员，具有较高的思想觉悟和敏感度。他率先识破了特务在沙坪书店设置的陷阱，及时转移了联络站人员。甫志高叛变后，他为了掩护市委书记李敬原撤退而不幸被捕，表现了顾全大局、英勇赴义的英雄气概。

随后，许云峰被关押在"白公馆"监狱。在狱中，他没有屈服于敌人的迫害，与特务斗智斗勇，不仅保护了组织和同志，还成立了狱中临时党支部。在敌人的"鸿门宴"上，他唇枪舌剑、酣畅淋漓地痛斥徐鹏飞的片段成为小说中最精彩的部分。为了隔断许云峰与地下党的联系，敌人将他戴上重镣，关进终日不见阳光的地牢，但是他仍然坚强不屈，不为所动。在暗无天日的地牢，他全凭顽强的意志坚持斗争，用手指、半截铁镣挖出了向外面的通道，却将机会留给了其他难友。

解放前夕，特务准备秘密杀害众多革命者，许云峰在地牢中与徐鹏飞最后一次交锋，他以胜利者的姿态站在特务面前，其慷慨赴义的气概与特务失败前无可奈何的情绪形成鲜明对比。最后，许云峰从容就义，年仅33岁。

华子良：

华子良这个人物，作者的着笔比较少却深入人心。他表面上是一个疯疯癫癫的老头，花白的胡子、雪白的头发，每天都机械地在庭院中跑步。不仅特务以为他是一个疯子，就连成岗、刘思扬等同志都对此深信不疑，但是实际上他是一位共产党员，被关押在白公馆长达15年，又与组织失去了联系。为了将敌人毁灭山城的计划和越狱行动计划交给监狱外组织，他忍辱负重，利用装疯作为伪装，巧妙地与敌人作斗争。

最后他利用自己的智慧完成了组织交给的任务，并且展现了一位深谋远虑、忍辱负重的共产党员的光辉形象。

成岗：

成岗是进步刊物《挺进报》的一位印报员，也是意志坚定的地下党员，他为了保守机密，放弃逃生的机会，积极销毁重要资料。被逮捕入狱后，他展现了惊人的意志力，特务的电刑、催眠术、测谎器对他都起不到作用。后来特务甚至给他注射了一种美国新研制的药物"诚实注射剂"，使其精神处于幻觉状态，但是他仍顽强地抗拒，迫使自己清醒，最终他丝毫没有泄露组织机密，为信仰牺牲了自己年轻的生命。

甫志高：

甫志高是人人痛恨的叛徒，但是却并不是脸谱化的坏人形象。他原本是地下党的联络员，经验丰富、能够出色地完成任务。他对工作具有热情，积极完成组织的任务，对家庭具有责任心，如果不是从事地下工作，或是没有被捕也许可以成为一位虽有缺点却有能力的好同志。

但是他性格存在缺陷，又急于表现、好大喜功又贪生怕死，最重要的是他缺乏真正的信仰，参加革命完全是投机心理。因此，在被捕后他很快就变节，并且出卖了许云峰、江姐等地下党人，给重庆地下党组织带来了巨大损失。

徐鹏飞：

徐鹏飞是《红岩》中的特务头子，他阴险狠毒，利用各种酷刑折磨地下党人，杀害江姐、许云峰等人。

红日

　　《红日》的故事背景是解放战争中著名的莱芜战役、孟良崮战役。1946年秋，国民党王牌部队整编74师向华南解放区发动猛烈进攻，华东野战军组织了有效的战略反攻，通过激烈战斗，终于消灭了74师、击毙其师长张灵甫。当时作者吴强时任华东野战军六纵宣教部部长，参加了整个战役，并且亲眼看见曾经不可一世的张灵甫的尸体被抬下山的情景。从那时起，他就萌生了创作一部军事小说的念头，希望将涟水战役、莱芜战役、孟良崮战役等故事和英雄人物展现在人们眼前，让人们重温那段激情燃烧的岁月。

　　吴强在《红日》的序言中这样写道，"孟良崮战役胜利结束的第二天上午（1947年5月17日），在我们住的村口头，我看到从山上抬来的张灵甫的尸体，躺在一块门板上。当时，我有这样的想法：从去年秋末冬初，张灵甫的74师进攻涟水城，我军在经过苦战以后，撤出了阵地，北上山东，经过二月莱芜大捷，到74师的被消灭和张灵甫死于孟良崮，正好是一个情节和人物都很贯串的故事。后来，我有过把这个故事编织起来写成文章的念头。不知是什么缘故，笔下写不成，心里却老是想写，有时候，竟打起腹稿来，仿佛着了迷似的。"

　　这个创作念头在吴强心头扎下了根，尽管部队每天都行军打仗、战事激烈，没有写作的时间和条件，但是吴强始终没有放下这个念头。在战斗之余，他开始构思故事情节、主要人物，思考文学创作思路。作者为小说创作做了长时间准备，因为是自己参与到这个战斗历程，所以他不想轻率从事。经过反复的思考和琢磨，他决定将艺术创作和战争史实相结合，通过那些血火斗争的事迹描写、雕塑人物，既可以表现光彩的战斗历程，又呈现出光辉的战斗英雄人物。

　　正是因为吴强反复琢磨，才描绘出一个个栩栩如生的主要人物形象。通过细节的描写，他塑造了沈振新、梁波、刘胜等有血有肉的军人形象，沈振新的有勇有谋、梁波的乐观幽默，以及刘胜的勇往直前、奋勇杀敌。在反面人物上，吴强也着重刻画了敌军将领的形象，摒弃了公式化、脸谱化的简单手法，不仅描写了他们的残暴凶恶，还深入了他们的内心世界。

直到1956年，吴强才真正开始小说的写作，经过长达一年的努力，终于在1957年4月完成了长篇小说《红日》的创作。《红日》的部分章节先后在《延河》《人民文学》《解放军文艺》等刊物上发表，后由中国青年出版社出版。小说一经问世，就在社会上引起了热烈反响，被誉为红色文学经典之一，对中国当代军事文学产生了重大影响。《红日》被称作是"一部现实主义的成功之作，堪称新中国军事文学创作历史上的一座重要的里程碑"。

1946年秋，国民党王牌部队整编74师向华南解放区发动猛烈进攻，74师可谓是国民党军队中主力中的主力，全师配备美式装备，师长张灵甫则号称"常胜将军"，正是因为如此，张灵甫才骄横狂妄，不可一世。解放军某部军长沈振新率领军队在涟水一带抵挡张灵甫的进攻，经过一番奋勇激战，沈振新不敌张灵甫，涟水失守，只好撤退至山东。

涟水战役的失利，使得沈振新以及全军战士都陷入沉闷压抑的状态，不过经过一段时间的整顿，部队再次振奋情绪，全军进入激昂振奋的战斗情绪。

此时，国民党决定进行最后决战，企图利用兵力优势将华东野战军逼退到沂蒙山山区。在腹背受敌、敌人南北夹击的情况下，华东野战军司令部决心分批吃掉敌人，在莱芜撕开一个缺口，粉碎敌人的合围计划。沈振新带领军队参加战斗，到达莱芜城北吐丝口附近地区，与友邻部队一起包围敌李仙洲部。李仙洲凭借坚固的地堡和精良的武器，负隅顽抗，双方一度陷入僵持状态，关键时刻，沈振新派刘胜、陈坚的"老虎团"组成突击队，冲入吐丝口心腹地区。"老虎团"果然不负众望，经过一番厮杀，很快就冲破了敌军的最后防线，攻占敌军指挥所，活擒敌军师长何莽。盘踞在莱芜城的李仙洲见吐丝口失守，立即率部突围，最后也陷入解放军的伏击圈，被活捉。

莱芜战役仅仅持续不到三天时间，沈振新部一扫战败颓势，取得了莱芜战役的胜利，瓦解了国民党军队围攻。

为了挽回华东战场的失利，张灵甫的74师奉命据守孟良崮，企图通过"中间开花"的形式，与东野战军主力军进行最后决战。战事一触即发，沈振新奉指挥部命令，参加孟良崮会战，此时全军将士斗志昂扬，个个摩拳擦掌，以报涟水战役之仇。

战役开始后，副军长梁波直接指挥刘胜、陈坚"老虎团"歼灭了74师一个辎重连，又抢占了垛庄与孟良崮之间的一个重要高地，堵住了敌人逃生的最后一个缺口，并且与友邻部队组成了一个坚强的包围圈。张灵甫陷入解放军的包围圈之中，随后，沈振新派投诚的张小甫劝降，谁知张灵甫冥顽不灵，顽抗到底，还调动大批飞机，对解放军阵地狂轰滥炸。

解放军逐渐收缩包围圈，战斗进入了白热化阶段，沈振新亲自来到前线指挥战斗，"老虎团"率先攻上了山腰，在激战中团长刘胜壮烈牺牲，牺牲前仍念念不忘活捉张灵甫。看着战友一个个倒下，解放军战士更加奋勇杀敌、拼死向前，很快就攻占了孟良崮最主要阵地玉皇顶，直捣张灵甫的指挥机关。经过两个多小时的激战，大部分敌人被消灭，张灵甫则撤退到山洞中负隅顽抗，解放军一支小分队与山洞里的敌人展开了血肉拼杀。最后，狂妄骄横、不可一世的张灵甫被击毙，国民党的王牌74师全军覆灭，解放军赢得了孟良崮战役的最后胜利，粉碎了国民党占领华东解放区的阴谋。

作者简介

吴强（1910年—1990年），著名的军旅作家，原名汪大同，江苏涟水县高沟镇人。吴强自幼热爱文学，喜欢读《红楼梦》《西游记》等四大名著，也喜欢读鲁迅等现代作家的文章。从中学开始，吴强就开始文学创作，后与同学创办了《狂风》刊物，发表许多进步诗歌、散文、时事评论，不过只发表两期就被国民党反动派查封。1933年，吴强在上海参加左翼作家同盟，以吴蔷、叶如桐等笔名在上海《大公报》和茅盾主编的《文艺阵地》上频频发表了反映抗日战争生活的文章，包括短篇小说《激流下》、散文《夜行》等，从而开始了革命文学生涯。

1937年，吴强与姚雪垠等人创办了抗日救亡刊物《风雨周刊》，用手中的笔参与到抗日救国、民族解放之中。抗日战争全面爆发后，吴强投笔从戎，参加了在皖南泾县的新四军，后加入中国共产党。他一方面在战争中与敌人英勇作战，一方面用文学唤醒民族抗日意识、激励人们英勇奋战，更为我们记录了那段战火飞扬、激情燃烧的战争年代。

在解放战争期间，吴强参加过莱芜、孟良崮等著名战役，他根据亲身经历创作了《红日》这一长篇小说，后又创作了长篇小说《堡垒》（上部）、散文集《心潮集》，话剧《一条战线》、《激变》、《皖南一家》等，以及《叶家集》、《小马投军》等中短篇小说。

沈振新：

沈振新是解放军的高级指挥官，曾经历过长征、抗日战争的洗礼。作者通过他在涟水战役、莱芜战役、孟良崮战役几个战役中的描写，栩栩如生地展示了坚定勇敢、沉着冷静、感情丰富、可敬可亲的指挥员形象。

作为全军的指挥员，他是一个智勇双全的人物。在涟水战役失败后，沈振新也曾经情绪低迷，但是很快就振作起来，带领全军将领走出了困境。同时他也认识到了自己的不足，虚心向别人请教，认真学写字，学习数学、几何等知识。在战斗中，他冷静沉着，决胜于千里之外，指挥军队英勇作战；在战场上，他英勇杀敌，身先士卒，英勇地用大刀砍下敌人的头颅；他具有顽强的意志，自比关公，在负伤时不打麻药就让护士取弹片。

沈振新还是一个勤学好学的人，因为出身贫寒没有读过几本书，只读过《三国演义》，所以他抓紧时间学习知识，不断促使自己进步。他还懂得学以致用，将《三国演义》的战术、兵法应用到实际战争中来。正是因为沈振新有勇有谋，所以才能击败不可一世的张灵甫，赢得孟良崮的胜利。

作者也表现了他的原则性，他严格要求自己的下属，石根生没有按照部队规定而擅自娶亲，他虽然欣赏石根生却依然依法处置；当部队与友方队伍发生冲突时，他没有护短，反而放下架子、主动认错。同时，他也是一个感情丰富的普通人，也是铁血柔情的汉子，他敢于追求自己的爱情，最终与黎青有情人终成眷属。

梁波：

梁波是沈振新手下的副军长，与沈振新形成了鲜明的对比和互补。他性格开朗乐观、幽默风趣，指挥战斗时他沉着冷静、身先士卒，亲自指挥"老虎团"歼灭了74师的一个辎重连。他彬彬有礼、具有不凡的口才和英雄气质，可以说是光辉的革命者形象。

梁波也是一个浪漫的年轻人，他与战地女记者华静惺惺相惜，在战事之余享受美好的爱情。

刘胜和石根生：

他们是中下层指挥员的形象，具有很多共同性，他们出身贫苦农民家庭，经过了革命战争的洗礼，所以对党和革命事业忠心耿耿，在战斗中英勇杀敌。但是他们又有各自独特的个性，刘胜性格外露，求战心切，永远冲在最前线。他不怕牺牲、意志坚定，即便在牺牲前还不忘活捉张灵甫。石根生则比较简单，取得成绩后又骄傲自满，还会犯些错误，违背规定擅自结婚。但是石根生却奋勇杀敌，在枪林弹雨中坚守阵地，最后利用智慧夺取了张灵甫的指挥部。他们是典型的英雄形象，虽然有些缺点，却不断在战斗中进步，逐步成长为成熟的革命者。

张灵甫：

张灵甫是孟良崮战役中敌军将领，他率领的74师是国民党军队中"主力之主力"，全副先进的美式武器装备，号称"天之骄子"。他善战好战，可以说是优秀的指挥官，但是却养成了骄横狂妄、不可一世的性格，最终导致自取灭亡。

涟水战役，张灵甫侥幸取胜，便更加趾高气扬、刚愎自用，不仅看不起解放军沈振新，也更看不起同僚李仙洲，从而错误地估计了战争形势。莱芜战役李仙洲部队全军覆灭，下属劝告他慎重行事，他却听不进去任何人的意见，一意孤行，下令军队长驱直入，从而被重重围困在孟良崮。

即使在这种情况下，他仍没有醒悟，觉得自己胜券在握，认为"这是个好战场"。当得知解放军包围上来时，他大言不惭、装腔作势，甚至夸下"创造奇迹"的海口。

正是因为如此，74师才在沈振新的猛烈进攻下，节节败退。虽然身处劣势，他却冥顽不灵、死硬反抗。当投诚的张小甫前来劝降时，他企图用震怒、暴跳来掩盖内心的惊惶和恐惧的情绪，作者用细节的描写，表现了张灵甫的色厉内荏、装腔作势。最后，张灵甫的指挥部被攻占，不得不退守到山洞中，直到被解放军逼到山洞里，他还不想缴械投降，企图用诈骗手段脱险。最后，张灵甫在山洞中被解放军击毙。

著名画家、艺术家施南池作诗评价吴强说："壮志从戎笔来投，文章倚马愿偿酬。万言一卷成名著，《红日》光辉照九州。"

红旗谱

《红旗谱》的故事背景是大革命失败前后的十年斗争,通过冀中平原滹沱河边两家农民三代人与一家地主两代人的矛盾斗争,以"反割头税"和"二师学潮"为中心事件,生动地展现了民主革命时期农村和城市斗争的波澜壮阔局面,展现了新时代农民的顽强斗争、不屈不挠的英雄形象。

作者梁斌出生在河北蠡县梁家庄一个比较富裕的家庭,1931年春节前夕在蠡县发生了一次民众抗税斗争,这就是小说中提到的"反割头税"运动。当时,梁斌年仅16岁,他参加了抗税斗争,受到了第一次革命的锻炼,在小说中梁斌艺术地再现了这次民主斗争的始末,展现了当地农民群众的抗争热情和对自由生活的向往。

1932年发生的保定"二师学潮"也是当地的真实事件。1930年9月,梁斌考上了保定二师,当即参加了共产党领导的外围组织反帝大同盟,后因病回家治疗。1932年4月,国民党因为保定二师宣传共产主义思想而宣布将其解散,梁斌也在公布的"嫌疑犯"名单中。梁斌奉命返校,却发现学校已经被包围,他积极联系同学,向群众宣扬二师学生的正义行动,募捐援助被包围的师生。事后他回忆说:"我参加了二师的护校运动,斗争对我影响极深,战友们在'七六惨案'中被捕的有五六十人,被惨杀的有十多人,这是我一生难忘的。"正是因为亲身经历了激烈的斗争,见证了革命者的热情,所以才能真实细腻地展现进步学生同仇敌忾、不顾牺牲的战斗风貌。

亲身经历一直感动着梁斌,促使他想要用文字记录那场伟大的斗争,"决心在文学领域把他们的性格、形象,以及一连串震惊人心的历史事件保留下来,传给下一代。"创作《红旗谱》的想法始终留在梁斌的脑中,1934年,他写作了关于高蠡暴动的短篇小说《夜之交流》,后又写了短篇小说《三个布尔什维克的爸爸》,这时朱老忠的形象已经逐渐形成。

抗日战争爆发以后，他在冀中新世纪剧社工作，1941年认识了一位普通的农民，这位农民60岁左右，给他精干又智慧的印象。这个农民有三个儿子，大儿子早就去世，三儿子是梁斌的高小同学，时任冀中区自卫队大队长，不久前被内奸暗害。老人于是跑来冀中区党委告状，想为儿子报仇伸冤。二儿子参加过"高蠡暴动"，后来被反动势力抓捕，被控告为共产党，他在法庭上英勇不屈、与敌人激烈辩论，临刑前还高呼"共产主义万岁！"尽管老人遭受多次打击，但是表现出刚强、乐观的现象。这个农民给梁斌留下了深刻印象，久久不能忘怀。从此，梁斌就决心创作一部长篇小说，讲述冀中人民几十年的风风雨雨、斗争经历。这个老人便是朱老忠的原型，梁斌丰富了朱老忠的人物形象，创作了表现从二师学潮到抗日战争时期斗争的中篇小说。

1953年，梁斌回到家乡，走访了高阳、蠡县等地参加革命斗争的老同志。后来他搬到了枣胡同的"创作之家"，全身心地投入到小说创作之中。他每天早上3点就起床，专心致志写作，常常忘记吃早饭和午饭。经过三个严寒酷暑，终于完成了《红旗谱》这部长篇小说，成功地塑造了革命农民朱老忠的典型形象。

《红旗谱》出版后，受到了周恩来、陈毅等中央领导，以及郭沫若、茅盾、老舍等知名作家的热情赞扬和高度评价。

故事梗概

在冀中平原滹沱河河畔的锁井镇，恶霸地主冯兰池为霸占48亩公产，想要砸掉千里堤上的古钟。农民朱老巩代表村民反抗地主的无理霸占。冯兰池倚仗强大势力，砸碎了古钟，朱老巩一气之下病死，女儿被恶霸羞辱自尽，儿子朱老忠为躲避迫害，被迫远走关东。

30年后，朱老忠带着妻子、两个儿子回到家乡，决心为父亲和姐姐报仇雪恨，幼时朋友严志和帮助他安家落户。冯兰池此时比以前势力更大，横行乡里、仗势欺人，与儿子冯贵堂为所欲为，害得朱老明气瞎了眼睛、严志和损失了一头牛。得知朱老忠回乡，他后悔自己当初没有斩草除根，于是又想要陷害朱老忠一家，将朱老忠的大儿子大贵抓去当兵。朱老忠在新仇旧恨的驱使下，拿起铡刀前去报仇，但是他知道自己不是冯兰池的对手，便决定暂时忍耐。朱老忠遇到了地下党人伍老拔，并且结识了地下党领导人贾湘农，从此走上了革命的道路。朱老忠逐渐认识到，只有通过革命才能为父亲和家人报仇。

严志和的儿子运涛认识了地下党县委书记贾湘农，到南方参加了北伐战争，江涛也在贾湘农的介绍下，参加了共青团，后在贾湘农和朱老忠的支持下，考入了具有革命风气的保定第二师范。如火如荼的北伐战争，给农民群众带来了希望和光明，冯兰池等恶霸地主则惶恐不已。然而，随着"四一二"反革命政变爆发，革命陷入低潮，运涛被捕，被关进济南监狱。严家遭受巨大打击，朱老忠带着江涛步行到济南，看望运涛。朱老忠接受了更深刻的革命教育，加入了共产党，成为一名无产阶级战士，江涛也决定继续哥哥的事业，他一边上学劳作，一边到工厂、农村宣传革命。

冯兰池返乡后，比以前更加猖獗，他和反动政府的县长狼狈为奸，利用权势压迫农民，设"割头税"，包收税款，禁止农民设立杀猪锅。朱老忠、江涛和一群贫苦农民在闹市上召开反割头税大会，得到了广大农民和市民的积极响应。随后，他们还组织了弄会，与地主恶霸、反动政府展开了轰轰烈烈的斗争。冯兰池恼羞成怒，企图利用反动政权势力镇压群众，朱老忠率领农民砸毁税局冲进县衙。县长屈服于强大的农民力量之下，不得不宣布免除"割头税"，狠狠打击了地主冯兰池。

"九一八"事变后，江涛、严萍和张嘉庆积极宣传抗日救亡，保定多所学校同时罢课，要求停止内战、一致抗日。为了瓦解学潮，反动政府宣布解散保定第二师范学校，江涛和同学们开展了护校运动，尽管敌人封锁了学校，施行"饥饿政策"，但是他们仍顽强反抗。朱老忠和严志和巧妙地将油、盐、面粉送到了学校。为了保持革命理想，江涛和领导老夏决定冲出包围圈，使广大农民继续战斗。然而在他们准备行动的那天夜里，敌人进行了凶残的屠杀，老夏和十几名学生牺牲、张嘉庆身负重伤，江涛等人被抓进了监狱。听到这个消息，朱老忠和严志和决定与敌人战斗到底，巧妙地帮助张嘉庆逃出了保定。

梁斌（1914年—1996年），原名梁维周，蠡县梁家庄人。1927年加入中国共青团，后考入保定第二师范，参加过二师的学潮斗争。1933年，梁斌在北京参加了北方

"左翼"作家联盟,从事小说、散文的创作。即便后来考入山东省立剧院,学习戏剧表演,依然坚持文学创作,并且依据高蠡暴动创作了短篇小说《夜之交流》。

1937年春天,梁斌回到家乡,加入中国共产党,在冀中地区从事革命工作和文学创作,其间创作了短篇小说《三个布尔什维克的爸爸》、中篇小说《父亲》,以及《千里堤》、《抗日人家》、《五谷丰登》、《爸爸做错了》、《血洒卢沟桥》等剧本。这些戏剧反映了冀中平原的真实生活和战斗经历,激励了广大军民的革命斗志。1948年,梁斌随军南下,历任湖北省襄樊地委宣传部部长、《湖北日报》社长等职。后来,梁斌还出版了长篇小说《翻身记事》,作品集《笔耕余录》以及《春潮集》、《一个小说家的自述》等。

1953年,梁斌开始创作长篇小说《红旗谱》,一经出版就引起强烈反响,被誉为反映中国农民革命斗争的史诗式作品。后又出版第二部《播火记》、第三部《烽烟图》。

主要人物

朱老忠:

朱老忠是一个跨越新旧两个时代的农民革命英雄的形象,少年时他亲眼看到父亲被恶霸害死、姐姐因受凌辱而自杀,身上有对地主的血海深仇。这促使朱老忠后来走上革命道路,也促使他练就了不屈不挠、爱憎分明的斗争精神,身上具有传统农民英雄的性格特点。

作为一位农民,他具有普通农民的朴实品质,坚强不屈、胸怀坦荡、慷慨好义。当严志和的儿子运涛被关押济南监狱时,因为没有足够的路费,他不辞辛苦步行到济南,帮助朋友探望儿子。为了帮助江涛读书,他不惜卖掉了自家的耕牛。

他又不是普通的农民,具备了农民英雄的性格气质,在接受党的教育之后,将个人仇怨上升为阶级斗争的革命觉悟。他积极参加到革命战斗之中,在高蠡暴动时冲锋陷阵、奋勇杀敌。后来他又参与到抗日救国的革命之中,一方面积极带领农民与反动政府斗争,一方面帮助江涛等组织的学生运动,巧妙地为其送粮、护送张嘉庆出城。这时,朱老忠已经由一个朴实善良的农民,成长为一位成熟、勇敢的革命者形象。

作者通过细节的描写,展现了朱老忠不甘屈服的反抗意志和善用智谋的斗争精神,与父辈相比,他善于运用智慧,讲究斗争策略,所以当儿子被冯兰池抓走时,他并没有冲动地与其拼命。他有一句口头禅是"出水才见两腿泥",这句口头禅显示了他坚韧的性格特性,也显示了他心中的必胜信念。保定第二师范学潮失败后,江涛被捕、老夏等人牺牲,但是他并没有灰心,反而更加坚定了与敌人斗争到底的信念。

江涛:

江涛是一个新时代进步青年的典型代表,当哥哥因为革命事业而被捕后,他决心继承哥哥未完成的事业,投身于革命事业之中。他一边上课一边到农村、工厂从事革命宣传工作。他对革命十分具有热忱,积极组织农民反对割头税、动员广大农民贴标语、发传单,与地主恶霸冯兰池作斗争。在火热的斗争中,江涛锻炼成一位意志坚定、积极战斗的共产党员,帮助其他同学加入革命。在与反动派的斗争中,江涛不怕牺牲、顽强不屈,敌人封锁了校园时,他们宁愿吃树皮、树叶,也不肯屈服。最后在敌人的残杀中,不幸被捕入狱。

严志和:

严志和也是一个普通的农民形象,他勤劳朴实、憨厚善良,当幼时朋友朱老忠回乡时,他积极帮助他安家立户。他具有一定的反抗精神,当冯兰池想要将债务分摊到他头上时,他想要打官司,且在朱老忠的带领下积极参与斗争。但是大多数时候,他斗殴表现出逆来顺受、软弱隐忍的一面,当知道运涛被捕时,他顿时失去了主张,不知所措,甚至病倒在床。这体现了传统农民保守和狭隘的一面。

冯兰池(冯老兰):

冯兰池是典型的封建地主、恶霸形象,他道貌岸然、凶残毒辣、仗势欺人、阴险狡诈。他残忍地剥夺农民的血汗钱,霸占农民的土地,想要砸毁锁井镇的古钟,甚至逼迫得朱老忠一家家破人亡。当朱老忠回到家乡时,他甚至想要斩草除根,抓朱老忠儿子当兵。他贪得无厌、占有欲强,当得知运涛等人抓到名贵的鸟时,企图强行索要,遭到拒绝后还残忍地报复;当运涛被关进监狱时,他趁火打劫,想要用80块钱夺取严家视为命根子的宝地。冯兰池勾结反动政府剥削农民,设置割头税,不断增加土地地租和收取利息,因此让广大农民、深恶痛绝。

1960年，茅盾在《人民文学》杂志上给予《红旗谱》高度评价："从《红旗谱》看来，梁斌有浑厚之气而笔势健举，有浓厚的地方色彩而不求助于方言。一般来说，《红旗谱》的笔墨是简练的，但为了创造气氛，在个别场合也放手渲染；渗透在残酷而复杂的阶级斗争场面中的，始终是革命乐观主义的高亢嘹亮的调子，这就使得全书有浑厚而豪放的风格。"

1959年，著名文学评论家冯牧、黄昭彦在《文艺报》上评论："梁斌的《红旗谱》充满了那样震撼人心的艺术力量，那样高大丰满的人物形象，那样多姿多彩的生活图景，比较全面地概括了整个民主革命这个时期农民的生活和斗争，在艺术成就上也达到了相当的高度和深度，是十年来我国文学创作中突出的收获。"

保卫延安

写作背景

《保卫延安》的故事背景是解放战争中著名的延安保卫战。1947年春天，国民党反动派企图一举消灭党中央首脑机关以及西北解放军，对延安和陕甘宁边区发动了疯狂的进攻。解放军和陕甘宁边区人民在党中央的领导下，与数倍于我军的敌人展开了浴血奋战，不仅保卫了延安革命圣地的安全，更取得了当时西北战场决定性意义的胜利。

小说以解放军主力纵队的一个连在青化砭、蟠龙镇、榆林、沙家店等战役为主线，描绘了西北战场中解放军浴血奋战、奋不顾身的英雄形象。作者杜鹏程不仅展现了毛泽东、朱德等老一辈革命家的高瞻远瞩以及彭德怀将军的指挥若定、决胜千里，更体现了周大勇、王老虎、孙全厚等一批解放军英雄的英勇、忠诚以及浴血奋战。作者不仅描绘了青化砭、蟠龙镇等正面战场的波澜壮阔，也表现了基层连队的战斗生活，以及陕甘宁边区人民的积极响应，全面地展现了人民战争的宏大规模、磅礴气势的历史画面。所以，《保卫延安》被称作是当代文学史上第一部大规模正面描写解放战争的优秀长篇小说，被誉为"英雄史诗"。

当时，杜鹏程亲身参加过延安保卫战，在西北野战军任随军记者，他与战士们同吃同住，曾经为他们写过决心书、家信，认识了王老虎等战斗英雄。二纵司令员王震还鼓励他经受住战火的考验，写出反映广大指战员英勇战斗的好作品。在延安保卫战中，杜鹏程看到王老虎等英雄不断壮烈牺牲，深受这些英雄事迹激励，流泪记录下一篇篇战斗日记。数年间，他竟写下近200万字的日记和素材，此外还有几十万字的消息、通讯、剧本和报告文学等。

1950年，杜鹏程任新华社新疆分社社长，跟随部队继续追缴残敌。斗争的艰苦、无数英雄人物的牺牲精神，给了他巨大的冲击，所以他决心将西北战场这一伟大的人民解放战争完整地记述出来。

之前,他已经写下了近200万的日记和素材,后搜集了一捆捆资料,白天忙于工作,晚上则开始全力记述战场的整个过程。经过9个月的笔耕不辍,杜鹏程完成了初稿,字数近百万。初稿作者只是将事件按时间顺序铺叙下去,记录自己在战争中的所见所闻,写的全是真人真事。尽管初稿冗长而枯燥,却倾注了作者的心血,而作者写作的稿纸则是从国民党军队那里缴获来的粗劣报纸、宣传品的背面,摞堆起来足足有几十斤重。

接下来,杜鹏程开始反复修改,从百万字删减为60万字,再删削成17万字,后又经过创作增写到40万字,再变成30多万字定稿……4年多的时间,杜鹏程九易其稿,反复增添删削不止数百次,直到1953年年底,才最终完成了这部作品。后杜鹏程从新华社新疆分社借调到北京,他又对书稿进行反复推敲修改,最终由人民出版社出版。《保卫延安》初版印数达近百万册,一度出现了读者争购争读的火热景象。

1947年春,胡宗南聚集数十万兵力对延安和陕北解放区发动猛烈进攻,企图一举消灭我党中央首脑机关和西北人民解放军。解放军的一个纵队奉命抵挡敌人的进攻,参加保卫延安的战斗,并在延安正东80里甘谷驿镇休整待命。为了诱敌深入、歼灭敌人,党中央决定撤离延安,在运动中牵制敌人、各个击破。当纵队陈兴允旅一连连长周大勇以及战士们听到这个消息时,全部伤心痛苦、泪流满面,并发誓战斗到最后一个人也要收复延安!

胡宗南兵力是解放军的十倍,况且全部配备美式装备,为了避其锋芒,彭德怀指挥主力部队在青化砭设下伏击。经过三天的苦心等待,胡宗南的31旅终于进入了伏击圈,战士们个个犹如猛虎下山,奋勇杀敌,仅仅两个小时就歼敌四千余人,活捉敌军旅长。随后,彭德怀决定乘胜追击,亲自指挥部队攻占军事重地——蟠龙镇。周大勇奉命跟随3团佯装战败,将聚集在蟠龙镇的敌主力引诱到400里外的绥德县,解放军主力则乘机收复了蟠龙镇。等到敌军发现上当时,解放军已经转移到真武洞地区休整待命。胡宗南为了扭转败局,纠集北方、东方敌军,配合延安敌军主力,企图在安塞地区聚歼解放军主力部队。我军避开敌人主力，穿越原始森林、沙漠，粉碎了敌人的阴谋。

经过青化砭、蟠龙镇战役，我军收复了三边地区，在长城沿线短期休整后，又日夜兼程挺近榆林。等到榆林城下时，不料敌整编36师增援榆林，我军被迫撤退，而周大勇率领战士们担任掩护任务。主力部队安全撤退后，周大勇连陷入了敌人重重包围之中，周大勇沉着、勇敢地指挥战士浴血奋战、和敌人周旋，历尽艰辛终于安全回到陕甘宁地区。

8月，解放军从防御转入反攻，胡宗南整编36师也马不停蹄地南下，企图配合由南向北的敌主力部队，和我军决一死战。彭德怀在党中央的指示下，决定在沙家店与敌人决战，经过艰苦奋战，我军取得沙家店战役胜利，歼灭敌123旅和36师，活捉敌旅长刘子奇和师长钟松。与此同时，解放军在华北、黄河以南、苏北等地区展开全面反攻。

沙家店战败后，敌军五六万人向延安方向全线溃退，西北野战军主力南下追击，陈兴允旅则在九里山埋伏阻击。战斗打响后，周大勇任代营长，带领三个连直插敌人心脏，他们灵活出击趁夜捣毁了敌人旅直属部队，又巧妙地击退了敌军的轮番冲锋。周大勇周旋于数万敌军之中，战斗异常惨烈，伤亡惨重，经过七天七夜的艰苦奋战，敌人溃不成军，顺咸榆公路向南逃去。周大勇再次接到艰巨任务，乘胜追击，将敌人消灭在陕甘宁边区。同时，我军主力部队翻山越岭，赶到敌人前面阻击敌人，游击队、人民群众则积极参与到追击、袭扰敌人的战斗中来。这样一来，陕甘宁边区军民一心、全民参战，布下了天罗地网。

当敌人逃至永坪镇岔口村，解放军早已严阵以待，经过三天的激战，敌军两个军部、两个师部还有五个旅都被全歼。经过半年的苦战，解放军以及陕甘宁边区人民获得了延安保卫战的胜利，胡宗南数十万军队溃不成军、节节败退。而周大勇也来到了甘谷驿镇，率领战士向延安的大门——劳山进攻，迎接收复革命圣地延安的胜利。

作者简介

杜鹏程（1921年—1991年），原名杜红喜，陕西省韩城县人。由于家境贫寒，只读过几年私塾，曾经在店铺当学徒，但是他并没有放弃学习，在一个乡村学校半工半读了三年时间，这三年成为他人生道路上的重要转折。抗日战争爆发后，年仅16岁的杜鹏程参加了"中华民族解放先锋队"，后任延安抗大、鲁迅师范学校学员。

1938年，杜鹏程来到延安，曾经在陕甘宁边区农村、工厂工作，1945年10月，加入中国共产党，开始写消息、通讯、报告文学等，大多数在延安《解放日报》上发表。1947年初，杜鹏程到陕甘宁边区《群众文艺》社工作，在西北野战军任新华社随军记者，其间与战士同吃同住，写下近200万字的日记和素材，此外还有几十万字的消息、通讯、剧本和报告文学等。

随军记者经历，为他后来的文学创作提供了丰富的生活经验和写作素材，1954年出版了长篇小说《保卫延安》。随后又创作了中篇小说《在和平的日子里》《历史的脚步声》，短篇小说《工地之夜》、《夜走灵官峡》、《第一天》、《延安人》，小说集《年轻的朋友》、《平凡的女人》、《杜鹏程小说选》、《杜鹏程散文选》、《杜鹏程散文特写选》，评论集《我与文学》等作品。

主要人物

周大勇：

周大勇是小说的主人公，也是作者浓墨重彩塑造的革命战斗的英雄人物形象。他对党、对人民具有无限的忠诚，当党中央撤出延安时，他十分伤心难过并发誓一定要收复革命圣地。他对人民充满了热爱和同情，当看到群众倒在血泊中时，他内心感到惨烈地痛苦和愤怒。

周大勇是一个"浑身汗毛孔里都渗透着忠诚"的人，他在战斗中奋不顾身、英勇杀敌；面对最危险、最艰巨的任务，他主动请战；在身负重伤、被围困一个小山洞时，他丝毫没有退却，凭借坚强的意志率领战士闯出险境。

周大勇勇敢、机智、沉着、冷静，更是一个出色的基层指挥员。在周大勇身上，我们看到的是一个普通却英勇无比的英雄形象，他是一个具有铜筋铁骨和坚强意志的人。而他的鲜明性格正是在一次次的艰苦斗争中逐渐炼成的。在青化砭战役中，他冲锋陷阵，将个人生死置之度外；在蟠龙镇战役中，他出色地完成了诱击敌人的任务；在榆林他掩护主力部队撤退，陷入敌军重重包围中，他凭借无比的机智和沉着冷静率领战士冲出重围；在九里山他率领三个连战士与数万敌军周旋，击退敌人的轮番进攻……所以说，周大勇是在党的教育下，在无数的战斗和考验中，千锤百炼出来的人民英雄。

王老虎：

王老虎也是一位出色的基层指挥员，同周大勇一样，他同样具有钢铁般的意志力和威武不屈的崇高精神。他性格醇厚质朴，对于党的事业和人民群众异常忠诚；他平常性格比较内向、腼腆，但是在战场上却十分英勇，作战时犹如猛虎般。王老虎就是一位具有革命主义精神的英雄形象，他没有惊天动地的伟业，却显示出崇高的战斗精神。

炊事班班长孙全厚：

孙全厚是一位普通的炊事班班长，尽管他没有像其他战士一样上战场杀敌，却勤勤恳恳地工作，默默无闻地为革命事业献出一切，甚至是自己的生命。就如同作者为他写下的赞美诗一样，在战士们休息的时候，他早早地为战士们准备饭菜；为了保证战士们的战斗力，他宁愿自己忍饥挨饿；行军过程中，他背上一口行军锅，日日夜夜地前行，没有一次抱怨，最后在沙漠中牺牲。孙全厚就是军队中一位最普通的战士，却对革命无限忠诚，其崇高的行为让人们感动不已。

名家评价

著名文艺评论家冯雪峰称在当时的《文艺报》上评论："这部书的很大的成就，我觉得是无疑的。它描写出了一幅真正动人的人民革命战争的图画，成功地写出了人民如何战胜敌人的生动的历史中的一页。对于这样的作品，它的鼓舞力量就完全可以说明作品的实质、精神和成就。""够得上称为它所描写的这一次具有伟大历史意义的有名的英雄战争的一部史诗的。或者，从更高的要求说，从这部作品还可以加工的意义上说，也总可以是这样的英雄史诗的一部初稿。"

茅盾评论说："他作品中的人物形象，好像是用巨斧砍削出来的，粗犷而雄壮；他把人物放在矛盾的尖端，构成了紧张热烈的气氛，笔力颇为挺拔。"

青春之歌

《青春之歌》以"九一八"到"一二·九"这段时间为时代背景,通过知识女性林道静在民族危亡时刻的觉醒、成长经历,展现了当时如火如荼的学生运动、革命者为民族解放奔走呼号的精彩故事。

作者杨沫出身于一个没落的官僚地主家庭,曾经在定县教书、后在北京做过家庭教师和书店店员,其间她参与到革命工作之中,并加入了共产党。这种个人的生活经历对她的小说创作有很大的影响,以个人经历为原型创作了林道静这一角色。

《青春之歌》具有作家杨沫自传性的色彩,杨沫本人曾经多次回忆说:"英雄们的斗争,中国共产党领导中国革命(主要是'七七'事变前白区斗争的那一段)的惊人事迹,加上我个人的一些生活感受、生活经历,这几个方面凑在一起便成了《青春之歌》的创作素材。"虽然林道静并不是杨沫本人的自传,但其身上却有很多她的影子,有她的个人生活经历。

杨沫出身于北京的封建家庭,父亲是清末举人、曾任大学校长。在她17岁的时候,父亲因为躲债不知去向,母亲为了养家糊口,强迫她辍学嫁给一个军官。虽然杨沫年纪轻轻,但是深受五四精神的影响,读过很多个性解放的小说,所以强烈地反抗母亲的安排。母亲愤怒之下,停止了她所有的供给,但是这没有使得杨沫屈服,在同学们和一位老师的资助下,她读完了初中。后来她前往北戴河投靠哥哥,但是兄嫂的生活也十分拮据,所以不得不尽快找工作。

这期间,杨沫的内心十分痛苦,对生活充满了失望和迷茫,甚至产生了轻生的念头。可是,倔强的杨沫并不甘心这么离开人世,内心对生命又产生了强烈的渴望。后来,她遇到了刚考入北京大学国文系读书的张玄,即后来的张中行,为杨沫在香河县立高小找了教员的职位。张中行当时也了解了不少进步书籍,对这个逃婚的女学生充满了好感，杨沫也被这个知书达理、满腹经纶的大学生吸引，两人很快就谈起了恋爱。尽管当时张中行在老家已经有了一位农村妻子，但是因为两人没有共同语言。在杨沫最迷茫的时候，张中行帮她找到了工作，这让她看到了生活的希望。两人的感情迅速升温，不久在海边的小公寓同居，仅靠张中行家中寄给他的少许钱维持生活。虽然生活比较贫苦，但是杨沫却感受到了爱情的美好、对生活的满足，似乎找到了自己向往的生活。

但是时间长了，对书籍和自由的向往，使杨沫产生了窒息的感觉。后来，她参加了一个东北流亡青年的聚会，在这里她遇到了一些青春活力、有思想、有理想的青年，其中不乏地下党员和爱国的进步青年，这使得杨沫的生活发生了彻底的改变。杨沫开始跟随这些地下党宣传抗日，了解共产党、了解革命，从而走上了革命的道路。这一情节，便是小说中林道静受到共产党员卢嘉川影响走向革命道路的原型。

杨沫和张中行的矛盾越来越大，差距越来越大，后来经过杨沫的争取，她终于又开始工作，在香河县立小学教书。在这里他遇到了共产党员马建民，就是《青春之歌》中江华的原型。在马建民的教育和领导下，杨沫参加了共产党，并且与张中行彻底分裂，与马建民共同生活，追求革命的理想和生活的自由。后来，杨沫在接受记者采访时说："林道静革命前的生活经历基本上是我的经历，她革命后的经历，是概括了许多革命者的共同经历。"这段艰苦的革命历程以及激情的红色记忆成了杨沫创作小说《青春之歌》的创作源泉。

新中国成立后，中国革命长篇小说进入一个创作高潮，出现了一大批优秀红色革命长篇小说。1950年，杨沫因病在一家医院休养，由于生活比较清闲，她开始回忆自己的生平，将自己的个人经历进行改编，并且融入了一些著名人物形象，创作了这部著名的长篇小说《青春之歌》。杨沫十分喜欢苏联作家奥斯特洛夫斯基的名作《钢铁是怎样炼成的》，所以将作品命名为《千锤百炼》，后又改为《烧不尽的野火》，意味革命精神犹如星星之火燎原。直到1955年，杨沫完成这部小说才命名为《青春之歌》。小说中林道静的角色影响了几代青年人，不断被改编为电影、电视剧，鼓舞着一代代青年不断奋斗。

因为当时的文学界主要创作关于工农兵的小说，而这部关于知识分子题材的作品便遭到了冷遇。直到1958年，这部优秀的小说才由作家出版社出版，此时小说已经经历了六七次的重写和修改。虽然小说的出版过程比较坎坷，但是一经问世，却出人意料地畅销，到次年中已经销售超过130万册。

后来，《青春之歌》被拍成了电影，电影的拍摄也历经波折，但是同小说一样，同样获得了观众的热烈欢迎。据了解，当时北京各家电影院全部爆满，很多影院24小时连续播放，很多人宁愿饿着肚子，也要排长队买票，电影的主题歌《五月的鲜花》传遍了大江南北。同时，影片在日本、朝鲜、越南等国也引起了轰动。

故事梗概

《青春之歌》讲述了一个受封建家庭逼迫而走投无路的"小资产阶级知识分子"林道静，在中国共产党的指引下，如何走上革命道路，逐步在革命斗争中觉醒、成长为一名坚定的无产阶级战士的曲折故事。林道静的成长故事是那个时代进步青年知识分子曲折历程的缩影，所以一经出版就在社会上引起了轰动，激励着无数青年为了自己的理想而不断拼搏、奋斗。

林道静出身于封建传统家庭，她的母亲原本是佃户的女儿，却被地主恶霸抢占为姨太太。母亲生下她后就被赶出家门，回到老家自尽身亡，后母和父亲并不善待她，逼她嫁给党部委员胡梦安。为了避免悲惨的命运，林道静逃离封建家庭，到北戴河附近的杨家村小学投亲不遇，后来在学校担任代课老师。然而校长余敬唐居心不良，妄图将她嫁给当地权贵。

走投无路的林道静心灰意冷之下，想要投海自尽，幸运的是被北大学生余永泽搭救。余永泽有才华、热情浪漫，林道静很快被他吸引，重燃对生活的热情，两人很快陷入爱河。不久，余永泽继续回北大读书，林道静在当地继续教书，并且认识了爱国大学生卢嘉川。卢嘉川具有浓烈的爱国热情，站出来揭露政府的不抵抗政策，积极宣传抗日救国。林道静被卢嘉川的爱国热情所影响，在课堂上向学生宣传抗日思想，这惹怒了校长，林道静愤然离去，来到了北平。

到达北平后，林道静找工作屡次碰壁，加上余永泽不断表白，她答应了他的求婚。林道静被爱国学生的热情和英勇斗争所感动，她也积极参与到学生运动中来，更多地接触、阅读革命书籍。随着林道静思想的转变，她与余永泽的矛盾越来越多、差距越来越大，余永泽一再拦阻她参加革命活动，并导致卢嘉川被捕、牺牲。在悲惨的事实面前，林道静终于真正觉醒，决心离开自私、狭隘的余永泽，投身到抗日救亡的革命洪流之中。

由于叛徒的出卖，林道静被捕，胡梦安对她威逼利诱，她都不为所动。后来，在朋友的掩护和帮助下，她逃出了北平，在定县当小学教员。正当她苦闷孤独时，认识了地下党员江华，他给林道静讲了很多革命道理，指引她如何进行革命工作，随后她参加了江华领导的秋收斗争。不过由于革命活动的暴露，林道静又回到北京，不幸再次被捕。这时她已经成长为坚定的革命者，拒绝在"自首书"上签字，面对严刑拷打却毫不屈服。在牢里，她见到了地下党人林红，深受其革命精神的鼓舞。林红牺牲后，林道静揭穿了女特务的阴谋，积极与敌人斗争。

日军占领北平前，林道静被王鸿宾教授保释出狱，她揭露了混在学生中的特务戴瑜、王忠等人，经历了严峻的考验，终于加入了中国共产党。在"一二·九"学生运动中，她与江华站在了斗争的第一线，领导学生队伍冲破军警的封锁线，向着胜利不断前进。

杨沫（1914年—1995年），当代著名女作家，原名杨成业，祖籍湖南湘阴。1934年开始文学创作，曾经发表多篇抗战散文和短篇小说。1936年，参加中国共产党，抗战爆发后，在冀中平原参加游击战争，主要负责妇女、抗战宣传等工作。1943年起，她历任《黎明报》《晋察冀日报》等报纸的编辑、副刊主编，新中国成立后一直从事文学创作等工作。

1958年创作的长篇小说《青春之歌》，被誉为红色文学经典之一，描写了共产党领导的爱国学生运动，成功地塑造了知识女青年林道静这一家喻户晓的艺术形象。其主要作品还包括中篇小说《苇塘纪事》，短篇小说选《红红的山丹花》《杨沫散文选》，长篇小说《东方欲晓》、《芳菲之歌》、《英华之歌》，长篇报告文学《不是日记的日记》，散文集《自白——我的日记》，以及《杨沫文集》等。

林道静：

林道静出身于封建地主家庭，深受后母的迫害和凌辱，从而养成了孤僻倔强的性格。她憎恨害死母亲的封建家庭以及狠毒的后母，对生活充满了美好憧憬和热情，所以为了摆脱悲惨命运，她离家出走、勇敢地追求自己的自由。但是正如茅盾所说："她所受的教育却是资产阶级教育，她在家庭以外所接触的人又以小资产阶级知识分子为多。因此，她有强烈的个人主义，她的反抗封建家庭是从个人主义的立场出发的。"

但是最初她的性格也有狭隘、懦弱的一面，由于涉世不深，遭到了校长出卖后，她陷入了迷茫，灰心丧气地想到自杀。她身上有着小资产阶级知识分子的浪漫和个人英雄式的幻想，当遇到"诗人兼骑士"的余永泽时，她很快就爱上了他的浪漫和才华，深信找到了真正的爱人。她也有新时代知识分子的先进思想，在学生运动的感染和卢嘉川、林红的教育帮助下，成长为一名热血革命者。她克服了思想的软弱，与余永泽彻底决裂，走上了革命的道路，以奔走相告的方式为革命贡献自己的理想。

但是此时她还不是一个成熟的革命者，所以在遇到波折时会感到灰心、沉闷；由于识人不清受奸人利用。不过经历了两次入狱的洗礼、经历了生与死的考验、在敌人酷刑下还不屈服，她逐渐变得更加坚强、成熟，随后领导并参加了"一二·九"学生运动。

林道静有着新青年的热情和勇敢，具有为追求真理不顾一切的勇气，正是这种热情和勇气使她克服了小资产阶级思想，战胜性格上的懦弱，成长为一名成熟的无产阶级女战士。林道静在一次次失败中慢慢成熟起来，尽管历经困难她仍坚持不懈地追求自由、革命，勇敢地面对自己的内心。她对爱情充满着美好的憧憬，当经历了血与火的考验后，她终于发现江华才是自己真正的爱人，并坦然地接受了江华的表白，与他一起战斗、一起追求美好的生活。

余永泽：

余永泽他有才华，浪漫、多情，正符合林道静的小资情调，因此被称为"骑士和诗人"。他出身于地主家庭，顺从母亲的安排娶了一个有缺陷的妻子。他也是向往美好、追求美好生活的人，所以当遇到年轻、有知识的林道静时，他积极追求。

但是他自私自利，心胸狭窄，性格懦弱，在民族危亡的关键时刻却"两耳不闻窗外事，一心只读圣贤书"，他多次阻止林道静参加革命，认为这是少数人的事情、不需要自己关心。但是他却没有背叛林道静、没有出卖卢嘉川，更没有倒向反动派。可以说，这个角色是当时很多国民的代表。

卢嘉川：

卢嘉川是一位坚强不屈的共产党员、富于革命理想的共产主义战士。他是北京大学的进步学生，有着强烈的爱国热情，积极参与学生运动中。他是林道静革命道路的领路人，用自己对革命的热情和无私精神感染着林道静，他多次热情鼓舞林道静、借给她革命书籍，使她由一个迷茫的知识青年成长为一个具有初步共产主义信仰的战士。然而不幸的是，卢嘉川被捕入狱，牺牲了年轻的生命。

江华：

江华是一个出色的、成熟的革命者，他在林道静的革命历程中起到至关重要的作用。卢嘉川牺牲后，林道静被捕入狱、逃脱后，她陷入迷茫、孤独的情绪中，这时江华出现了，在最关键时刻给予林道静莫大的帮助和鼓励，他纠正林道静的错误，教导她正确的革命方法，培养她的共产主义觉悟，坚定了林道静的共产主义信仰。江华性格沉稳、成熟，不仅在工作上指导、鼓励林道静，在生活上也对她照顾有加，让林道静感到了温暖。他也是感情丰富的人，爱上了坚强、出色的林道静，可以说是一个有血有肉、性格鲜明的革命者形象。

名家评价

茅盾："《青春之歌》是一部有一定教育意义的优秀作品。"

何其芳认为："《青春之歌》的主题是描写第二次国内战争时期的某些崇高英勇

的共产党员的形象和某种青年知识分子走向革命的道路。""里面最能吸引广大读者的是那些关于当时的革命斗争的描写。紧张的地下工作。轰轰烈烈的学生运动和英勇的监狱斗争。这些斗争都是能够激励人心的。"

马铁丁评价说:"《青春之歌》反映了时代面貌和时代精神,成功地塑造了几个共产党员的形象。书中对于共产党员林红的描写是全书最精彩的一页。"

林海雪原

1946年，抗日战争胜利后，国民党反动派为了占据东北这一粮仓和工业基地，一方面向东北解放军发动猛烈进攻，一方面收罗伪满官吏、宪兵警察、地主恶霸、盗寇惯匪等，组成号称"中央先遣军"数十万土匪，不断侵扰解放军和地方人民群众，严重威胁了民主革命的进程。

东北民主联军决定派一支精干的小分队深入林海雪原消灭盘踞在东北的顽匪。时任牡丹江军区二团政委的曲波就是这支小分队的领导者，他率领战士们深入东北牡丹江一带深山密林与大马棒父子、座山雕、李德林等土匪展开了殊死的战斗。小分队在严寒中侦察奔袭，与敌人斗智斗勇，一共经历了72次大大小小的战斗，最为传奇的就是杨子荣孤身进入虎穴、智取威虎山的故事。小分队最终出色地完成了任务，但也付出了血的代价，侦察英雄杨子荣在剿匪战斗中不幸牺牲、警卫员高波也英勇献身。

战斗激烈的剿匪生活、英雄的动人故事，使得曲波为《林海雪原》的创作积累了丰富的生活素材。但是曲波一直战斗在一线，并没有时间静下心来完成小说的创作，直到1950年，他因为重伤复原，转入工业战线工作，才有了时间和机会。他开始回忆那段戎马倥偬的战斗生活以及杨子荣等英雄的动人故事。

1952年，曲波在学者、作家车承友的帮助指导下，历经四年时间，根据自身经历创作了这部长篇小说《林海雪原》。曲波与小说中团参谋长少剑波这一角色的战斗经历有很多相似之处，也是少剑波在生活中的原型。作者通过文字进行艺术化和故事化，使得小说中的故事不仅生动，更增添了真实性。同时，作者对故事情节和人物形象进行了艺术化的加工，使这个角色更加有血有肉、个性鲜明，使人们深刻感受到那段血与火的战争岁月，以及解放军战斗英雄的个性和气概。

1957年，小说一问世，在当时产生了强烈的反响，孤胆英雄杨子荣成为人们崇拜、尊敬的侦察英雄。当时，新中国刚刚建立，百废待兴，人们需要杨子荣、少剑波这样的英雄人物激励其斗志和精神，需要激发出强烈的爱国热情和建设热情。所以，《林海雪原》立即因为具有中国古典小说的传奇性和浓郁的革命浪漫主义成为"革命通俗小说"中影响最大的作品之一，成为当时备受推崇的红色文学经典之一。小说在出版不到一年的时间，获得销售50万册的业绩，之后连续再版。

《林海雪原》的影响力不断升温，而根据这部小说中"智取威虎山"为主要情节改编的电影《林海雪原》、京剧《智取威虎山》更是家喻户晓。可以说人人知晓电影中"天王盖地虎、宝塔镇河妖"的经典台词、哼唱京剧中"今日痛饮庆功酒，壮志未酬誓不休，来日方长显身手，甘洒热血写春秋"的唱词唱段。《人民日报》将京剧《智取威虎山》与《红灯记》、《沙家浜》等称作"革命现代样板作品"。

故事梗概

1946年冬，国民党主力部队向东北发起进攻，与解放军形成了严重对峙的局面。此时，在解放军后方一些国民党的残兵败将、伪满官吏、警察、地主、恶霸、流氓组成土匪武装，不断骚扰解放军和东北人民。经过解放军围剿后，一部分溃散的国民党匪首盘踞在深山老林，疯狂地烧杀抢劫。为了清除匪患，东北民主联军一支小分队在团参谋长少剑波的率领下，深入林海雪原执行剿匪任务。这股土匪在座山雕的带领下，盘踞在地势险要的威虎山。

剿匪小分队在行进过程中，发现了威虎山匪帮的情报员小炉匠，设计抓获了座山雕手下的情报副官一撮毛，并缴获了敌人地下先遣军联络图。经过反复提审一撮毛和小炉匠，少剑波初步了解了威虎山的基本情况，此时侦察英雄杨子荣提出一个妙计：打入威虎山内部探查敌情，里应外合消灭敌人。经过反复商议，少剑波同意了杨子荣的计划，并且制订了周密的作战计划。

杨子荣伪装成被解放军消灭的、另一伙土匪许大马棒副官胡彪，孤身一人进入匪巢。在威虎山，杨子荣利用智慧与敌人斗智斗勇，巧妙地应答了座山雕以及手下"八大金刚"的盘问，利用座山雕急于扩张地盘的心理，献上了敌匪地下先遣军联络图。经过一番巧妙斗争，杨子荣初步取得了座山雕的信任，成为威虎山上的"老九"上校团副。然而，座山雕是一个狡猾、疑心重的匪徒，为了验证杨子荣的身份，他精心设计了一场"共军前来袭击"的阴谋。杨子荣识破了座山雕的诡计，打死了好几个匪徒，消除了座山雕的疑心。随后，杨子荣将计就计，巧妙地送出了情报。

与此同时，少剑波驻扎在与威虎山遥遥相望的夹皮沟，他一方面练习学习作战、积极备战，一方面组织群众生产自救、组建民兵队伍，鼓舞了军民的战斗热情。然而，不幸的消息传来，俘虏小炉匠逃脱，这给潜伏在敌人内部的杨子荣带来了巨大危机。当杨子荣的情报送到时，少剑波当机立断，立即率领小分队和民兵向匪巢进军。

大年三十，威虎山大摆"百鸡宴"庆祝新年，杨子荣则说服座山雕将百鸡宴全摆在厅里，以便小分队将其一网打尽。突然，小炉匠逃回了威虎山，杨子荣立即平复内心的震惊，决定先发制人，他利用小炉匠不敢说出自己被俘的弱点，嬉笑怒骂，逼得小炉匠吞吞吐吐，前言不搭后语。当气急败坏的小炉匠大声指控"你是共军"时，杨子荣仍镇定自若地与小炉匠舌战，使得小炉匠破绽百出。最后座山雕对小炉匠起了疑心，开枪处决了他，而杨子荣则安全无虞。

在"百鸡宴"上，杨子荣引诱匪徒们全部喝得烂醉如泥。当少剑波率领小分队攻上威虎山时，匪徒们依然昏睡不醒，很快被全部歼灭，座山雕被活捉。

作者简介

曲波（1923年—2002年），山东省蓬莱市人。曲波出身于贫困的农民家庭，15岁时进入八路军胶东公学，后加入了八路军。抗战时期，他在山东地区作战，曾任连、营指挥员。解放战争时期，曲波随部队前往东北地区作战，他曾率领一支英勇善战的小分队深入牡丹江一带的深山老林，进行艰难无比的剿匪战斗。经过半年的艰苦战斗，终于歼灭了盘踞在林海雪原的顽匪。

1950年，曲波因为重伤转入工业建设战线，先后在工厂、设计院及工业管理部门担任领导。1955年，他利用空闲时间开始文学创作，根据自己的亲身经历，历经四年时间创作了长篇小说《林海雪原》。随后先后完成了《山呼海啸》和《桥隆飙》两部长篇小说，还创作了反映工业建设题材的小说《热处理》、《争吵》和散文《散观平武》、反映部队医务人员生活的长篇小说《戎萼碑》等。

 主要人物

杨子荣：

杨子荣是当时著名的侦察排长，也是身经百战的战士。他出身贫穷的佃农家庭，由于无法忍受阶级压迫而参加革命，在长期的对敌斗争中，练就了他超人的智慧和勇敢，以及顽强不屈、意志坚定的精神。他身上具备侦察兵的谋略，看穿了小炉匠的真实面目，并从他口中得到了有价值的情报；他也是少剑波的得力助手，抓住了座山雕副官一撮毛、冒充胡彪消灭徐九彪一伙匪徒，在剿匪过程中取得了一次次胜利。

杨子荣是一位有着大勇大谋的英雄，孤身一人深入虎穴，与凶残的座山雕一众匪徒斗智斗勇。一到威虎山，他就对答如流地应对土匪的黑话，并利用缴获的"先遣图"赢得了座山雕的初步信任。随后他识破了座山雕的诡计、打死假扮"共军"的土匪，不仅消除了座山雕的疑心，还巧妙地送出了情报。

当面对小炉匠逃回威虎山的巨大危机，杨子荣凭借超人的智慧和勇敢，主动出击，舌战小炉匠，一步步将其逼入死胡同，解除了自身的危机。之后他又借助"百鸡宴"的机会，将全部匪徒灌醉，配合少剑波将土匪消灭，并活捉匪首座山雕。

杨子荣智取威虎山的故事家喻户晓，他足智多谋、勇敢果断，善于应付千变万化的复杂事变，展现出一个栩栩如生、生活丰富的孤胆英雄的形象。

少剑波：

少剑波是剿匪小分队的指挥员，虽然他只是一个22岁的年轻人，却具有指挥员的智慧、谋略。父母早逝的少剑波，被投身革命的姐姐养育长大，很早就接受了革命启蒙教育，长大后投身抗日民族战争之中，并且逐渐在斗争中磨砺、锻造，所以是出色的革命者形象。

面对凶残的敌人，还有深山暴雪这样残酷的环境，他丝毫没有动摇和胆怯，坚韧不拔地完成了上级交给的任务。他冷静、沉稳，当与敌人交锋时，杨子荣、刘勋苍比较焦急，他不但不急反而更加温和，巧妙地设下陷阱，成功地抓获了一撮毛。当杨子荣打算深入虎穴时，他制订了详细的作战计划，积极配合杨子荣。

少剑波是一个严于律己的优秀领导，在练习滑雪时，他不仅严格要求战士们，对

自己更加严格，毫不含糊地认真练习。在战斗中负伤时，他依然保持镇定、冷静，不仅给了战士们信心也迷惑了敌人。他虽然对战士们要求严格，却十分爱护、尊重战士们，没有领导架子、与战士们情同手足。他还懂得积极联合群众、帮助他们生产自求、组建民兵队伍。最后在军民一心的战斗下，终于消灭了匪患。

座山雕：

"座山雕"本名张乐山，原籍山东昌潍，十几岁时就当上了土匪，是一个凶狠毒辣的土匪头子。他为人老谋深算、诡计多端，而且枪法如神，所以在土匪中很有声望。座山雕是一个疑心很重的人，多次刺探杨子荣的身份，直到杨子荣真的杀了"共军"之后，才消除疑心。作者通过细节描写突出了座山雕的凶狠，光秃秃的大脑袋、尖尖的鹰嘴鼻子、身穿貂皮袄、背后的老鹰凶狠地俯视山下。

铁道游击队

写作背景

《铁道游击队》是一部反映在抗日战争时期，鲁南地区党领导下的一支游击队在临（城）枣（庄）支线、津浦干线上，打击日伪军的交通线、与敌人进行游击斗争的英雄故事。

作者刘知侠出生于河南汲县一个贫困的铁路工人家庭，父亲是铁路的护路工，每天负责清扫铁路的工作。刘知侠见惯了火车在铁轨上的运行，从小就学会了扒车的技术，在十几岁时，他在火车站做过义务服务生，对铁路工作、行车制度都十分了解。随后他曾经跟随抗大深入敌后体验生活，这为他创作《铁道游击队》这一长篇小说奠定了坚实的生活基础。

1943年夏天，山东军区展开了战斗英雄、劳模大会，在文协工作的刘知侠认识了铁道游击队队员。铁道游击队成立于1940年1月，由八路军苏鲁支队命令成立，队名是"鲁南军区铁道大队"，第一任大队长洪振海、第二任大队长刘金山就是小说主人公刘洪的原型，所以主人公刘洪也兼备了两任大队长的性格特点。洪振海的行侠仗义、高超的飞车技术、勇敢善战；刘金山的成熟稳重、领导才能。刘知侠利用手中的笔将他们完美地结合在一起，表现了具有传奇色彩的战斗英雄形象。

他们在百里铁道干线上与敌人站展开殊死搏斗，不仅多次破坏敌军的物资供给线，还护送过刘少奇、陈毅、陈光等领导人以及千余名抗日将士。游击队员们扒火车、闯火车、炸桥梁，令敌人闻风丧胆。刘知侠深深被这些英雄人物的抗战事迹所感动，于是他产生了强烈的创作欲望，决定将他们的英雄事迹写成文学作品。

刘知侠立即开始整理资料，着手写作关于铁道游击队的章回体小说《铁道队》，并在《山东文化》上连载了两期，这就是小说《铁道游击队》的雏形。文章一经发表，就赢得了广大读者的好评，并收到了铁道游击队的来信。他们首先对作者表示了感谢，随后热情邀请他到游击队深入体验斗争生活，了解更真实的游击队生活。虽然书信措辞比较委婉，但是刘知侠感觉他们对作品不太满意，所以果断地停止创作，深入游击队采访，体验更真实的战地生活。

在1944年和1945年，刘知侠前后两次冒着生命危险，穿越敌人的封锁线，与鲁南的枣庄和微山湖的铁道游击队队员一起战斗、一起生活，这使他积累了丰富真实的第一手资料。由于解放战争的爆发，刘知侠接到了新任务，所以小说写作一直搁置到1952年。当时，他担任山东文联编创部部长，特意请了一年长假，专心创作小说《铁道游击队》。动笔前，他又找到了铁道游击队的领导王志胜、杜季伟等人，再次重游了炭场、微山湖等战场，重温了英雄们英勇战斗的激情岁月。

创作这部小说花费了刘知侠很大精力，由于他只有初中文化，所以在写作上比较费力。在《铁道游击队创作经过》中，刘知侠曾这样写道："我事先剖析了一遍《水浒传》，在写作上注意以中国民族文学的特点来刻画人物，避免一些欧化的词句和过于离奇的布局和穿插，把它写得有头有尾，故事线索鲜明，每一个章节都有一个小高点。"

1953年，《铁道游击队》出版，立即成为读者们争相抢读的书籍，并多次再版，先后被译成英、俄、法、德、越等近10种文字，成为著名的抗日战争文学经典。小说多次被搬上银幕、电视荧屏和舞台，还有连环画等，还成为小学语文课本中的教材。

故事梗概

抗日战争时期，鲁南枣庄矿区以刘洪、王强为首的一批煤矿工人和铁路工人，不堪日寇的烧杀掠夺和蹂躏，在中国共产党的领导下，秘密地组成一支精悍的铁道游击队。他们利用煤矿铁路的掩护，在临城、枣庄一带的铁路线上，抢夺敌人的武器、物资，破坏敌人的运输交通。他们积极配合主力部队的战斗，机智灵活地与日寇捉迷藏，充分利用熟悉的环境和铁路作业、行车制度，让敌军火车相撞、脱轨，给当地的日寇和伪军以沉重的打击。

大队长刘洪、政委李正组织队员们在陈庄开设的一个炭场作掩护，袭击了几次敌人火车，不仅武装了自己的队伍，还给主力部队提供了一些武器。由于他们在火车线上神出鬼没、行动神速，所以被老百姓称作为"飞虎队"。驻守在当地的日军小林部队调集特务队,对游击队进行围剿,企图消灭铁道游击队。刘洪决定先下手为强,趁敌人不备袭击了日本洋行和客车,迫使敌人将进山扫荡的兵力撤回来对付游击队。但是等到敌人撤回支援时,行动神速的游击队早已不见踪迹,使得敌人狼狈不堪。

恼羞成怒的小林勾结国民党反动派,进山围剿铁道游击队,在战斗中大队长刘洪身负重伤,随后在村民芳林嫂家休养。芳林嫂的丈夫也是游击队员,不久前在战斗中牺牲,她对刘洪悉心照顾,她家很快就成了游击队领导集会的场所。很快,特务队队长冈村就侦察到游击队活动的地点,并对其发动突然袭击。刘洪与李正经过协商,决定主动出击,对敌人进行反包围。刘洪、李正指挥得当,利用地形优势歼灭了全部敌人,不过冈村却得以逃脱。小林恼羞成怒,疯狂地对百姓进行"清剿""扫荡",到处放火烧村庄,杀害无辜的百姓。

看着被烧毁的村庄、被残杀的百姓,刘洪内心十分愤怒和心痛,他决定在微山湖与敌人决战。幸好李正赶来,才阻止了刘洪的冲动行为,游击队避免了重大损失,李正却不幸负伤。随后,刘洪和李正带领游击队进行休整,扩张队伍。

太平洋战争爆发,日寇加紧了军用物资的运输,铁道游击队趁机频繁偷袭,搞得敌军疲于应付、寸步难行。小林为了保证物资的运输,调集鲁南地区全部兵力进攻微山湖,企图全部消灭铁道游击队。刘洪指挥队员化装成日寇突出了重围,后来遇到了冈村的特务队,经过一番激战,冈村特务队被全部歼灭,冈村也被击毙。然而,当芳林嫂到湖西完成侦察任务时,却被敌人抓获。不久,抗战胜利,李正伤好归队,铁道游击队奔赴临城阻遏国民党军队北上,救出了芳林嫂,迫使小林残余部队投降。铁道游击队取得了战斗的胜利,并且不断壮大。

刘知侠(1918年—1991年),原名刘兆麟。自幼家庭贫困,11岁开始半工半读,后考取了卫辉一中。1938年,怀着抗日救国的热情,进入抗大学习,并加入中国共产党。1939年,被分到山东抗日根据地文工团工作,其间认识了铁道游击队的战斗英雄,深受游击队英雄事迹感动,于是产生了创作小说的欲望。他前后两次到鲁南的枣庄和微山湖的铁道游击队体验生活,积累了大量的一线资料和素材。1952年,根据游击队的战斗事迹创作了长篇抗战小说《铁道游击队》。

其后，刘知侠一直从事文学创作，历任《山东文学》主编、中国文联委员、中国作家协会理事等。其主要作品包括《铁道游击队》、《芳林嫂》、《沂蒙飞虎》、《战地日记》，其中风靡了整整一代人的《铁道游击队》至今不衰。

刘洪：

刘洪是铁道游击队的大队长，也是核心人物。作为队伍的领导者，他具有独特的人格魅力，所以深受游击队员的敬佩和爱护。他和所领导的游击队，像一把尖刀插在敌人的心脏，在敌占区劫火车、毁铁路、打鬼子、杀汉奸，给敌人以沉重的打击。他们不仅给主力部队提供大量的物资，还扰乱了敌人，打击了敌人的嚣张气焰。

他既有领导者的沉稳和智慧，又有战斗英雄的行侠仗义、勇敢善战。他从小生活在铁路旁，所以练就了高超的飞车技术，16岁他就成了煤矿工人，后加入了八路军游击队，在战斗中他认识到了革命的意义和斗争的方向，并且养成了英勇、机智、刚强、果断的性格。由于他作战勇敢、有勇有谋，所以被上级指派成立铁道游击队。

每次战斗刘洪都周密布置、亲自指挥，冲在斗争的最前沿。在"搞票车"的战斗中，他在行动前就考虑了所有有可能发生的问题，率先带领队员控制火车，勇敢地控制敌人占领的车站，取得了战斗的胜利。他对党和人民无限忠诚，总是千方百计地完成上级交代的任务；当看到百姓遭到屠杀时，他心如刀绞，气得浑身发抖，不顾个人安危，决定与敌人决战到底。他对敌人深恶痛绝，对战友却十分热爱和关心，当他在芳林嫂家养伤、喝美味的酸辣汤时，心里却想着忍饥挨饿的战友们，还给政委李正留了一碗。

但是他的性格也有鲁莽、急躁的缺点，在日寇扫荡苗庄，看到村庄惨不忍睹的景象时，他被复仇的怒火冲昏了头脑，忘记了游击战的战术、战略，竟领导全部游击队员与敌人决一死战，结果导致李正和多位队员受伤。他还是一个感情丰富的人，面对芳林嫂的悉心照顾，他也产生了感情，展现了铁骨铮铮英雄的柔情一面。

李正：

李正是铁道游击队的政委，与大队长刘洪相比，他是一个文武双全的指导员形象。他与刘洪商议，为游击队找了陈庄的炭场作掩护，指挥队员们与敌人巧妙地周旋。在战斗中，他勇敢、机智，设计将前来偷袭的冈村包围，取得了战斗的胜利。但是更多时候，他是整个铁道游击队的思想核心，从政治上领导队员，避免游击队走弯路，犯错误。当刘洪冲动地想要与敌人决战时，他及时赶到，说服队员们保存实力，避免了更大的损失。

芳林嫂：

芳林嫂是坚强、善良、温柔的女性形象。她的丈夫在战斗中牺牲，但是芳林嫂并没有被打倒，坚强地撑了过来；当刘洪受伤在她家里养伤时，她积极主动、悉心照顾，这展现了她的温柔和善良；在刘洪和游击队的影响下，她逐渐参与到游击斗争中来，出色地完成多次侦察任务。她积极配合游击队的各种任务，打探消息、巡查追踪敌特，并且将自己家发展成为游击队领导的联络站。芳林嫂还十分热情、大方，积极帮助关心游击队员，包括帮李正介绍对象，帮助珍珍打探身世等。

芳林嫂虽然是一个比较柔弱的女性，但是当她被敌人抓住时，受尽了严刑拷打，也不肯泄露游击队的秘密，意志十分坚定、顽强。

野火春风斗古城

《野火春风斗古城》是一部描写在 1943 年冬天，地下工作者在敌伪占领下的省城（即河北保定市）与日寇、敌伪特务斗争的故事。小说展现了在那段艰苦复杂的年代，革命者的英勇机智、坚贞不屈，以及惊心动魄的地下斗争。

作者李英儒亲身经历了那段艰苦复杂的斗争年代，他出生于保定清苑县一个中农家庭，由于家庭贫困，不得不小小年纪就分担家庭重担。李英儒从小就进入私塾读四书五经、唐宋散文等，中学考入保定市志存中学，其间阅读了《共产党宣言》等革命书籍，接受了进步革命思想的熏陶，并且很快加入到学生运动中来。李英儒十分喜欢写作，曾经在多本报刊上发表诗歌散文。1935 年，李英儒加入了先进青年组织——抗日民族先锋队组织。1937 年，由于成绩优异，李英儒被保送到北平燕京大学，抗战爆发后，他毅然放弃学业、投身于抗日救国事业，加入了八路军游击队。在此期间，他先后在游击队政治部办的《火星报》社担任编辑、记者、主编。

不久，奉上级命令，李英儒回到家乡组织抗日武装，广泛发动群众，很快就组建了晋察冀军区北上抗日先遣支队独立团。独立团积极与敌人作斗争，很快就成为晋察冀一支颇有战斗力的武装队伍，并且出色地完成了护送干部、攻打易县和涞水等重要任务。李英儒在家里设置了地下党联络站，妻子张淑文则负责送情报。战斗之余，李英儒坚持写作，将自己与战友们的战斗经历记录下来，在《冀中导报》和《晋察冀日报》上发表了《夜摸城》、《子弟兵夜袭安平城》、《没有太阳的都市》等作品。

1942 年，李英儒加入中国共产党，同年 5 月，日寇对冀中抗日革命根据地进行疯狂大扫荡，实行三光政策，八路军游击队的处境十分艰难。为了粉碎敌人的疯狂扫荡，上级派李英儒进入保定城，开展地下工作并且开辟由冀中通往山区抗日革命根据地的安全地下交通线。为了完成任务，不少地下党员被捕、牺牲，李英儒不顾个人安危闯入保定城，以粮店作为掩护，与伪政府周旋、斗智斗勇。其间，他目睹了汉奸省长吴赞东、杜锡钧等人的可耻面目，这为他创作《野火春风斗古城》提供了丰富素材，小说将这帮汉奸的罪恶行径和丑恶面目刻画得淋漓尽致。

在极其险恶的环境中，李英儒很快就站稳了脚跟、建立了两个地下工作小组，设立保定地下工作站，并担任该站站长兼党总支书记。从此，他一方面与日寇和特务作斗争，一方面争取策反敌伪军，为游击队和组织提供了很多有价值的情报。

1955年，李英儒根据自己在保定城开展地下工作经历和其他战友的经历，创作了长篇小说《野火春风斗古城》。李英儒在《关于〈野火春风斗古城〉——从创作到修改》中提到："由于比较熟悉这方面的生活，我总念念不忘地想把内线斗争的人物和事件记录下来。内线工作是一条隐蔽的战线，……与其他战线一样，我们发展壮大自己，打击消灭敌人。于是，我以野火喻作敌人的凶焰，以春风比作党的力量，任你敌人的凶焰再高，烧不尽中国人民革命的有生力量。经过党的春风化雨，蒙受苦难的中国人民，终于会取得斗争的胜利，被蹂躏的中国大地，终于云散烟消，晴空万里,呈现出一片欣欣向荣的景象。"

在创作小说时，李英儒精益求精，成功地塑造了杨晓冬、金环、银环、杨母等一批革命者的光辉形象，同样突出了特务吴赞东、叛徒高自萍的可耻。

故事梗概

1943年冬，抗日战争进入相持阶段的末期，沦陷区地下党的斗争处于极艰难复杂的时刻。在共产党组织的指派下，地区团队政委兼县委书记杨晓冬伪装成市民进入敌占区保定城，积极开展当地的地下工作。同时，武工队梁队长在外线积极配合杨晓冬，共产党员金环担任外线联络员；在内线，任职伪省政府的参议高老先生、任职伪政府的高老先生的侄子高自萍以及在市立第三医院的护士、金环的妹妹银环都是地下党的内线联络员。在梁队长、金环的护送下，杨晓冬穿过敌人的封锁线，顺利地进入了保定城。后来，他在城内遇到了曾经的战友老韩的孩子韩燕来和小燕，并在他们家住了下来。

不久，银环带着杨晓冬来到高宅与高自萍见面，请他为自己办理合法证件。高自萍的态度却十分冷淡，想要尽快结束与杨晓冬的会面。杨晓冬又谈了当前的严峻形势，近来敌人严密封锁交通要道，党组织的交通路线严重受阻，所以请他帮助从内部开通一条交通路线，以安全护送过路的同志。高自萍心中十分不满，向杨晓冬大发牢骚，埋怨组织没有重用他。他还表示自己与叔父正在谋划放长线钓大鱼，等到时机到时，一声令下城门就可门户大开，解放区军民就可以大张旗鼓地开进城来。杨晓冬对高自萍的傲慢和无礼态度十分不满，但是为了顾全大局，不得不压抑内心的愤怒，离开了高家。

高自萍送走杨晓冬之后心里矛盾不已，他一方面埋怨银环不应该贸然领着杨晓冬来到他家，另一方面又后悔自己不应该冒犯上级。经过权衡之后，他决定设法补救一下，缓和与杨晓冬的矛盾。恰巧伪省长吴赞东新兼任警备司令，决定在省城大戏院唱戏祝贺，并且邀请了高老先生和高自萍。高自萍认为这是缓和关系的绝好机会，于是要求与杨晓冬在大戏院见面。等到杨晓冬如约前来见面时，高自萍一反上次冷漠的态度，殷勤地与杨晓冬交谈，在杨晓冬向高自萍了解工作情况时，高自萍才表示自己有策反吴赞东的计划。杨晓冬劝高自萍保持清醒的头脑，不要对吴赞东抱太大希望，高自萍却不以为然。随后，高自萍交给杨晓冬一枚市政府的铜质证章，表示戴着它可以从路西治安军的防地护送同志。

随后，杨晓冬接到上级指示，将隐藏在路东的两位病弱的同志，护送到路西。虽然他对当地情况还不了解，却在银环、韩燕来兄妹的配合下，巧妙地利用伪治安军到城里拉煤的大车，将同志安全地交给了梁队长。正当大家为完成任务庆祝时，伪治安军的谍报队长"黑鬼子"蓝毛来到他们的落脚地，杨晓冬和金环面对大批敌人，临危不惧、机智周旋，让狡诈的蓝毛误认为他是敌伪的高级特务，安全地渡过了危机。当银环焦急地等待杨晓冬时，杨晓冬的母亲前来送情报，通过与杨母的交谈，银环对杨晓冬有了深刻的了解，并产生了爱慕之情，却遭到严厉拒绝。

这年除夕，杨母带来了很多抗日宣传品，银环机智地将反法西斯战争的胜利消息送进了敌伪高级官员聚会的宴乐园，包括伪省长吴赞东、伪团长关敬陶家中，敌人顿时惊慌失措、士气低落。几天后，在高参议的安排下，杨晓冬孤身前往策反吴赞东，然而吴赞东却冥顽不化。在上级的指示下，杨晓冬将工作重点放到争取敌伪军队上，争取关敬陶、警惕吴赞东。

另一方面，日军和高大成的伪治安军联合，对山区根据地进行大扫荡。在城中兵力空虚的情况下，杨晓冬组织武工队夜袭司令部，使得敌人震惊不已。敌人加紧对地下党的盘查，金环被捕、关敬陶也被关进监狱，金环为保护关敬陶壮烈牺牲。高大成根据吴赞东的情况，发现了高参议叔侄的身份，高参议闻讯而逃，高自萍被捕叛变。杨晓冬被高自萍出卖被捕，他揭露了高大成"压惊"的阴谋，揭露敌人的罪恶、大闹宴乐园。敌人见引诱没有效果，便抓捕了杨母，杨母为了不连累儿子，跳楼自杀。杨晓冬悲愤之余，决心以母亲为榜样，同敌人斗争到底。

不久，武工队梁队长与韩燕来设法将杨晓冬营救出来，隐藏到银环安排的医院里。高大成为了保住面子，决定枪毙越狱的共产党员高自萍，梁队长和队员"膘子"误认为是杨晓冬，于是来到法场想劫夺刑场，不料被敌人发现，并被特务逮捕。正当杨晓冬积极设法营救时，梁队长却积极联络狱中同志暴动，在里应外合的情况下，杨晓冬不仅救出了梁队长等同志、策反关敬陶团起义，还设计消灭了蓝毛、多田、高大成等人。战斗取得了胜利，随后，杨晓冬、银环等人又前往北平迎接新的革命战斗。

作者简介

李英儒（1913年—1989年），河北保定市清苑人，作家、书法家。1938年，参加八路军，曾任火星报社编辑、主任、八路军某部团长，具有多年从事地下工作经验。1954年，李英儒完成第一部长篇小说《战斗在滹沱河上》，后又创作了长篇小说《野火春风斗古城》。《野火春风斗古城》先后被译成英、日、俄、德、朝、保等十多种文字，是当时优秀的红色小说之一，之后被八一电影制片厂摄制成故事片。随后创作了多部优秀作品，包括长篇小说《女游击队长》、《还我河山》、《上一代人》、《燕赵群雄》、《虎穴伉俪》、《女儿家》、《魂断秦城》等。

杨晓冬：

杨晓冬是一位出色的地下工作领导者，在抗日最艰难时刻被派往敌占区从事地下工作，他亲自散发抗日传单，舌战伪省长吴赞东；他正确分析敌情，袭击敌伪司令部，搅得敌军官兵心惊肉跳、人仰马翻；他智斗蓝毛，巧妙地将同志护送出城；他只身犯险，说服伪团长关敬陶起义。一次次战斗，表现了杨晓冬作为地下革命者的智慧和才能，坚定和果敢，突出了战斗经验和智勇双全。他行事也十分谨慎、沉稳，尽管高自萍态度傲慢、抱怨连连，但是为了顾全大局、团结同志，他压抑住了内心的愤怒；当高自萍想要策反吴赞东时，他立即劝告高自萍谨慎行事、不可轻举妄动。

杨晓冬对革命充满了坚定的信心，对人民和党的事业无限忠诚，在被捕后，痛斥日寇和敌伪政府的罪恶，掀翻敌人设下的宴席，大闹宴乐园。面对敌人的严酷刑具，他从容以对、威武不屈，誓死捍卫自己的信仰和组织的秘密。当母亲为了自己跳楼自杀时，他悲痛不已并发誓与敌人斗争到底。同时，他积极联系狱中同事发动暴动，与外面的梁队长配合，领导同志们逃出了监狱。

杨晓冬是一个具有崇高品德的革命者，事事以革命事业为先，当银环向他表白时，他断然拒绝了她。除夕夜，杨母给杨晓冬送来了宣传单，他本想与母亲一起过年，但是为了革命工作，他不得不忍着悲痛送母亲离开。这充分表现了一个革命者先公后私、无私奉献的光辉形象。

金环：

金环是一个年轻的共产党员，也是一个坚强、倔强的青年女性。新婚几个月，她就劝丈夫参军打日寇，丈夫在战斗中牺牲后，她坚强地带着女儿，来到省城参加革命，做地下党的联络员。她对敌人充满了仇恨，对革命和党忠心耿耿，所以在工作时她十分认真负责、充满了热情和力量。她是一个勇敢而又富有智慧的女子，杨晓冬刚刚到来时，她积极配合梁队长，将杨晓冬护送进城；当他们完成护送同志的任务时，她和杨晓冬两人被伪治安军的谍报队长"黑鬼子"蓝毛发现，金环毫不畏惧、镇定自若，冒着生命危险与敌人争吵、周旋，最后使得两人化险为夷。

金环也是一个意志坚定、英勇不屈的战士，在她被捕时，为了保住关敬陶牺牲自己。她在遗书中说："他们（敌人）能够敲碎我的牙齿，能割掉我的舌头，甚至剖腹挖出我的心肝。但是他们只有一条不能，不能从我嘴里得出他们所需要的话。""敌人也想让我活下去,还答应叫我在物质生活上活好一点,只要从我身上得到他们所需要的东西。我想活,我知道'死'并不是个愉快的名词,它的含义里有痛苦。但是我不能避开它而丢掉我最宝贵的东西,这些东西不用说作为一个党员,就是作为一个普通的中国人也是不能失掉的。"一个年轻的女性竟有如此坚定的意志和革命信念,足以证明她是一个无限忠诚于革命事业的伟大战士。

金环的个性十分倔强和泼辣,她经常刻薄地挖苦人,不给任何人留半点情面;但是她也十分热心,即便自己饿肚子也要让同志们吃饱,在危急时刻,为同志挺身而出。

银环:

银环是金环的妹妹,性格与姐姐正好相反,银环热情文静、感情细腻、善良温柔。作为地下党的联络员,她一心一意为革命工作,满腔热情地帮助同志。虽然开始她在革命道路上还不成熟,由于思想单纯、缺乏经验,无意泄露了机密给叛徒,导致杨晓冬被捕。但她是领导身边不可缺少的助手,她积极配合杨晓冬发传单、联络杨晓冬与高自萍会面、帮助杨晓冬找藏身的地方……在不断的斗争中,在党的教育下,她也有所成长并逐渐变成勇敢坚定的战士。

她感情细腻,在接触杨晓冬的过程中以及与杨母的交谈中,她更深刻地了解了杨晓冬的为人,并对他产生倾慕之情。虽然遭到杨晓冬的拒绝,却不影响革命工作。后来,银环在战斗中有所锻炼,积极配合梁队长救出杨晓冬,并获得其认可。

杨母:

杨母这个角色作者的着笔并不多,但是却让人印象深刻。她代表着中国传统女性的坚韧和顽强。为了支持儿子工作,她不顾个人生命安危,积极为地下党搜集情报、传递消息和宣传品。当她得知敌人想要利用她逼迫杨晓冬投降时,她机智地识破了敌人的花招,毅然跳楼自杀,表现了一个革命母亲的伟大情操和用行动激励儿子英勇奋斗的光辉形象。

现代著名作家、教育家和文学家叶圣陶在《读〈野火春风斗古城〉》一文中写道:"我一口气读完这部《野火春风斗古城》,觉得'内容说明'的末了一句'这是一部激

动人心的优秀作品'并非过誉。"

著名学者胡经之评论:"《野火春风斗古城》确是一九五八年出现的优秀长篇小说之一。它真实地描写了叫人感奋起来的地下斗争事件和英雄人物形象。李英儒同志为我们人民革命斗争的英雄画廊里,挂上了珍贵的一幅。"

1960年,以日本著名作家野间宏为首的日本作家代表团访华,当他得知李英儒在抗日战争期间,曾担任过冀中抗联会负责人,长期从事地下工作的传奇经历时,激动地说:"正因为你有着如此辉煌、多彩的阅历,积累了丰富的文学素材、付诸创作,才能写出《野火春风斗古城》等一些动人魂魄的小说、散文和报告文学。"

烈火金刚

 写作背景

《烈火金刚》是作家刘流于1958年创作的一部抗战题材小说，1942年"五一"反扫荡战争爆发时，日本侵略者一方面加紧了对国民党反动派的政治诱降，一方面集中兵力向冀中根据地发动疯狂的大扫荡。在严峻的斗争形势下，冀中军民展开了艰苦卓绝的抗战，这部小说的主人公肖飞、史更新、丁尚武等八路军战士，与敌后武工队紧密配合，与敌人展开了一系列斗智斗勇的斗争。

1942年的"五一"反扫荡是整个抗战中冀中根据地形势最艰难、最惨烈的一个时期，那些在残酷斗争"烈火中锤炼出来的'金'与'钢'"一直震撼着人们，刘流也深深被冀中军民的艰苦斗争所感动。

1943年，作家刘流参加了第二届晋察冀边区群英会，与英雄们交流的过程中，他一直被晋察冀英雄们可歌可泣的战斗故事感动，他立即以英雄事迹为素材写了一部多幕剧，并且让英雄们自己演出，在边区获得了巨大成功。因此，刘流萌生了一个念头，产生了创作长篇小说《烈火金刚》的欲望，以展现中国人民在抗战中英勇斗争的壮丽画卷。他说"我要通过这部书让后人知道，曾经有过那样一场残酷的战争，有那样英雄的人民，那样伟大的党"。

后来他在《关于〈烈火金刚〉的创作报告》中说道："当时，我和英雄们在一起，了解了英雄们以后，脑子里自己的经历退让得没什么位置，游过来飞过去的总是英雄们的影子。他们就像生铁投进熔炉里一样，锤炼成钢。……从此（我）把（他们的）形象印在心里。……这就好比一粒写作的种子种在我的心地，不能不让它生长起来。"

但是由于当时斗争环境异常严酷，所以他只能将这个念头埋在心中。抗战胜利后，刘流回了一趟老家河间，这里同样是冀中地区重要的抗战战场，其间他收集了大量家乡军民抗战的素材，为日后的创作提供了丰富的资源。在这里刘流找到了小说中

小李庄、滹沱河边游击健儿的原型，并且日益丰满。

后来，刘流调到保定文化馆工作，随着生活的安定、和平，他有了创作的时间和条件。刘流一边从事工作，一边开始《烈火金刚》的创作准备。由于白天工作繁忙，所以他只能在晚上笔耕不辍，买不起稿纸，就用黄草纸。1957年，刘流终于完成了《烈火金刚》的创作，仅初稿就写满了4个厚厚的黄草纸本，经过一年多的修改，后由中国青年出版社出版。

小说一出版，就在社会上引起了轰动，主人公肖飞机警敏捷的神奇身手、深入虎穴、智勇双全的形象，史更新身负重伤却英勇杀敌的现象，很快深入人心。当时《烈火金刚》的责任编辑黄伊后来回忆说："……不论大街小巷，或是穷乡僻壤，凡是有收音机或大喇叭的地方，平头百姓都尖着耳朵听'肖飞买药'。就这样，在五六十年代《烈火金刚》就印了上百万册。"

小说完成后，有人问《烈火金刚》是否描述的是刘流自己的经历，而刘流却谦虚地说："没有，我自己的经历还值不得写。"但是整部作品却透露了刘流对多年从事侦察工作的体验和熟悉，从事件描写到人物塑造，都让人感觉是作者的亲身经历。那是因为，冀中平原是刘流生长的故乡，对那里的风土人情再熟悉不过，小说中描写的滹沱河就流经刘流的家乡河间县。同时，刘流那次返乡经历，通过详细遍访，使他更加透彻地了解到了那里的八路军在人民群众的支持下，与冀中百姓生死相依、水乳交融的战斗生活。所以也可以说，小说故事发生的背景，就是作者的家乡河间。1942年，这里的念祖村发生过一场惨烈的激战，今天还矗立着纪念那次激战中牺牲的八路军战士的墓碑，碑上刻着"英灵照万古——1942年农历六月二十八日八路军任河大支队72烈士"字样。这场激烈的战斗正是小说中"史更新负伤突围"场面的原型。这些英雄的英勇形象一直强烈地震撼着刘流，正是因为如此，刘流才创作出一群活灵活现、有血有肉的八路军英雄形象和纯朴可爱的冀中人民形象。

《烈火金刚》是中国当代销量最大、最受读者欢迎的小说之一。小说出版的第二年就印刷八次，一年内发行量33万册，其发行量高达60万册，仅次于同时期的《红岩》。

 故事梗概

1942年,"五一"反扫荡战争爆发,日本侵略者集中兵力对冀中军民进行了灭绝人性的大扫荡,冀中人民的抗战进入最艰难、最激烈的时期。此时,在滹沱河下游的军事要塞桥头镇发生了一次激烈的战斗。某天黄昏时分,猫眼司令率领主力部队对八路军某部发起突然袭击,大队长毛利伙同当地伪军大队长高铁杆率领伪军配合作战,八路军面临腹背受敌的困境,只得强行突围,与敌人展开了一场血战。

八路军排长史更新率领战士们拼死掩护主力部队突围,经过激烈战斗后,战士们伤亡惨重、所剩无几,史更新则身负重伤。敌人的包围圈越来越小,身负重伤的战士们大多死在敌人的刺刀下,史更新被营长赵保中的父亲赵连荣藏进牛棚。为保护史更新,赵连荣与敌人展开激战,并被敌人刺死。史更新强忍内心的悲恸,准备追赶队伍,途中遇到了老冤家猪头小队长,并被敌人包围起来,后被当地区委书记齐英等人所救,丁尚武却被捕。史更新、齐英等人来到了小李庄,并在李金魁家中养伤。

另外,八路军卫生院林丽与部队走散,恰巧遇到了两个日本兵,关键时刻,八路军侦察员肖飞救了她。肖飞外号"神行小飞侠",智勇双全、武艺高强,是让敌人闻风丧胆、头疼不已的人物。随后,林丽磕磕绊绊地回到小李庄,被李金魁带回了家。李家的情况被汉奸解老转和何大拿发现,幸好李金魁发现他们的举动,齐英和肖飞等人巧布迷魂阵,制造出八路军正规军控制小李庄的阵势。狡猾的解老转果然上当,交代出敌人的情况,不过却隐藏了黎明前日军和伪军要来围村的关键情报。经验丰富的史更新察觉到另有隐情,齐英等人再施迷魂阵,让何大拿说出了实情。齐英等人立即安排群众转移,并暂时释放了何大拿和解老转。

猪头小队长和高铁杆带队包围了小李庄,发现了史更新、肖飞等人的藏身地点,并且逼迫谢老转写出八路名单。村中一些妇女被敌人带走,受伤的丁尚武也被示众。齐英等人开始准备营救妇女和丁尚武,而李金魁在战斗中牺牲。

关键时刻,史更新伤情严重,肖飞孤身进城买药,将城中百姓搅得人仰马翻。然而不久,在小李庄养伤的史更新失踪,肖飞等人焦急不已,林丽只得找哥哥何志武对

质，这时人们才发现她是汉奸何志武的妹妹。后来，肖飞等人在田大姑家找到了史更新。与此同时，高铁杆丢失了在小李庄抢夺的粮食，何志武接替了他的职位。在此期间，肖飞与齐英等人与敌人巧妙周旋、斗争。史更新巧遇二号首长，并且积极营救一号首长、二号首长，不幸的是，在小李庄被敌人包围。日军残忍地对小李庄进行大屠杀，为了保护老百姓八路军楞秋挺身而出，牺牲了自己的生命。而一号首长为了掩护二号首长也壮烈牺牲。

战争转入尾声，猫眼司令决定对冀中人民施行惨无人道的细菌战。为了制止细菌战，史更新等人兵分三路，齐英等人前往鸭梨岛向大部队求援，丁尚武组织群众破坏公路，而史更新等人毁坏细菌武器。不幸的是，特务何志武发现了史更新等人，林丽为了掩护同志引爆了身上的手榴弹，同何志武等人同归于尽，同时齐英在送信的途中牺牲。经过英勇奋战，大部队围歼了日军主力，猫眼司令被史更新击毙，公路被炸毁、细菌船也被点燃。在生死关头，冀中军民团结一致，赢得了战争的最后胜利。

刘流（1914年—1977年），原名刘其庚，河北省河间县念祖村人。1932年，参加东北抗日义勇军，抗战爆发后加入八路军，曾担任晋察冀军区第五支队的侦察科长、军区司令部的参谋等职务。后来，他前往晋察冀边区的抗敌剧社任职，曾经参加过京剧《史可法》、《苏州城》、《李自成》的改编。新中国成立后，刘流调到保定文化馆工作，后担任市文学艺术联合会的秘书和创作部长、河北省委宣传部文艺处干事等职，一直从事文艺创作工作，创作过多篇叙事诗、短篇小说、鼓词和独幕话剧。正是这些年在正规军队的作战经验和文学工作，为他创作小说《烈火金刚》积累了丰富的生活素材，使得他塑造的八路军排长史更新、侦察战士肖飞的形象深入人心。

1958年创作长篇小说《烈火金刚》，受到了读者的热烈欢迎，多次被改编为电视剧和电影。后创作的长篇小说《红芽》也深受好评。

史更新：

　　史更新是八路军的排长，是整部小说中贯穿主线的人物，他是一个身经百战，经过血与火锤炼的英雄。他是出色的八路军排长，具有强烈的大局观和战斗精神，他率领战士们掩护八路军主力部队，与敌人浴血奋战。在身负重伤的情况下，刀劈全副武装的特务，举拳击毙一个鬼子，充分表现了革命英雄的大无畏气概和勇猛无比的英雄主义精神。

　　史更新富有丰富的战斗经验，十分心细，狡猾的谢老转监视李家庄的情况，被小分队发现，并且利用迷魂阵诈出情报，但是史更新却细心地发现谢老转有所隐瞒，通过巧施计策，得到了日军和伪军要来围村的关键情报，避免了重大伤亡。

　　史更新也是一个英勇无比的革命英雄，曾经练过武术，有过人的武艺。在面对猪头小队长凶猛的冲杀时，他见招拆招，以退为进，使出"白手夺枪"的绝招，最后把对方打得口吐鲜血。负伤的史更新在小李庄养伤，因此与这里的群众培养了深厚的感情，其间他受到了群众的保护和爱护，他也坚持与敌人展开斗争。最后，他带领肖飞、齐英等人炸毁了公路，损毁了日军的细菌船，获得了最后的胜利。

肖飞：

　　肖飞是八路军的侦察员，他神通广大，武艺高强，被人们称为"神行小飞侠"，是让敌人头疼的人物。他活捉汉奸解二虎，解救陷入困境的楞秋；当敌人抓住小李庄的妇女时，他夜闯桥头镇，解救了被捕的妇女。小说中最精彩的片段就是肖飞进城买药的故事，史更新伤情加重，敌人严密监视小李庄，肖飞独自一人进城买药，巧取贵重药物，在敌人的身边来去自如，踪影飘忽，搅得敌人人仰马翻，途中还用计擒住了汉奸何世昌、何志武父子。这一次次战斗反映了肖飞的神通和机智，表现了一个八路军战士的大智大勇。

齐英：

　　齐英是小说中颇有争议的人物，他是富有领导才能、深通兵法韬略，同时他也是一个缺乏战斗经验、善于讲大道理的知识分子形象。齐英不是一个高大完美的形象，他出场时，作者写道："他的身体太单薄。个子又小，从小念书念到抗战，任何劳动活儿也没有干过，一看就知道是个白面书生。"在关键时刻，他的枪打不响或是走火；他爱讲革命道理，分析革命形势分析得头头是道，却让丁尚武等战士不知所云；在遇到复杂情况时，极不赞成鲁莽行事，自己又提不出好办法……虽然齐英有很多缺点，却仍作战英勇，在史更新负伤、县委书记田耕失踪的情况下，他成了小李庄民兵组织的领导，与敌人斗智斗勇、顽强奋斗。这样的英雄人物虽然有很多缺点，在肖飞、史更新这样的传奇英雄面前显得渺小、可笑，却让读者感到更加亲近、更加真实。

闪闪的红星

　　《闪闪的红星》背景发生在民主革命最艰苦困难的30年代,少年英雄潘冬子在父亲的影响下,积极与土豪胡汉三斗争,并且在革命中成长为一个真正的红军战士的故事。

　　作者李心田一直从事部队文化教育和文艺工作,并于1961年创作了反映抗战少年战斗生活的小说《两个小八路》,受到了广大读者的热烈欢迎。随后,中国少年儿童出版社的编辑又邀请李心田为孩子们写一部小英雄的小说,于是便有了《闪闪的红星》的创作。

　　当时,李心田在部队文化速成中学做教员,班上很多学生的父母都是参加过长征的老红军,包括许世友的儿子许光、鲍先志的儿子鲍声苏,等等。这些老红军战士的子女早早就离开了父母,直到新中国成立后才与父母团聚。其中一个孩子的故事吸引了李心田,这个孩子也是江西根据地一位老红军的儿子,在长征出发时,儿子年仅3岁,老红军给妻子留下了写有自己名字的军帽。孩子与母亲相依为命,不幸的是,在他6岁时,母亲被白匪杀害,母亲去世前将父亲的军帽交给孩子,并且交代他一定要找到父亲。解放后,这位老红军的孩子才拿着帽子,经历了千辛万苦终于找到了日夜思念的父亲。

　　这些故事深深地感动了李心田,也为他提供了有利的创作素材,为了让人们记住这些红军战士的伟大以及红军子女的艰辛与坚强,李心田决定创作中篇小说《闪闪的红星》。

　　在以后两年里,李心田一面辛苦地工作,一面利用工作之余完成了小说的写作。不过小说的出版却历经波折,最初,小说命名为《战斗的童年》,并且寄给出版社的编辑,编辑李小文看了稿子后,便约李心田到北京改稿。但是由于李心田刚调到前卫话剧团工作,所以就耽搁下来。直到1970年,人民文学出版社派编辑谢永旺向他约稿，李心田才将《战斗的童年》交给他。后来，王致远对这部小说十分欣赏，决定顶住压力出版，谢永旺便联系李心田，希望他能改个好的名字。1972年，李心田将小说改名为《闪闪的红星》，终于得以出版。

小说出版后好评如潮，接着，中央人民广播电台连续广播了这部小说，全国十多家出版社要出版此书。《闪闪的红星》一下子传遍了全国，不久又被译成英、日、法、越等文字，传至国外。

故事梗概

在民主革命最艰苦困难的30年代，少年英雄潘冬子的家乡——柳溪镇还处在大土豪胡汉三的统治之下，潘冬子的父亲潘行义早年参加了革命，是一位红军战士。而胡汉三是当地凶狠的地主恶霸，危害乡里、无恶不作，一天，潘冬子挑着柴经过胡汉三的门口，被胡汉三拦住盘问，逼问他父亲潘行义的下落。潘冬子倔强地拒绝回答他，胡汉三竟丧心病狂地把潘冬子吊打拷问。这时，在潘行义的引导下，红军解放了柳溪乡，从胡汉三的皮鞭下解救了潘冬子。

红军在柳溪建立了红色政权，领导当地农民打土豪分田地，潘冬子也参加了打击土豪劣绅的斗争，胡汉三见农民斗争情绪高昂，不得不仓皇逃走。潘行义在与敌人的斗争中负伤，手术过程中，他主动将麻药让给别人，父亲的行为感染了潘冬子，使他懂得痛恨敌人、热爱自己的同志。

1934年秋，红军主力为了粉碎国民党反动派的围剿，保存自己的实力，决定撤离中央根据地，从各苏区向陕甘苏区的战略撤退和转移。潘行义出发前，给潘冬子留下一枚闪闪的红星，希望儿子能够坚强地成长。

红军离开不久，胡汉三便率领"靖卫团"返回柳溪，这里又陷入了土豪恶霸以及国民党反动派的恐怖统治之下。潘冬子和母亲不得不离开柳溪，进入深山老林隐藏起来。当地领导游击队的红军干部吴修竹，转达了红军遵义会议精神，这更增强了潘冬子和母亲坚持斗争的勇气和力量。

胡汉三加紧了对柳溪群众的迫害，潘冬子刚刚加入共产党的母亲为了掩护乡亲们撤离，被敌人杀害。亲眼看着母亲从容就义，潘冬子变得更加坚强，并且在闪闪红星的照耀下，他积极参加到对敌斗争中来。他用柴刀砍断竹索，切断了敌人的退路；他为游击队筹盐，巧妙地躲过了敌人的盘查；他积极为游击队送情报，弄沉了敌人的运粮船，破坏了胡汉三的搜山计划；他巧妙地躲过了胡汉三的多次试探和盘问，最终砍死了胡汉三。

1938年，江南坚持游击抗战的红军奉命开赴抗日前线，潘行义则前来接应吴修竹领导的游击队下山。潘冬子终于见到了父亲，他戴上那颗闪闪的红星，成为一名真正的红军战士，踏上了新的战争征程。

作者简介

李心田（1929年—），江苏睢宁人，1950年毕业于华东军政大学，参加解放军，一直从事部队文化教育和文艺工作。从1953年开始从事写作，著有长篇小说《寻梦三千年》、《结婚三十年》、《梦中的桥》、《跳动的火焰》、《十幅自画像》、《屋顶上的蓝星》、《银后》，中篇小说《人的质量》、《沙场春点兵》、《蓝军发起冲击》、《流动的人格》、《替移》、《老方的秋天》及话剧剧本等。

1961年，创作反映抗战少年战斗生活的独幕话剧《小鹰》和同一内容的中篇小说《两个小八路》；1971年，创作著名的中篇小说《闪闪的红星》。其中最为著名的是中篇小说《闪闪的红星》、话剧《风卷残云》。中篇小说《船队按时到达》获全国优秀少年读物二等奖，《夜间扫街的孩子》获冰心图书奖。

主要人物

潘冬子：

潘冬子是一个少年小英雄的形象，他的父亲是一名光荣的红军战士，虽然他只是一个7岁的小孩，性格却十分坚强、倔强，面对胡汉三的逼问和鞭打，他坚强不屈，绝不说出父亲和红军的下落。

在父亲的影响下，他积极加入到打土豪分田地的斗争中来。后来父亲跟随红军撤退，而母亲被敌人残忍杀害，潘冬子不仅没有被打倒，反而变得更加坚强，发誓要为妈妈报仇。怀着这样的心愿，他积极参与对敌斗争，巧妙地与敌人周旋，为游击队送情报、送盐。在残酷的斗争环境中，潘冬子不断地磨炼自己，终于成为一名真正的红军战士。

潘冬子是个机智勇敢的小战士，他爱憎分明、不畏艰险、纯洁质朴，在党和前辈的教育和帮助下，逐渐成熟起来。

胡汉三：

胡汉三是小说中的反面人物，他是当地凶恶的大地主、返乡团头子，平时作恶多端，搜刮民脂民膏。他凶残无比，竟然为了逼迫潘冬子说出红军的下落，鞭打7岁的小孩。当红军解放柳溪时，他仓皇地逃走，可是一旦红军离开，他又耀武扬威地回来，并且"我胡汉三又回来了"。作者通过这些描写，刻画了一个作威作福、色厉内荏的土豪地主形象。

儿童文学作家韩作黎专门发文评论，称赞"《闪闪的红星》是对儿童教育的好教材"。

风云初记

 写作背景

《风云初记》写的是战争，却并不直接描写战争，而将视角转向战争环境下民众的日常生活及心理状态，以风俗画一般的笔调渲染了冀中地区朴素的风土人情，以饱满的情感塑造了一批勇敢、坚强、识大体的农村妇女形象。

《风云初记》是作家孙犁于50年代初期创作的长篇小说，表现了抗日战争初期，滹沱河两岸组织人民武装、建立抗日根据地的曲折历程，反映了冀中劳动人民的觉醒和高涨的战斗热情。通过春儿、李佩钟、俗儿等一批富有个性特点的女性形象的描写，展现了在革命风暴中觉醒、成长的农村妇女和人民战士的崇高形象。

1949年，孙犁回到了冀中平原，他积极努力地融入广大群众的生活中。长期深入群众生活和战斗中，熟悉他们的语言和生活习惯，成为他创作文学作品的源泉。他还参加了解放区的土地改革工作，并利用在火热的革命斗争中所积累的大量素材，写作了《钟》《碑》等短篇小说和散文。

1949年，孙犁在给作家康濯的信中说道："我仍不死心，恋恋写作，春天冀中建政、大生产，我想回去写小说，不知道成功与否。"新中国成立初期，正是孙犁怀着以作品报效家乡人民，并且为新中国文学增添光彩之时，在做好本职工作的前提下，抓紧时间写作的。此时，他的思想一直萦回自己过去所经历的烽火岁月，回忆起冀中人民前赴后继、英勇抗战的故事，他激动不已，夜不能寐，于是在1950年7月，开始创作反映冀中人民积极抗战的长篇小说《风云初记》。

关于写这部小说的原因，孙犁在1963年回忆说："我亲眼见证了冀中人民在中国共产党的领导下，掀起的巨大抗日战争的怒潮。……在八年的抗战中，我更深刻地了解到中国农民勤劳、勇敢的性格，他们献身给神圣的抗日战争，他们是机智、勇敢的。就在最困难的时刻，最危险的时刻，他们也没有低下头来，是充满胜利的

信心。……在这个历程里,我更热爱自己的家乡,所有的这一切都在艰苦的战争中经受了考验,毫无愧色地展现他们是不可战胜的。""再也没有战争时期,我更热爱自己的家乡,更爱家乡的人民,以及他们进行的工作,和他们所表现的高尚品质。它是鼓舞我创作的最大动力。"

创作小说时,孙犁正在天津的一家报社工作,工作环境比较安静,所以创作比较顺利,"那一时期的情景,就像是泉水一样在我的笔下流淌开来。"

1950 年 9 月,孙犁开始小说的写作,第一集是作者边写边在《天津日报》副刊上连载,直到 1951 年 3 月由人民出版社出版发行。随后,1952 年 7 月,孙犁完成第二集的写作,次年仍由人民出版社出版。1954 年,孙犁完成了小说的第三集,然而还来不及润色,他便身患重病,辗转治疗。直到 1962 年,孙犁病情好转,才开始文章的修改工作,并对结尾进行了重写。1963 年 4 月,历经十年时间,这部 27 万的长篇小说终于彻底完成,并由作家出版社出版。

小说出版后,受到广泛欢迎,并得到多次再版印刷。孙犁的《风云初记》、《荷花淀》富有鲜明的"诗化小说"的特色,作家运用抒情诗似的语言,饱含深情的细腻手法,描写了战争初期冀中平原的生活情景,真实地再现了在党的领导下,冀中平原人民反抗日本侵略者可歌可泣的英雄事迹。

故事梗概

冀中平原滹沱河南岸,有一个名叫五龙堂的村庄。1927 年,农民高四海和 18 岁的儿子高庆山领导当地农民发动了一次农民暴动,然而武装暴动不幸失败。高庆山身负重伤,只好与参加暴动的中学生高翔离开了故乡。

转眼到了 1937 年,日本侵略者大举侵犯华北的消息传到了子午镇和五龙堂,顿时群情激昂、愤慨不已。当年被农民暴动打瞎眼的地主、村长田大瞎子积极组织民团武装,想要扩大自己的势力。子午镇的大贼高疤也趁国民党军队窜逃的机会,拉起一支队伍,自己当起了团长。不过他们却听到一个"不好"的消息,吕正操司令员正在改编各地的杂牌军,号召百姓团结起来抗击日本侵略者。这让田大瞎子惶恐不已,担心自己好不容易组织起来的队伍被收编。

与此同时，高庆山、高翔接受共产党的指示，回到阔别十年的家乡，担起组织抗日武装和抗日政权的重担。他们改编了骚扰百姓的杂牌军，以及高疤率领的队伍，成立了人民自卫军第七支队，高庆山为支队长，高翔为政委，积极在滹沱河畔开展敌后游击斗争。当地的农民积极踊跃加入人民自卫军，田大瞎子家中的长工芒种也背起了枪，参加了游击队。

整编结束后，高翔回到了高阳，七支队由高庆山指挥，李佩钟从中协助。李佩钟其实是一个知识分子，念过师范，却被迫嫁给了田大瞎子的儿子田耀武。内心极其痛苦的李佩钟积极投身革命战争，在革命积极性很高的春儿，以及被高疤强娶的妻子俗儿的协助下，组织了妇女救国会。她们积极组织子午镇的劳动妇女支持抗战工作，做军鞋、军袜，支援前线。

一天，俗儿与春儿到田大瞎子家派做军鞋，他不仅严厉拒绝还放出恶狗咬人。田大瞎子推倒了春儿，还踢伤了欲救春儿的长工老温。身为县政府指导员的李佩钟不顾私情，惩罚了作恶的公公，并罚他加倍做鞋。李佩钟大公无私、为百姓做主的举动，得到了百姓的支持和拥护。之后她又积极组织百姓破坏道路、拆城墙，以便阻挡日军的坦克与汽车。然而，正当各村积极准备拆城墙的工作之时，李佩钟的父亲李菊人却代表乡绅反对拆墙，李佩钟不徇私情逮捕惩处了李菊人等。春儿率领群众成立了妇女自卫队，她们拿起枪打击日寇，保卫自己和家乡，春儿成为一位真正的抗战先锋，并见到了吕正操司令员。

这时，田耀武却领着部分国民党军队回到了子午镇，暗中游说高疤脱离人民自卫军，破坏抗日运动。不久，高四海、春儿率领队伍与日寇展开了激战，由于高疤违背命令，致使队伍造成巨大损失，芒种在战斗中受伤。受到高庆山批评的高疤，一气之下投向中央军。在战斗日益激烈之时，田大瞎子不仅到处破坏抗日活动，还指使俗儿败坏春儿的名声。一天晚上田耀武在高疤的帮助下，冒充八路军包围了五龙堂，李佩钟未来得及转移并光荣牺牲。县城也被日军占领。

由于多次出色地完成任务，春儿加入了中国共产党，并且与芒种分别前往民运学院和军事院校学习。毕业后，芒种当上了指导员，春儿也成了小队长。很快，两人又奔向了新的革命道路,芒种上了前线,春儿继续在当地组织抗日工作。春儿与高四海一起为军队筹备军粮、运输军粮,他们的运粮队向着大山前进,并投入了更艰巨的斗争之中。

孙犁(1913年—2002年),原名孙树勋,河北省衡水市安平人,现当代著名小说家、散文家,是"荷花淀派"的创始人。少年时期,孙犁开始接触五四运动以后的文学作品,如鲁迅、叶圣陶、许地山等著名作家的小说,以及社会科学、文艺理论著作。丰富的阅读不仅增长了他的知识,扩大了他的视野,更为他后来的创作和评论奠定了坚实的基础。

抗战爆发后,孙犁积极加入抗战宣传工作,参与了《海燕之歌》的选编,搜集国内外进步诗歌汇编成册,激励人们的抗日斗志。后又在《红星》杂志和《冀中导报》副刊上发表多篇文章,对解放区群众文艺创作产生了深远影响。1939年,他在晋察冀文联、《晋察冀日报》、华北联大做过编辑和教员,同时进行文学创作。短短两年时间内,孙犁就发表了《走出以后》、《丈夫》、《第一个洞》、《春天,战斗的外围》、《他从天津来》等十多篇作品,其中《丈夫》获得鲁迅文艺奖。

1944年,孙犁前往延安工作和学习,其间在《解放军日报》上发表了著名的《荷花淀》、《芦花荡》等短篇小说,被各解放区报转载,新华书店还发行了单行本。著名小说《荷花淀》、《风云初记》开启了中国诗化小说先河。

新中国成立后,孙犁在《天津日报》工作,一直从事文学创作工作,后创作长篇小说《风云初记》、中篇小说《铁木前传》,有散文集《津门小集》、论文集《文学短论》等。1979年到1995年,孙犁又先后出版了多本散文集、杂文集,包括《晚华集》、《秀露集》、《澹定集》、《尺泽集》、《远道集》、《老荒集》、《陋巷集》、《无为集》、《如云集》、《曲终集》等。

春儿:

春儿是一个温柔而又坚定、善良而又刚毅、单纯而又干练的农村姑娘,也是一个由单纯可爱的小姑娘成长为顽强、勇敢、积极投身革命的女战士形象。

春儿是一位普通的农村姑娘，姐姐秋分和姐夫高庆山参加了农民暴动，受到家人影响的春儿具有革命的积极性。她积极支持爱人芒种参加人民自卫军，并拿出自家的枪，亲自将爱人送上了山。当李佩钟积极组织妇女救国会时，她积极配合，不过此时春儿还是一个爱害羞的小女孩，所以李佩钟让她说话时，她红着脸不肯说。

这个小姑娘在党的教育下不断成长，她积极与作恶的田大瞎子作斗争，还领导妇女成立了妇女自卫队，拿起手中的刀枪保卫自己、保卫家乡。此时春儿已经成长为一名真正的战士。她勇敢地参加战斗，机智地粉碎了敌人破坏她名声的阴谋；组织民兵成功地保卫了村民的麦收。由于出色地完成了任务，春儿加入了中国共产党，并且被派往民运学院。在那里她接受了系统的革命教育，成为一个思想成熟的革命战士。

她接受上级的命令，冲破敌人的封锁线，前往滹沱河沿岸慰问由贺龙率领的120师，后又回到后方负责筹集军粮的任务。在斗争环境艰难的情况下，春儿克服了种种困难，终于出色地完成了任务，与高四海一起率领子午镇和五龙堂的运粮车队，送往大山深处的军队。

李佩钟：

李佩钟是作者笔下的一个知识女性形象，她出生于封建家庭，后又被迫嫁入封建家庭。所以她勇敢地冲破双重封建枷锁的禁锢，想要追求自己向往的自由。在国难当头之际，她冲破层层阻碍、积极投身于革命之中，参加到抗日救亡活动之中。

李佩钟作为一位受过教育的知识女性，很容易接受先进思想，她积极组织妇女救国会，号召全村的妇女为军队做军鞋、军袜。她还是一位正直、不肯徇私的领导，当自己的公公拒绝参与做军鞋，并且推倒春儿、踢伤长工老温时，她根据事实惩罚了有恃无恐的公公，罚他加倍做鞋，并且督促他向春儿和老温赔礼，承担一切医疗费及营养品的费用。因为她处事公正，不徇私情，所以得到了群众的支持。当自己的父亲带头破坏抗战，抵制拆墙活动时，李佩钟不仅严厉拒绝了父亲的要求，还逮捕惩处了李菊人等。

李佩钟是一位优秀的女性，她身上虽然有一些缺点，却有不让须眉的豪情。当田耀武冒充八路军包围村庄时，她没有来得及转移就被田耀武击伤，后献出了年轻的生命。

 名家评价

著名作家茅盾："孙犁的创作有他自己一贯的风格。《风云初记》等作品，显示了他的发展的痕迹。他的散文富于抒情味，他的小说好像不讲篇章结构，然而绝不枝蔓；他是用谈笑从容的态度来描绘风云变幻的，好处在于虽多风趣而不落轻佻。"

著名文学评论家陈思和评论："歌颂革命战争，并通过战争描写来普及现代革命历史和中共党史，成为20世纪50年代公开发表的当代文学创作中最富有生气的部分。……孙犁的《风云初记》等一系列小说表现华北抗日根据地战斗生活的作品率先拉开了战争小说的序幕。"

作家黄秋耘评论说："一部《风云初记》，几乎可以当作一篇带有强烈的抒情成分的诗歌来读。是的，它有故事情节，有人物形象，有细节描写，这一切都符合长篇小说的条件。但是它同时又具有诗的意境，诗的气氛，诗的情调，诗的韵味。把浓郁的、令人神往的诗情和真实的人物性格的刻画结合起来，把诗歌和小说结合起来，这恐怕是《风云初记》一个最显著的艺术特色。"

红色娘子军

 写作背景

《红色娘子军》不同于其他红色经典文学，《红岩》、《红日》等红色经典最初都是以长篇小说的形式展现，后又被改编成电影、电视剧，从而影响了几代青年人。《红色娘子军》最初是刘文韶创作的报告文学，不过并没有受到人们的重视。直到谢晋把梁信的剧本拍成影片，才真正备受瞩目。

1950年，刘文韶参加了解放海南岛渡海的战斗，并在海南工作、生活整整10年。1956年，刘文韶在海南军区政治部负责宣传工作，一天，他在一本小册子上发现关于琼崖纵队的战斗故事，尤其是关于女兵连的感人事迹。于是他开始四处探访，终于找到了当年女兵连的连长冯增敏和琼崖纵队负责人冯白驹将军，他先后几次采访冯增敏连长，前后历时大半年，深深地被女兵战士们的神勇、坚强所感动。看着自己的采访记录，刘文韶内心激动不已，经过深思熟虑，决定创作"红色娘子军"的报告文学。

他后来回忆说："当时我考虑海南岛是老革命根据地，琼崖工农红军建立比较早，在战火中不断发展壮大，在其悠久的历史中有许多可歌可泣的英雄事迹，过去由于受客观条件的限制，并没有很好宣传，所以我想在建军30周年这个时机，能够深入地挖掘一下，加以宣扬。"

1957年8月，报告文学《红色娘子军》在《解放军文艺》上发表，随后，上海文艺出版社又出版了报告文学《红色娘子军》的单行本。刘文韶热情洋溢地讲述了红色娘子军诞生和战斗的历程，表达了他对女战士们的钦佩和敬仰；生动地展现了年轻美丽的姑娘们积极参加红军，在战场上英勇杀敌、火烧"团猪窝"的智勇双全；战士们在与组织失去联系，在茫茫大森林中艰难跋涉却依然乐观向上、坚定信仰的革命主义精神。这里面的琼花不是家喻户晓的"琼花"，只是一个16岁的小姑娘，她善良、勇敢、坚强，在连长冯增敏的领导下不断成长，最后在穿越敌人火线过程中不幸牺牲。

刘文韶后来说："《红色娘子军》的成功，是我深入生活、深入实地进行创作的结晶，但更主要的是应归功于革命历史的真实和人民群众的喜爱。"

然而，成就《红色娘子军》经典地位的却是梁信根据海南军区编写的《琼崖纵队史》编剧、谢晋执导的电影，不同于报告文学，梁信通过艺术加工，使人物更加丰满、情节更加传奇。作者将几个女战士原型融合为英姿飒爽、不畏艰辛的革命者琼花。

后来，《红色娘子军》改编为芭蕾舞，芭蕾舞再一次在社会上产生了轰动效应。在近半个世纪里经历了复杂的变迁，从报告文学，到故事片、舞剧、京剧，再到电视剧，琼崖纵队的故事感动了一代又一代读者和观众。

《红色娘子军》经历了岁月的磨砺，生动地展现了琼崖纵队女子特务连的那些女红军，为了海南的安宁，为了过上幸福的生活，脚穿草鞋、肩背竹笠，勇赴战场，用生命保卫家园、英勇奋战的故事。在那艰苦的战争年代，这些可爱、勇敢的年轻姑娘相互勉励、与恶势力顽强斗争；她们在杳无人迹的深山老林中欢快地歌唱，向着胜利不断前进。这样激动人心的作品，无疑是最震撼人心的红色经典之作。

故事梗概

1930年，在美丽的海南岛五指山地区，在中国共产党的领导下，当地成立了一支年轻女子组成的革命武装队伍——红色娘子军。

在椰林寨有一个恶霸大地主南霸天，他平日欺压百姓、为非作歹，深受当地百姓的痛恨。琼花是南霸天家的女奴，祖辈受到残忍的压迫，因此她对南霸天痛恨不已。她一次次反抗、逃跑，却一次次地被抓回来，经常被打得遍体鳞伤。

这时，椰林寨来了一位陌生人，他自称是海外归来的商人，身份荣耀后衣锦还乡。南霸天见这个商人衣着华贵、身份高贵，于是便企图拉拢这个侨商扩充反共势力。这一天，南霸天大摆筵席，宴请当地乡绅和侨商。侨商临走时带走了琼花，说是自己缺一个侍女，南霸天十分痛快地答应了他的要求。可是侨商在路上就释放了琼花，并且鼓励她参加革命队伍。

随后，琼花和姐妹红莲一起参加了娘子军。在这里她又遇到了那位好心的"华侨巨商",这时,她才发现这位侨商是娘子军的党代表——洪常青。在党的教育下,琼花积极参加训练,并在战斗中逐渐成熟、进步。不过,在一次执行任务时,琼花遇到了南霸天,她难以抑制心中的怒火,开枪打伤了南霸天。由于琼花违反了纪律,受到了洪常青严厉的批评教育。

不久,红军决定对椰林寨发动进攻,洪常青带着琼花混进了南府。这一次,琼花控制住自己的情绪,没有因为冲动而破坏部队的作战计划。娘子军解放了椰林寨,对南霸天进行审判、批判,当地百姓欢欣鼓舞。不料,南霸天在夜间乘隙逃跑,并且打伤了前去追击的琼花。

国民党反动派向海南根据地发动大举进攻,红军和娘子军被迫撤出椰林寨,隐蔽在深山老林中打游击。南霸天又趾高气扬地回到了椰林寨,变本加厉地欺凌百姓。娘子军的姑娘们脚穿草鞋,肩背竹笠,在茫茫大森林里坚持训练、斗争,而琼花也加入了中国共产党。不过,在率领战士们执行阻击任务时,为了掩护娘子军撤退,洪常青身负重伤并被捕。面对残忍的敌人,洪常青大义凛然、坚强不屈,最后英勇就义。

琼花毅然接下洪常青的重担,担任娘子军党代表,率领娘子军与主力部队会合,并且解放了椰林寨。罪大恶极的南霸天终于得到应有的下场,受到了人民的审判。在琼花的带领下,红色娘子军向着新的革命斗争前进。

刘文韶(1934年—),1950年刘文韶参加了解放海南岛渡海的战斗,并在海南工作、生活整整10年,在海南军区政治部做宣传工作。1956年中国人民解放军总政治部在全军开展建军30周年征文活动,刘文韶负责海南军区的这项工作。其间他了解到琼崖支队的故事,便决定创作关于琼崖支队女兵战斗队的作品。通过半年的深入采访,他于1957年8月,在《解放军文艺》上发表了关于女兵战队战斗故事的报告文学《红色娘子军》。

梁信(1926年—),原名郭良信,曾用笔名金城,祖籍山东,1926年3月2日生于吉林省扶余县。1945年参加中国人民解放军,后加入中国共产党,在解放战争中曾参加多次重大战役。1958 年,梁信前往海南岛体验生活,创作了电影文学剧本《红色娘子军》,并于 1960 年由谢晋导演拍成电影,在社会上引起了巨大轰动。

此后,又创作了电影文学剧本《碧海丹心》(1962 年拍成电影)、话剧《南海战歌》;1975 年与人合作将话剧《南海长城》改编为电影文学剧本,并创作了电影剧本《特殊任务》、《从奴隶到将军》、《战斗年华》、《红姑寨恩仇记》等。

琼花:

琼花是那个时期被地主豪绅压迫欺侮的奴隶妇女的化身,她是恶霸地主南霸天家的女奴,祖辈父辈深受地主的欺凌和迫害,所以她对地主深恶痛绝。她不甘受人欺凌,所以一次次地反抗,企图逃出南霸天的控制,尽管遭到毒打、被关进水牢,依然不肯屈服。正是因为她性格倔强、敢于反抗,所以才在洪常青的指引下,参加了革命。

作为一个年轻的战士,琼花十分顽强,她积极参与锻炼,不怕艰苦。但是身上也有很多缺点、革命思想不够成熟。一次,娘子军派琼花和一位女战士潜入南府,准备里应外合捉住南霸天。但是被仇恨冲昏头脑的琼花擅自行动,导致南霸天趁乱逃走。不过在上级的批评和教育下,她深刻地反省,认识到了自己的错误。在洪常青和组织的帮助下,琼花逐渐成熟,成为一名出色的革命者。当洪常青牺牲后,她毅然接下了革命重担,带领战士们走向了革命的胜利。

洪常青:

洪常青是一个经验丰富的革命者,作为娘子军的党代表,他勇敢善战、富有智慧,更是一个意志坚强的人。他是琼花革命道路的领路人,当看到被南霸天打得奄奄一息的琼花时,他心有不忍,救下了她,并且指引她走上了革命的道路。对待战友,他关怀备至,经常鼓励和帮助女战士,帮助她们改正自己的缺点和错误。

而面对敌人,他胸有成竹,不露声色,化装成"巨富侨商"与南霸天巧妙地周旋。最后,在掩护娘子军撤退的战斗中,他不幸身负重伤并被捕,最后英勇就义。这体现了洪常青大义凛然、坚强不屈的崇高精神和革命信仰。

南霸天：

南霸天是无恶不作的恶霸地主，他外表却温文儒雅，内心却凶恶狠毒。他横行乡里，私设刑房和监狱，草菅人命，多次帮助反动政府围剿红军。他放任手下放火烧了吴琼花的家，并且霸占了她家的土地。当琼花想要逃走时，他命人拼命鞭打，想要打死她。他是唯利是图、善于专营的人，当看到洪常青伪装的"巨富侨商"时，他主动巴结，想要利用他扩张自己的势力。

南霸天内心十分险恶，抓住洪常青后他恨不得食肉寝皮，却强压怒火，假装微笑地说："我依然很器重你。"即便最后被娘子军所擒，他还凶神恶煞地破口大骂。当意识到大势已去时，他马上低声下气地哀求琼花，做垂死的挣扎。作者通过细节的描写，展现了南霸天色厉内荏、贪生怕死的本质。

郭沫若亲笔为电影《红色娘子军》题词："海南岛上碧血潮生的琼花，在东风中开遍了泱泱中华。红色的气韵真正壮美无瑕，众口同声说：最佳、最佳、最佳。"

苦菜花

　　《苦菜花》是冯德英真正意义上的处女作，不仅是他第一部长篇小说，也是他发表的第一篇文学作品。小说以抗日战争时期山东昆嵛山区我抗日军民对敌伪的英勇斗争为时代背景，小说以王官庄农民暴动、鬼子的三次扫荡，以及抗日军民攻取道水城为主线，通过几位女性顽强抗争的故事，展现了胶东半岛浴血奋战的英勇事迹以及顽强斗争、不屈不挠的母亲的伟大形象。

　　作者冯德英出生于贫苦家庭，只念过五年的小学，这样一个学历低的苦孩子如何创作出这部30万字的长篇小说呢？他之所以走上文学创作道路，是因为童年时代身处艰苦卓绝的革命斗争年代，参加过激烈残酷的抗日战争、解放战争。在那如火如荼的战争年代，身边的亲人、群众，为了民族和人民的解放事业，浴血奋战，他因此深受影响。冯德英后来在《关于"三花"的创作答读者》中说："正是我童年所处的革命战争环境，我接触过、看到过、听到过的激烈残酷的抗日战争中的人和事，在那如火如荼的斗争中，我爱那些和我命运休戚与共的好人们，恨那些祸害我和亲人们的丑类，这种强烈的切肤之痛的爱和恨的感情，推动着我要歌颂，我要控诉。……就是这种对党对人民的强烈的感情力量，使我能下决心学习各种知识，提高艺术表现的能力，克服一道道关卡，写出第一本长篇小说《苦菜花》的。"

　　冯德英的家乡在昆嵛山区，父亲被汉奸乡长打死，兄长被迫出逃，只留下母亲带着三个姐姐和他相依为命。冯德英经历了家庭的困苦，目睹大哥、姐姐们相继参加革命，随后在儿女们的影响下，母亲也与革命有了不可分割的关系。虽然母亲在冯德英11岁时不幸去世，但是她的音容笑貌、坚强斗争深深地印在他的心里。冯德英后来回忆说："母亲对革命人的热爱，对革命事业的忘我奉献，被正义事业的参加者所赞颂、所感动，自然地也被反动者们所仇视、所诋毁。她的行为，她的眼泪，她的欢笑,她的爱,她的恨……都深深地影响着我,感召着我,启迪而激励着我。"

冯德英的童年充满了战斗和革命影响的回忆,家里也成为八路军干部的联络站,所以年幼的冯德英与这些革命干部结下了深厚的感情,感受着革命者可歌可泣的斗争故事和坚贞不屈的牺牲精神。这也为他创作《苦菜花》提供了丰富的创作激情和原料。

1950年,冯德英看到了柯蓝的《洋铁桶的故事》,这本书使他回忆起故乡人民英勇奋战的故事,想起了童年接触到的舍生忘死的革命英雄。此后他爱上了小说、爱上了文学,想要将自己所见所闻记录下来。1953年为了创作《苦菜花》,他开始酝酿、构思,写了四五万字的"母亲的回忆",这就是《苦菜花》中母亲形象的最初稿。当时冯德英在部队工作,工作十分紧张,在创作小说的三年时间,他利用了所有的业余时间和节假日,1955年在海南岛三亚执行任务时,将稿子写在电报上;到汉口工作时,利用晚上的时间偷偷写,由于武汉没有稿纸,他就托朋友从外地购买。终于经过三年多的奋笔疾书,《苦菜花》终于完成,经过作家车承友加工润色再创作得以出版。

1958年1月,《苦菜花》由解放军文艺社编辑出版,由天津画家张德育作的彩色插图,小说一经出版就受到巨大的关注和广泛的好评。评论界认为,它是一部成功的作品,生动地描述了胶东昆嵛山区军民团结抗日的斗争生活,成功地塑造了一位光彩照人的革命母亲的光辉形象,被称为"一朵香花"。当时全国有七八家翻印,印数有200万左右。

1937年,当地王官庄的恶霸地主王唯一霸占了贫农冯仁义家的田地,为了躲避恶霸地主的迫害,冯仁义不得不只身前往关东躲避。冯仁义的妻子仁义嫂辛苦地抚养五个孩子,艰难地度日。

1940年,日寇对山东根据地进行疯狂的扫荡,在共产党的领导下,英勇的山东人民与敌人展开了激烈的斗争,抗日救亡的烽火在胶东半岛的昆嵛山区熊熊燃烧起来。牛倌出身的共产党员姜永泉领导王官庄的群众举行武装暴动,仁义嫂的大女儿娟子拿起了父亲留下的猎枪,毅然加入了革命。武装暴动获得了群众的支持,王官庄建立了抗日民主政权,并且公审、枪毙了恶霸地主王唯一。娟子在战斗中成长起来,担任王官庄的妇救会长，仁义嫂也在女儿的影响下也提高了革命觉悟，不仅全力支持女儿的革命工作，还积极投入抗日斗争的洪流。

日寇为加紧对根据地的扫荡，指派国民党特务、王唯一的叔伯兄弟王柬芝回到王官庄。为了进行特务工作，他伪装成进步人士，骗取当地群众的信任，并且当上了小学校长。王柬芝的妻子虽然出身没落地主家庭，却不愿意做封建婚姻的牺牲品，她不堪丈夫的折磨，爱上了长工王长锁，并生下女儿杏莉。王柬芝利用妻子与王长锁的关系，威胁王长锁为他传送情报，进行特务活动。同时，伪军分队长、王唯一之子王竹根据王柬芝的情报，带领伪军洗劫了王官庄，残忍地杀害了多名村民和副村长七子等人。

当地群众对王柬芝、王竹等伪军特务充满了仇恨，同时村党支书德松、娟子的弟弟德强等一些青年加入了八路军。仁义嫂积极支持儿女的革命工作，并参加到抗日救亡的事业中，她为八路军战士做军鞋，给八路军送情报，并且在家里设置了共产党的联络站。

不久，区妇救会会长赵星梅来到王官庄调查王柬芝的活动，随后，根据县委的通知，八路军的兵工厂转移到王官庄，由于王柬芝的告密，鬼子大队长庞文突然袭击王官庄，妄图破坏八路军的兵工厂。仁义嫂不幸被捕，同时敌人为了获得有价值的情报，利用王柬芝使用苦肉计，试图欺骗群众，但是赵星梅和群众早已识破了王柬芝的真实面目。敌人见苦肉计没有效果，便准备残忍地杀害群众，在关键时刻，赵星梅挺身而出，掩护了群众，却不幸地被敌人杀害。仁义嫂巧妙地将敌人引到埋伏的地雷区，炸死了两个伪军。随后，敌人严刑拷打仁义嫂，逼迫她上山找兵工厂埋机器的地点，甚至将她的小女儿抓起来拷打。仁义嫂坚强不屈，忍受了一切酷刑和巨大的悲痛，眼睁睁地看着心爱的小女儿被敌人残酷杀害。

最后，根据地人民终于夺得了反"扫荡"斗争的胜利，八路军成功攻占王官庄，德强和八路军救出了仁义嫂。汉奸王柬芝被民兵追得走投无路，被群众公审枪决。胜利时刻，仁义嫂与亲人团聚，英雄的母亲躺在担架上，深情地望着女儿秀子手中的鲜花，特别是那金黄色的苦菜花，她好像尝到苦菜根清凉可口的苦味，嗅到了苦菜花的馨香，脸上露出欣慰的、幸福的微笑。

冯德英（1935年—），当代作家，山东牟平（今属乳山）人。冯德英出生于一个贫苦的农民家庭，全家都投身于人民革命斗争，深受战争年代斗争生活的熏陶和教育。1949年，冯德英参加中国人民解放军，进入解放军通信学校学习，先后担任报务员、电台台长、雷达指挥排排长等职位。

1950年，冯德英读了著名作家、散文家创作的反映抗战斗争的中篇小说《洋铁桶的故事》，从此他深深爱上了文学，如饥似渴地阅读当时畅销的文学作品，时常被那些为革命事业而忘我战斗的英勇人物所感动，并产生了创作的冲动和欲望。1953年，冯德英开始练习写作，经过两年的笔耕不辍，1955年春天完成了第一部长篇小说《苦菜花》。随后，冯德英又完成了《迎春花》、《山菊花》，自此完成了著名的"三花"系列小说创作。冯德英的"三花"长篇系列反映了胶东半岛人民艰苦卓绝、英勇顽强的革命斗争，受到读者的欢迎，并被译成日、俄、英等国文字。

随后，冯德英一直从事文学创作工作，历任济南市文联主席，《泉城》文艺主编，《时代文学》主编等，创作了长篇三部曲"大地与鲜花"第一部《染血的土地》等，另有一些短篇小说、散文和电影剧本。

仁义嫂：

仁义嫂是一位伟大的母亲，可以说是当代文学史上第一个比较完整而丰满的革命母亲的英雄形象。她原本是一个传统的农村妇女，犹如千万传统母亲一般慈爱、热爱自己的孩子，她忍受乡亲们的责难，宽容娟子不顾祖传的规矩，不裹脚束胸；她贤惠、心肠好、为人正派，经常帮助他人，她挺身而出保护因受夫家虐待的花子。随后经历了艰难困苦的折磨和革命火与血的考验，她逐渐成熟，成为了一个具备热情和顽强意志的革命者。

冯仁义是淳朴的贫苦农民，却被恶霸地主迫害而不得不闯关东，在这极端困苦的时刻，仁义嫂坚强地支撑起整个家庭，拉扯着5个年幼的孩子。但是娟子投身革命和公审大会的召开，唤醒了她的革命意识，毅然支持娟子干革命工作。仁义嫂逐渐加入到革命事业中来，不仅将大儿子德强送去参加八路军，还积极为组织传递情报。

仁义嫂变得更加坚强，当敌人烧毁她的房子时，她咬紧牙根，愤恨地说："这前世的冤，今世的仇，我烂了骨头也要跟你们算清！"当她看到赵星梅为了掩护乡亲和兵工厂而壮烈牺牲时，她忍住了悲伤，将敌人带引到埋伏的地雷区。从娟子、赵星梅等八路军战士身上，她深深地感受到了革命的力量，并且把对儿女的爱扩大到对每一个革命战士的爱，对革命的爱。当敌人逼迫她说出兵工厂埋藏机器的地点，她忍受了残酷的严刑拷打，为了保住兵工厂，她不得不忍受巨大的悲痛，看着心爱的小女儿被敌人杀害。此时，仁义嫂已经成长为一位意志坚定、思想成熟的革命者，酷刑摧毁不了她钢铁般的意志；残杀只能激起她更加强烈的仇恨，使她拿起武器消灭敌人。

仁义嫂是一个成长中的革命者形象，她在革命战争的熔炉中磨炼、考验，接受了党的革命思想，从而体现了千千万万"母亲"在革命中成长的伟大意义。评论专家评论说："这个人物的成功，在很大程度上决定了这部小说的成功……最可爱的母亲不是仅仅爱护自己的子女的母亲，而是热爱广大劳动人民子女的母亲，是为了革命事业而把自己的一切都贡献出来的母亲。"

娟子：

娟子是仁义嫂的大女儿，她是一个坚强的女子，父亲背井离乡后，她肩负起帮助母亲抚养弟妹的重担。当革命的战火燃烧到王官庄时，她拿起父亲的猎枪投身到革命的洪流中来，后成为当地的妇救会会长。

赵星梅：

赵星梅是共产党员，是区妇救会会长，她拥有丰富的对敌斗争经验，丈夫纪铁功为了保护战友甘愿牺牲自己。星梅忍受失去丈夫的悲痛，积极加入到抗日战争中来，组织群众与广大妇女与敌人展开激烈的斗争。她是一个热爱革命、热爱人民的革命战士，当敌人在王官庄烧杀淫掠时，她挺身而出保护、掩护了群众，却被敌人当众侮辱并残忍杀害；她是一个视死如归的英雄，面对敌人的屠刀毫不屈服，高呼："敌人可以污辱我的肉体，但却不能屈服我的灵魂。"最后高唱《国际歌》慷慨赴死。

《齐鲁学刊》主编、出版家徐文斗评价说:"《苦菜花》再现了过去长时期中人民所受的苦难,写出了这个斗争的残酷、艰苦和复杂,表现了军民之间和党群之间的血肉关系,使广大群众特别是青年从中受到了深刻的共产主义教育;创造了一些动人的形象,像于得海、柳八爷、德强、杏莉、杏莉母亲、四大爷、老号长、娟子等都给读者留下了较深刻的印象,都给读者一些教育,但比较起来,最成功的是王柬芝和母亲这两个人物。"

何其芳认为:"写抗日战争中的艰苦生活是很充分的,但沉重的艰苦残酷仍然掩盖不住人民的革命的斗志和信心,这是这部小说的根本优点。"

东方

 写作背景

《东方》以中国人民志愿军抗美援朝为故事背景，作者通过对朝鲜战场和农村生活的描写，主人公郭祥、杨雪等青年战士英勇奋战的故事，全面地表现了浩然壮烈的抗美援朝保家卫国的战争。

作者魏巍早年参加革命，经历了抗日战争、解放战争的战火考验，始终在战斗部队任职，在战火中不断锤炼和成长。他在与一线官兵的朝夕相处中结下了浓浓的战友情，为以后创作长篇小说奠定了思想基础和生活基础。

1950年，魏巍调入解放军总政治部工作，随着抗美援朝战争的爆发，魏巍被上级派往朝鲜前线，参加了保家卫国的战争。随后，在《人民日报》上发表了反映抗美援朝战斗生活的报告文学《谁是最可爱的人》，获得了广大读书的欢迎。然而他认为，仅仅通过通讯报道是不能表现抗美援朝的伟大斗争，更不能将这场伟大战争的历史纵深感和朝鲜战场、国内建设，工厂、农村的空间跨度充分反映出来，所以他产生了创作长篇小说的欲望。

1953年，魏巍开始为长篇小说《东方》创作做准备。其间，他多次奔赴朝鲜，重游当年志愿军战斗过的战场，回忆当年火红的岁月。魏巍回忆说："我真正想写长篇，是1952年第二次入朝以后。在近一年时间里，我访问了两个军、志愿军总部、兵站、医院、炮兵、工兵、高炮阵地，还在一个营部和连的阵地上住了一个月。此外，还访问了朝鲜人民军和朝鲜人民以及战时的平壤城。"他身临其境、访问当年的老战士，通过多次访谈和实地采访，魏巍得到了最宝贵、直接的第一手材料。随后，他还深入国内的农村体验生活，来到了大清河北、滹沱河两岸，拜访了拥军模范一位大妈、访问了不少合作社。

为了全面展现抗美援朝战争的壮丽画面，勾勒出朝鲜战场和国内农村的全景，魏

巍借阅了大量的大批卷宗，了解抗美援朝战争发生前后阶级斗争的情况。他还在军事学院阅读了大量资料，仔细阅读了《志愿军一日》等群众性作品。正是因为如此，他才写出郭祥这样英勇奋战的英雄形象、杨雪和徐芳这样可爱勇敢的女孩，以及杨大妈、小契这样可爱的人物。

1959年，魏巍开始动笔创作《东方》，不过不久就被调去编《华北解放战争史》，所以不得不中止写作。由于工作繁忙，魏巍又多次中断小说的创作，直到1975年10月才完成草稿的写作。

《东方》无疑代表了魏巍文学创作的最高成就，它倾注了作者十几年的心血，不仅表现了战斗的硝烟和火光血影，更描写了年轻人对美好爱情的追求；不仅展现了战场的血与火，也展现了冀中平原人民的生活和斗争，使得"东方"的形象生动地展现在人们面前。

魏巍后来回忆说："写作《东方》，是伟大的战争引发了我。我在现实生活里面受到感动，又在感动中不断加深了理性认识，这就是写作这本书的推动力量。所以主题往往不是主观地在屋子里空想出来的，而是从现实斗争中来的，是这个伟大的斗争使我产生了创作冲动。"

故事梗概

《东方》以中国人民志愿军抗美援朝为故事背景，通过一位普通的志愿军战士——解放军某部连长郭祥的战斗经历和情感历程，全面地再现了那火红的岁月。小说通过对朝鲜战场和我国农村生活的描写，展现了解放军战士的英勇和奋不顾身，更展现了抗美援朝的伟大胜利。

抗美援朝战争爆发，美帝国主义在朝鲜仁川登陆并越过了三八线，回家探望母亲的解放军某部连长郭祥毅然决定提前归队。与他一起归队的还有同乡的战友杨雪。郭祥和杨雪是青梅竹马的玩伴，他心中偷偷喜欢着美丽善良的杨雪，可是杨雪却被营长陆希荣欺骗，两人很快就要结婚。郭祥深知陆希荣的为人，却无法将真相告知，因此内心十分痛苦。看到杨雪与郭祥一起回来，陆希荣十分不满，当他知道杨雪一心想要奔赴前线时，更认为是郭祥从中作祟，因此心怀嫉恨。

郭祥归队后不久，部队便从大西北开赴朝鲜战场，抗美援朝、保家卫国，郭祥所在的团也在列。由于志愿军出其不意地赴朝参战并主动出击，迅速取得了入朝后第一次战役的胜利，遂在朝鲜北部广大地区站稳了脚跟。但是邓军部队却没有大的战斗，不久邓军奉命率领全团战士急速行军，奔赴朝鲜龟城附近，全团战士决心打好第一仗。然而陆希荣的胆怯和不听指挥，擅自命令部队向公路两侧散开，使伏击敌人的计划落空，但陆希荣却巧妙地掩饰了自己的错误。

战斗初期，敌人的飞机在战士们的头顶狂轰滥炸，部队伤亡严重，郭祥一怒之下用冲锋枪扫射，战士们纷纷效仿，这招果然有效，打得敌机逃窜。然而，陆希荣却公报私仇，想要处分"擅自行动"的郭祥。团长邓军立即阻止了陆希荣，肯定和赞扬了郭祥和战士们的"积极防空"。经过艰苦奋战，志愿军和朝鲜军民终于稳定了朝鲜局势。

与此同时，在郭祥的家乡凤凰堡，根据地的形势也十分严峻，反动地主富农破坏革命工作，村长、村支书等人消极怠工，许多贫雇农生活依然贫困，不得已卖掉刚刚分到的土地，地主和农民之间的矛盾日益激化。这时，村支委委员杨大妈一边积极试办农业社，一边与破坏革命的反动分子作斗争。

朝鲜前线战事加紧，美军统帅麦克阿瑟气焰嚣张，竟吹嘘"圣诞节结束朝鲜战争"。他纠集全部兵力对志愿军发动总攻势，志愿军部署了作战计划。在苍鹰岭，郭祥率领的红三连阻击敌人，战斗打得异常艰苦，郭祥却坚决不肯退让半步，最后保住了阵地。但在这场战斗中，陆希荣却成了可耻的败逃者，竟然临场退却、伪造现场、自伤腿部，组织发现了他卑鄙的行径，将他清除出部队遣返回国。郭祥奋勇杀敌，始终冲在队伍的最前线，却不幸身负重伤，被文工团女提琴手徐芳献血救活。在与郭祥的接触中，徐芳对勇敢、英勇的郭祥产生了爱慕之情，却遭到了拒绝。

郭祥腿伤恢复后，迅速赶回战场，随后参加了乌云岭和白云岭的战斗。在乌云岭的战斗中，他率领不到一个班的战士坚守到最后一刻，最后在弹尽粮绝的情况下跳下悬崖，后被朝鲜妇女救起，经朝鲜人民军的联系，终于回到了部队。

在坚守白云岭坑道的战斗中，我军伤亡极大，处在被动挨打的处境，郭祥担任保卫坑道的任务，他以不足两个连的兵力，抗击了数万敌人的进攻，经受了缺水、缺氧等各种困苦的考验，并参加了反击作战。不过在反击战中，右腿被敌人的炸弹炸成重伤，但他坚决不下火线，坐在担架上指挥战斗。在郭祥的影响下，战士们更加奋勇杀敌，一举冲上了敌人阵地。正当郭祥奋勇杀敌时，杨雪却因为掩护伤员和保护朝鲜儿童不幸牺牲。

郭祥不得不提前离开朝鲜，回国接受治疗，回国途中他听到了战争胜利的消息。身体不便的郭祥并没有停止工作，而是回到家乡担任县委书记，并获得了"朝鲜民主主义人民共和国英雄"和"志愿军一级战斗英雄"的勋章。最后，徐芳前来探望郭祥，两人一起携手朝着新生活迈进。

作者简介

魏巍（1920年—2008年），原名魏鸿杰，笔名红杨树，河南郑州人，当代著名诗人、散文作家、小说家。魏巍出生于一个城市贫民家庭，15岁时父母双亡，靠为别人誊写文章为生。

1937年，年仅17岁的魏巍参加八路军，在山西赵城县八路军115师军政干部学校学习（后并入延安抗日军政大学），1938年，加入中国共产党。魏巍从抗大毕业后，来到晋察冀敌后抗日根据地从事抗战工作。抗日战争和解放战争时期，魏巍始终在战斗部队任职，在战火中磨炼和成长，并与一线官兵结下了深厚的友谊，这为他的文学创作奠定了坚实基础。

1942年，魏巍创作了反映晋察冀边区人民抗日战斗的长诗《黎明的风景》，受到了边区军民的热烈欢迎，并获得"鲁迅文艺奖金"。新中国成立后，魏巍离开了作战部队，调到总政治部工作，任学校教育科副科长、创作室副主任，从此专心从事文学创作。

1950年，抗美援朝战争打响，魏巍作为前线记者跟随部队开赴朝鲜，见证了志愿军战士浴血奋战、保家卫国的英勇事迹。1951年4月11日，魏巍在《人民日报》头版隆重刊登了报告文学《谁是最可爱的人》，受到广大读者的热烈欢迎，并且影响了数代人。1978年，魏巍完成了抗美援朝题材长篇小说《东方》的创作。

魏巍一生都在从事文学创作，是著名的诗人和小说家，其作品包括散文集《幸福的花为勇士而开》、《壮行集》、《魏巍杂文集》、《魏巍散文选》等；诗集有《两年》、《黎明风景》、《不断集》、《红叶集》、《魏巍诗选》；长篇小说有《东方》、《地球的红飘带》、《火凤凰》等。其中，长篇小说《东方》获首届茅盾文学奖、首届中国人民解放军文艺奖和首届人民文学奖；《地球的红飘带》获"人生的路标"奖及人民文学奖。

 主要人物

郭祥：

郭祥是众多志愿军战士中普通的一员，也是英勇奋战的伟大革命战士。他是解放军的一个连长，在长期的革命战斗中，经受了战火的锻炼。无论面对什么样恶劣的环境、再强大的敌人，他都毫不示弱。在郭祥身上，我们看到了不怕死、敢牺牲的伟大革命精神。在苍鹰岭的战斗中，郭祥率领红三连浴血奋战，战地变成了一片火海，但是郭祥坚决不退半步，在弹药殆尽的最后关头，带火扑向了敌人，终于保住了阵地。

他作战英勇，永远冲在最前线，多次英勇负伤。在乌云岭的战斗中，他率领不足一个班的战士坚守到了最后一刻，最后在弹尽的情况下，坚决不做俘虏，跳下悬崖。在白云岭战斗中，右腿被打断，但是他仍不撤离战场，坐在担架上指挥战斗，最后不得不面临截肢的痛苦。

郭祥是一个战斗英雄，但是作者并没有把他写得比较古板。他是一个活泼、开朗的年轻人，并对生活充满美好的向往。他心中喜欢一起长大的青梅竹马的杨雪，如果陆希荣是一个正直的人，那么他会真心祝福他们。但是陆希荣是一个伪君子，欺骗杨雪，他却不能告诉杨雪真相，将痛苦埋在心里。后来，杨雪牺牲后，郭祥受到了杨雪和杨大妈的感染，开始重新审视自己的生活，接受了徐芳的爱情，两人一起奔向美好的未来。

陆希荣：

陆希荣是小说的反面人物，他自私自利、贪生怕死，又报复心强，作者通过这个人物突出了郭祥高大、英勇的英雄形象。陆希荣是郭祥的营长，却是一个表里不一的伪君子，他欺骗年轻善良的杨雪，当杨雪与郭祥一起归队时，他心有不满却不好表

达。当杨雪想要参加战斗时，他极力反对，并怀疑是郭祥搞的鬼，所以心生报复、怨恨。所以当郭祥用冲锋枪扫射敌机并获得效果时，他不仅不表扬反而公报私仇，想要处分"擅自行动"的郭祥。

在阻击敌人的战斗中，陆希荣贪生怕死，命令部队向公路两侧散开，破坏了伏击敌人的部署，但是他却巧妙地掩饰了过去。后来在苍鹰岭的战斗中，当全部战士浴血奋战时，陆希荣却成了可耻的败逃者，他竟然临场退却、伪造现场、自伤腿部，组织发现了他卑鄙的行径，将他清除出部队遣返回国。

可以说，陆希荣是革命的投机者，具有强烈的个人主义，所以他无法像郭祥一样奋勇杀敌，更做不到为革命牺牲自己。所以这样的人最终被人民和历史唾弃。

杨大妈：

杨大妈是小说中描写成功的群众英雄，她经历了旧社会的压迫和残害，所以对敌人充满了仇恨，是党和军队最可靠的支柱。她积极支持革命工作，将女儿杨雪送去参加解放军。当志愿军在朝鲜战场浴血奋战时，作为村支委委员的杨大妈积极参与到土地改革中来，一边积极响应上级号召试办农业社，一边又与破坏势力进行斗争。杨雪牺牲后，她忍住悲痛，将唯一的儿子、刚满16岁的杨春送往前线。这充分表现了杨大妈这一革命母亲的伟大情怀和敢于奉献的精神。

敌后武工队

 写作背景

  1942年，冀中抗日根据地遭到了敌人疯狂的"五一"大扫荡，党中央决定组织一支短小精悍的武装工作队，深入到敌占区去打击敌人。冯志被任命为冀中九分区武工队第一小队队长，率领小分队与敌占区的敌人展开了激烈的斗争。《敌后武工队》就是作者冯志根据自己的武工队战斗经历，描写冀中平原军民抗日战争的优秀长篇小说，它通过以魏强为首的武工队同日伪军的复杂艰苦的斗争，展现了中国军民在顽敌面前那种百折不挠、刚毅不屈的高贵品质以及必胜的坚定意志和信心。

  冯志的武工队在敌后坚持抗战三年多，他们面对强大的敌人、艰苦的战斗环境，坚持宣传党的思想，与凶狠暴戾的日寇和狡猾的伪军斗争，不仅鼓舞了群众的抗日热情，还逼得敌人退缩到老巢，获得了战争的胜利。

  抗战胜利后，冯志在集宁驻防时，便想要写作武工队的事迹，将武工队在敌占区和敌人苦斗、鏖战写出来。但是由于解放战争爆发，冯志又奔赴战场，不得不放弃写作。虽然写作被耽搁下来，但是写作的意愿却没有打消，在战争的空隙，武工队里的战友们的身影，那些惊险、感人的故事始终在他的脑海中盘旋。

  冯志曾这样描述自己的创作初衷："我之所以要写《敌后武工队》这部小说，是因为这部小说里的人物和故事，日日夜夜地冲激着我的心；我的心被冲激得时时翻滚，刻刻沸腾。我总觉得如不写出来，在战友们面前似乎欠点什么，在祖国面前仿佛还有什么责任没尽到，因此，心里时常内疚，不得平静！"

  1951年，冯志进入河北人民广播电台担任编辑、记者，并且利用业余时间从事文学创作。冀中平原这片土地是他与战士们共同战斗过的地方，回忆起当初八路军的艰苦抗战，以及英雄们英勇奋战的经历，他久久不能平静，于是开始着手创作小说《敌后武工队》。

冯志在《敌后武工队》的序言中说:"书中的人物,都是我最熟悉的人物,有的是我的上级,有的是我的战友,有的是我的'堡垒'户;书中的事件,又多是我亲自参加的。在党的关怀,同志们的帮助下,现在总算完成了我多年的夙愿,把它写出来了。"

经过五年的艰苦创作,1956年,冯志终于完成了长达30余万字的《敌后武工队》初稿。在创作小说的过程中,冯志得到了梁斌、翟向东等老同志的热情支持,后来经过两年的时间,他将初稿改写成50余万字的修改稿,后又精缩到37万字。

1958年,长篇小说《敌后武工队》由解放军文艺社出版,得到了广大读者的热烈欢迎,并迅速在文坛掀起了一阵红色旋风。由于长时间笔耕不辍,冯志积劳成疾,不久就病倒了。在治病的两年时间里,他不顾医生的劝阻,仍然坚持在病床上写作,又相继完成了《前线文工队》、《地下游击队》、《成长曲》三部长篇小说的初稿。

故事梗概

1942年,日本侵略者冀中主力兵力对冀中抗日根据地进行了残酷的"五一"大扫荡,企图消灭八路军主力部队力量。敌人的疯狂扫荡使冀中军民遭到了巨大损失,抗日战斗环境越来越严峻,为了有效地打击敌人、保存有生力量,党中央决定将这里的抗日活动转入地下,组织敌后抗日武工队。

冀中军区九分区指示魏强、贾正参加了敌后武工队,打入敌人的心脏,开展敌后抗日工作。之后,魏强被武工队长兼政委杨子曾任命为第一小队队长,刘文彬为指导员;蒋天祥为第二小队队长。经过分析敌情,他们认为哈巴狗、侯扒皮和刘魁胜三个汉奸是保定宪兵队长松田的心腹,他们无恶不作,为虎作伥,残害东王庄170多个村民。于是,杨子曾带领武工队员闯入侯扒皮驻扎的中间镇,打掉了炮楼,不仅狠狠地打击了这些汉奸的嚣张气焰,更鼓舞了群众的士气。

随后,魏强率领第一小队来到号称"小延安"的西王庄,在群众的掩护下,他们频频打击敌人,神出鬼没。敌人被武工队搞得日夜不宁,却连武工队的影子都摸不到。不久上级传来命令,要求武工队配合山里八路军的反扫荡,负责消灭增援日军的侯扒皮和哈巴狗。魏强埋伏在一片坟地里,消灭了十多个日本兵,刺死曹长一撮毛,几乎活捉哈巴狗。气急败坏的津美下令除掉高保公路两侧二百米内所有的树木、麦子、坟丘，使得武工队无处可藏。不过魏强指示以伪保长为掩护的联络员的李洛玉挑拨大冉村的警备小队长王一瓶与津美的关系，破坏了敌人的阴谋。他们还帮助百姓夺回了被抢的粮食，打死了在黄庄欺压百姓的侯扒皮。

不久，松田成立了夜袭队，刘魁胜为队长，专门在夜间搜寻武工队，骚扰百姓，但是遭到武工队的多次打击。魏强和刘文彬利用刘魁胜和保定南关车站站长小平次郎的矛盾，冒充夜袭队打死副站长万士顺和另一个日本人副站长。代理宪兵队长坂本果然中计，带兵血洗了夜袭队的队部，使得夜袭队遭到严重打击。

不久，夜袭队重组，松田亲自清剿武工队，不过武工队早已进入了保定。此时，革命后代郭小秃混入黄庄炮楼，并取得了哈巴狗的信任，为魏强提供了大量情报。在郭小秃的配合下，武工队拿下了黄庄炮楼，哈巴狗却逃走。哈巴狗逃回保定后，很快就受到松田赏识。这时，敌人在平汉线上集中重兵进行清剿，早已准备好的武工队安全转移了群众，打死了四五十名日军。领军的队长龟尾气急败坏之下，怀疑哈巴狗早已投降八路，便枪毙了他。同时，魏强等人化装成日军，逃离敌人的包围圈，并火烧梁家桥炮楼子。

气急败坏的松田亲自率领几百名鬼子兵包围了西王村，逼迫他们说出武工队的下落，群众纷纷说自己是武工队，使得敌人辨不清真假，无可奈何。然而，夜袭队逮捕了武工队员马鸣，他忍不住拷打而叛变，导致刘文彬和汪霞被捕，被押到南关监狱。魏强巧妙地救出了两人和另一个被马鸣出卖的邱东。

战争接近尾声，魏强根据上级的指示，决定逼近保定市区活动，他们控制了15号炮楼，活捉了松田和刘魁胜。松田在被押解途中，投河自杀，刘魁胜则被公审大会枪决。此时，抗战胜利的消息传来，武工队和冀中人民迎来了最后的胜利。

冯志（1923年—1968年），原名冯禄祥，生于天津市静海县。1938年，冯志加入了吕正操将军领导的冀中抗日人民自卫军（八路军第三纵队），先后担任八路军排长、武工队小队长、剧社社员、文工队长等职务。1939年7月加入中国共产党，曾荣获模范党员、模范青年等光荣称号。1942年,日本侵略者对晋中平原进行了疯狂的"五一"大扫荡,战斗经验丰富的冯志被任命为冀中九分区武工队第一小队队长,与敌人展开了激烈战斗,其间冯志英勇战斗,三次负伤,获得了"五一"一等奖章。

抗战胜利后,冯志到前线剧社工作,开始文学创作,在《前线报》上发表特写、报告文学《英雄连长王志杰》、《神枪手谢大水》、《团结模范高水来》和短篇小说《护送》、《打集》、《化袭》等。1947年到华北大学中文系学习,历任《河北日报》记者,河北人民广播电台编辑、记者等职。

1958年11月,冯志根据自身经历创作长篇小说《敌后武工队》,后又创作中篇小说《山桃》、《忆往昔笑谈纸老虎》、《保定外围神八路》等作品。

魏强:

魏强是一位智勇双全的八路军战士,他被上级任命为武工队队长,深入敌后,与凶残的敌人斗智斗勇,发动群众进行抗战。作为武工队的指挥员,他具有足够的智慧和才能,在几次伏击敌人的战斗中,巧妙地与敌人周旋,使得敌人慌乱不已、摸不着头脑。他利用敌人之间的矛盾,冒充夜袭队为刘魁胜报仇,奔袭车站,不仅打死了副站长万士顺和另一个日本人副站长和一些日本兵,还大张旗鼓地教训俘虏,让他们转告站长小平次郎找刘魁胜报仇。果然代理宪兵队长坂本和小平次郎中计,带兵血洗了夜袭队的队部。这一招借刀杀人真是大快人心。

作为一名革命战士,魏强十分关心群众的安危,时刻保护群众的利益,他带领武工队枪毙了欺压百姓的侯扒皮,还帮助群众抢回了被强征的粮食。正是因为他全心全意对待百姓,所以百姓宁愿牺牲自己也要保护武工队员的安全。

在见杨子曾的途中,魏强和刘太生遇到了二十来个警备队员,他毫不畏惧、乘机拽出暗藏的手枪,打死了敌人的小队长和几个队员,并趁敌人慌乱之时躲到旁边的交通沟。后他与刘太生前后夹击,使得敌人逃命而去。在巧夺黄庄、生擒松田和刘魁胜等一系列的斗争中,魏强灵活应对、作战英勇,体现了一个共产党员的坚强勇敢的崇高品质。

刘太生：

刘太生是武工队中一名普通战士，他的母亲被日军残忍杀害，因此他对敌人充满了仇恨。怀着对乡亲们的热爱和对敌人的痛恨，他加入了革命，积极参加斗争，在每次战斗中都表现得十分勇敢。

当他出去探查敌情时，被两个清剿队员盯上，他机智地打死一个敌人，活捉一人，占据了井台上有利地形，与围上来的敌人英勇搏斗，打死了许多敌人。随后他跳到井里，从地道回到村里，使得敌人一无所获。

刘太生不仅作战英勇，机智勇敢，还视死如归。在马池村的战斗中，面对四面而来的敌人，他宁死不做俘虏，拉响手榴弹，同围攻他的三个敌人同归于尽。这表现了一个普通八路军战士临危不惧、大无畏的英雄气概。

汪霞：

汪霞是小说中描写比较成功的女干部形象，她是区妇救会主任，按照党的指示积极开展群众工作，向群众宣传抗日，积极配合武工队的斗争。因为她工作认真、保护群众，所以深受群众的信赖和爱戴，在策反梁邦，在黄庄渡口的战斗中，表现了一个共产党员的机智勇敢、无所畏惧的品质。

她是一个对革命具有坚定信念和顽强意志的革命者，她积极组织群众开展减租减息运动，惩治了阳奉阴违的不法地主周敬之，鼓舞了群众的斗争勇气。由于叛徒的出卖，汪霞被敌人逮捕，尽管敌人软硬兼施，他们却坚强不屈，不肯投降，体现了对革命的无限忠诚和崇高的革命信仰。

平原枪声

 写作背景

《平原枪声》由著名作家李晓明、韩安庆合作创作完成，以抗日战争时期的冀南平原为背景，真实地反映了冀南平原人民如何在极端恶劣的条件下冲破敌人的"铁壁合围"，与敌人进行不屈不挠的斗争，并且不断发展自己的队伍、取得最后胜利的动人故事。同时，这部小说反映了中华儿女如何与阴险毒辣的日寇、汉奸进行艰苦斗争，并在战火中经受严峻的锻炼和考验。

与其他抗战题材的小说不同，作者用更多的笔墨描写中国共产党如何联合各方力量，组成抗日统一战线的问题上。

作者李晓明和韩安庆都是早年参加革命，由于李晓明早在1938年就参加了革命，同年就参加了中国共产党，解放前一直在冀南平原工作，曾经担任过枣北县委书记、县游击大队政治委员等职位。正是因为出生在这片土地，在这片土地上从事革命工作，所以他深深地热爱养育他的土地，也为日后的文学创作提供了丰富的资源。

其实这部小说发生的地方就是河北省衡水市枣强县肖张镇，在这里发生了很多英雄抵御日寇的故事。当时李维昌等几位老人寻访两年时间，走遍了山东、沧州、石家庄、衡水等地数百人，编成了肖张村村史，不仅记录了这个革命老区的近百年的历史，还搜集了上千件珍贵的历史史料。《平原枪声》中的主人公马英就是时任枣北县大队基干中队指导员的刘英，他得知李维昌等人编写村史，年过古稀的刘英重游故地，怀念自己艰苦战斗的岁月，并写下了回忆录《我在萧张战斗的日子》。这部回忆录描述了刘英率领游击队员与日伪艰苦作战的经历，包括设计铲除叛徒刘三友子；28人奋勇激战一夜，除掉日伪军教堂内的据点，被冀南军区第五分区评为模范战例，刘英和手枪连连长王小宽被评为战斗英雄的英雄事迹。回忆录涉及枣北县全境，而此时李晓明正担任枣北县委书记、县游击大队政治委员。

1956年，李晓明开始利用业余时间进行文学创作，在开始写作《平原枪声》前，他认真地阅读了《平原烈火》、《新儿女英雄传》等红色经典作品，并深受自己老上级、曾任冀南五地委书记的李尔重创作的小说《德石路上》、《翻身自卫队》等作品的启发。他产生了强烈的创作欲望，想记录下自己亲身经历的那段烽火连天、激情燃烧的岁月。之后，他开始了夜以继日的创作，经过很长一段时间的笔耕不辍，他终于完成了一部十几万字的初稿。之后他立即将稿件拿给时任武汉市委书记的李尔重和省作协主席于黑丁审阅，作品得到了两人的肯定和鼓励，并且指出了其中的不足之处。

《平原枪声》是为向国庆10周年献礼而创作的，以独特的艺术魅力，影响了几代青年人，成为著名的红色经典作品之一。后多次被搬上电视屏幕，受到了广大观众的喜爱。这部小说深刻地反映了在中华民族生死存亡的关键时刻，共产党员挺身而出、积极发动群众、在敌后开展武装斗争，使得人民武装从无到有、从弱到强的发展历程，最终消灭敌人，驱走入侵者，取得了最后的胜利。小说塑造了主人公马英在战火中成长，时刻记着自己身负的重任，置个人生死和仇怨于不顾，为民族大业艰苦奋斗的崇高精神。

故事梗概

抗日战争初期，国民党军队不战自退，日本侵略者很快就占领了冀中平原，当地的反动势力、敌伪军队与日寇相互勾结，欺压人民，残害百姓，而共产党领导下的抗日武装与日寇、汉奸进行了殊死的拼杀。面对残酷的斗争环境，冀南平原的肖家镇的百姓也陷入了水深火热之中。

肖家镇的地主大户纷纷组建自己的武装，散兵游勇组织民军，然而这些地主武装不仅不保护百姓，反而互相械斗，草头王自封司令。当地的百姓陷入了人心惶惶之中。这时，共产党员马英奉命回到了自己的家乡，刚进镇就看见镇口的大树上吊着一个人。原来，镇里的民军武装白吉会和红枪会发生了矛盾，被吊着的人就是白吉会的陈宝义，被红枪会的王二虎抓住。马英看到王二虎想杀死陈宝义，立即上前阻止。他义愤填膺地对围观的群众说："战火已烧到家门口了，我们在干什么？互相残杀，杀害自己的同胞，这不是给日本鬼子帮忙吗？"

马英趁机向群众宣传共产党的抗日主张，号召大家组建自己的武装，积极抗战。然而镇里的无赖杨百顺却散布污蔑共产党的谣言，被马英有理有据地反驳，使得在场群众心服口服。王二虎同意放人，但是却表示放人必须得到红枪会会长的同意。本来，马英与苏金荣有着血海深仇，地主苏金荣曾经强奸过马英的姐姐并害死了马英的父亲。但是为了宣传抗日主张，团结一切可以团结的力量，马英决定放弃个人私仇，主动找苏金荣商议，迫使苏金荣放掉了陈宝义。此时，为了维护自己的利益，白吉会会长王金兰想与苏金荣和好，并且与民军头目刘中正会见，几人秘密商议除掉马英。关键时刻，苏金荣的侄女苏建梅得知了消息，急忙到马家报信，马英才免遭王金兰的毒手。

日本侵略者的活动越来越猖獗，马英积极组建抗日力量，群众老孟、苏建梅等人参加了抗日武装，积极向群众宣传抗日救国的道理。苏建梅的哥哥苏建才也是一个有抱负的青年，当初怀着抗日救国的理想参加了刘中正的民军。但是后来发现这所谓的民军就是强盗土匪，整天抢掠百姓财物，横行霸道、赌博抽大烟。不久，在妹妹的动员下，苏建才参加了马英的游击队。

苏金荣、刘中正和王金兰等人狼狈为奸，决心投靠日本人。王金兰率白吉会前往学校突袭马英等人，游击队寡不敌众，关键时刻，县委副书记兼政委杜平来到了肖家镇。他立即想方设法营救马英等人，他找到了王二虎和赵振江二人并一起赶往学校。王、赵二人手刃王金兰，驱散白吉会，成功营救马英等人。

之后，杜平、马英率王二虎和赵振江等决心抗战的青年，撤离了肖家镇，前往清阳江对岸发展抗日力量。日本军队占领了肖家镇，果然苏金荣、刘中正和杨百顺卑鄙无耻地投敌当了汉奸。日寇在肖家镇无恶不作，烧杀掠夺，百姓在日寇的铁蹄下过着暗无天日的生活，并抓走了马英的母亲。马英悄悄地回到了肖家镇侦察敌情，途中遇到了县委书记李朝东，不过两人遇到了敌人的袭击，马英被捕并被送到壮丁训练所受训。其间，马英结识了肖阳等人，并且将他发展成为敌伪内部的内线，不久在警察局中地下工作者郑敬之等人的努力下，马英和母亲成功逃离了训练所，回到了游击队。

次年春天，原县大队编入分区独立团，李朝东离开了肖家镇，这里另组县大队，杜平为政委，马英为队长。马英率王二虎、赵振江等人前往军区取武器，众人历经艰险穿过敌人封锁区，终于完成了任务。之后马英等人打下了伪军几个炮楼，不仅打击了汉奸，更鼓舞了人民群众。为了消灭抗日武装，日寇调来大批兵力，对抗日武装进行铁壁合围。马英、杜平率队突围、激战中，杜平负伤牺牲，队员被打散，建梅、建才被俘，赵振江下落不明。面对苏金荣的拷打逼供，建梅宁死不屈，壮烈牺牲，而胆怯的苏建才叛变。

在群众的帮助下，马英找到了王二虎等人，而苏建才也回到县大队，偷偷向敌人提供情报。经过铁壁合围的考验，县大队得以发展壮大，战斗力更强了，赵振江、老孟等人也找到了队伍，成为队伍的骨干力量。马英发现了苏建才的叛徒行为，并击毙了这个叛徒。随着县大队的力量不断壮大，日寇头目中村心急如焚，于是派刘中正率伪军配合日寇进行扫荡，却失败而归、伤亡惨重。气急败坏的中村调集邻县日寇，集结四五百人与县大队展开激战，关键时刻，李朝东率分区部队前来支援，敌人再次仓皇逃走。

这时，无恶不作的杨百顺来到了肖家镇据点，马英决心拔掉这个据点，经过两次激烈的战斗，终于拔下肖家镇据点，击毙了杨百顺，也付出了一定的代价。经过多年的战斗，抗日武装日渐强大，而敌人的力量则逐渐减弱，李朝东认为时机已到，命令马英指挥全县抗日武装解放县城。战斗即将打响，所有队员斗志昂扬、摩拳擦掌，而城内郑敬之、肖阳等人加紧工作，想要里应外合。战斗打响了，王二虎、赵振江、老孟等战士奋勇杀敌、冲在最前线，由于郑敬之、肖阳的密切配合，伪军被全歼，刘中正被俘，而中村剖腹自杀。

作者简介

李晓明（1920年—2007年），原名李鸿升，出生于河北枣强程杨村。1938年，参加革命工作，同年加入中国共产党，历任枣北县委书记、县游击大队政治委员、武汉市委宣传部副部长、湖北省文化局局长、中宣部文化艺术局局长等职。

1956年，李晓明开始利用业余时间进行文学创作，1959年，他与韩安庆合作创作长篇小说《平原枪声》，由作家出版社出版发行。小说出版后，受到了读者的欢迎与喜爱，在当时这部反映冀南平原艰苦抗战的小说几乎家喻户晓。1978年，李晓明对小说《平原枪声》进行了修改，由人民文学出版社再版。1965年，作家出版社出版了他的又一部长篇小说《破晓记》，描写了解放战争时期，游击队英勇奋战的战斗生活。1973年，李晓明创作了中篇小说《追穷寇》，反映了1950年新区的剿匪斗争，后由广东人民出版社出版发行，在当时引起很好的反响。其他主要作品还包括：长篇小说《风扫残云》（合作）、《暗线谍影》（合作）、《歇官亭》，中篇小说《小机灵和他的伙伴们》、《烽火红缨》等。

韩安庆（1932年—1967年），1948年参加革命工作，曾在武汉市总工会、中共武昌区委等单位工作。代表作有长篇小说《平原枪声》（合作）、《破晓记》（合作），短篇小说《老青年》、《送行》等。

马英：

马英是一个经验丰富的共产党员，他身负组建抗日武装、宣传抗日主张的重担回到了故乡。当他看到镇里群众只顾个人恩怨、互相械斗时，他义愤填膺地大声宣告："战火已烧到家门口了，我们在干什么？互相残杀，杀害自己的同胞，这不是给日本鬼子帮忙吗？"随后，趁机向群众宣传共产党的抗日主张，积极抗战保卫家园。

为了民族大业，他可以置家仇于不顾，与害死自己姐姐和父亲的大地主苏金荣谈判。开始肖家镇根本没有抗日武装，他坚持战斗、积极发动群众，并成功地组建了抗日武装。在战斗中他也不断地成长，成为有勇有谋的指挥员。在被敌人抓入壮丁训练所后，他仍不忘自己的职责，积极发展抗日积极分子，使肖阳成为我军的内线，为日后解放县城打下了坚实基础。

面对敌人的铁壁合围，他率领队员们英勇奋战，最后率领队员成功地突围。这表现了马英的勇敢机智、沉着冷静。当看到杜平负伤牺牲时，他悲痛不已，但是坚强的马英掩埋了战友，化悲痛为力量，继续突围，加倍地向敌人讨还血债。正是因为有了这样出色的指导员，当地的抗日武装才能不断发展壮大，取得一个又一个胜利。

杜平：
　　杜平是游击队的政委，与马英相比，他的思想更加成熟，沉着冷静、临危不乱。他初次来到肖家镇就遇到了危急情况，马英等人被苏金荣袭击。这时他积极寻找对策，王二虎和赵振江前去营救，最后终于获得了成功。杜平也是一个作战勇敢的领导者，在突围的过程中，他不幸负伤牺牲。

吕梁英雄传

《吕梁英雄传》是著名作家马烽、西戎合作创作的反映吕梁英雄儿女奋勇抗战的长篇小说,也是第一部在抗日战争时期就发表的长篇小说。作者以吕梁山区一个普通山村康家寨为切入点,讲述了康家寨村民在民族存亡的关键时刻,不屈服、不低头,并与日本侵略者顽强斗争的精彩故事。年轻的共产党员、农会干部雷石柱带领党员康明理和孟二愣挺身而出,决心要揭穿康锡雪的阴谋,与日寇战斗到底,誓死保卫自己的家园。小说通过小小的康家寨折射出吕梁,以及整个华北抗日根据地全民抗战的真实写照和微缩景观。

在抗日战争时期,晋绥边区的人民在党的领导下,奋起反抗,与日寇展开了激烈的战斗,许多热血青年踊跃参加八路军,有的在家参加了民兵组织,拿起武器保卫自己的家园和亲人。这些民兵平时在家生产,闲时练兵习武,战时则拿起步枪、地雷、手榴弹等武器,与敌人拼死战斗。他们积极配合主力部队的作战,与武工队、游击队相互协调,粉碎了敌人的"蚕食政策"、"三光政策"。在灵活机动、形式多样的游击战中,民兵英雄犹如雨后春笋般不断涌现,他们英勇奋战的感动事迹被当地群众广为传颂,激励着无数人民。

作者马烽、西戎都曾经在吕梁山区战斗过、生活过几年,他们亲身经历了当初那段烽火连天的岁月,见证了许多英雄人物的可歌可泣的事迹,内心滋生一种强烈的创作冲动。在《〈吕梁英雄传〉的写作经过》一文中这样写道:"应该把敌后抗日军民在伟大领袖毛主席领导下,与日本帝国主义、汉奸走狗斗争的英雄事迹记载下来,谱以青史,亢声高歌,弘扬后世,变成巨大的精神力量,使人民群众从中受到应有的鼓励、教益和启迪。"

1954年春天,晋绥边区召开了第四届群英大会,表彰抗日战争期间涌现的民兵英雄。之后，《晋绥大众报》原准备一一介绍这些英雄，但是由于英雄人物太多，耗时太长，所以不得不改变计划。当时负责报道的马烽、西戎经过苦思冥想，决定创作以这些英雄为原型的通俗小说《吕梁英雄传》，连载在报纸上。于是，从1945年春开始，他们便开始多方搜集资料，采访受表彰的先进人物。6月，《吕梁英雄传》开始在《晋绥大众报》上连载，直到次年8月才刊登完成。1946年，经过作者的修改，小说于吕梁文化教育出版社出版，反响良好。

《吕梁英雄传》一开始在报纸上连载，就受到了广大干部、群众的热烈欢迎，甚至连不识字的都围在一起听人朗读。当时关于晋西北抗日根据地的文学作品很少，所以这部小说很快就引起了轰动，民兵英雄雷石柱、孟二愣等人成为晋绥边区家喻户晓的人物。1946年，周恩来、董必武率代表团与国民党进行重庆谈判时，该小说单行本上册就被带到重庆，在重庆《新华日报》上连载，引起了广大读者的强烈反应，可以说这部小说是从解放区流传到国统区的第一部长篇小说。

当初在连载时，由于作者工作繁忙，无法集中精力写作，所以故事情节有一些漏洞，人物活动还有一些矛盾。后来细心的读者指出了这些漏洞，作者决定进行大的修改，但是由于根据地正在进行土改运动，作者一直忙于工作，直到1949年初土改结束后，他们才集中精力对全书进行修改、校对，将95回改为80回，共28万字。同年10月，由北京新华书店出版发行。

新中国成立后，《吕梁英雄传》先后被北京新华书店、人民文学出版社、作家出版社等出版发行或重印，同时被翻译成俄、朝鲜、匈牙利等外文，在国外出版发行，总印数达200多万册。

故事梗概

1942年，日本侵略者对华北抗日根据地进行大扫荡，八路军为了集中兵力更好地打击日寇，粉碎敌人的围剿计划，主动撤出根据地。一时间，吕梁山区人民的抗日斗争进入了最艰难的时期。

康家寨是一个坐落在吕梁山区的小山村，八路军撤离之后，村庄的形势开始变得动荡不安。不久，日寇大队长犬养率部袭击康家寨，烧杀掠夺，民村刘二则的妻子被日寇残忍杀死，为了妻子，保守的他愤怒地拿刀砍向敌人。犬养大怒，竟命令士兵架起机枪残杀手无寸铁的百姓。康家寨陷入了一片血海之中。

老财主康锡雪为了夺回在减租减息斗争中失去的钱粮，重塑自己在村里的威风，不惜勾结日寇，做起了汉奸。农会干部康顺风也贪生怕死、趋炎附势，当上了康锡雪的狗腿子。日寇与汉奸翻译官王怀当，将部分百姓作为人质带到汉家山镇据点，强行在康家寨成立了维持会。维持会长康顺风在乡里为非歹、敲诈钱财，并且向农民逼粮要款，强迫村民为日寇修筑工事。雷石柱等人想方设法既交出了让日本人难以下咽的粮食，又保住了村民的安全；他们在工地上软磨硬泡，使工事迟迟不能完工；他们还巧妙地设下圈套，让王怀当和康锡雪、康顺风等汉奸吃掉了犬养调来监工的爱犬，却有苦难言、不敢声张。

然而，这一切激怒了犬养，他命令皇协军大队长邱得世率部队进驻康家寨，企图消灭这里的抗日力量。趾高气扬的邱得世根本不把康顺风等人放在眼里，一到这里就把他们骂个狗血喷头，这让王怀当十分不满，并心生怨恨。不久，武功队长武得民被王怀当盯上，幸好有村民的掩护才得以脱险。为此王怀当、邱得世相互指责，矛盾越来越激烈。

邱得世在村子里横冲直撞、掠夺百姓的财物，还想要强娶村民二先生的女儿梅英。关键时刻，雷石柱带领康明理、孟二愣等人在娶亲的道路上设伏，巧妙地救下了梅英。随后，犬养和王怀当在康家寨建立情报组织，康锡雪的儿子、大烟鬼康佳碧为情报组长，王臭子等痞子成了组员。这些汉奸在村里仗势欺人、敲诈勒索，很快他们就发现了武得民的真实身份，迫不及待地想要向犬养报告。而雷石柱获知了消息，将计就计地除掉了这个汉奸。几个日本兵闯入康家寨，强抢民女，孟二愣在解救妇女之时被汉奸抓住关押。武得民立即率领武工队员前来解救，并且除掉了康顺风等汉奸。

之后，村民成立了抗日民兵队伍，雷石柱被选为民兵队长。犬养和王怀当加紧破坏康家寨的民兵，派汉奸特务吴有才以探望女儿为名潜入康家寨，探听情报，并伺机毒杀雷石柱。康锡雪假意支持长工康有富参加民兵，后设计将他控制，逼迫他做内奸，破坏民兵的活动。在内奸的帮助下，犬养和王怀当密谋在春节突袭康家寨。除夕之夜，康有富骗瞭望哨上站岗的民兵喝下了酒，都昏睡过去。而犬养、王怀当和邱得世率领日、伪军倾巢而出，绕过了民兵的瞭望哨，突袭康家寨。二先生和梅英父女被残忍杀害、民兵武二娃在被抓住后抱住敌人跳崖，壮烈牺牲，民兵组织和康家寨遭到了巨大损失。

愤恨不已的雷石柱决定主动出击，打击日寇和汉奸的嚣张气焰。他们潜入日军据点抓住了王怀当，并根据他提供的情报，夺走了敌人的粮食和军马。气急败坏的犬养孤注一掷，利用康锡雪和康顺风制造假情报，伏击民兵，使民兵遭受重大伤亡。孟二愣、康有富等民兵被俘，受尽了严酷刑罚，同时雷石柱积极组织营救，救出孟二愣等人。这时，康有富幡然悔悟，揭露了康锡雪、康顺风等汉奸的罪行，康锡雪自知罪行败露，带着康佳碧仓皇逃进日军据点，而康顺风被民兵抓获。康有富为了赎自己所犯的错，只身闯进汉家山镇，击毙康锡雪，与日寇同归于尽。

最后，雷石柱、武得民闯入邱得世的营地，促使伪军起义，并击毙赶来阻止的王怀当。民兵和起义的伪军包围了赶来救援的犬养，活捉了众多日寇。经过艰苦的斗争，康家寨的民兵终于获得了最后的胜利。

作者简介

马烽（1922年—2004年），原名马书铭，山西孝义人，现代著名作家。幼年丧父，家庭生活贫困，后因抗日战争爆发，中途辍学。1938年春天，马烽参加八路军并加入中国共产党，跟随军队转战太行山、吕梁山一带，这为他创作《吕梁英雄传》等抗战小说提供了丰富的创作源泉。1940年，他来到延安鲁迅艺术学院附设的部队艺术干部训练班学习，并开始文学创作，两年后在《解放日报》上发表反映部队战斗的故事《第一次侦察》。

1943年，马烽回到晋西北抗日根据地，在晋绥边区文联文艺工作队工作，其间他时常到农村、工厂深入生活，创作了大量通讯、特写。1944年，他深入农村调查，与西戎合著发表了长篇章回体小说《吕梁英雄传》，小说在根据地引起了强烈反响，受到广泛好评。后又发表散文《汾平沿途见闻》、小说《追队》等作品；反映土改斗争的短篇小说《一个下贱的女人》、《村仇》等。

全国解放后，马烽来到作协工作，并兼任北京大众创作研究会创办的《说说唱唱》月刊编委，创作《一架弹花机》、《宝葫芦》、《饲养员赵大叔》、《结婚》、《在解放后的汉城》、《建设柏林的人们》等小说、散文，电影文学剧本《我们村里的年轻人》及长篇传记文学《刘胡兰传》等。

西戎（1922年—2001年），原名席诚正，出生于山西省蒲县。1938年参加革命，后到延安鲁迅艺术文学院附设干部班学习。1942年，西戎开始文学创作，先后在《晋绥大众报》、《川西农民报》担任编辑，后在《火花》、《汾水》担任主编。著有长篇小说《吕梁英雄传》（合作），短篇小说集《宋老大进城》，散文集《寄语文学青年》，电影文学剧本《叔伯兄弟》、《扑不灭的火焰》（合作）、《黄土坡的婆姨们》等。

雷石柱：

雷石柱是康家寨的党员，他原本是康家寨的自卫队分队长，出身贫苦，自幼与父亲在桦林山上，打山猪、赶獐子，所以练就了一身好本领，动作敏捷、枪法百发百中，为人精明强悍，勇敢果决。他18岁的时候，父母去世，留下他孤零零的一个人，只能靠给地主做长工谋生，因此受尽了地主的剥削、压榨。后来，解放军在康家寨建立新政权，实行减租增资，雷石柱当上了自卫队分队长，并参加了共产党。当日本侵略者袭击康家寨时，他与村里的青年积极反抗，与日寇和汉奸分子作斗争，带领村民展开轰轰烈烈的护村运动，巧妙周旋、勇敢斗争。

他既是作战英勇的民兵英雄，也是富有个性的、有血有肉的普通农民。在与凶狠的侵略者和狡猾奸诈的汉奸作斗争时，他也有失败的时候，也犯过错误。由于设岗不严密，疏忽大意，导致日寇在除夕之夜偷袭成功，付出了惨重的代价。正是经历了磨难和挫折以及血与火的洗礼之后，雷石柱逐渐成长起来，成长成一个富有策略、作战勇敢的民兵领导者。

孟二愣：

孟二愣是众多民兵英雄中最普通的一个，他性格耿直、作战勇敢、疾恶如仇。但是也因为他脾气暴躁，在行动中冲动、不计后果，办事容易缺乏考虑；他从小没有受过教育，所以身上有着绿林好汉的习气，勇敢、有义气。他曾豪气地说："反正扯了龙袍也是死，打死太子也是死。"这很好地表现了孟二愣粗犷、豪气的性格。由于孟二愣从小就受到地主恶霸的欺凌，所以革命意识十分强烈，一旦被发动起来，就表现出巨大的战斗力，他们一心一意跟随共产党闹革命，并把对敌人的仇恨化为斗争的力量。这样的农民可以说是抗战斗争最顽强、最坚实的后盾。

名家评价

中国人民大学语言文学系文学史教研室编著的《中国现代文学史讲义》对《吕梁英雄传》给予高度评价："这部作品和我国民族的优秀文化传统有着密切的血肉关系，小说的重大主题和动人的英雄事迹是通过为劳动人民所喜闻乐见的形式，如生动曲折的情节，富有传奇性的场面，章回体的形式以及通俗的语言等表现出来的，这也是它深受群众欢迎的重要原因。"

钱理群说道："影响更大的是马烽、西戎合作的长篇《吕梁英雄传》，与孔厥、袁静的《新儿女英雄传》，分别描写了吕梁山区与白洋淀的农民游击战争，人们更容易联想起中国历史上的农民起义，以及《水浒传》、《儿女英雄传》这类的'英雄传奇'小说。"

白毛女

 写作背景

在 1940 年左右，河北西北地区流传着"白毛仙姑"的故事，这个故事据说是有真人真事依据的。虽然人们不知道这件事情到底如何，但是从一些零星资料中可以窥视全面。著名作家周而复曾经说过："《白毛女》这故事是发生在河北省阜平县黄家沟，当时黄世仁的父亲黄大德还活着，父子俩对喜儿都有心思，双方争风吃醋，生了仇恨。父子两个都争着使唤喜儿，使喜儿接近自己。一次为了争着使唤喜儿，父亲用烟杆打儿子，儿子正在用菜刀切梨，顺手用刀一挡，不偏不倚，一刀砍在父亲的颈子上，断了气。母子私下商量，要嫁祸于喜儿，说喜儿谋害黄大德。"

不过，这个故事还有其他的版本，歌剧《白毛女》导演之一的王滨所陈述的故事就有所不同："那个地主是借口老婆不能生儿育女而奸污了年轻的丫头，许诺若生了男孩就纳丫头为妾，可是降生的恰恰是个女孩，便将她赶出门去，她只好钻进山里靠吃山枣活着，并把孩子养大，因为不吃盐长了一身白毛，后来八路军从那里经过时把她救出，她的头发也渐渐变黑，结了婚，还当上了某地的福利部长。"

就这样，"白毛女"的故事在民间广泛流传，后经过人们的修正、充实和加工，之后，晋察冀边区的文艺工作者根据这个故事改编成小说、话本、报告文学等作品，受到边区百姓和战士们的欢迎。当这个故事传播到陕甘宁边区的革命圣地延安时，它已经形成为一个相当完整的故事，就是我们所熟知的版本：一个贫苦的佃农深受恶霸地主的陷害，心爱的女儿也被强抢霸占，受尽凌辱，后被始乱终弃、被逼进深山。这个年轻的姑娘长期躲在深山中，头发变白，被人们误认为"白毛仙姑"显灵，直到八路军将她救出，她才获得重生。

由于这个故事在边区广泛流传，深受广大军民的喜爱，所以在 1944 年 5 月，在上级党组织的支持下，贺敬之和丁毅对这个故事进行了再创作，著名的歌剧《白毛女》

终于得以问世。据贺敬之回忆说："创作是1944年下半年开始的,当我已经参加文工团两年时间,在工作期间曾经深入工作,参加过秧歌剧的创作。当时,西北战地服务团从晋察冀边区返回延安,并且将'白毛仙姑'的故事传播到延安边区,这个故事立即引起了鲁迅艺术学院领导人周扬的重视,希望以这个传奇故事为题材创作一个表现人民斗争生活的,具有创新意义、民族化、群众化的新歌剧。"之后,邵子南、贺敬之、王滨、王大化、马可、张鲁等人组成创作组,开始创作歌剧《白毛女》。然而这个编排并不理想,1945年初,贺敬之与丁毅执笔重写,马可、张鲁、瞿维作曲,由王滨、王大化、张水华等人导演,创作人员们边写边排演边修改,终于完成了歌剧的创作。

歌剧《白毛女》在延安演出30多场,反响空前,场场爆满,白毛女的可怜的身世引起了边区百姓的共鸣,观众们不住地擦眼泪,哭成一片。这个故事更激起了人们对黄世仁父子的恶行的痛恨,扮演黄世仁的著名艺术家陈强,他曾回忆说:"有一次,我们为部队官兵演出《白毛女》,剧情高潮时,一位战士竟然无法控制内心的愤怒,拔枪要打死台上的'黄世仁',幸好被其他战士及时制止。"抗战胜利后,《白毛女》在土改运动和解放战争中,极大地激励了群众的斗争激情,成为发动群众开展反霸斗争和土地改革运动的生动教材。在那个年代,《白毛女》以巨大的号召力,使得千千万万受压迫的、受剥削的劳动群众产生强烈的共鸣。

1950年,东北电影厂将歌剧《白毛女》改编成电影,受到了群众的广泛欢迎,盛况空前,并且于1951年捷克卡罗维·发利第6届国际电影节上,获得特别荣誉奖。1952年,人民出版社出版了《白毛女》修订本,并获得了斯大林文学奖二等奖。

冀中地区佃农杨白劳是一个贫苦的农民,与女儿喜儿相依为命,他租种地主黄世仁家的六亩田地,虽然勤劳肯干,但是由于"驴打滚"式的利滚利,他欠黄世仁的债越来越多,恐怕永远也无法还清。年关将近,杨白劳无钱还债,不得不离家出去躲账,直到除夕深夜才悄悄回到家中。虽然生活贫苦,但是他十分疼爱女儿,特意给女儿买了两尺红头绳。

然而,他没有想到,恶霸地主黄世仁和管账先生穆仁智在除夕之夜还逼迫他们还债。黄世仁对喜儿垂涎已久,并借此逼迫杨白劳将女儿卖给自己偿债,杨白劳就这么一个女儿,死也不从。黄世仁竟然强迫他在喜儿的卖身文契上按下手印,被迫卖女的杨白劳,内心十分痛苦,心如刀绞,于是喝卤水自杀。

第二天,喜儿就被黄世仁抢进了黄家,受尽折磨,黄世仁的母亲是个狠毒的母老虎,平时挑剔喜儿给她泡的茶,竟用发簪扎她的脸。而无恶不作的黄世仁竟然强暴了喜儿,还强迫喜儿做他的小老婆。同时,与喜儿青梅竹马的青年王大春得知喜儿的遭遇后,立即前往黄家营救,却遭到了黄世仁的毒打和迫害。王大春失望至极,不久便与同村的青年一同投奔了八路军。

喜儿在黄家受尽凌辱,并不幸怀有身孕,不久在旁人的帮助下逃离了黄家,逃入深山之中。喜儿每天躲在深山的洞穴中,白天不敢出现,只能在晚上到山下的小庙偷食供果充饥。由于长期缺少阳光、盐分,逐渐变得严重营养不良,喜儿的头发全部变白。一个大雨夜,喜儿偷偷到山下的破庙找香民上的贡品,突然进来了两个人,这两人正是出去办事的黄世仁,一道闪电,他看到了偷藏起来的喜儿,不知是人是鬼,吓得魂飞魄散仓皇逃命。不久,"白毛仙姑"的传言便不胫而走。

两年后,王大春跟随八路军队伍回到家乡,黄世仁等恶霸地主制造"白毛仙姑"降灾的谣言,造谣生事,企图破坏八路军发动的减租减息运动。为了弄清"白毛仙姑"下凡的真相,王大春与战友们进入深山调查,最后发现这个"白毛仙姑"竟是喜儿,身世可怜的喜儿终于重见天日。随后,村里召开公审大会,喜儿和其他百姓都控诉了恶霸地主的罪行,他的罪行终于被清算。最后,喜儿和王大春走到了一起,两人一起迎接新的生活。

贺敬之 (1924 年—),山东峄县人。1939 年在四川参加抗日救亡活动,开始发表作品,后前往延安,进入鲁迅艺术学院文学系学习。1941 年,加入中国共产党,宣传抗日救国运动,并发表了多篇散文、小说和诗歌,充分表现了对侵略者的痛恨,对革命事业的向往。抗战胜利后,他随文艺工作团在华北联合大学文学院工作,参加了土改、支前等群众工作。

1945年和丁毅执笔集体创作了我国第一部新歌剧《白毛女》，获1951年斯大林文学奖。这是我国新歌剧发展的里程碑，作品生动地表现出"旧社会把人逼成鬼，新社会把鬼变成人"这一深刻的主题。

随后，贺敬之一直从事文学创作，著作主要有歌剧《白毛女》，秧歌剧《栽树》、《秦洛正》，诗集《朝阳花开》、《乡村之夜》、《并没有冬天》、《放歌集》、《笑》；长诗《雷锋之歌》、《中国的十月》、《八一之歌》等。

丁毅 (1920年—1998年)，原名顾康，山东济南人。著作主要有歌剧《白毛女》(与人合作)，秧歌剧《刘二起家》，歌剧《打击侵略者》，电影文学剧本《夺印》、《董存瑞》、《打击侵略者》等。

主要人物

喜儿：

喜儿是故事的主人公，她原本美丽善良、勤劳纯洁，将来与自己青梅竹马的王大春有幸福、快乐的生活。虽然父亲是一个贫苦的佃户，但是对自己却疼爱有加，每年都会给自己买新年礼物，即便是一个小小的红头绳。俗话说，穷人的孩子早当家，喜儿是一个十分懂事的姑娘，年纪轻轻便分担父亲的愁苦。当父亲在外躲债时，喜儿没有一丝的抱怨，主动打点过年的东西，盼望着父亲回来过年。

但是，正当她享受幸福和快乐之时，一系列的不幸袭来，父亲被逼自杀，自己被强抢进黄家，这时她十分无助，希望得到乡亲们的帮助，大声地哭喊着乡亲们帮助自己，但是乡亲们根本不是黄世仁的对手，绝望之际她产生了"与爹爹一块死"的念头。

当喜儿进入黄家后，她受尽了苦，备受黄母的折磨，这时她沉浸在失去父亲的痛苦之中，对黄家人的折磨也是逆来顺受。当得知王大春离开，自己又被黄世仁强暴后，她伤心绝望的情绪达到了顶点，直接想要一死了之。最后，在佣人张二婶的苦劝下才坚持下来。

不过，喜儿也是新一代的青年的代表，她年轻有活力，对恶势力也有反抗意识。当喜儿得知自己被卖给人贩子时，她的反抗意识被激起，义愤填膺地表示"不会像爹

爹一样","我就是死也要咬他们几口……"并且敢于当面质问黄世仁,找黄世仁算账。这时喜儿不再委曲求全,她即便忍受黄世仁的毒打也不肯屈服,最后逃离了黄家,即便在深山中过着非人的生活,她依然想着向黄世仁报仇。她的内心充满了仇恨,咬牙切齿地说:"想要逼死我,瞎了你眼窝!……我要报仇,我要活!"

喜儿的悲剧是旧社会旧中国广大农民尤其是劳苦妇女的缩影,她由开始的屈服、忍耐,逐渐变得懂得反抗、觉醒,最后顽强地反抗旧恶势力的压迫,表现了中国人民在凶恶黑暗势力下不屈不挠的反抗意识。

杨白劳:

杨白劳是旧时代受压迫、受剥削的贫困农民的代表,他勤劳、忠厚,但是由于恶霸地主黄世仁的剥削,过着异常艰苦、贫穷的生活。他租种黄家六亩地,收获的粮食还不够还地主的租子;为了生活他借了黄家的钱,可这"驴打滚"(高利贷)的债却永远也还不清,只能永远背负沉重的债务。

由于交不上租子、还不了债,他只能到快过年的时候,就去外地躲债。其实,杨白劳是一个思想守旧、性格懦弱的人,他深受地主压迫,却从来没有想到反抗,只知道躲避和忍耐。当黄世仁逼迫他卖女之后,他也想找地方说理,但是由于惧怕恶势力,只能隐忍下来,甚至向赵老汉、王大婶等乡亲隐瞒"卖女"的真相。他想起了穆仁智的话"县长和咱们少东家是朋友,这就是衙门口,你到哪里说理去"!最后,疼爱女儿的杨白劳失望至极,更觉得愧疚不已,心如刀绞,选择了喝药自杀。

杨白劳也是一个疼爱女儿,希望过幸福生活的老人,每年过年时都会带回三样东西:两斤白面、一根红头绳和两张门神。这展现了他虽然生活贫苦,但是也想要与女儿过个新年的美好愿望,然而就是这个朴素、简单的愿望都没有能够实现,作者通过对杨白劳的描写,控诉和揭露了恶霸地主的暴行。

黄世仁:

黄世仁是一个恶霸地主的形象,他凶残、贪婪,骄奢淫逸,为富不仁,用他自己的话说是:"花天酒地辞旧岁,张灯结彩过除夕……我家自有谷满仓,哪管他穷人饿肚肠。"

黄世仁是一个虚伪狡诈的恶霸地主，当杨白劳因没有钱还债而心情忐忑地来到黄家时，他开始摆出一副无辜的虚伪面孔，又是哭穷、又是让座，就是想让杨白劳就范，让他同意拿自己的女儿抵债。当杨白劳不肯同意时，他立即换上凶狠、恶毒的嘴脸，恐吓、逼迫其就范。

"我家自有谷满仓，哪管他穷人饿肚肠。"这两句道出了黄世仁的为富不仁和恶毒凶狠，他每天想的是如何更多地放高利贷，如何剥削贫苦百姓，根本不管其他人的死活，甚至为了达到目的而逼死穷人。当喜儿指责黄世仁的罪行时，他竟想要将喜儿卖掉；当喜儿逃走时，他紧追不舍，直到以为喜儿跳河自尽才罢手。

名家评价

周而复评论说："看《白毛女》前四幕，几乎让剧情压得透不过气来，等到第五幕八路军出现，才像是拨乌云而见青天，才像是万道光芒平地起，一扫灰暗沉闷的空气，深深地缓了一口气。农民和八路军共产党一结合，在共产党坚强的领导之下，很快就翻了身，鬼变成了人，人成了主人，过着从未有的自由平等幸福的生活。"

生死场

写作背景

《生死场》是萧红早期创作的一个巅峰，它以沦陷先后的东北农村为背景，真实地反映了旧社会农民的悲惨命运，以血淋淋的现实无情地揭露日伪统治下社会的黑暗，同时作者也表现了东北农民的觉醒与抗争，表现了他们誓死不当亡国奴、坚决与侵略者血战到底的民族气节。《生死场》奠定了萧红抗日作家的地位，使她成为30年代最引人注目的作家之一。特别是鲁迅为之作序，胡风为其写后记，使《生死场》成为一个时代民族精神的经典文本。

作者萧红是一个命运多舛的女子，早年经历了无数的坎坷和灾难，但是她不肯向命运屈服，奋起反抗。1932年11月，萧红摆脱了封建婚姻的牢笼，与萧军一起艰难地生活，他们依靠写作为生，后来在上海结识鲁迅，并且经常向鲁迅先生请教。在此期间，他们与茅盾、聂绀弩、叶紫、胡风等左翼作家成了朋友，很快他们与叶紫在鲁迅的支持下成立了"奴隶社"，并出版了"奴隶丛书"。

1933年10月，萧红与萧军合著的小说散文集《跋涉》，自费在哈尔滨出版。因为这部作品揭露了日伪统治下社会的黑暗，赞扬了人民群众的觉醒、抗争，所以遭到了特务的怀疑。为了躲避特务的迫害，萧红、萧军在共产党的帮助下，从哈尔滨逃离到青岛。之后，萧军在《青岛晨报》任主编，萧红则集中精力，勤奋写作，完成了中篇小说《生死场》的创作。此间，鲁迅先生一直帮助指导他们，给予他们莫大的鼓励。

书名最初叫作《麦场》，后来由胡风改名为《生死场》，书名更有一种震撼力，更具有一种象征意义。"九一八"事变后，整个东北三省就变成了一个残酷的"生死场"，而作者通过生生死死的描写，揭露了日本侵略战争给中国人民带来的巨大灾难。

1935年12月，《生死场》以"奴隶丛书"的名义在上海出版，鲁迅为之作序，胡风为其写后记，在文坛上引起巨大的轰动和强烈的反响。《生死场》的发表对唤醒民族意识的觉醒、坚定人民抗击日本侵略者的斗志起到了很大的鼓舞作用。

《生死场》这部小说描写了"九一八"事变前后,哈尔滨近郊的一个偏僻村庄村民遭受迫害以及反抗日本侵略者的动人故事,不仅描写了当时人们之间的恩恩怨怨,更刻画了底层人民群众对于生命的坚强以及为了摆脱死亡所做的挣扎。

在旧中国东北农村,贫苦的农民过着背向蓝天,面朝黑土,虽然他们勤苦地劳作,却要忍受着饥饿和疾病的煎熬,过着贫困、艰辛的生活。作者用女性的角度,生动地描写了几个农妇的悲惨命运。王婆是一个饱受磨难的妇人,她早年嫁给了第一个丈夫,但是却遭到了丈夫的虐待和毒打。后来,她的丈夫更是独自跑到了关外生活,抛弃了她和孩子,这让王婆的生活更加艰难。为了抚养孩子和生存,她不得不嫁给第二个丈夫,然而,这个丈夫却因为重病早早就去世了。之后她又不得不再次改嫁,第三个丈夫赵三平时性格软弱,经常受到村里恶霸二爷的欺辱。虽然他扬言要杀掉二爷,却并不敢真正行动。王婆平时经常鼓励赵三,希望他能够成为真正的男人,却没有任何效果。王婆年老之时,以为会安稳地度过一生,但是儿子却因为反抗政府,被枪毙。监牢里的赵三对二爷感恩戴德,而充满反抗意识的王婆则生活在痛苦、失望之中。这让王婆失去了生活的信心,伤心欲绝地自杀了,不过在将要埋葬的时候,她又活过来了。

金枝是一个出身贫苦农民家庭的少女,她只有17岁,年轻美丽,向往青春和幸福的生活。然而,生活的艰辛却粉碎了她的梦想。她还没有和成业结婚便怀上了孩子,因此受到了母亲和同村人的嘲笑和歧视,就连成业得知她有了身孕时,都愤怒地诅咒她。在极度痛苦和屈辱之下,她生下了孩子,丈夫却没有善待她和孩子,甚至觉得她们是自己的负担,竟然残忍地将不满一个月的孩子活活摔死。后来,日本侵略者来到这个村庄,人民的生活更陷入水深火热之中,残忍的日本兵想要凌辱金枝,刚烈、倔强的她没有屈服,最后死在了日本兵的枪下。

金枝的去世激起了赵三、成业以及二爷的反抗意识,他们的女儿、妻子都被杀害,他们彻底愤怒了,最后真正地站了起来,反抗日本侵略者的迫害和凌辱。

她是他们的女儿、相好，她的身体是他们的。但这身体要被外力所毁坏了。这外力如此蛮不讲理，于是，他们不得不起来。换言之，他们——这些村民们的起来，不是因为要亡国、亡村，而在于他们连活下去的最起码的条件都被剥夺了——他们的女人与女儿被抢了。亡国奴的吼声更意识形态了些，或者是知识分子的一厢情愿。真正能让像蚂蚁一样生活的人们站起来、重新要求获得男性尊严的理由，是因为这女性身体的被杀害以及他们自我身体的死亡将至。

作者简介

萧红（1911年—1942年），原名张廼莹，中国近现代女作家，"民国四大才女"之一，被誉为"30年代文学洛神"。她出生于黑龙江省呼兰县内一个没落地主家庭，幼年丧母，是一位命运悲苦的女性，也是一位富有传奇色彩的女性。

1927年，萧红考入哈尔滨东特女一中，其间她喜欢绘画、阅读中外文学作品，曾经在校刊上发表文章。当时哈尔滨学生联合会组织反对日本在东北修筑铁路的游行，萧红积极参加了抗日爱国运动，一直站在斗争的最前沿。

1930年，为了反对包办婚姻，她逃离家庭，却遇人不淑，生活窘迫时她结识了报社的萧军，从此走上写作之路，两人共同完成散文集《商市街》。随后，萧红被命运捉弄，陷入封建婚姻之中，却被丈夫汪恩甲抛弃。生活窘迫的萧红再次遇到了萧军，两人日久生情、互相爱慕。1932年11月，萧红、萧军经常拜访鲁迅，向鲁迅先生请教。在这里萧红认识了茅盾、聂绀弩、叶紫、胡风等左翼作家，这些著名作家对她的写作和生活产生了巨大影响。1933年10月，萧红与萧军合著的小说散文集《跋涉》，在东北地区引起了很大轰动，受到读者的广泛好评，也为她继续从事文学创作奠定了坚实基础。

1934年，萧红和萧军来到青岛，她集中精力勤奋写作，完成了著名中篇小说《生死场》。之后，萧红积极参加抗日救国运动，与鲁迅、茅盾、巴金等左翼作家发表《中国文艺工作者宣言》，号召爱国文艺工作者为民族独立而斗争。

抗战爆发后，萧红面对国破家亡的危机，依然加入抗战的文艺队伍中，创作了《天空的点缀》、《失眠之夜》、《在东京》、《火线外二章：窗边、小生命和战士》等散文。随后,她创作了一系列纪念鲁迅先生的文章,包括有《记我们的导师》、《记忆中的鲁迅先生》、《鲁迅先生生活散记》、《鲁迅先生生活忆略》等。

由于生活的动荡和情感挫折,1942年,年仅31岁的萧红病逝于香港。萧红一生不向命运低头,在苦难中挣扎,为民族解放而抗争,同时她的作品也独具光芒,素有常新的内容和文采,使她成为现代文学史上出色的女作家。主要作品有《小城三月》、《马伯乐》、《呼兰河传》、《北中国》等小说及散文、诗歌,约100万字。

王婆:

王婆是一位生活贫苦、经历磨难的旧时农村妇人,她为了生存不得不三次改嫁,最后嫁给了性格懦弱的赵三。她知道丈夫性格懦弱,所以经常鼓励和肯定他,这也成就了赵三的狂妄与野心,由一个怯懦的男人在对女性的征服中获得了信心和力量。王婆的性格比较倔强,始终用明亮而充满期待的声音高喊:"她爹,你高高地!你高高地!"她的性格与丈夫的懦弱、善变、奴性形成了鲜明的对比。最后,儿子因为反抗政府被枪毙,而丈夫却对欺压自己的二爷感恩戴德,这让王婆彻底失去了生活的信心,最终在痛苦、失望之中喝酒并吞下毒药。王婆是一位经历磨难,却不甘屈服、充满反抗意识的普通妇女形象。

金枝:

金枝是一个出身贫苦农民家庭的少女,她只有17岁,年轻美丽,向往青春和幸福的生活。然而,生活的艰辛却粉碎了她的梦想。她对成业充满了爱意和希望,却并没有得到善待,当她没有过门就怀孕时,遭到了母亲、乡亲的嘲笑和讥讽,就连成业都愤怒地诅咒她。

年轻的金枝经受了无尽的耻辱、辱骂,当她在极度痛苦与屈辱中生下女婴时,成业却残忍地杀害了这个小生命。这里体现了旧时社会对妇女的残害和扼杀,更表现了金枝所遭受的苦难。然而金枝却是一个顽强、坚贞的女子,当日本兵想要凌辱她时,她宁死不屈,最后死在日本兵的枪口下,这也反映了金枝的反抗意识。

鲁迅在为《生死场》所作的序言中说:"这自然还不过是略图,叙事和写景,胜于人物的描写,然而北方人民的对于生的坚强,对于死的挣扎,却往往已经力透纸背;女性作者的细致的观察和越轨的笔致,又增加了不少明丽和新鲜。"

胡风在《生死场》后序中说:"肖洛霍夫在被《开垦了的处女地》里所写的农民对于牛对于马的情感,把它们送到集体农场去以前的留恋,惜别,说那画出了过渡期的某一类农民的魂魄。《生死场》的作者是没有读过《被开垦了的处女地》的,但她所写的农民们的对于家畜(羊、马、牛)的爱,真实而又质朴,在我们已有的农民文学里面似乎还没有见过这样动人的诗篇。"

诗人、学者林贤治:"在中国现代文学史上,萧红是继鲁迅之后的一位伟大的平民作家。她的《呼兰河传》和《生死场》,为中国大地立传,其深厚的悲剧内容,以及富于天才创造的自由的诗性风格,我以为是唯一的。"

冰山上的来客

 写作背景

《冰山上的来客》是我国著名的赫哲族作家乌·白辛创作的小说,作品充满民族风情的异域风光,描述了 20 世纪 50 年代新疆边防部队与匪特进行激烈的斗争的故事,刻画了与敌人斗智斗勇的解放军排长以及单纯勇敢的新疆战士阿米尔的典型形象,更描述了阿米尔与古兰丹姆之间的爱情故事。

乌·白辛全名乌定克·白辛,"乌定克"是黑龙江省境内松花江支流"楼肯河"河名的赫哲语谐音,是赫哲族古老的姓氏。乌·白辛的童年时代正是日本侵略者横行的时代,目睹了侵略者和汉奸走狗的暴行的他,对敌人充满了仇恨。怀着对祖国的强烈的爱,他拿起手中的笔,创作了多部抨击日本侵略者暴行的作品,包括《海的召唤》、《南行草》等。而"白辛"就是这段时期作者使用的笔名,代表了他强烈的反抗精神。

抗战胜利之后,他积极参加革命,并加入了中国共产党,回到自己的家乡从事地下工作,主办了《前进报》和《轻骑报》两份进步刊物。在解放战争中,他随军参加战争,先后担任四野一纵文工团戏剧教员、随军记者、编剧、文工团副团长等职。在战斗中,他无所畏惧,先后参加了辽沈战役、平津战役,随着人民解放军百万雄师下江南,直到渡海攻克海南岛。1950 年,乌·白辛跟随志愿军参加抗美援朝战争,作为随军记者他与志愿军一起在朝鲜爬冰卧雪,一起出生入死。回国后,他又接受了新任务,前往荒无人烟的帕米尔高原和喜马拉雅山区工作,一坚持就是 4 年的时间,其间他克服了险恶的自然环境,保卫祖国的边疆。

丰富的战斗经历使他积累了丰富的生活素材,而长达 4 年的边境战斗经历,使他更深刻地了解新疆的风土人情,以及边防战士的英勇与智慧,也为创作《冰山上的来客》奠定了坚实的基础。

这部小说在出版之初就因为浓郁的民族风情和曲折的故事受到了读者的好评,随

后长春电影制片厂看中了它,想将它拍摄成电影,却因为种种原因被搁置。但是长影厂并没有放弃这部出色的作品,几经周折后,1963年,长春电影制片厂终于成功拍摄电影《冰山上的来客》,由著名导演赵心水执导,梁音、阿依夏木、谷毓英等人主演。电影一上映,人们就被那极富民族风情的特色,以及勇敢单纯的阿米尔吸引,而歌曲《花儿为什么这样红》、《怀念战友》迅速红遍大江南北,成为当时最脍炙人口的歌曲,激励着那个时代无数的年轻人。当时关于边防部队与匪特进行斗争的反特影片并不多见,所以其在中国影坛流行四十年仍不衰,成为当时最出色的红色经典影片。

故事梗概

故事发生在1951年夏天的新疆萨里尔山口,解放军边防军某边卡指挥员杨排长得到了一份情报,一群特务正在秘密潜入金沙川,企图破坏我国边防。一天,新疆萨里尔山口牧民孜老汉的儿子纳乌茹孜从叶城娶来一个新娘子,名字叫作古兰丹姆。实际上,他是匪首热力普派来的女特务古里巴儿,当初热力普逃跑时特意留下她完成潜伏任务。在迎亲的途中,他们遇到了边防站新来的战士阿米尔,这个新娘子让他想起了自己的童年玩伴古兰丹姆。阿米尔与古兰丹姆是青梅竹马的伙伴,两人的感情十分好,但是后来古兰丹姆却被他的叔叔卖给了江罕达尔和热力普为奴仆,从此两人就再也没有见面。

晚上,杨排长带着阿米尔前去参加纳乌茹孜与假古兰丹姆的婚礼,假古兰丹姆很早就知道阿米尔和古兰丹姆的童年往事,于是便有意无意地对阿米尔示好,表现得十分亲昵。之后,假古兰丹姆为了刺探我军的边防军情报,经常到边防站找阿米尔,与他拉近关系,尽管阿米尔心中存有疑虑,却并没有怀疑她的身份,但是为了遵守边防军的纪律,他只好再三拒绝假古兰丹姆来找他。假古兰丹姆一再纠缠阿米尔,这引起了杨排长的警觉,经过一番调查和观察,他发现这人并不是阿米尔所爱的古兰丹姆,便暗中提防她的一举一动。

不久,假古兰丹姆匪特提供了"有价值的情报",热力普、江罕达尔立即率领小股特务秘密越过边防线,最后被解放军歼灭。但是热力普、江罕达尔并不死心,想尽办法混进边防军哨所驻地活动。第二天,边防站发现了一男一女两个不速之客,男的名叫阿曼巴依，女的名叫买日乌莉，她便是真的古兰丹姆。阿曼巴依是名叫"真神"的特务，平日伪装成热力普的奴仆，骗取了买日乌莉信任，想要混入边防军哨所。随后，杨排长发现了阿曼巴依的真实面目，便精心安排了真古兰丹姆和阿米尔的重逢，久别重逢的两人终于可以重温往日的情意。阿曼巴依得知假古兰丹姆身份已经暴露的消息后，立即派人杀人灭口，并且策划在巴罗脱节的叼羊比赛时，乘抢夺制高点的机会，与热力普、江罕达尔等特务里应外合，趁机冲破边防线。杨排长早已获知他们的诡计，便决定将计就计，为他们布下了天罗地网，最后将热力普、江罕达尔等特务一网打尽。最后，阿米尔和真古兰丹姆终于获得了美好的爱情，实现了多年的心愿。

作者简介

乌·白辛（1920年—1966年），是一位出色的赫哲族戏剧家，先后创作改编了20多部歌剧、话剧和电影文学剧本，影响较大的有话剧和电影文学剧本《冰山上的来客》、《赫哲人的婚礼》，歌剧《好班长》、《焦裕禄》，话剧《黄继光》、《雷锋》等。其中，《冰山上的来客》被改编为电影，成为当时广受关注的红色经典。

1939年，乌·白辛开始从事戏剧活动，创作了《海的召唤》、《南行草》等作品，强烈抨击了日本侵略者和汉奸走狗的暴行，表达了其爱国主义情感。抗战胜利后，加入中国共产党，回到吉林从事地下党的革命工作。他当时担任《吉林日报》的副刊编辑，积极宣传革命，秘密主办《前进报》和《轻骑报》两份进步刊物，后受命组建吉林市文工团，后并入东北民主联军第七纵队。在解放战争中，他随军参加战争，先后担任四野一纵文工团戏剧教员、随军记者、编剧、文工团副团长等职。1950年，乌·白辛跟随志愿军参加抗美援朝战争，回国后，在八一电影制片厂担任编导。1958年，担任哈尔滨话剧院编剧和市文联专职创作员，专门从事文学创作，先后创作《冰山上的来客》、《赫哲人的婚礼》等出色作品，成为一位出色的少数民族剧作家。

主要人物

杨排长：

杨排长是解放军一位出色的指挥员，他经历了战火的考验，是一位富有战斗经验的指挥员。在冰山脚下他与特务斗智斗勇，在假古兰丹姆多次借故纠缠阿米尔之时，他就发现了其中的蹊跷，在经过多方观察和考察之后，识破了敌人的狡诈手段和假古兰丹姆的特务身份；他具有出色的谋略和智慧，在得知阿曼巴依秘密策划在巴罗脱节的叼羊比赛时，乘抢夺制高点的机会，与热力普、江罕达尔等特务里应外合的阴谋时，他决定将计就计，为他们布下了天罗地网，最后将热力普、江罕达尔等特务一网打尽。

杨排长不仅是一位出色的基层指挥员，也是一位具有领导魅力的领导。他关心战士们的生活，当他得知阿米尔与古兰丹姆的感情时，设计阿米尔与真古兰丹姆重逢，更鼓励阿米尔勇敢追求自己的爱情。

阿米尔：

阿米尔是一位单纯、勇敢的边防战士，他出身贫苦家庭，受尽了热力普、江罕达尔等人的压榨和迫害，后成为了解放军的一员。当他看到牧民孜老汉的儿子纳乌茹孜从叶城娶来的新娘时，他想起了自己的心酸往事，所以对假古兰丹姆有着别样的感情。但是面对假古兰丹姆再三的纠缠，他心中也产生了疑虑，为了遵守纪律他多次拒绝与她见面。

他对古兰丹姆的感情十分真切，就像高山雪原上盛开的雪莲是神圣而纯洁的，他勇敢地追求自己的爱情，最后与杨排长识破了敌人的阴谋，与真的古兰丹姆重逢。

沙家浜

写作背景

京剧《沙家浜》是八大样板戏之一,是曾经红透了中国大江南北的红色经典,其中主角之一阿庆嫂凭借沉着勇敢的应变智斗刁德一的唱段《智斗》,更是家喻户晓。《沙家浜》讲述了抗战时期,新四军与日寇浴血抗日,某部指导员郭建光带领十八名新四军伤病员在沙家浜养伤,与汉奸"忠义救国军"司令胡传魁、参谋长刁德一斗智斗勇,以及地下党阿庆嫂、当地村民沙奶奶等进步群众,巧妙掩护新四军伤员,最后消灭盘踞在沙家浜的敌顽武装的英雄故事。

《沙家浜》故事的最初雏形来源于阳澄湖边一首革命歌曲《你是游击兵团》,"阳澄湖畔,虞山之麓,三九年的寒冬,36个伤兵病员,高举共产党的旗帜,在暗影笼罩的鱼米之乡,流着血啊流着汗……你的威名震撼了江南,你的钢刀刺破了敌人的心房……"

这首歌曲成型于1943年,词作者是鉴青,曲作者是黄苇,在当时受到了战士们的热烈欢迎,很快在新四军中流传开来。

其实,早在19世纪30年代末,江苏常熟一带流传着一个关于新四军与老百姓鱼水情深、共同战斗的真实、感人的故事:当时国民党奉行消极的不抵抗政策,江南的新四军处境艰难,以新四军为主干力量的江南抗日义勇军在江阴市顾山南麓遭到伪"忠义救国军"的大举进攻,损失惨重。政治部主任刘飞身负重伤,被送到阳澄湖里的后方医院养伤,其实这个所谓的后方医院不过是停靠在芦荡里的几十条小木船。不久,江南抗日义勇军主力部队撤离到扬中,40多个伤病员和医务人员不得不留在阳澄湖。重伤的刘飞主动担任了领导职务,一方面组织伤员抵御敌人的进攻,一方面积极团结地方武装。这时,日伪军积极搜索新四军伤员,封锁了阳澄湖及其周边村庄,当地的百姓则自发地掩护伤员,给他们通风报信。由于条件艰苦,几位伤员不幸牺牲,不过经过群众的照顾，大部分伤员都恢复健康。后经过上级批准，刘飞留在了阳澄湖地区，积极发动群众，重建江南抗日义勇军，与敌人进行对抗。

这个故事中的刘飞便是《沙家浜》中郭建光的原型，而那些伤员便是京剧中18个重伤兵员顽强抵抗、相互扶持的身影；沙奶奶则是众多阳澄湖百姓的典型代表和化身。英雄的形象开始走进人们的视线，成为人们传颂和歌唱的对象，不久这首革命歌曲开始被加以改编并搬上舞台。

众所周知，《沙家浜》的前身是沪剧《芦荡火种》，1963年，由北京京剧团改编，汪曾祺主要执笔，杨毓珉、肖甲、薛恩厚等人协作完成。不过很少有人知道，沪剧《芦荡火种》的来源，它其实取材于新华社随军记者崔左夫所写的通讯《血染着的姓名》。

据崔左夫回忆："1948年11月13日，我作为战地记者之一，参加采访淮海战役。……遇到华野一纵队司令刘飞同志。一天，我们沿运河走去，正遇上刚打扫战场回来的一支部队，……刘飞同志说：'这个部队的前身是新四军18旅52团，最早一批战斗骨干是江南抗日义勇军在东路作战留下来的36个伤病员，他们的经历很有意思，将来你们当中最好有人写一写……'"刘飞向崔左夫讲述了自己的经历，之后，崔左夫又到苏州、常熟、阳澄湖一带进行走访，拜访了《你是游击兵团》的作者鉴青、黄苇等人，终于在1957年底完成了纪实性报告文学《血染者的姓名》。所以说，随军记者崔左夫是京剧《沙家浜》重要的奠基者之一。

同时，刘飞也是《沙家浜》最重要的奠基者，他先是促使崔左夫写作了报告文学，后自己又创作了回忆录。1957年7月，红旗飘飘杂志社为了纪念中国人民解放军建军30周年，向全军高级干部发起了征集革命回忆录的活动，此时刘飞正在修养病，回忆起自己当初戎马倥偬的岁月，当初与战友们在沙家浜养病抗敌斗争往事，便滋生了强烈的创作欲望。由于当时他患有疾病，所以自己口述、夫人朱一、秘书高松记录整理，完成了长篇回忆录《火种》。后来，刘飞将《火种》中有关章节部分摘出，取名《阳澄湖畔》，相继发表在上海《萌芽》和南京《雨花》杂志上。

不久，上海沪剧团以崔左夫的《血染着的姓名》为蓝本，参考了刘飞的回忆录《火种》进行改变，完成了《芦荡火种》的改编，自此《沙家浜》的整个故事情节基本成型。之后，《芦荡火种》在上海多次演出，反响强烈，场场爆满，这为京剧《沙家浜》的成功奠定了坚实的基础。

1963年，北京京剧团接受任务，将沪剧《芦荡火种》改变为京剧，之后这部剧以一种全新的面目呈现在观众面前。次年，毛泽东、周恩来等领导人在人民大会堂观看了京剧《芦荡火种》，毛主席肯定了这部剧的成就，并且表示："芦荡里都是水，革命火种怎么能燎原呢？再说，那时抗日革命形势已经不是火种而是火焰了嘛。故事发生在沙家浜，中国有许多戏用地名为戏名，这出戏就叫《沙家浜》吧。"于是，京剧《沙家浜》正式诞生，并且对剧本进行了新一轮的改编。

很快，京剧《沙家浜》在全国进行巡回演出，所到之处，观者如云。好评如潮。1970年，《沙家浜》被八一电影制片厂拍成电影，同样受到了全国观众的欢迎。

故事梗概

抗日战争时期，江南新四军在南方浴血奋战，某部主力部队因为形势险恶，不得不撤离常熟一带，留下指导员郭建光带领18名新四军伤病员在沙家浜养伤。

"春来茶馆"老板娘是中共地下党员，因为当初在淞沪会战期间掩护过地方武装头目胡传魁，所以深受胡传魁的信任和支持。这时，日寇企图收编胡传魁的队伍，但是他却犹豫不决，不知何去何从。不久，当地的乡绅子弟刁德一从日本留学回来，担任胡传魁的参谋长，其实他是日本、重庆国民政府的双重间谍，为人十分奸诈，并说服胡传魁的"忠义救国军"投靠了日本人。

"忠义救国军"司令胡传魁、参谋长刁德一表面上主张抗战，暗地里却投靠日寇，为虎作伥、为害乡里。胡传魁、刁德一等汉奸得知郭建光隐藏在沙家浜的消息，便千方百计地封锁这一带，企图抓住并消灭新四军战士。狡猾奸诈的刁德一将眼光放在阿庆嫂身上，怀疑她是地下党员，但是由于胡传魁十分信任阿庆嫂，刁德一也只能干着急。

另一方面，郭建光积极破坏敌人的搜索，与战友们相互支持，在消息隔绝、弹尽粮绝的艰难环境中，分析敌情、坚持与敌人斗智斗勇。同时，地下党员阿庆嫂依靠广大群众，以开茶馆的身份作为掩护，利用胡传魁、刁德一之间的矛盾，周旋于敌人之间，终于成功地将 18 个伤病员安全转移。

新四军伤员成功脱险后，胡传魁、刁德一气急败坏，抓住了拥护新四军的群众沙奶奶，并且当着阿庆嫂的面对她进行严刑拷打，企图找出沙家浜的共产党员，并破坏当地的地下党组织。阿庆嫂和沙奶奶相互掩护，沙奶奶痛骂了敌人，阿庆嫂并乘机了解敌兵司令部的虚实。不久，新四军某部主力回兵东进，已经痊愈归队的战士，配合大部队的行动，组成突击队袭击沙家浜，不仅消灭了反动部队，还活捉了胡传魁、刁德一和日本大佐黑田及其翻译。

作者简介

崔左夫（1927 年—2007 年），出生于东台许河镇芦河村，军旅作家。1944 年参加革命，次年加入中国共产党，历任新四军一纵二师（20 军 59 师）团、师报编辑、新华社华东一支社记者。1957 年，创作纪实性报告文学《血染着的姓名》，由上海沪剧团改编为沪剧《芦荡火种》，后又被改编为京剧《沙家浜》，风靡大江南北。

汪曾祺（1920 年—1997 年），生于江苏省高邮市，中国当代作家、散文家、戏剧家、京派作家的代表人物，在短篇小说创作上颇有成就，在戏剧与民间文艺上也有突出成就。

1937 年，日寇占领江南地区，正在读高中的汪曾祺不得不辗转多个学校，后因战事日紧，跟随祖父、父亲到离高邮城稍远的一个村庄的小庵里避难半年。1939 年夏，汪曾祺考入西南联大中国文学系，期间创办校内的《文聚》杂志，并不断在杂志上发表诗歌、小说。1944 年，他在昆明北郊担任老师，写了小说《小学校的钟声》、小说《复仇》，后由沈从文推荐给郑振铎在上海主办的《文艺复兴》杂志发表。此外，还写了小说《职业》、《落魄》、《老鲁》等。抗战胜利后，他来到上海，经李健吾先生介绍，在民办致远中学任教两年，写作《鸡鸭名家》、《戴车匠》等小说。

全国解放后，汪曾祺从武汉回到北京，任北京市文联主办的《北京文艺》编辑，其后一直从事文学创作，主要作品有短篇小说《受戒》、《大淖记事》、《鸡鸭名家》《异秉》、《羊舍一夕》；小说集《邂逅集》、《晚饭花集》、《茱萸集》、《初访福建》；散文集《逝水》、《蒲桥集》、《孤蒲深处》、《人间草木》、《旅食小品》、《矮纸集》、《汪曾祺小品》；京剧剧本《沙家浜》（主要编者之一）；文集《汪曾祺自选集》、《汪曾祺文集》、《汪曾祺全集》。

郭建光：

郭建光是新四军某部的连指导员，他经历了战火的考验，是位作战勇敢、英勇的战士，也是思想成熟的基层领导者，不过在作战中不幸身负重伤。当主力部队转移，他与18个新四军伤病员留在沙家浜时，他更是担起了领导者的任务。在养伤期间，他积极团结群众、宣传党的抗战方针，与当地的百姓一起并肩作战，塑造了一个热爱人民、与人民血肉相连、鱼水情深的光辉形象。

郭建光是一个久战沙场的战士，也是一个有性情的普通年轻人，在慈祥的沙奶奶面前，他热情周到，竟像是一个调皮的孩子，可见这些新四军战士已经与当地群众融为一体，亲如家人。

同时，他也是一个善于做群众工作，热爱人民和人民军队的指挥员。他们刚来到沙家浜镇时，就带着轻伤员帮助老乡收稻子；在转移的过程中，他把一箩箩谷子搬到岸边，将老乡的庭院打扫得干干净净；当敌人要来沙家浜搜索的紧急时刻，他第一个想到的是"通知民兵，带领乡亲们转移出去"；在坚守芦荡的艰难日子里，他还惦记村镇百姓的安全，担心"村镇上乡亲们要遭祸殃"；在养伤的过程中，他一方面积极联系群众，一方面做好作战准备，想尽办法粉碎敌人的封锁和搜索。这些细节突出了这位英雄的独特光彩。最后，郭建光带领康复归队的伤员与主力部队组成突击队，在乡亲们和阿庆嫂的密切配合下，消灭了日寇和汉奸，终于再次解放了沙家浜。

阿庆嫂：

阿庆嫂是共产党在沙家浜的地下党员，也是"千千万万抗战妇女的化身，她机智勇敢、有着过人的智慧和胆量，是位经验丰富、思想成熟的革命者"。

阿庆嫂以春来茶馆作为掩护，为新四军和党组织搜集情报，面对凶恶奸诈的敌人，她不卑不亢，巧妙地借助草包司令胡传魁作为挡箭牌，多次化解了狡猾的刁德一的设计和试探。在《智斗》这一场戏中，刁德一怀疑阿庆嫂是地下党，阿庆嫂以一个秘密工作者的敏锐洞察力看透了刁德一的蛇蝎心肠，她不慌不忙、若无其事地唱道："垒起七星灶，铜壶煮三江；摆开八仙桌，招待十六方。来的都是客，全凭嘴一张，相逢开口笑，过后不思量。人一走，茶就凉……有什么周详不周详？"这段唱词很多人都耳熟能详，表现了阿庆嫂的灵活机智而又带有几分泼辣的性格特征，以及沉着冷静、非凡的胆略和才干。

当敌人当着阿庆嫂的面拷打进步群众沙奶奶时，阿庆嫂内心十分痛苦，但是却沉着镇定，与沙奶奶相互掩护，终于化解了危机。她运用自己的智慧和谋略，终于帮助新四军战士脱离了险境。之后，她还伺机了解了敌兵司令部的虚实，协助新四军主力部队成功地解放了沙家浜。

阿庆嫂既是一个八面玲珑、机智勇敢的茶馆老板娘，也是一个思想成熟、斗争经验丰富的地下党员，可以说是一个出色的革命女性形象。

刁德一：

刁德一是沙家浜的反面人物，他阴险恶毒，笑里藏刀，他是沙家浜地主刁老财的儿子，留学日本后积极为日本人卖命，后担任"忠义救国军"参谋长，鼓动胡传魁投靠日本人，大肆搜捕新四军伤病员，后终于恶有恶报，被新四军活捉。

刁德一内心十分阴险、多疑，他怀疑阿庆嫂是地下党员，多次试探和设计阿庆嫂，但是由于胡传魁相信和支持阿庆嫂，他也无可奈何。为了搜索新四军伤员，他积极封锁阳澄湖周边，对沙奶奶等群众进行拷问，为人十分凶残。

战斗的青春

 写作背景

《战斗的青春》是河北著名作家雪克创作的长篇小说,小说以大扫荡时期的华北平原为背景,反映了当时抗战斗争的严峻性和残酷性,描写了区委书记许凤、游击队长李铁等抗日英雄的动人故事,还批判了胡文玉、赵青等汉奸叛徒的无耻行为。

小说的作者雪克也是一位经历了战火考验的战士,他原名孙振,河北献县人,出生于贫苦的农民家庭。1940年,雪克参加革命工作,加入中国共产党,投身于抗日战争之中,曾任县委秘书,中共冀中八地委宣传部干事,《晋察冀日报》《人民日报》记者。在从事革命工作的过程中,他接触了许多英勇作战的革命战士,受到了抗战热情的感染。之后一直从事文学、文艺方面的工作。

20世纪50年代,全国掀起了革命文学题材的创作,使他回忆起那段曾经战斗过的岁月,以及无数为革命事业牺牲的英烈,同时这也激起了雪克的创作激情。1958年,雪克创作了长篇小说《战斗的青春》,以抗战时期冀中平原上一个小地区——枣庄为背景,刻画了许凤、李铁、窦洛殿等一大批忠诚的抗日战士的光辉形象,突出了他们崇高的民族气节和英勇战斗的精神。

小说的原名为《许凤》,后在编辑刘金的建议下,改为《战斗的青春》。作者描述了激动人心的战斗场面,也反映了与党内极左、极右思想的斗争,所以作品一经发表就获得了巨大成功。小说首先出版了普及本,大量发行,立即受到了读者的热烈欢迎,短短两三个月,12万册销售一空。然而,因为胡文玉人物的设定,以及许凤与胡文玉感情的描写,使小说遭到了批评和批判,最后在刘金的据理力争下,才躲过一劫。《战斗的青春》自从1958年初版、1960年修订迄今已重版多次,发行量达到200万册以上;后被著名评论家周扬评为建国以来优秀长篇小说之一。

当时,《战斗小说》与《地道战》、《闪闪的红星》、《野火春风斗古城》等一

系列小说成为红遍大江南北的红色经典。而许凤和李铁也成为家喻户晓的红色人物形象。

故事梗概

《战斗的青春》描写了1942年"五一"大扫荡时期,李铁、许凤等人领导的游击队进行艰苦斗争的英勇事迹,表现了错综复杂的斗争形势和革命英雄勇敢斗争、无谓牺牲的崇高精神。

1942年春,日本侵略者对华北地区进行大扫荡,八路军主力部队和党政机关被迫转移,并组织游击队开始敌后游击战争。

区委书记胡文玉是一位精明能干的年轻干部,参加过北平的"一二·九"学生运动,并爱上了年轻漂亮的区妇救会主任许凤。许凤出生于普通农民家庭,毕业于保定师范,积极能干。然而两人在工作思想和方式上产生了严重的分歧。面临敌人的疯狂扫荡,区武工队伤亡惨重,革命形势十分严峻。许凤挺身而出,重组抗日武装队伍,与敌人周旋、斗争。在一次执行解救伤员和群众的战斗中,许凤带领游击队员奋勇杀敌,却因为敌人人数众多而节节败退。眼看敌人就要追上,许凤毅然跳入了江水之中。幸运的是,她被新上任的游击队长李铁救起。李铁原本是县手枪队副队长,作战英勇,且枪法百发百中,不过也有骄傲和个人英勇主义的缺点。

胡文玉在突围的过程中负伤,后被地主资本家的女儿小鸾所救,背叛了与许凤之间的感情。同时,小鸾的哥哥赵青参加了革命,担任区武工队指导员,严厉地批评了胡文玉的可耻行为。之后,许凤严厉地批评了胡文玉生活作风腐化、投降思想等错误,并与其断绝了关系。胡文玉嫉恨赵青的"告密"行为,对许凤并不死心。

随后,日本特务队和汉奸、宪兵队想要消灭许凤和李铁领导的游击队,多次偷袭和围剿,均失败。在斗争形势严峻之时,胡文玉却擅自处理紧急军情,挑拨李铁与许凤之间的关系,导致游击队损失惨重,许凤和李铁也受到了县委副书记潘林的处分。这让游击队和人民群众失去信心,幸好地委和县委及时纠正了潘林的错误,恢复了两人的职务,并且将胡文玉贬为县委宣传部干事。一再受挫的胡文玉心灰意冷,革命意志动摇,不久叛变投敌,成为可耻的汉奸。

很快，胡文玉被任命为中国特务队长，配合精良武器和日本顾问，严重威胁到游击队的安全。许凤和李铁积极部署锄奸行动，想要乘机除掉胡文玉、王金庆等汉奸，却发现胡文玉早已逃脱。赵青击毙了汉奸王金庆，不过李铁和许凤都发觉赵青的行为有异常，对其真实身份产生了怀疑，通过严密的侦察，他们才发现赵青原来是潜伏的日本特务。

一天，在李铁率领游击队员前往外县执行任务时，日寇和胡文玉率兵保卫了区委机关，许凤积极掩护干部群众紧急转移，自己却不幸被捕。胡文玉对许凤还抱有幻想，极力劝她投降，软硬兼施，并无耻地表示要娶许凤回北平永享太平。如果许凤不同意，天亮就会被执行"凌迟"死刑。许凤威武不屈，痛斥胡文玉的无耻背叛，痛骂他的卖国行径。之后，敌人逼迫许凤给李铁和游击队写招降书，让她劝李铁投降，最后被许凤断然拒绝。

最后，游击队主力队敌人发起了进攻，不仅消灭了全区的日寇和汉奸队，还击毙了叛徒胡文玉。不幸的是，许凤和其他革命战士却英勇牺牲。

作者简介

雪克（1927年—1987年），著名的现代作家，河北献县人。雪克少年生活贫苦，14岁就因家庭困难而辍学，曾经前往吉林桦皮、交河印刷刻字社做学徒。1937年"七七"事变后，雪克回到家乡参加革命工作，后于1939年参加中国共产党，曾担任献县文教部长、县委秘书，中共冀中八地委宣传部干事，《冀中导报》《晋察冀日报》《人民日报》记者等职位。新中国成立后，继续从事文学方面的工作，历任中国文联办公室主任、天津市文联党组副书记，天津市社会科学院文学研究所所长等职。1958年开始，雪克开始从事文学作品的创作，创作了长篇小说《战斗的青春》、《无住地带》等作品。

主要人物

许凤：

许凤是一位出色、勇敢、顽强的革命战士，她出身于普通的耕读家庭，是一位毕业于保定师范的知识分子。她既是一位普通的年轻女子，也是一位对革命无限忠诚的革命者。

她年轻美丽、干练精明，充满了大无畏的精神，对英俊有才华的北平大学生胡文玉产生了爱慕之情。但是当她发现自己与胡文玉革命思想发生冲突时，发现胡文玉在工作中犯下错误时，她严厉地批评胡文玉的错误思想。尽管她的内心十分痛苦，但是却毅然与他决裂。这表现了她的原则性、对革命的忠诚。

许凤经历了战争的考验，在经历了残酷的战争和胡文玉的背叛后，她逐渐走向了成熟，并且坚定了革命的信念。当敌人的疯狂扫荡使革命队伍遭受惨重损失时，她立即挺身而出，重组抗日武装队伍，与敌人周旋、斗争；她积极从事革命工作，营救伤员和群众的，当遭到敌人的围攻时，她宁死也不做俘虏，毅然跳入了江水之中逃生，幸好被李铁救出。

许凤痛恨沦为汉奸的胡文玉，当胡文玉带领敌人围剿游击队时，她不顾个人安全积极组织群众撤退，最后不幸被捕。当胡文玉对她花言巧语，想要诱使她投降时，她严厉地痛骂胡文玉的可耻行为；当敌人强迫她给李铁写招降信时，她断然拒绝，最后牺牲了自己年轻的生命。

李铁：

李铁原本是县手枪队副队长，作战英勇，且枪法百发百中，不过也有骄傲和个人英勇主义的缺点。由于在斗争中表现出色，被提拔为游击队队长，面对日寇和汉奸队伍的合力围剿，他积极配合许凤与敌人进行斗争，多次破坏敌人的围剿行动。不过由于骄傲的性格，使他最初与许凤发生了一些矛盾，使得胡文玉的挑拨离间起到了效果。不久又因为遭受陷害，被县委副书记潘林给予处分。不过，这并没有使李铁失去革命的热情。

李铁不仅对革命忠诚，还具有谋略和智慧，胡文玉投敌叛变之后，他积极部署锄奸行动；当发现胡文玉早已逃脱，赵青击毙了汉奸王金庆后，他立即发现了赵青的行为可疑，并且识破了这个潜伏在游击队的日本特务。

胡文玉：

胡文玉原本是党的优秀干部，是毕业于燕京大学的大学生，曾经参加"一二·九"

学生运动。他是一个有才华的知识分子，参加革命的目的却不单纯，而是抱着某种不满足的个人目的，骨子里具有资产阶级知识分子的劣根性。

在工作中，他的思想出现了错误，所以与许凤发生了严重矛盾，导致两人的感情也刚发生了变化。胡文玉的革命信念并不坚定，在与队伍失去联系的过程中，他犯了生活腐化错误，最后遭到了许凤的严厉批评。因为赵青转告许凤自己的错误行为，所以胡文玉心怀嫉恨，不仅对许凤不死心、还借机报复赵青。这足以显示胡文玉思想的狭隘、自私，正是因为具有这样的思想，所以他在以后的工作中不断犯错。他不仅擅自处理紧急军情，导致游击队在战斗中损失惨重；还挑拨李铁与许凤之间的关系，使游击队的工作无法正常进行；当潘林的错误被纠正，自己被贬为县委宣传部干事时，他的革命理想彻底动摇，从而在被捕后叛变投递，成为可耻的汉奸。

胡文玉从一个年轻干练的共产党干部沦为可耻的汉奸，并且残害了许多游击队，他率领特务队多次围剿游击队、迫害人民群众。最后还抓住了许凤，企图用甜言蜜语让许凤投降。最后在斗争中，这个可耻的叛徒，终于被游击队员击毙。

荷花淀

 **写作背景**

《荷花淀》是著名作家孙犁的代表作,也是"荷花淀派"的代表作品,与《芦花荡》是姊妹篇,选自《白洋淀纪事》。《荷花淀》全文充满了诗意,被称为"诗体小说"。小说以激烈残酷的抗日战争这样民族存亡的危急时刻为大背景,选取河北白洋淀的一隅,表现了农村妇女的温柔多情,和支持丈夫参加革命的崇高精神。孙犁用诗化的语言,表现了战火纷飞的年代,人民热爱祖国、勇敢战斗的崇高品质,以及美好的夫妻之情,这些纯美的人性、崇高的品格,就像是白洋淀盛开的荷花一样圣洁。

作者孙犁从小就喜爱文学,14岁进入育德中学,开始在《育德月刊》上发表文章,并阅读了国外著名作家普希金、契诃夫、梅里美、高尔基的多数作品。1936年,孙犁到安新县同口镇小学教书,一面阅读革命书籍,一面了解白洋淀一带民风民情。抗战爆发后,他参加了革命工作,并且开始从事文学创作,发表了《藏》、《琴和箫》、《采蒲台》等作品。1944年到延安鲁艺文学系学习,后在《解放日报》发表《杀楼》、《荷花淀》、《村落战》、《麦收》、《芦花荡》等作品。其中影响最大、最深远的就是,1945年5月15日发表于《解放日报》的《荷花淀》。

据孙犁回忆,当时在延安鲁迅艺术学院学习时,他离开家乡、父母、妻子,已经有8年的时间,很想念家乡的亲人和冀中。"打败日本帝国主义的信心是坚定的,但很难预料哪年哪月才能重返故乡。"期间,一位来自白洋淀的朋友过来看望孙犁,两人相见甚欢,畅快地谈起往事。朋友给孙犁讲述了两个故事,一个是关于地道战的故事,另一个就是关于白洋淀的故事。之后孙犁在延安的窑洞中,借助一盏油灯,用自制的墨水和草纸,将这两个故事写成了小说。前者取名为《洞》,后者就是短篇小说《荷花淀》。

虽然在抗日战争时期,孙犁并没有生活在白洋淀,但是他出生于冀中平原,曾经前往白洋淀附近、观察当地的生活，了解风俗民情。这里的风土人情和美丽的风景给孙犁留下了深刻的印象，所以当他听说这个故事时，就运用文字倾吐了心中强烈的感情，寄托对故乡的思念。孙犁曾说："我经历了美好的极致，那就是抗日战争。我看到农民，他们的爱国热情，参战的英勇，深深地感动了我。我的文学创作，就是从这个时候开始的。我的作品，表现了这种善良和美好的东西。"

1945年5月15日，延安《解放日报》的副刊登载了《荷花淀》，副题为"白洋淀纪事之一"。随后，孙犁又完成了《荷花淀》的姊妹篇《芦花荡》的写作，同样发表在《解放日报》的副刊上，副题也是"白洋淀纪事之一"，所以之后这两部短篇小说都被收录在《白洋淀纪事》之中。

很快，这两部小说被重庆的《新华日报》转载，各解放区的报纸也转载了，新华书店还出版发行了单行本。小说以其浓郁的地方色彩、秀雅、隽永的创作风格，生动地再现了冀中平原的人民群众的生活和战斗情景，成功地塑造了水生等游击队战士，以及水生嫂这些普通劳动妇女的善良、勇敢的美德。这促使《荷花淀》成为当时读者欢迎的红色经典文学，小说的发表在当时引起了很大轰动，给读者留下了深刻的印象，而孙犁也开始成为备受关注的作家。

后来孙犁回忆说："这篇小说引起延安读者的注意，我想是因为同志们常年在西北高原工作，习惯于那里的大风沙的气候，忽然见到关于白洋淀水下的描写，刮来的是带有荷花香味的风，于是情不自禁地感到新鲜吧。当然，这不是最主要的，是献身于抗日的战士们，看到我们的抗日根据地不断扩大，群众的抗日决心日益坚决，而妇女们的抗日情绪也如此令人鼓舞，因此就对这篇小说发生了喜爱的心。"

1947年4月，《荷花淀》被作家周而复收录在"北方文丛"系列丛书中，使作品走出了解放区，后又由三联书店发行出版。

抗日战争时期，冀中平原陷入了战火之中，面临着日寇和敌伪军队的迫害。在白洋淀地区有一个普通的小山村，7个年轻的游击队员想要参加八路军，前往前线杀敌，并且已经在县委报了名。

这些年轻的战士恐怕自己的家人给自己拖后腿,就让游击队组长水生作为代表,代替他们回到村里向亲人说明情况。水生连夜赶到村子,分别到其他队员家中做说服工作,第二天一清早就辞别了妻子,前往军队报到。

几天后,这些年轻的妇女悄悄地一起乘船到县里看望参军的丈夫,谁知等到他们来到军队集结地时,才知道部队在前一天晚上就离开了。这些妇女十分失望,只好返回村子,却在路上遇到了一艘日本军队的运输船。这些妇女惊慌失措,拼命逃避,把小船划进荷花淀里,而敌人却紧追不舍。正在危急时刻,埋伏在荷花淀中的游击队员伏击了追击的日本兵。令这些妇女兴奋的是,在危险关头救她们性命的正是她们新参军的丈夫。

战士们出色地完成了伏击任务,兴高采烈地转移缴获的战利品,并且与妻子们有了短暂的团聚。而这些历经危险的年轻妇女受到了锻炼和教训,她们回到村子后成立了自己的武装,配合八路军游击队作战。她们坚持学习射击、作战,不怕辛苦,并且参加了反"围剿"战斗,与自己的丈夫一起迎接胜利的到来。

孙犁(1913年—2002年),原名孙树勋,河北省衡水市安平人,现当代著名小说家、散文家,是"荷花淀派"的创始人。少年时期,孙犁开始接触五四运动以后的文学作品,如鲁迅、叶圣陶、许地山等著名作家的小说,以及社会科学、文艺理论著作。丰富的阅读不仅增长了他的知识,扩大了他的视野,更为他后来的创作和评论奠定了坚实的基础。

抗战爆发后,孙犁积极加入抗战宣传工作,参与了《海燕之歌》的选编,搜集国内外进步诗歌汇编成册,激励人们的抗日斗志。后又在《红星》杂志和《冀中导报》副刊上发表多篇文章,对解放区群众文艺创作产生了深远影响。1939年,他在晋察冀文联、《晋察冀日报》、华北联大做过编辑和教员,同时进行文学创作。短短两年时间内,孙犁就发表了《走出以后》、《丈夫》、《第一个洞》、《春天,战斗的外围》、《他从天津来》等十多篇作品,其中《丈夫》获得鲁迅文艺奖。

1944年,孙犁前往延安工作和学习,期间在《解放军日报》上发表了著名的《荷花淀》、《芦花荡》等短篇小说，被各解放区报纸转载，新华书店还发行了单行本。著名小说《荷花淀》、《风云初记》开启了中国诗化小说先河。

新中国成立后，孙犁在《天津日报》工作，一直从事文学创作工作，后创作长篇小说《风云初记》、中篇小说《铁木前传》，有散文集《津门小集》、论文集《文学短论》等。1979年到1995年期间，孙犁又先后出版了多本散文集、杂文集，包括《晚华集》、《秀露集》、《澹定集》、《尺泽集》、《远道集》、《老荒集》、《陋巷集》、《无为集》、《如云集》、《曲终集》等。

水生嫂：

水生嫂是白洋淀一位普通的劳动妇女，具有传统女性的美德，勤劳、善良、温柔。同时她又具备抗日革命地进步妇女的优良品质，支持丈夫参军、担负起整个家庭的所有劳动。

她每天在家中编制席子，"这女人编着席。不久在她的身子下面，就编成了一大片"，这表现了水生嫂的能干和勤快；当得知丈夫报名参加八路军时，正在织席的她似被苇眉子划破手，在嘴里吮了一下，低头说："你总是很积极。"这段描写突出了她的温柔，和对丈夫的依恋和关心。丈夫还没离开几天，她心里就思念丈夫，又和村里几个妇女一起悄悄地看望丈夫；水生嫂也是一个体贴、温柔的好妻子，每天丈夫工作晚归时，她总是立即"站起来要去端饭"。她不仅要担负起家中的全部家务，还细心地照顾公公、养育孩子，是典型的贤妻良母。

水生嫂也是一个勇敢、坚强的女性，水生对她说"不要叫敌人汉奸捉活的。捉住了要和他们拼命"，她就流着眼泪答应；当在荷花淀中遇到日本兵时，她内心十分害怕，却立即号召大家将船划到荷花丛中，并下定决心："假如敌人追上了，就跳到水里去死！"后来，经历了战斗的锻炼，她与几位妇女积极练习射击，组成了自己的武装队，与丈夫一起战斗。水生嫂经历了战火的洗礼，表现了她深明大义、识大体、顾大局的高贵品质。

 名家评价

著名编辑方纪评价说:"读到《荷花淀》的原稿时,我差不多跳起来了,还记得当时在编辑部里的议论——大家把它看成一个将要产生好作品的信号。那正是文艺座谈会以后,又经过整风,不少人下去了,开始写新人——这是一个转折点;但多半还用的是旧方法……这就使《荷花淀》无论从题材的新鲜,语言的新鲜,和表现方法的新鲜上,在当时的创作中显得别开生面。"

茅盾曾经评论说:"他(孙犁)的散文富有抒情味,他的小说好像不讲究篇章结构,然而绝不枝蔓;他是用谈笑从容的态度来描摹风云变幻的,好处在于多风趣而不落轻佻。"

评论家石燕在《文艺报》上发表评论《〈白洋淀纪事〉读后》,表示:"(《荷花淀》)对艰苦困难、残酷斗争并不是尽情地加以描绘,以致不忍卒读,而是字里行间常常流露出幽默乐观的风趣,随物赋形的流畅自然,清新活泼的笔调,善于勾勒肖像的白描手法。"

小兵张嘎

　　《小兵张嘎》讲述了在抗日战争时期，生活在白洋淀附近的小男孩张嘎在奶奶、八路军侦查员老钟叔、老罗叔等人的指引下，成长为一个真正八路军战士的经历。作者描述了张嘎的倔头强脑却又聪慧勇敢，身上却有着孩子的嘎气，塑造了一个少年小英雄的形象。

　　作者徐光耀13岁就参加了革命，随后加入中国共产党，在抗日战争时期曾经在120师特务营战斗过，后担任冀中军区警备旅政治部除奸科干事、技术书记，与日本侵略者进行了激烈的战斗。解放战争期间，徐光耀担任解放军第20兵团野战新华分社记者，在解放区报纸上发表多篇文章。正是由于亲身经历了战火纷飞的岁月，所以他可以驾轻就熟地描写冀中平原的军民与敌人英勇奋战的情节，生动地刻画当地的群众。

　　1957年，徐光耀度过一段艰难的岁月，他来到河北保定，当时他的心情十分郁闷，于是想要找个办法来解救自己。他阅读很多书籍，包括12本莎士比亚戏剧集，但是这并没有什么用处。据徐光耀回忆说："怎么救自己？这时我忽然想起自己看过一本苏联版的心理学书，说人在遇到巨大挫折时，如果不好好控制，会走上危险的道路，有可能产生精神分裂症。有什么法子治？书里提了八个字我记住了：集中精力，转移方向。而有效的办法就创作。"

　　之前，徐光耀发表了一部长篇小说《平原烈火》，里面有一个小人物，在开头比较活跃，后来却没有较多的描述。这成了徐光耀的遗憾，于是他就想创作一部关于这个小人物的小说。这个人物就是后来的张嘎。徐光耀说："我对自己的个性不满意，比较呆板，不活泼，我不喜欢这种性格，我喜欢的性格就是嘎子的性格。于是我想这辈子碰到了哪些嘎子，想一条在桌子上记一条，嘎人嘎事记了很长的单子，哪些是幼稚的，哪些是进步的，哪些是成熟的，把嘎子放在战争环境中进行排列调整，嘎子的形象在我脑子里活蹦乱跳，后来写成了《小兵张嘎》。"

之后，徐光耀开始创作，但是他并没有先写小说，而是先写电影剧本，不过剧本写到一半时就进行不下去了。后来，他开始转变策略，着手小说的创作，小说的写作十分顺利。经过两个多月的勤奋写作，徐光耀完成了电影剧本和小说的创作。

1958年，徐光耀来到保定文联工作，之后他将小说《小兵张嘎》交给了《河北文学》的编辑张定天，并很快发表。1961年底，《河北文学》两本刊物合并发表《小兵张嘎》。

《小兵张嘎》出版后，在社会上引起很大反响，曾被译成英、印、地、蒙萨、德、泰、阿拉伯、朝、塞尔维亚等文字。很快，由崔嵬执导的同名电影在全国范围内放映，小说电影《小兵张嘎》出色地塑造了一个在战火中成长起来的爱国少年张嘎子的人物形象，深受影视界内外的好评，影片公映后引起观众的强烈反响，小说和电影分别获第二次全国少年儿童文艺创作一等奖。主人公张嘎一身"嘎气"，倔头强脑却又聪慧勇敢，成为人民热烈追捧的小英雄。后来，《小兵张嘎》还被绘成连环画，被拍摄成电视剧作品，受到了广大青少年的热烈欢迎。

故事梗概

抗日战争进入最激烈的时期，在白洋淀附近一个小水村有一个顽皮的小男孩，名叫张嘎，他十分顽皮，经常在村子里调皮捣蛋，所以村民们都称呼他为"嘎小子"。张嘎从小就失去了父母，与奶奶两人相依为命。虽然张嘎十分顽皮，但是对奶奶十分孝顺，最听奶奶的话。张奶奶是一位慈祥的老人，经常帮助八路军游击队，还收留受伤的八路军地区队侦察连长老钟在家里养伤。张嘎每天与老钟叔相处，便决心成为一名八路军战士，拥有一支属于自己的手枪。看到张嘎这么喜欢手枪，老钟叔便用木头为他做了一把手枪，张嘎喜欢得不得了。

突然，日本军队和伪军前来扫荡，张奶奶为了掩护老钟叔被日本军队残忍的杀害，张嘎最敬爱的老钟叔也被敌人抓走。失去了最亲的奶奶，嘎子十分伤心，但是这个勇敢刚强的孩子并没有消沉，他幼小的心灵燃起了复仇之火，发誓一定要为奶奶报仇、救出老钟叔。

张嘎只身寻找八路，路上遇到了八路军的侦查员罗金保，他竟将罗金保误认为是汉奸，还想要夺罗金保的枪，最后却被罗金保逮住。历经千辛万苦，嘎子终于找到了八路军，当上了小小的侦查员，他配合侦察员罗金保执行任务，表现得十分勇敢、机智。但是他还是一个小孩子，有顽皮、淘气的一面，在与小伙伴胖墩摔跤输掉后，蛮不讲理、胡搅蛮缠，甚至一气之下堵了胖墩家的烟囱。他十分渴望有一支属于自己的手枪，在一次战斗中他缴了敌人的手枪，为了得到这把枪，他竟偷偷把枪藏进了乌鸦窝里，没有上缴。不过，在八路军战士们的教育下，嘎子也知道了自己的错误，改正了自己的缺点，逐渐成长起来。

日寇和伪军包围了村子，老满父子为掩护他而遭受伪军的毒打，看到乡亲们为了自己受罪，他大义凛然地挺身而出，勇敢地大声宣告："我就是你们要找的八路军，跟他们没有关系！"之后，八路军准备攻打敌人的炮楼，嘎子奉命前往县城侦察，却不幸被敌人逮捕。敌人将嘎子关进炮楼里进行拷问，逼问八路军的下落，他死也不肯屈服，还咬伤了敌人的手臂。

不久，八路军部队开始攻打炮楼，敌人慌作一团，无暇顾及其他人。张嘎想尽办法在炮楼中放火，与战士们里应外合，最终拔掉了白洋淀地区最后一个炮楼。日本队长龟田被击毙，张嘎终于为奶奶报了仇，救出了老钟叔。

在大家庆祝胜利之时，他终于得到了一支向往已久的手枪，区队长正式宣布他已是真正的小侦察员，张嘎终于成为一个真正的八路军战士。张嘎将自己的木头手枪送给胖墩，还嘱咐他："你也要用这支木头的，去缴获一支真家伙！"

作者简介

徐光耀（1925年—），笔名越风，河北雄县人，中国电影编剧、著名小说家。1938年，徐光耀参加八路军，同年参加中国共产党，1945年开始跟随解放军参加战斗，做随军记者和军报编辑。其后，徐光耀一直从事文学创作工作，于1950年创作长篇小说《平原烈火》，受到读者的广泛好评。

1958年写成中篇小说《小兵张嘎》和同名电影文学剧本，小说被译成英、印、地、蒙萨、德、泰、阿拉伯、朝、塞尔维亚等文字，而电影更受到了影视界内外的好评，影片公映后引起观众的强烈反响，小说和电影分别获第二届全国少年儿童文艺创作一等奖。

著有长篇小说《平原烈火》，中篇小说《少小灾星》、《四百生灵》，电影文学剧本《望日莲》、《乡亲们呐……》、《小兵张嘎》，短篇小说集《望日莲》、《徐光耀小说选》，散文集《昨夜西风凋碧树》、《忘不死的河》等。

张嘎：

张嘎是一个苦大仇深的农村孩子，从小就失去了父母，与奶奶相依为命。他爱憎分明、不畏强暴、勇敢顽强、聪明机灵，所以在执行侦察任务时立了很多功劳。这个孩子在革命部队中受到的锻炼，并取得了很大的进步，由一个天真淘气的孩子逐步成长为一个真正的革命战士，一个优秀的"小兵"。

张嘎是一个勇敢、机智的小孩，但是由于年纪小，所以也很调皮，经常给乡亲们带来麻烦。当奶奶被敌人杀害、老钟叔也被抓走后，他没有消沉，而是化悲痛为力量，坚持找到八路军，为奶奶报仇。张嘎的愿望就是成为老钟叔一样的侦查员，于是在找到八路军之后，他也当起了小小的侦查员，配合八路军侦查员一起完成任务，这表现了他的机智和勇敢。

但是，张嘎毕竟是一个年纪幼小的孩子，他还十分调皮，在乡亲面前撒娇发嘎，还时不时惹些小祸。在与胖墩摔跤时耍无赖，还堵上胖墩家的烟囱；竟敢违犯纪律将缴获敌人的手枪藏进乌鸦窝里。

不过在八路军战士们和区队长的关心和教育下，他逐渐改掉身上的缺点，变得更加坚强和乐观。在敌人面前，他表现出无所畏惧、威武不屈的精神，当老满父子为掩护他而遭受伪军的毒打时，他大义凛然地挺身而出，勇敢地大声宣告："我就是你们要找的八路军，跟他们没有关系！"当敌人将他关进炮楼里进行拷问时，他死也不肯屈服，还咬伤了敌人的手臂。

最后，张嘎点燃了敌人的炮楼，与区大队里应外合，终于消灭了敌人，为自己的奶奶报了仇。这时张嘎已经成为一个合格的八路军小战士，还得到了梦寐以求的手枪。

地球的红飘带

《地球的红飘带》是著名作家魏巍1987年创作的一部长篇小说，描述了中国工农红军在敌人的强力打击下，进行战略转移、进行长征的伟大壮举，着重记录了四渡赤水、占遵义、逼昆明、渡金沙江、夺泸定桥，以及翻雪山、过草地等精彩绝伦的历史场景。小说不仅真实地反映了红军长征途中征服千难万险的真实情景，而且揭示了红军内部的激烈斗争，以及普通士兵不畏艰难、艰苦跋涉的坚强意志和崇高精神。

长征是中国共产党领导红军进行的伟大壮举，据美国著名记者斯诺统计，"红军行程万里，行军368天，余下的100多天都是在战斗中度过的，途中共爬过18条山脉，渡过24条河流，经过12个省份，占领过62个城市，突破10个地方军阀组织的包围，平均每天行军71华里……"这样的壮举不仅保存了革命的火种，更感动和激励了无数中华儿女。

魏巍是著名的散文家、作家，早早参加了革命，经历了抗日战争、解放战争，以及抗美援朝战争的洗礼，不仅积极从事革命工作，还为人们留下了《谁是最可爱的人》、《东方》等脍炙人口的作品。在战火中磨炼的过程中，他与一线官兵结下了深厚的友谊，并且被这些英雄事迹所感动。在魏巍待过的部队，有很多经历长征的老红军战士，他们时常讲述当初的光荣事迹，魏巍也被革命先烈的长征经历所感染。

据魏巍后来回忆说："我是1937年卢沟桥事变以后参军的，当时部队里有很多走过长征的老红军，我和他们朝夕相处，知道了很多有关长征的故事，这一段历史在我心里留下了深刻的印象。后来写聂帅（聂荣臻）回忆录时，我担任传记组组长，又从他口中听到很多相关故事，对那一段历史越发敬佩、仰慕。"于是，他产生了创作关于红军长征事迹的小说，想要更多人记住那段艰苦的历史，感受长征途中红军不畏艰难的崇高精神。

　　魏巍在写作本书之前，曾访问和请教过许多革命前辈，并先后两次在长征路上进行考察，受到了各地群众的欢迎和接待。作者侧重采访了众多亲身经历长征的红军战士，为了还原当时战斗环境的残酷和红军战士们艰苦卓绝的斗争，认真研究和参考了许多红军战士的回忆录素材。魏巍在卷首语中这样说道："中国英雄们的长征，是中国人民的史诗，也是世界人类的史诗。这部史诗是中国人民和中国共产党用自己的脚步和鲜血镌刻在我们这个星球上的。它像一只鲜艳夺目的红飘带挂在这个星球上，给人类、给后世留下永远的纪念。"而当时聂荣臻将军为作品写了序言，其中说道："我从《当代长篇小说》杂志上看到了魏巍同志的新作《地球的红飘带》，兴奋不已，接连十几天，一口气将它读完了。《地球的红飘带》是用文学语言叙述长征的第一篇长篇巨作，写得真实、生动……读完全书，我仿佛又进行了一次长征。作者抓住了这一伟大的历史题材，搜集了大量史料，先后两次到长征路上探索，又经历了几年的精雕细琢，小说写得十分成功。"

　　随后，《地球的红飘带》被绘成连环画，不仅受到了读者的欢迎，还获得了很多奖项。有人评价说："连环画《地球的红飘带》的出版，和长征史诗一样，都是人类历史上的奇迹。"之后，还被改编为评书、长篇小说在连播节目中播出，同样受到了听众的欢迎。

故事梗概

　　《地球的红飘带》描述了中共红军艰苦跋涉、不畏艰难进行万里长征的故事，从湘江之役、四渡赤水、占遵义、逼昆明、渡金沙江到勇夺泸定桥，以及红军战士翻雪山、过草地等激动人心的场面，同时揭露了红军内部的激烈斗争，真实地展现了长征这一历史性的壮举。

　　1934年10月，中共红军中央根据地的第五次反围剿失败后，为了摆脱国民党反动派追击，被迫实行战略大转移，开始长征。敌人调动大量兵力对红军进行围追堵截，但是由于李德等领导消极避战，导致红军处于不利地位。中央军委决定抢渡湘江。11月底，国民党集结40万兵力于湘江岸边，企图将红军歼灭在湘江边。红军战士们奋勇杀敌，终于从敌军的重围中杀出一条血路，但是部队伤亡惨重，由8万人锐减到3万人。

党中央领导开始反思红军的未来方向，决定向以遵义为中心的川黔边地区前进。1935年1月，红军占领遵义，并且召开了"遵义会议"，不仅纠正党内一些领导人的错误思想，也奠定了毛泽东为代表的中共中央的正确领导，这成为中国共产党和红军的伟大转折点。

由于国民党对遵义进行严密防守，红军主动撤出遵义，在川黔滇边和贵州省内迂回穿插。1月29日开始，红军利用灵活的运动作战，以少胜多，从而改变了被动的局面。红军在毛泽东的领导下四渡赤水出奇兵，不仅有效地打击了敌人还保存了自己的实力。红军在渡过乌江之后，直逼贵阳，并于5月抢渡金沙江，在广大群众的帮助下，红军经过9天9夜的战斗，全部渡过金沙江，终于摆脱了几十万国民党军队的围追堵截。

之后，红军顺利通过了大凉山彝族区，直奔大渡河。蒋介石妄想将红军当成第二个石达开，将红军消灭在大渡河畔。红军先行部队率先抢占安顺场，孙继先中将带领17位勇士强渡大渡河，在岸边火力的掩护下，终于渡过了大渡河。之后，中央红军翻越终年积雪的夹金山，与四方面军胜利会师，不过此时党内对北上还是南下的问题发生了分歧。这使得敌人再次包围上来，中央决定红军兵分两路北上，右路军进入了毫无人烟的松潘草地，残酷的自然条件、危险的草地、沼泽使众多红军战士壮烈牺牲，甚至没有留下姓名。

张国焘率领的左路军并没有北上，而是调头南下而去，中央红军毅然北上，攻下天险腊子口，翻越岷山。1935年10月，中央红军终于到达陕北根据地，与陕北红军胜利会师。1936年10月红二方面军和红四方面军到达甘肃与红一方面军会师。

长征是中国共产党领导的一大壮举，行程约二万五千里，其间共经过11个省，翻越18座大山，跨过24条大河，走过荒无人烟的草地、翻过连绵起伏的雪山，红军牺牲营以上干部多达430人，平均年龄不到30岁，最后终于胜利地完成了战略大转移。"这部史诗是中国人民和中国共产党人用自己的脚步和鲜血镌刻在我们这个星球上的。它像一条鲜艳夺目的红飘带挂在这个星球上，给人类，给后世留下永远的纪念。"

 作者简介

魏巍（1920年—2008年），原名魏鸿杰，笔名红杨树，河南郑州人，当代著名诗人、散文作家、小说家。魏巍出生于一个城市贫民家庭，15岁时父母双亡，靠为别人誊写文章为生。

1937年，年仅17岁的魏巍参加八路军，在山西赵城县八路军115师军政干部学校学习（后并入延安抗日军政大学），1938年，加入中国共产党。魏巍从抗大毕业后，来到晋察冀敌后抗日根据地从事抗战工作。抗日战争时期和解放战争时期，魏巍始终在战斗部队任职，在战火中磨炼和成长，并与一线官兵结下了深厚的友谊，这为他的文学创作奠定了坚实基础。

1942年，魏巍创作了反映晋察冀边区人民抗日战斗的长诗《黎明的风景》，受到了边区军民的热烈欢迎，并获得"鲁迅文艺奖金"。全国解放后，魏巍离开了作战部队，调到总政治部工作，任学校教育科副科长、创作室副主任，从此专心从事文学创作。

1950年，抗美援朝战争打响，魏巍作为前线记者跟随部队开赴朝鲜，见证了志愿军战士浴血奋战、保家卫国的英勇事迹。1951年4月11日，魏巍在《人民日报》头版隆重刊登了报告文学《谁是最可爱的人》，受到广大读者的热烈欢迎，并且影响数代人。1978年，魏巍完成了抗美援朝题材长篇小说《东方》的创作。

魏巍一生都在从事文学创作，是著名的诗人和小说家，其作品包括散文集《幸福的花为勇士而开》、《壮行集》、《魏巍杂文集》、《魏巍散文选》等；诗集有《两年》、《黎明风景》、《不断集》、《红叶集》、《魏巍诗选》；长篇小说有《东方》、《地球的红飘带》、《火凤凰》等。其中，长篇小说《东方》获首届茅盾文学奖、首届中国人民解放军文艺奖和首届人民文学奖；《地球的红飘带》获"人生的路标"奖及人民文学奖。

聂荣臻："《地球的红飘带》是用文学语言叙述长征的第一篇长篇巨作，写得真实、生动，有味道，寓意深刻，催人奋进，文字简洁精练，读起来非常爽口。读完全书，我仿佛又进行了一次长征。……这是一部史诗般的作品，它必将对我们继承和发扬红军长征精神，起到深远的重要作用。"

迎春花

写作背景

《迎春花》是著名作家冯德英"三花"(《苦菜花》、《迎春花》、《山菊花》)系列小说之一,是继《苦菜花》之后的又一力作。这部小说描写了山东半岛地区人民的斗争生活,歌颂了胶东人民艰苦卓绝的斗争历程,以及坚贞不渝、善良勇敢的道德情操。

人们习惯将冯德英的"三花"看成是不可分割的三部曲,因为小说都是描写山东半岛胶东地区人民斗争生活的作品,时间上有一定的连贯性,分别是第二次国内革命战争、抗日战争、解放战争时期。因为这三部小说书名都有"花"字,又是冯德英的代表作,这便是"三花"的由来。然而,这三部小说从人物关系、故事情节来说,都没有直接的关系,都是独立成书的。

冯德英出生于贫苦的农民家庭,家乡在昆嵛山区,父亲被汉奸乡长打死,兄长被迫出逃,只留下母亲带着三个姐姐和他相依如命。身世可怜的冯德英,只上过五年的小学,他之所以走上文学创作的道路,是因为从童年开始就经历残酷的战争,遭受了无数的苦难和折磨。他哥哥姐姐和母亲先后参加了革命,母亲甚至为了革命事业牺牲了自己的生命。冯德英从小就受到了母亲、哥哥姐姐的影响,与那些革命者建立了深厚的感情,被那些革命者可歌可泣的故事和崇高精神感动。在那个特殊的年代,他周围的亲人、邻居,一起同仇敌忾,无数的八路军、新四军、解放军,为了民族和人民的解放事业,浴血奋战。这些在革命战争时期经历过的事情、参加过的激烈残酷的斗争,以及接触到的人,为他以后的文学创作提供了丰富的创作基础。

冯德英在后来回忆说:"本来是个只念过五年小学,十三岁便参加人民解放军的人,怎么会想到搞文艺创作呢?……我之所以走上文学创作的道路,并且能比较早的'少年得志''一鸣惊人',不是年轻幼稚的作者有什么特别的天才,而是我从童年时代开始所处的革命战争环境,我接触过、看到过、听到过、参加过的激烈残酷的抗日战争、解放战争的人和事,在那如火如荼的斗争中,我周围的亲人,村间邻居,不分男女老少,同仇敌忾,为正义的斗争,献出自己的所有。无数的共产党员、八路军、新四军、解放军指战员,革命干部群众,为了民族和人民的解放事业,浴血奋战,其英雄的壮举,崇高伟大的精神,惊天地,泣鬼神!我得天独厚地有幸生长在那烈士鲜血染红的土地上,耳濡目染的英雄人民的可歌可泣的业绩,为我储存了一个开发不完的高尚品德、优美情感、善良性格、坚贞不屈的牺牲精神的宝藏,使我的创作激情和原料,有了用之不竭的旺盛的源泉。……"

1950年,冯德英看到了柯蓝的《洋铁桶的故事》,这本书使他回忆起故乡人民英勇奋战的故事,想起了童年接触到的舍生忘死的革命英雄。此后他爱上了小说、爱上了文学,想要将自己所见所闻记录下来。1953年,冯德英开始创作《苦菜花》,经过三年时间的勤苦写作,他终于完成了长篇小说《苦菜花》。《苦菜花》获得了巨大的成功,一经出版就受到了广大读者的欢迎。后为了向新中国成立十周年献礼,在处女作激起的热情的推动下,冯德英仅仅花费三个月就完成了长篇小说《迎春花》的写作。1959年,冯德英这部45万字的小说由上海的文学杂志《收获》一期全文刊登,新华书店就征订100万册,不过后因纸张紧缺,才印出40万册,之后被译成10种不同的文字,至今畅销一千多万册。

不过《迎春花》中关于感情的情节,很快就引起了争论,并受到了评论家的批评。随后,冯德英对《迎春花》作了局部的修改,对内容进行了修改和删减,并于1962年再版。

《迎春花》塑造了一批英雄感人的形象,反映了革命斗争的残酷性,以及革命者英勇奋斗的崇高精神,所以它才具有顽强的生命力,才成为备受推崇的红色经典。

解放战胜时期,胶东半岛笼罩在国民党特务的恐怖统治之下,人民生活在水深火热之中,而解放区人民积极进行土改行动,与国民党反动派进行了激烈的斗争,整个胶东半岛的斗争十分尖锐复杂。

1947年的一个黑夜,军统治特务汪化堂秘密潜入解放区后方,率敌秘密杀害了区委书记和区长。区委书记的妻子春梅和县敌工部张滔临危受命,分别接任区委书记和区长,发誓一定要严惩行凶凶手。同时,春梅的妹妹春玲和弟弟也来到烈士的墓前悼念,并且先后参加了革命。

与此同时,在解放区潜伏多年的匪首汪化堂、蒋殿人等人隐藏在芦苇荡中,暗中收集、刺探我方的情报,秘密进行暗杀、爆炸等破坏行动,企图配合国民党军队对山东解放区进行全面进攻。汪化堂外甥孙承祖假装在战场中牺牲,秘密潜伏在村里进行破坏活动,而其妻王镯子与汪化堂狼狈为奸,乘机想策反区长张滔。

后来,孙承祖假冒独臂英雄、新任区长江水山,他混进村里军属桂花家中,想要强行非礼桂花;妇救会长孙俊英趁机煽动群众闹事,她的丈夫江仲亭也是国民党特务,回到村里从事秘密活动。一时间,村里的革命形势十分严峻、矛盾冲突越来越复杂。

春玲等一些进步青年带头参加革命,春玲鼓励未婚夫儒春参加解放军,在他们的带领下,村里的青年积极踊跃报名参军。战斗英雄江水山积极带领人民群众进行革命,并且与淑娴产生了感情,最后在春玲的促成下两人完成了婚事。

不久,山河村又笼罩在一片阴云之下,敌特组织给汪化堂派来了职业杀手,对山河村进行疯狂的暗杀活动。杀手化妆成军人想要刺杀新任区长江水山,幸好江水山始终保持警惕,杀手的阴谋才没有得逞。之后,杀手又化装成孙俊英的姐姐潜入村中,杀害了支部书记曹振德。江水山积极捉拿杀手,最后抓住了孙俊英,并揭露出杀手的真实面目。

随着前方战斗愈发激烈,后方敌特的活动越来越猖獗。为了保护敌后根据地,区委成立了女兵组织,在江水山的指导和训练下,她们训练有素,成为一只出色的民兵武装,春玲、淑娴等人也积极参加了民兵。

最后,汪化堂等敌特率领军队攻击山河村,江水山带领武工队与民兵与敌人进行了激烈地斗争,儒春在战斗中身负重伤,最后不幸牺牲,春玲含泪吻别未婚夫;而淑娴为了掩护江水山等人,献出了年轻的生命。江水山忍着悲痛带领武工队和大部队围攻汪化堂等匪徒,最后将这个狡诈凶残的敌人击毙,消灭全部敌人。

 **作者简介**

冯德英（1935年—），当代作家，山东牟平（今属乳山）人。冯德英出生于一个贫苦的农民家庭，全家都投身于人民革命斗争，深受战争年代斗争生活的熏陶和教育。1949年，冯德英参加中国人民解放军，进入解放军通信学校学习，先后担任报务员、电台台长、雷达指挥排排长等职位。

1950年，冯德英读了著名作家、散文家创作的反映抗战斗争的中篇小说《洋铁桶的故事》，从此他深深爱上了文学，如饥似渴地阅读当时畅销的文学作品，时常被那些为革命事业而忘我战斗的英勇人物感动，并产生了创作的冲动和欲望。1953年，冯德英开始练习写作，经过两年的笔耕不辍，1955年春天完成了第一步长篇小说《苦菜花》。随后，冯德英又完成了《迎春花》、《山菊花》，自此完成了著名的"三花"系列小说创作。冯德英的"三花"长篇系列反映了胶东半岛人民艰苦卓绝、英勇顽强的革命斗争，受到读者的欢迎，并被译成日、俄、英等国文字。

随后，冯德英一直从事文学创作工作，历任济南市文联主席，《泉城》文艺主编，《时代文学》主编等，创作了长篇三部曲《大地与鲜花》第一部《染血的土地》等，另有一些短篇小说、散文和电影剧本。

 **主要人物**

江水山：

江水山是一个传统"高大全"的红色英雄形象，他积极动员村里群众参军，与村里的敌特分子进行斗争；在村里遇到困难时，他和曹振德主动带头缩衣节食，与群众共渡难关。当他被敌人陷害侮辱军人家属时，冷静以对，即便遇到了不知真相群众的围攻，也冷静迎敌，不仅躲过了敌人的暗害，还抓住了陷害自己的凶手。

江水山努力工作，积极从事革命工作，最后被任命为新任区长，他机智地配合区委进行剿匪工作。当敌人想要趁乱袭击春梅时，他事前埋伏好伏兵，消灭了敌人。最后江水山率领武工队和解放军部队追击敌人，消灭了汪化堂等敌特。

春玲：

春玲是一个勇敢、善良的女性形象，她深受姐姐、姐夫革命思想的影响，是个思想进步的青年。当江山水动员村民们参加解放军时,她希望自己的未婚夫能够参军,但是性格懦弱的儒春根本不敢与她见面,这让春玲十分伤心失望。两人见面时,当她看到儒春毫无主见、思想落后时,她毅然登门劝儒春的父亲送儿子参军,并答应了对方先过门后参军的条件。

春玲热情助人,即便自己喜欢江水山,却极力帮助淑娴追求婚姻自由,促成他与淑娴的婚事。她积极带领妇女们工作,支持党和组织的革命工作,与女民兵一起共同保护人民群众,与解放军共同作战。

创业史（第一部）

《创业史》是柳青创作的，描写建国初期农村社会主义道路的长篇小说，真实地反映了50年代合作化初期农村错综复杂的矛盾冲突，以及主人公梁生宝艰苦创业、不屈不挠的奋斗精神。作者通过一个小山村农民不断探索的事迹，反映了新中国农民艰苦创业的历程。

作者柳青出生于渭河平原的农民家庭，由于家庭贫困很早就参加了革命，曾经在陕甘宁边区从事文学方面的工作，还跟随部队上过前线。1943年，他接受上级命令来到陕西米脂县民丰区吕家检乡任文书，期间他深入农村生活，领导群众开始减租减息，组织大生产运动。原本他根本不愿意在农村工作，但是艰苦的农村生活和与农民的接触的过程中，使他的思想发生了转变，深深地热爱这片土地和人民。他在这里一待就是三年，工作认真、热情，并且搜集了很多第一线资料。期间创作了反映了陕北解放区大生产运动中的农民生活状况的长篇小说《种谷记》。这也为他后来创作《创业史》奠定了坚实的基础。

解放战争时期，柳青一直在冀东边区工作，直到1948年10月才回到陕北。他第三次深入米脂县，经过长达8个月的深入采访，以著名的"沙家店战役"中一个粮店支前为题材，创作了长篇小说《铜墙铁壁》。

1952年，柳青来到陕西长安县担任县委副书记，主要负责农业互助合作工作，他深入农村调研，亲自指导王莽村"七一联合农业社"、皇甫村"胜利农业社"，促进了长安县农村合作社的发展。之后他在长安县皇甫村落户，在这里住了14年之久。柳青和当地的农民一样剃着光头，穿着对襟黑袄，戴着当地农民喜欢的帽子，与当地农民融为一体。这时他被当时农村新的形势鼓舞，被农民新生活的热情鼓舞，他把自己变成了一个真正的农民，变成了一个与农民同甘共苦的作家，而不是为了创作搜集素材的旁观者。

正是因为有丰富的生活经验,他才创作出这一部出色的作品《创业史》。这部作品蕴藏了作者柳青14年农村生活的丰富积累,更倾注了作者太多的心血,原本柳青计划写四部,但是由于种种原因只完成了两部。

自1959年开始,《创业史》开始在《延河》上公开发表,小说一经发表就获得了评论界极高的评价,被认为是反映农村广阔生活的深刻程度的作品,"是一部深刻而完整地反映了我国广大农民的历史命运和生活道路的作品。"不过,这部作品也承受着评论界的批评,著名的评论刊物《文艺报》就曾表示:"我觉得梁生宝不是最成功的,作为典型人物,在很多作品中都可以找到。梁三老汉是不是典型人物呢?我看是很高的典型人物。"

正是因为如此,柳青在1954年至1960年间进行了多次修改,1959年,小说曾经以《稻地风波——〈创业史〉之一》为名刊登在《延河》杂志,后经过略作修改后刊登于同年的《收获》杂志上;随后1960年,小说经由中国青年出版社出版。

故事梗概

1929年冬,陕西地区遭遇大旱,颗粒无收、饿殍满地。大量灾民涌入了渭河平原的蛤蟆滩,中年村民梁三老汉在灾民群众穿行,他妻子新丧,想要找到一个女子,不久身后就跟随着一个中年寡妇和一个4岁的男孩,后来被取名为梁生宝。原来早年梁三父亲艰苦创业,辛辛苦苦建起家业,并为其娶妻,但是梁三却命运不济,遭遇天灾人祸,妻子早早就去世,只剩下空荡荡的草房。

梁三重组家庭后又燃起了创业的希望,然而创业建业艰难,经过10年的苦拼,家业依旧凋敝,梁三只换来一身病痛。于是,创业的重担就落在了儿子梁生宝的身上,梁生宝天生聪明,13岁就给地主做长工,18岁就独自租地耕种,雄心勃勃地想要成就家业。然而,一年到头,辛苦所得还不够交租,最后又被高利贷敲诈一空。解放前夕,国民党抓壮丁,梁生宝只好躲进了终南山。

解放后,蛤蟆滩发生了翻天覆地的变化,在土地改革中梁三分到了10亩稻田,这使他又重燃起创业的希望,梦见自己成了"三合头瓦房院长者"。梁生宝当了民兵队长，还成了党员，他的创业思想已经从个人发家创业转变为带领大家共同致富，全身心地投入到互助组工作中。因此，父子两人发生了矛盾和分歧，隔阂越来越深。

与此同时，互动组工作也面临着巨大困难。此时正是春荒时节，梁生宝一面筹划新一年的生产，一面思考怎样度过春荒。村主任郭振山想要通过向富农和中农借贷的方式，来解决燃眉之急。但是，富裕中农郭世富却盖上了新房，大摆筵席；富农姚士杰更是趁火打劫，偷偷放高利贷；就连村代表主任郭振山都还有私心，只顾得自家的发展，对贫民的困境袖手旁观。

在关键时刻，梁宝生站了出来，成为广大贫农的主心骨和带头人，他亲自前往郭县购买"稻麦两熟"的种子，带领互动组成员到终南山割竹子。这些举措不仅解决了贫民的困难，更稳住了互助组的局势。然而，这时梁三老汉却处处拖儿子的后腿，时常对他冷嘲热讽。已到而立之年的梁生宝一心投入到互助组事务上，同村女团员徐改霞对他心生爱意，而梁生宝也喜欢徐改霞。但是为了工作他压抑着自己的感情，故意疏远徐改霞，导致徐改霞在郭振山的鼓动下到城市里当工人。

后来，梁生宝带领互动组进入终南山，守旧势力的破坏活动却日益猖獗。富农姚士杰奸污了成员栓栓的妻子素芬，并指使素芬诬陷梁生宝，郭世富也通过买稻种等事收买人心，导致互动组面临分裂和瓦解的危险。不过，梁生宝的割竹顺利完成，挣了一笔钱，互动组也渡过了难关。

秋天，梁生宝的互动组获得大丰收，蛤蟆滩的统购工作提前完成。互动组受到了群众的认可，组员也越来越多。而自私自利的郭振山威信扫地，梁生宝成了全区第一个农业化合作社——灯塔农业生产社。梁生宝的创业成功了，而梁三老汉也对儿子刮目相看，流出了幸福的泪水。

作者简介

柳青（1916年—1978年），原名刘蕴华，陕西省吴堡县人，当代著名小说家。柳青很早就参加革命活动，1928年，年仅12岁的他就加入了中国共产主义青年团，1936年加入中国共产党。期间，他逐渐喜欢上文学创作，经常写一些散文、诗歌，翻译外国短篇小说在报刊上发表。l935年"一二·九"运动和1936年西安事变发生前后，他积极组织学生运动，鼓舞了西安学生的爱国斗争。

1938年到1939年7月期间，柳青在陕甘宁边区工作，翻译了西班牙小说《此路不通》，并前往晋西北前线采访，发表很多关于抗战的通讯报道。随后，他跟随部队上前线，分别在晋西南115师独立支队2团1营、129师386旅771团任文化教员。

1940年10月，柳青回到延安，先后创作《误会》、《牺牲者》、《地雷》、《一天的伙伴》、《废物》、《被侮辱的女人》、《在故乡》、《喜事》、《土地的儿子》、《三垧地的买主》等10多篇小说，生动地描绘了抗日军民的英雄形象。1943年，他来到了陕西米脂县，与当地农民群众同甘共苦3年，创作了第一部反映了陕北解放区大生产运动中的农民生活状况的长篇小说《种谷记》。1951年，柳青创作第二部长篇小说《铜墙铁壁》。

1952年，柳青在陕西长安县安家落户，担任长安县副书记，期间他深入开展调查研究，体验农村生活，积累了丰富的创作素材。1959年，他完成了长篇巨著《创业史》（第一部），并在《延河》上连载，后由中国青年出版社出版，小说很快受到国内外广大读者的好评。

随后，柳青一边从事工作，一边进行文学创作，包括《我们这里已是早晨》、《灯塔，照耀着我们吧！》、《1955年秋天在皇甫村》、《王家父子》、《邻居琐事》等散文，还有《关于王曲人民公社的田间生产点》、《怎样沤青肥》、《耕畜饲养三字经》、《美学笔记》、《狠透铁》等作品。

梁宝生：

梁生宝是全书的中心人物，是典型的社会主义农村的英雄形象。在艰苦创业的过程中，他有胆有识，具有实干精神，又有宏伟的气魄。在他身上我们看到了一个农民英雄勤劳、朴实、善良的传统美德，更看到了他公而忘私、为了集体利益甘愿牺牲个人利益的新时代精神。

梁生宝幼时跟随母亲逃荒的经历、少年当长工的经历,以及父辈创业惨败的教训,使他身上具备敢于创业、不怕艰险的雄心壮志。他年纪轻轻就独自租下田地创业,然而由于地主的剥削和高利贷的逼迫,使他的创业以失败收场。但是他并没有屈服,在共产党的领导下,他成了村里的民兵队长,担负起领导农民群众走上致富道路的重担。这时梁生宝的思想已经发生了转变,他由想要自己创业成功的个人主义,转化为社会主义创业的转变。他积极帮助村民度过春荒,亲自前往郭县购买"稻麦两熟"的种子,带领互动组成员到终南山割竹子,最后帮助贫农度过了危机。其中梁生宝买稻种时,在小饭铺吃饭、掏钱、付款的细节,表现了他克己奉公、公私分明的共产党员形象。

在互助组遭到破坏,面临瓦解和分裂之时,梁生宝积极主动地调动农民的积极性,带动组员到终南山割竹,最后获得了巨大的丰收,也使得蛤蟆滩的统购工作提前完成。正是因为梁生宝坚持原则、披荆斩棘才获得了巨大的成功,建立了全区第一个农业化合作社——灯塔农业生产社。

梁生宝是一个公而忘私的有为青年,他为了互助组的工作压抑自己的感情,故意疏远互有好感的徐改霞,导致两人错过了美好的爱情。梁生宝这样一个新时代的青年,敢奋斗、肯吃苦,又讲原则、重情感,使人们看到一个备感亲切可爱的真正的社会主义新人形象。

梁三老汉:

梁三老汉是小说中塑造比较成功的人物形象,他勤劳、朴实,敢于和命运做斗争。早年父亲辛辛苦苦创业,终于给他留下三间正房,还为他娶妻生子。然而梁三却命运不济,遭遇天灾人祸,牛死妻亡,只留下空荡荡的草房院。但是梁三并没有屈服,心中仍有创业的雄心,当家庭美满之时,他继续艰苦创业,然而经过十年的拼搏,家业依旧凋敝如初,只剩下一身的病痛。于是他将创业的希望寄托在儿子身上。

作为一个传统的农民,他最大的梦想就是拥有自己的土地,做个"三合头瓦房院的长者"。所以当儿子只顾着集体的利益拼搏,而枉顾个人发家致富时,他十分不满，并且故意拖儿子的后腿。他怀疑儿子、甚至讽刺儿子是"梁大伟大"，但是他心中还是无时无刻不关心着互助合作运动。当儿子出色地完成割竹任务，帮助互助组脱离困境时，他的思想发生了彻底的转变，开始觉得儿子的道路是正确的，开始支持儿子的工作。当儿子创业成功时，他心中骄傲不已，并流下了幸福、欢悦的泪水。

作者通过细节的描写，刻画出一个普通农民在社会主义改革大潮中，动摇于两条道路之间，并且告别私有制思想的转变。

郭振山：

郭振山可以说是一个反面形象典型，具有深刻的警示作用。他是一位老共产党员，原本是整个村庄改革的带动者和领路人。但是他却自私自利，热衷于个人的发家致富，当互助组遇到困境时，他先是想要向富农、中农借贷解决燃眉之急，后又冷眼旁观贫农的困难，放任富农姚士杰偷放高利贷等破坏行动。

作为整个村庄的村主任，他照顾个人利益，与组织的政策背道而驰，所以很快就在群众中失去威信。他明知道自己的行为是错误的，却依然装腔作势，指手画脚，与梁生宝的言行形成了鲜明对比。

名家评价

作家陈忠实评价说："《创业史》是陕西作家柳青在长安的秦岭山下完成的，它的艺术成就远远超出了个人的意义，而是属于中国当代文学的一个高度的标志。所以，研究这个作家，不仅仅是对柳青研究有意义，也不仅仅是对陕西今天和未来的文学发展有意义，还对中国当代文学发展有很重大的意义。……柳青如何以超凡出众之思想深度和艺术功力，完成了一次艺术高峰的创造。这是同代人努力在做而没有做到的，柳青做到了。"

著名评论家冯牧说："《创业史》反映农村广阔生活的深刻程度，是一部深刻而完整地反映了我国广大农民的历史命运和生活道路的作品。"

著名作家路遥曾经说："柳青是这样的一种人：他时刻把公民性和艺术家巨大的诗情溶解在一起。……他多年像农民一样生活在农村，像一个普通基层干部那样做了许多具体工作。正因为如此，他才能在《创业史》中那么逼真地再现如此复杂多端的生活——在这部作品中，我们看见的每条细小的波纹都好像是生活本身的皱折。"

太阳照在桑干河上

 写作背景

《太阳照在桑干河上》是著名作家丁玲创作的长篇小说,它一经出版就在国内外产生了广泛的影响,享有"土改史诗"之称。

丁玲早期参加左翼作家联盟,投身于革命文学的创作,后被国民党反动派逮捕入狱,她仍坚强不屈,顽强抵抗,最后在党组织的帮助下,逃离南京、前往陕甘宁根据地。在陕甘宁边区,丁玲历任"中国文艺协会"主任、中央警卫团政治部副主任、西北战地服务团主任、《解放日报》文艺副刊主编、陕甘宁边区文协副主席等职务。随后在毛泽东延安文艺座谈会"讲话"精神的鼓舞下,丁玲以饱满的热情投入到根据地革命斗争中来,决心用文学的形式来表现党和人民群众的火热的斗争生活。

抗战胜利后,丁玲与杨朔、陈明等人奔赴东北,但是由于国民党反动派发动内战,交通中断,所以他们只好停留在新解放的张家口。与此同时,轰轰烈烈的土地改革运动在全国解放区开展,于是丁玲主动要求参加晋察冀中央局组织的土改工作组,先后奔赴怀来、涿鹿等地参加土改工作。期间,丁玲在涿鹿县一个叫温泉屯的村子居住很长时间,与农民群众一同工作生活。

在温泉屯,丁玲深刻感受到广大农民对土地的渴望,在与广大农民接触的过程中,感到了农民的淳朴和勤劳,也积累了广泛的创作素材。因为当时平绥战事吃紧,土改工作组不分昼夜地工作20多天,终于帮助温泉屯的广大贫苦农民都分到了土地,获得了土改运动的成功。后来丁玲回忆说:"我在村里的小巷子里巡走,挨家挨户去拜访那些老年人,那些最苦的妇女们,那些积极分子,那些在斗争中走在最前列最勇敢的人们。……他们有说不完的话告诉我,这些生气勃勃的人,同我一道战斗过的人,忽然在我身上发生了一种奇特的感情,我好想一下就懂得了他们许多的历史,……我好像不是和他们生活20多天,而是20年,他们同我不是在一次工作中建立的朋友

关系，而是老早就结下的深厚感情。他们是在我脑海中生根的人，许多许多熟人，老远的，好像我小时候看到的张三李四都在他们身上复活了，集中了。"

很快，丁玲就离开了张家口，但是一幅中国农民土地改革的壮丽画面已经深深刻画在脑海中，她说道："在一路向南的途中，我走在山间的碎石路上，脑子里全是怀来、涿鹿贴特别是温泉屯劳动的人们，……由于我和他们一同生活过、战斗过，我热爱这些人，我要把他们的真实留在纸上，留给读我书的人。"

随后，丁玲来到了阜平县的红土山村，此时她的脑海中已经形成了《太阳照在桑干河上》的雏形。她开始将全部的经历头投入到小说的创作上，因为缺乏稿纸，所以她就写在那些散落的国民党反动派遗留的笔记本。为了缓解腰疼的毛病，她只好将火炉砌得高一些，伏在桌子上辛苦地写作。每当晚上腰部疼痛时，她都会用暖水袋敷上，这样才能缓解疼痛，安然入睡。为了使作品切合现实，她反复地翻阅了很多土改资料。

创作期间，她还积极地参加了唐县的土改复查工作和华北联合大学组织的土改工作，决定用实际工作来考察自己的写作是否合理。随后，她跟随华北联合大学返回正定县，在此继续完成写作。终于在1948年6月，丁玲完成了小说的写作，原本她计划写三部分，包括斗争、分地、参军三个部分，但是由于种种原因只完成了第一部分，结尾对分地、参军做了简单交代。

完成创作后，丁玲先是交给了时任华北联合大学文学系主任陈企霞阅读，陈企霞审阅后评价"是部好稿"。随后她又将稿子交给胡乔木审读。胡乔木、萧三、艾思奇等在传阅小说后一致认定，"这是一本最早的最好的表现了中国农村阶级斗争的书"。

9月，《太阳照在桑干河上》正式出版，不久被翻译成俄文，发表在苏联《旗帜》杂志上。之后，国内许多著名刊物评论了这部小说，丁玲很快成为解放区新中国代表性的作家。1952年6月，《太阳照在桑干河上》获得了斯大林文学奖二等奖，并被译成俄、德、英等12种文字，在各国广泛传播。

故事梗概

1946年，轰轰烈烈的土地改革在广大农村展开，在华北平原上一个叫作暖水屯的小山村也展开了土改运动。

该村的富农顾涌带回了邻村正在进行"土地改革"的消息，这使得整个村庄陷入了沸腾之中。千百年来，贫苦农民和封建地主的矛盾始终存在，而土改运动的火星也势必在这个村落引起冲天的火焰。村中最兴奋、活跃的莫过于青年程仁，他从小丧父，家庭贫困，做过地主家的帮工，地主钱文贵家的佃户，现在成了农会主席。作为贫苦农民，他十分渴望翻身做主，所以热烈地期盼自己的村子也能早日加入这场斗争中来。于是他与村中的共产党员、村支书张裕民一起前往区上了解情况，并带回了一本《土地改革问答》的小册子，帮助党员们了解土改运动，随后他们又组织群众参加了邻村孟家沟斗争恶霸地主陈武的大会。

果然，不久区上便派来了土改工作组，组长文采同志是个文质彬彬的干部，工作积极性很高，但是却缺乏实际经验。很快在斗争对象上，工作组和村干部发生了矛盾，在争执不下的情况下，工作组决定先了解一些情况，准备召开群众大会。与此同时，村里也传开各种说法和一些谣言。最后，经过群众大会的讨论，尽管村民还有一些意见和看法，但是工作组和村干部的成员尽量达成一致。

与此同时，一些富农和地主暗地中活动积极，想要干扰土改运动的进行。小学教员任国忠偷偷见了地主李子俊，与钱文贵谋划商量，将主意打到侄女黑妮的身上。原来黑妮与程仁相爱，他们想要借助两人的关系拉拢程仁，保住自己的地位。所以钱文贵让侄女找程仁，因为黑女与程仁之间有误会，所以不愿意帮叔父的忙。

此时，有人在黑板报上揭发地主李子俊收买佃户、村干部耍私情，这其实是钱文贵指使任国忠密告的。斗争终于开始了，斗争的对象首当其冲的是李子俊。李子俊听到风声后，立即逃亡外地，家里只剩下老婆和孩子。李子俊的逃走让村里人议论纷纷，有人说："地主都跑了，还改革什么？"还有人质疑工作组天天开会干响雷，不下雨，没有实际的进展。面对众人的议论纷纷，农会立即派佃户拿红契到李子俊门前，谁知李子俊老婆一装可怜，贫民的气势便弱了下来。斗争刚刚开始就败下阵来。

工作组杨亮继续在村里做调查，并发现了村民刘满的冤情，原来刘满的父亲开磨坊，被钱文贵所害，活活被气死，大哥被抓壮丁、二哥被钱文贵推为甲长，后被逼疯。春天时，刘满与钱文贵打官司，却因村干部马虎，被除掉党员资格。但是热衷于开会的文采却不同意斗争钱文贵。最后，杨亮决定吸取上次的失败经验，进行一次有把握的斗争，以便鼓舞士气。于是，张裕民和杨亮分别找干部串联，发动群众把全屯地主的果园都看管起来，但这次钱文贵仍不在列。

同时，程仁积极组织佃农向地主清算，斗争地主江世荣，并且取得了胜利。这鼓舞了人民，但是斗争依旧没有进一步深入，人们还处在观望的态度。钱文贵迟迟没有被列为斗争对象。

不久，县委派来了宣传部长章品，他是一个办事老练、工作认真的干部。他一进村就识破了任国忠的谎话，因为当初曾经在暖水屯战斗过，所以十分了解这里的情况。他迅速和干部沟通，建立党员干部大会，支持杨亮并认准了斗争的主要目标，就是老奸巨猾的钱文贵。这个消息一经传开，立即激发了群众的热情，在斗争钱文贵的大会上，长期压抑的贫农终于爆发了心中的怒火。当他被押到台上时，人们争先恐后上台控诉钱文贵的罪行，当刘满控诉时，群众的愤怒达到了极点。就连黑妮也参加了游行的队伍。

土地改革的斗争还在进行，村民在张裕民等人的领导下，改选了村干部，村里的年轻人也纷纷参军，奔赴前线。程仁分到了土地、继任农会主任，并与黑妮重新和好。而刘满也当上了治安员。

当太阳照在桑干河上时，工作队离开了暖水屯，他们又踏上了新的征途。

作者简介

丁玲（1904年—1986年），原名蒋伟，字冰之，湖南临澧人。1922年来到上海，进入陈独秀、李达等创办的平民女子学校学习，受到五四思想的影响。次年，经瞿秋白介绍，进入上海大学中国文学系学习，同年在《小说月报》上发表处女座《梦珂》。

1924年丁玲来到北平，认识了青年编辑胡也频，并与其结成夫妻。1928年，完成代表作《莎菲女士的日记》，在文坛上引起了强烈反响，并出版第一本短篇小说集《在黑暗中》。1929年，与胡也频、沈从文在上海合办《红黑》杂志。随后，丁玲参加左翼作家联盟，出任"左联"机关刊物《北斗》的主编，并加入了中国共产党。

1933年5月,丁玲被国民党特务逮捕,拘禁在南京,后经党组织的帮助下,逃离南京,奔赴陕北。在解放区,丁玲一直从事文学创作,完成了《我在霞村的时候》《在医院中》等优秀作品。

1948年完成著名长篇小说《太阳照在桑干河上》,后获得苏联斯大林文艺奖金,并被译成多种文字,在各国读者中广泛传播。新中国成立后,丁玲一直致力于社会主义文学事业,历任《文艺报》主编、中共中央宣传部文艺处长、《人民文学》主编等职。

张裕民:

张裕民是暖水屯党支部书记,他只是暖水屯的一个雇农,也是暖水屯的第一个共产党员,后又成了土改运动中的主要骨干。

他为人踏实肯干、老练有策略,当邻村开展土改斗争的消息传来,他的心中也彭拜起来,前往区上了解情况,并带回了一本《土地改革问答》的小册子,帮助党员们了解土改运动。他机智勇敢,具有极高的警惕性,及时发现了地主们阻挠破坏土改运动的行为,并且果断采取行动,派人将果园看管起来,从而粉碎了地主提早卖果子的阴谋;他还发现了张正典的异常举动;深入群众做调查工作,最终斗倒了地主钱文贵。

但是他也是一个有缺点的人,在土改之前思想觉悟不高、生活信念不坚定,所以当受到压抑和冤屈后会去喝酒、沮丧;工作中有些犹犹豫豫,顾前顾后。在革命斗争的锻炼下,张裕民不断成长,在章品的帮助下真诚而又痛切地检讨了自己。终于肩负起革命重任,成为暖水屯土改运动的积极领导者。所以他是一个从普通群众成长为党的基层干部的形象。

程仁:

程仁是在党的教育和群众的推动下,克服自身弱点,从狭隘的感情中解脱出来的、在土改运动中自觉成长起来的新一代农民干部的典型形象,表现了一个共产党员的优秀品质。

程仁出身贫困,自幼丧父,只能靠给地主李子俊当佃户养活自己和娘,后来他又给钱文贵当长工。当土改运动开展时,他按捺不住心中的热情,积极参加了民兵,当上了民兵干事，入了党。后来因为工作认真、积极主动，被大伙推为农会主任，他目睹了邻村孟家沟斗争恶霸地主的大会，所以希望自己的村子也早日开展这场轰轰烈烈的斗争。可以说，程仁是这场斗争的带头人，他积极地学习和讨论《土地改革问答》小册子，勇敢地冲在最前头。

但是他也有一定的缺点，革命思想并不成熟。他明知钱文贵狡诈是一个诡计多端的地主，是本村的地主尖头。但因为他与钱文贵的侄女相爱，所以在斗争初期顾虑重重，没有深刻的认识，造成钱文贵多次躲避了斗争。随着土改运动的深入，在党的教育下，程仁终于有所醒悟，克服了自身的缺点和不足，积极参与到革命中来。

钱文贵：

钱文贵是暖水屯的恶霸地主，与胆小羸弱的李子俊、狡猾投机的江世荣相比，他是一个垂死挣扎的恶霸地主。他因为拥有60亩地，靠剥削为生，他狡猾多智，作恶多端，想方设法破坏、阻挠暖水屯的土改运动。顾涌的梨树被钱文贵的柳树压折了半边，并打起官司来；黑妮早早就死了父亲，虽然钱文贵将她要过来抚养，却把她当成丫鬟使唤，甚至想要利用她为自己谋私利；刘满与钱文贵有着不共戴天之仇，钱文贵撺掇刘满的父亲开磨坊，后导致被人骗走了所有财产，活活被气死。导致刘满大哥被抓壮丁、二哥被钱文贵推为甲长，后被逼疯。春天时，刘满与钱文贵打官司，却因村干部马虎，被除掉党员资格。

钱文贵的思想极其落后，希望国民党反动派早点"打过来"，反对工作组的土改运动，甚至与其他地主暗中商议破坏工作组的行动。他是这个村最有势力的人，就连当过甲长的李子俊、江世荣都恨他、怕他，被他胁迫操纵。所以说钱文贵就是一个典型的封建地主形象，可以说是"地主八大尖的头尖，农民头上的一把尖刀"。

名家评价

《太阳照在桑干河上》俄译本译者著名汉学家Л·波兹德涅耶娃在其译者序言中指出："这部小说全面地而非简单化地反映了土改这一复杂进程"，作品以"大部分篇幅描写了解放区新的人、新的组织……解放区农村生活的一切新生事物"，同时"也非常注意描写农村的反动势力"——"解放区的土地改革以其全部的复杂性被展现在我们面前"。

苏联著名汉学家 H·费德林说："总的看来，(《太阳照在桑干河上》)开头部分比后面写得更充实、宏伟，读者捧读起来就会想到，自己是在读一部史诗。"

艳阳天

 写作背景

长篇小说《艳阳天》,是浩然在 20 世纪 60 年代初创作的影响广泛而长远的代表作之一,是中国当代文学史上第一部反映北京郊区现实生活的长篇小说。

作者浩然是一个出身贫寒的苦孩子,早早就参加了革命,虽然没有受过多少教育,但是他对于知识和文化的渴求非常强烈,一边工作一边苦读、练习写作,经过艰苦的努力终于自学成才。1953 年,浩然被调到通县地委党校当教育干事,参加了贯彻农村统购统销政策和农村合作化运动。长达 8 年的基层干部工作,使他积累了丰富的生活经验,为以后的文学创作提供了丰富的生活源泉。

1954 年,浩然被调到《河北日报》当记者,后又调到北京俄文《友好报》当记者。1956 年,浩然在《北京文艺》上发表处女作短篇小说《喜鹊登枝》,引起了读者和文坛的广泛注意。此后,他一直从事文学创作,出版了第一部同名短篇集,并且致力于创作反映北方农村现实生活和农民精神面貌的作品。为了写出一部反映农村合作化"史诗"式的长篇小说,练好基本功,他坚持写短篇小说,在 6 年时间内出版了 10 余本短篇小说集。

浩然是 1957 年,开始酝酿写作《艳阳天》的,当时一些富裕中农在破坏分子的怂恿下,打开仓库、抢麦子,为了保卫集体财产,一群青年和老年的社员们坚持守卫仓库大门,他们义正词严地说:"抢粮的人已经被赶走,我们绝不能让集体的劳动果实被坏人拿去一粒。"浩然被人民群众这种精神感动,于是创作了一部中篇小说,但是由于种种原因不得不放下。但是他创作的欲望和理想却没有熄灭,他开始设想创作出一部长篇小说,"反映农业社会主义改造全过程的'农村史诗'式的小说"。

从 1962 年开始,浩然开始着手写作第一部长篇小说,当时他刚从山东昌乐县城关公社东村返京,在那里他经历了很多事情,深入地了解农民和农村生活,被农民的

淳朴、善良、憨直感动。期间他遇到了寡言少语的老保管田敬元，将队里分给他的粮食让给他人，自己却吃野菜充饥；社员们冒着大雨抢收小麦，刚把麦子垛放到场院上，就遇到连阴雨，多亏了社员们日夜抢救，才避免粮食在场上霉烂。他还曾经到昌乐县的高崖、郎邵、毕都、包庄等地走访，接触了很多精明肯干的基层干部，和勤劳勇敢的农民社员。艰苦的基层生活，使浩然获得了《艳阳天》中的许多场景、意境和人物心态的素材，对小说的构思、写作起到了决定性作用。

1962年底，浩然来到北京作家休养所，开始集中精力写作。可是令他没有想到的是，还没有开始写作就遇到了难题：合作化道路这么长，斗争如此复杂，应该从何处开始落笔呢？浩然冥思苦想了两天，也没有理出一些头绪，于是便找自己的朋友王主玉诉苦。王主玉建议说："捋不出头绪就不要硬写，合作化的道路很长，哪一段最感动、写着顺手，你就把哪一段提出来先写。"朋友的话使浩然顿时眼前一亮，这时他的脑海中出现"在昌乐东村那连阴雨天，发动社员抢晒麦子的场景"。当浩然再一次附在案头时，当初熟悉的情景、感人的事迹都浮现在眼前，文思如同一股旺泉喷涌而出。浩然越写越顺手，于是他拼命地写作，每天写作时间达12小时之多，几乎到了忘我的地步，最多的一天竟完成了1.8万字。

1963年1月9日，浩然终于完成了小说第一卷的起草工作，之后开始对小说草稿进行抄改、修改，三个月后终于正式出稿。但是当他将稿件交给作家出版社时，并没有受到编辑的重视，而是先被长春电影制片厂的人借去阅览；之后在浩然不知情的情况，书稿被《收获》杂志社的叶以群带到了千里之外的上海。

《收获》杂志社对这部书稿十分重视，叶以群阅读后当即决定刊发这部小说，为了能全文刊登，编辑部原想增加刊物容量，但此时邮局已经开始了订阅工作，无法进行变更；于是便想要浩然进行删改。浩然不忍心大幅度删节自己心血的结晶，又担心删减会影响小说的质量，所以几次想要打退堂鼓。但是盛情难却，他只得忍痛进行修改，删去了正面人物的爱情故事，以及其他非主要人物的来龙去脉。1964年，《收获》杂志第1期刊登了《艳阳天》的第一卷，在读者中引起了很大反响。同时，长春电影制片厂的编剧任彦芳等人看过《艳阳天》手稿后，也对其赞不绝口，这时作家出版社也开始重视这部小说,加快了出版进程。

于是,浩然根据出版社的要求开始修改初稿,这次修改工作量十分大、历经了很多曲折,经过长达半年的修改,先后5次的大修改,终于于1964年9月17日正式出版印刷,初稿印刷25万册平装,2000册精装。但是仍出现供不应求的现象,很快就加印50万册。这样,《艳阳天》第一卷将印刷发行近百万册。

《艳阳天》一经出版就受到热烈欢迎,使得作家浩然家喻户晓。它是"十七年文学"的尾声,被称为"是十七年文学的幕终之作"。据说当时有人竟然几乎可以把这部近120万字小说背了下来,"丈夫背前一句,妻子接着背下一句"。浩然曾回忆说:"书出版10年间,发行500多万册,在日本翻译出版时,一版就印了10万"。

故事梗概

《艳阳天》以1957年夏季形势为背景,通过东山坞农业合作社在麦收过程中发生的故事,展现了以东山坞党支部书记萧长春和积极响应合作化道路的贫下中农,与守旧势力马之悦、地主马小辫等少数坏人,以及被怂恿的少数富裕中农之间的斗争。小说围绕着土地分红、闹粮、旧势力串连、抢仓、退社等一系列事件,描写了萧长春、焦淑红、焦二菊等领导干部、进步青年的粉碎敌人进攻,与敌人进行坚决斗争的故事。

萧长春出身于贫雇农家庭,早年参加民兵,后参加了解放军,复员后他主动要求回家参加农村建设。他回来后就当上了北京郊区东山坞的民兵排长,将全部精力都投在工作上,媳妇死了三年都没有再娶。

1956年秋,东山坞农业合作社遭受了一场严重的自然灾害,冰雹把农业社的庄稼砸个精光,萧长春积极带领群众生产自救,但是当时的党支部书记兼社主任马之悦却放弃农业生产,私自拿着上级拨下的生产自救款跑买卖,还将国家财产赔个精光,自己却在北京躲了起来。这时,萧长春勇敢地站了出来,与合作社副主任韩百仲一起带领大家打柴、烧窑、种秋菜、种秋麦,渡过了难关。后来,马之悦被降了职,萧长春则被选为支部书记兼社主任。萧长春积极带领群众组织合作化运动,大力组织生产,东山坞的小麦获得了大丰收。看到田里的小麦长势喜人,弯弯绕、马大炮等一些富裕中农心里打起了主意,为了多分得麦子,他们提出"土地分红",即按社员入社的土地股数实行分配,这是初级合作社的办法,现在东山坞是高级合作社,如果按照这个办法分配,广大贫下中农就会吃亏。

而时任合作社副主任马之悦为了夺回自己村支书的地位和在村里的威信,开始支持弯弯绕、马大炮的做法,甚至为他们出谋划策,煽风点火。此时,马之悦、马立本等谋私利的农村干部、弯弯绕、马大炮等落后的富裕中农,以及被敌人蒙蔽了的贫下中农马连福等人串联在一起,他们暗中活动猖獗,多方面阻碍、破坏村里的合作化活动。团支部书记焦淑红看着这些人的活动,内心十分焦急,但是此时萧长春却并不在村里,他正带领农民在水利工地劳动。

马之悦为了独揽大权、挽回自己的地位,一方面随心所欲地分配麦子,另一方面隐瞒村里的情况,给萧长春写信声称村里形势一片大好,让他麦收之后再回来。焦淑红十分担心马之悦等人的阴谋得逞,导致集体的财产受损失、贫下中农吃亏受罪,于是她暗中写信给萧长春,说明了村里的实际情况,希望他早日回来。

萧长春得知这种情况后,立即赶回村里,开始与这些敌人展开激烈的斗争。在斗争中,他沉着镇定、明察秋毫,粉碎了敌人的一个又一个阴谋,提前公布了小麦预分方案,让马之悦等人的"土地分红"阴谋落空。同时,他积极争取落后群众,撤销了马立本的会计职务,还顶住了来自上级乡长李世丹的压力,领导农业社和广大贫下中农获得了胜利。然而,不幸的是,他的儿子小石头却被地主马小辫害死,尽管如此,萧长春依然拥有坚定的革命信念,并收获了美好的爱情。

作者简介

浩然(1932年—2008年),原名梁金广,出生于河北唐山,是我国当代著名作家。因家庭贫困,度过苦难的童年,1946年,年仅14岁的浩然参加了革命,后加入中国共产党。

1949年,浩然被调到区委做青年团工作,只读过3年小学的他开始自学文化,立志文学创作,边工作边苦读,练习写作小说、诗歌和新闻报道,从而走上了自学成才的道路。1953年,浩然被调到通县地委党校当教育干事,参加了贯彻农村统购统销政策和农村合作化运动。长达8年的基层干部工作,使他积累了丰富的生活经验,为以后的文学创作提供了丰富的生活源泉。

主要作品包括短篇小说《喜鹊登枝》，长篇小说《艳阳天》、《金光大道》、《苍生》、《乐土》、《圆梦》等作品，共出版著作 70 多部，仅在国内发行量就达 1000 多万册，是我国作品发行量最大的作家之一。

萧长春：

萧长春是这部小说的主人公，他身上具备革命战士的无产阶级情怀，克己奉公、工作有智慧、有策略；但是身上也有传统农民英雄的侠义精神。萧长春出生于贫苦农民家庭，小时候给地主家放过猪，甚至沿街讨过饭；后来由于他不堪忍受封建地主的压迫，当上了民兵，又参加了解放军，投身于革命道路。正是由于他具有强烈的无产阶级情怀，所以回到了生他养他的家乡，积极组织本村的贫苦农民，带领他们与守旧分子做斗争，带领大家走上合作化道路。他在工作中一直冲在最前面，与群众一起投入到火热的革命之中，面对儿子被敌人害死的局面，他为了大局忍辱负重。我们可以在他身上看到一位革命者的大公无私与坚强、坚韧的高贵品质。

萧长春是一位有情有义的男人，虽然他反对封建落后的包办婚姻，但是对以前的童养媳不弃不离，他对童养媳说："咱们都是穷人，都受过害的，我往后再不嫌弃你了。"敌人为了打击萧长春、破坏合作化工作，竟然陷害他的幼小的儿子，此时他伤心不已，但是却坚强地对焦淑红说："我喜欢我的儿子，可是我更喜欢我们的农业社和同志们！我也真难过，因为儿子是我的希望，可是我最大的希望还是建设成社会主义呀！"

萧长春可以说是我国农村社会主义高潮中涌现出来的成千上万英雄人物的典型，他形象高大、感人，在斗争中沉着冷静，明察秋毫，面对敌人的算计和破坏，他机智勇敢地识破敌人一个又一个圈套，粉碎敌人一个又一个阴谋，不仅积极争取落后群众，整顿队伍中的落后分子，还顶住了乡长李世丹施加的压力，带领人民群众取得了斗争的胜利。

164

马之悦：

马之悦是作者着力塑造的反面人物，他是一个利欲熏心、自私自利的投机分子。他拥有复杂的出身背景，家道中落，在抗日战争时期还保护过乡亲，所以在村中树立了威信。但是由于他犯了错误，受了处分，所以导致威信扫地，最终与人民群众为敌。

"马之悦极为珍惜自己那个'老干部'的光荣招牌，以及大伙给予他的荣誉、权力、尊严与地位。"他原本以为尽管自己受了处分，但凭借自己在东山坞的威信，很快就会替代缺乏根基的新任支书萧长春，再次当上支书。但是出乎意料的是，萧长春的群众威信越来越高，自己则成了村里的笑柄，备受冷落。

然而身为农业社副主任身份的他却无法忍受别人的冷落和挑战。当年轻人焦淑红，竟也敢当面顶撞他时，他感觉自己的地位和威信受到了严重的挑战；当连名声不好的弯弯绕，也敢当面讥讽他，冲他发脾气时，他感觉自己的尊严受到了侮辱；当连自己的老婆马凤兰也挖苦自己的时候，他更加忍受不了了……

于是，内心极其不平衡、尊严受损的马之悦开始针对萧长春、反对农业合作化，并煽动一些落后分子"土地分红"。马之悦对职位和地位十分看重，他曾对马立本说："大叔在东山坞支这个摊子是一天的了？吐口唾沫一个丁，说什么不算数？"这充分表现了马之悦的投机心理、自私自利的思想。

于是从作者的描写，我们看出了马之悦这个人物内心的复杂性，但是也看到了一个看重个人利益和权力的守旧的基层领导形象。他反对合作化的目的完全是为了维护个人自尊，借助支持"土地分红"，赢得土地多的人的信任和支持，从而从夺回村支书的权力，以及自己在东山坞的威望。

焦二菊：

焦二菊是东山坞的中农，是一位积极向上的农村青年。虽然身为一名女性，但是她喜欢仗义执言、遇到看不惯的事情总是喜欢"拔刀相助"。当看到合作社收割打麦人员不足时，她立即挺身而出："这个还用你发愁，我们妇女帮你，不能挑的，我们就抬"。当然，焦二菊也是一个泼辣、精明的年轻人，当瘸老五怀疑她时，她破口大骂："干我应当干的事儿去，你管着这大奶奶了的？"甚至大动拳脚，一定要为自己争个清白。焦二菊是一个十分有爱心的人,小石头被敌人陷害的时候,她积极帮忙:"长春,你就出主意吧,你说怎么办,咱们就怎么办!"

在焦二菊的身上,我们看到了一个机智勇敢、泼辣、仗义的农村妇女形象。

名家评价

作家、评论家张德祥说:"应当承认,浩然所创造的那些农民形象丰富了当代文学的人物画廊,提供了丰富多彩的认识价值和审美价值。就农民形象的丰富性和丰满性而言,当代作家中很少有与浩然相匹的。"

诗人程步奎评论说:"《艳阳天》中写景的成就,大体上都能合写景与叙述为一,而有所创新,时而还加入了作者的评述与感情,继承了民间说书的传统。"

著名古典文学专家叶嘉莹曾评论说:"我在古典诗歌的评赏中,常常赞美一些杰出的作者,说他们乃是用他们的生命来写作他们的诗篇的,他们乃是用他们的生活来实践他们的诗篇的。而凡是具有此种品质的作品,就必然会在具有真诚善感之心的读者中,获得一种超越于外表所写之情事的局限以外之感发的共鸣。我认为浩然先生的《艳阳天》之所以能战胜了我由于不同之生长背景,与不同之思想意识所形成的抗拒之心,主要也就由于浩然先生的这一部小说,也同样具含了此一种品质的缘故。"

"《艳阳天》这部小说之所以特别富有鲜活的生命感,就正因为他所写的是他所熟悉的人物;《艳阳天》这部小说之所以有如此博大的气魄,表现出了在社会主义革命中,农民的整体精神风貌,也正因为他能从众多的人物中,表现了各个阶层的思想动态。"

上海的早晨

《上海的早晨》是著名作家周而复的代表作,这部小说为四部曲,描述了建国初期上海资本主义工商业经历社会主义改造的曲折经历,作者从构思执笔到完成出版经历了 27 个春秋,庞大的结构、众多的人物显示了作家强大的文艺驾驭能力,更展现了社会主义改造的庞大画面。

作家周而复是一位出色的革命者和文学创作者,早年积极参加左翼作家活动,抗日战争时期奔赴晋察冀抗日根据地参加斗争生活,参加了反扫荡、百团大战等战斗,解放时期又作为新华社特派员前往华北、东北等地进行战地采访,发表了多篇出色的报告文学、小说,以及杂文。他的小说反映了中国不同时期的现实生活,在文坛获得了很高的成就。

1949 年春天,周而复前往即将解放的上海工作,他希望自己仍从事新闻工作,采访上海工人的生活和斗争,反映上海的变化和发展。但是他却被分到了华东局统战部工作,由于统战部的工作十分繁忙,经常接触的是民族资产阶级分子和各民主党派上海地方负责人,以及各界爱国人士,周而复就连看文学作品的时间都很少。期间,周而复积极开展私营工厂的民主改革,对民族资产阶级分子和资本主义工商业进行社会主义改造。他参加了政府帮助私营工厂渡过难关的运动;参加了工会、劳动局调解劳资关系的活动,以及镇压反革命的运动,倾听了迫害者家属血泪的控诉……期间周而复与上海各阶层人士打交道,与一些私营厂的工会干部和工人成了好朋友。正是这些工作经历使作者积累了丰富的生活素材,为创作《上海的早晨》这部鸿篇巨著提供了有利条件。

1952 年春天,周而复开始构思反映上海这一段时间社会主义改造的长篇小说,即《上海的早晨》。据周而复回忆:"统战工作中所接触到的人和事,纷至沓来,大有应接不暇之势,我把这些素材一一记了下来,写了比较详细的写作提纲,不断修改。"原本他打算写六部,后来决定只写四部:第一部写民族资产阶级猖狂进攻;第二部写打退民族资产阶级进攻,开展五反运动;第三部写民主改革;第四部写公私合营,对私营工商业进行社会主义改造。

这一年夏天,周而复开始动笔,在繁忙的工作中抽出时间写作,每天早上四、五点钟起床,写到将要上班的时候,别人在节假日休息娱乐的时间,他就闭门写作,直到 1954 年 3 月,第一部小说才完成。小说完成后,他并不着急发表,而是采取了"冷处理",因为"在感情激动的情况下写完一部作品,自己在当时是尽了最大的努力,以为大概不错的,隔一段时间再看看,人物的塑造有待加工,情节的发展还要补充,漏洞和粗疏的地方不少,文字上需要推敲的更多,这时候比较冷静,就可以看出需要修改的地方,请少数知己看看,听听别人的意见,然后慢慢再修改。"正是因为周而复抱有这样谨慎、用心的写作心态,所以作品无论在人物塑造还是情节上都十分出色。之后,他花费了两年时间写完第二部,又花费将近三年的时间完成第三部,直到 1976 年才完成第四步的写作、修改。

1958 年,第一部修改完成后,在《收获》杂志上发表,同年出版发行;1961 年,第二部部分章节在文艺刊物发表和《北京晚报》连载,并出版单行本;1979 年春天,第三部在复刊后《收获》第一期和第二期刊载;同年冬天,第四部在《新苑》文学季刊发表。

长篇小说《上海的早晨》出版后在社会上引起了强烈的反映,当然也受到了各方的批评,但是这部小说经受住了考验,受到了人们的肯定。它先后出版过多种外文译本,被拍摄成电影和电视连续剧,在当时几至家喻户晓,周而复也因此成为无愧于时代的文坛巨擘。

故事梗概

《上海的早晨》共有四部,以 50 年代的上海为背景,描述了"三反""五反",以及党和政府对资本主义工商业社会主义改造的艰难历程。小说第一部描写了第一部写民族资产阶级猖狂进攻;第二部描写了打退民族资产阶级进攻,开展"五反"运动;

第三部描写了民主改革；第四部描写了公私合营运动，对私营工商业进行社会主义改造。小说通过对工人阶级、民族资本阶级的矛盾、冲突，反映了社会主义改造的成功。

小说以棉纺企业家徐义德及其一家彼此间的矛盾、纠葛，以及他们的情感变化为故事为主线，反映了新中国成立后，"三反""五反"运动到"公私合营"，表明了资产阶级接受改造的必然性和可能性。

徐义德是上海一个拥有庞大资产的民营资本家，有三个妻子一个儿子，作为这个家庭的大家长，他全力操持着这个家庭，紧密地维系着三位太太所代表的利益关系。而太太朱瑞芳在这个传统的家庭扮演非常重要的角色，是唯一儿子的亲生母亲，可谓是母凭子贵。同时，朱瑞芳的家庭背景也十分雄厚，弟弟朱延年在上海的西药界拥有很高的成就，堂哥朱暮堂则是无锡的大地主。

解放前，徐义德可以说是一个为富不仁的落后资本家，当听闻解放军渡江的消息后，他心存担忧，将部分纱锭转移到了香港，委托自己的弟弟负责管理，自己则留在上海观望。他将棉纱外运，换成外币，存在香港汇丰银行里；并将部分钱财存进纽约银行；对于唯一的儿子，他也安排好了后路，先是把儿子送到香港补习英文，准备再送到英国或美国去读书。

随后他不甘心失去对沪江纱厂的控制权，怂恿厂长梅佐贤收买了工人陶阿毛，让其打入工会内部，为自己通报消息，企图控制工会。为了牟取暴利他又通过梅佐贤贿赂税局驻厂干部方宇，打着响应政府号召的旗号，要求工人加班加点，并且生产上偷工减料，以次充好。为了对抗政府的改造，他号召其他资本家在"星二聚餐会"里商议，暗里订立攻守同盟，并主动提出统配统销的意见。随后，"五反"检查队来到了沪江纱厂，他表面上积极配合改造，暗地中却准备继续顽抗，甚至要求工人停伙停工，企图以退为进，破坏检查队的运动。

同时，"五反"检查队积极发动工人，调动工人的积极性，他们提供了大量徐义德的"五毒"线索，就连厂里的工程师韩云程都幡然悔悟，揭露了徐义德许多见不得人的"五毒"勾当。最后，年轻的兴盛纺织厂总经理马慕韩积极配合改造，并劝导徐义德，职工大会的斗争越来越激烈，最后在家属亲友的规劝下，徐义德终于坦白了罪行，无可奈何地低头认了罪。

作者简介

周而复（1914年—2004年），原名周祖式，祖籍安徽旌德人，出生于江苏南京，现、当代著名作家，笔名吴疑、荀寰等。周而复自幼进入私塾学习诗词习书法，1932年入读河南大学中文系，后因未取得高中文凭而被学校要求退学。后在河南大学卢前教授的帮助下，转入上海建国中学，次年考入上海光华大学英国文学系。在上海光华大学读书期间，周而复积极参加学生运动而被捕，但他仍不改革命的热情，参加了左翼作家联盟的文学活动，参与创办《文学丛报》，并出版了第一本诗集《夜行集》，合编《小说家》月刊。

1938年开始，周而复在延安、重庆等地从事文艺和编辑工作，后加入中国共产党，奔赴晋察冀抗日根据地参加斗争生活，参加了反扫荡、百团大战等战斗，积累了许多生活素材，并创作了很多小的报告文学和短篇小说。1943年，周而复参加了延安整风学习，创作了秧歌剧《牛永贵受伤》（苏一平选曲填词），话剧《子弟兵》，报告文学《诺尔曼·白求恩片段》、《海上的遭遇》等，在陕甘宁边区文教大会上，被授予"模范文艺工作者"称号。后被调到重庆新华日报社工作，编辑党的机关刊物《群众》周刊，出版短篇小说集《第十三粒子弹》等。

1946年，时任新华社特派员的周而复前往华北、东北等地采访，写作长篇报告文学《随马歇尔、张治中、周恩来三将军巡视华北记》、出版报告文学《东北横断面》、《松花江上的风云》和《晋察冀行》。同年前往香港，主编《北方文丛》、编辑《小说》月刊。期间创作了长篇小说《白求恩大夫》、《燕宿崖》和中篇小说《西流水的孩子们》，出版短篇小说《高原短曲》、《翻身的年月》等。

新中国成立后，周而复历任上海市委统战部副部长、文化部副部长等职，一直从事文学创作工作，主要作品包括杂文集《北望楼杂文》，文艺评论集《新的起点》，散文集《歼灭》，中短篇小说集《山谷里的春天》，报告文学《长良川畔》、《在古巴前线》等。出版了散文集《火炬》，散文游记《航行在大西洋上》和长篇小说《上海的早晨》（4部）等。

周而复的书法艺术造诣颇深，郭沫若称其书法逼近"二王"（王羲之、王献之）。著名书法家启功作诗称赞："神清骨秀柳当风，实大声洪雷绕殿。初疑笔阵出明贤，吴下华亭非所见。"

徐义德：

徐义德是沪江纱厂的总经理，在民族资本家中是一个强有力的人物，是上海有名的"铁算盘"，具有阴险狡诈、圆滑老练、远谋深算的性格特点。

上海解放前，他曾利用钞票贬值残酷地剥削工人，用缓兵之计来应对工人的罢工，他老奸巨猾，听到解放军渡江的消息，立即运走6000锭子到香港，建立新厂；将所有的棉纱外运成外币，存在香港汇丰银行里；他积极行动，把儿子送到香港学习，还准备将他送到美国。他认为"狡兔三窟"，所以把香港、美国作为自己的后路，这足以表现出他的老谋深算。

徐义德还是一个自作聪明的人，他认为"共产党将来自身难保"，所以始终没有停止非法活动，千方百计让陶阿毛混进工会，为他通风报信；他贿赂税局驻厂干部方宇，牟取暴利；还在棉纱里掺入黄花衣，非法牟利；甚至与其资本家提出统配统销的意见，为难政府；在"五反"检查队面前，两面三刀，表面积极配合，暗地中却负隅顽抗、破坏改造运动……

然而随着"五反"运动的深入，工人群众揭露了他的罪行，再加上马慕韩的现身说法、职工大会的坚决斗争，以及家属亲友的规劝，徐义德认识到自己已经无路可走，不得不勉强低头认罪。

作家通过细节的描写，突出了徐义德的资本家本质，设置三道防线、召开家庭会议表现了他的深谋远虑；收买、拉拢贿赂政府干部、偷换原棉，以次充好，在罪行被揭露时嫁祸他人则表现了他的阴险狠毒、狡猾奸诈；而与"五反"工作队周旋、两面三刀则表现了他的圆滑老练、诡计多端。

作者还通过许多精彩的细节描写来刻画徐义德的性格，原本他对衣着、仪表是十

171

分讲究，总是西装革履、风度翩翩；但是当工作队下厂时，他却穿着"深灰咔叽布的人民装"，戴着一顶布帽子，成功地塑造了一个生活在社会主义革命初期的鲜活生动的资本家形象。

汤阿英：

汤阿英是工人阶级的代表，她来自无锡农村，从小生活贫苦，经常受人欺辱。后来，她来到徐义德的工厂做工人，受尽了压迫和剥削，每天拼命地工作却得到微薄的工资。她在共产党的领导下，由一个普通的工人成长为一个出色的共产党员，在诉苦大会上用自己的悲惨身世来痛斥徐义德的罪行。

暴风骤雨

《暴风骤雨》是周立波于 1948 年创作完成的长篇小说，它以东北松花江畔一个叫元茂屯的村子为背景，通过广大农民在共产党的领导下，斗争地主恶霸、击退土匪、翻身做主的故事，描写了土地改革运动波澜壮阔的革命斗争画面，展现了中国农村在新时代发生的翻天覆地的变化。

1946 年，农村展开了轰轰烈烈的土地改革运动，这给作家创造了广阔的空间和丰富的素材。作者周立波早年就投身于革命洪流中，他曾经到过烽火连天的抗战前线，曾跟随八路军南下抗日。解放时期，他一直从事革命文学创作，并且深入农村工作，参加了轰轰烈烈的土地改革运动。1946 年，周立波只身前往东北的珠河县（今尚志市）元宝镇，带领县武装工作队的同志扎根农村，发动群众建立了农会和农民自卫队，开展了反奸清算、减租减息和分青苗、分土地的斗争。随着土改运动的深入，他帮助农民翻身做主，改变了当地的经济状况。

在 8 个月的时间内，他与当地的农民群众建立了深厚的友谊，同时还积极搜集写作资料，为后来的文学创作做准备。期间她手不离笔，兜不离本，经常晚上到穷苦的农民家里，向他们了解各方面的情况。

1947 年 5 月，周立波离开了元宝镇，被调到松江省委宣传部，主办《松江农民报》，临行时仅书籍、报纸和搜集的材料就装了满满三麻袋。在办报过程中，他时刻被元宝镇土地改革运动的壮丽场面所感动，于是一面工作，一面回忆自己亲身经历的那段斗争生活，着手开始写作长篇小说《暴风骤雨》，不到两个月就完成了第一部的初稿。

随后他前往五常县周家岗继续深入生活，并参加了当地"砍挖运动"。他在这里待了 4 个月，一面工作，一面进行第一部的修改。他根据周家岗"七斗王把头"的真实素材，创作了小说中"三斗韩老六"的故事情节，并且将农民英雄温凤山为追捕逃亡地主而壮烈牺牲的感人事迹作为原型，塑造了主人公赵玉林这一光辉形象。

经过一年多的写作，周立波于1948年4月，完成了长篇小说《暴风骤雨》第一部，并由东北书店出版。随后他没有停歇，开始创作第二部小说。为了使作品更加真实，更贴近生活，他不断钻研上级的政策方针，又先后前往拉林和苇河等地的村屯，以及呼兰县的长岭区体验生活。终于在1948年12月2日，完成了这一部影响深远的长篇小说《暴风骤雨》。

小说出版后，获得读者热烈的欢迎，发行量很大，在当时被当作教科书为土改工作人员所用。文协还专门开展了一次关于《暴风骤雨》的座谈会。1951年底该书又被选为新中国革命文学的代表作品之一，荣获该年度颁发的苏联斯大林文学奖金。随后，又被译成英、法、俄和苏联各少数民族等文字，在世界各地广泛传播。这是我国现代文学史上反映农民土地革命斗争最初的一部优秀作品，可以说是周立波革命文学道路上的里程碑，奠定了他在忻州文学史上的重要地位。

故事梗概

1946年，土地改革运动像一场暴风骤雨在东北解放区轰轰烈烈地展开，同样席卷了松花江畔的小乡村——元茂屯。

7月的一天，土改工作组队长肖祥带领工作队进驻元茂屯，一进村，工作队就商量第一步的工作，尽管肖祥反对，大家都主张先展开批斗大会，杀杀地主的威风。这时韩老六为首的地主也听到了风声，他们立即聚在一起商量对策。由于村里贫民都怀有观望的态度，积极参与的农民很少，于是，第一次斗争大会失败了。之后，工作组吸取失败经验，深入群众了解情况，动员培养村里的积极分子，最终将斗争对象确定为韩老六。第一次斗争韩老六，只有赵运林站了出来，没有群众的支持，斗争大会只能以失败告终。

村里的青年，赵玉林、郭全海等一批积极分子被发动起来，于是工作组又组织了斗争韩老六的大会，但是由于许多群众对土改还不了解，韩老六的几句陈情和检讨，就把群众的斗争情绪压下去了；老田头的血泪控诉好不容易激起了群情愤慨，也被韩老六轻而易举地冲淡；甚至连老孙头这样靠近工作队的贫农，都不敢接受分到的财产。所以，第二次斗争大会也没有收到预期的效果。

为了彻底打击封建地主，工作队帮助村里成立了农会，赵王林、郭全海、白玉山等进步青年成了农会干部，并召开了第三次斗争韩老六的大会。与此同时，韩老六的暗中活动也十分频繁，他指使亲近收买干部，散布谣言，挑拨工作队、农会干部与群众的关系，收买分地委员杨老疙瘩。肖祥积极组织工作，通过"唠嗑会"联络和教育群众，并且成功动员了韩家的小猪倌吴家富。韩老六竟妄图杀害小猪倌，残忍地鞭打他，幸好工作组解救了他。随后，韩老六畏罪潜逃，他的暴行却激起了群众的复仇火焰，大家纷纷揭发韩老六的罪行，并要求枪毙他。随后，县委也批准了这一要求。

谁知，韩老六的弟弟韩老七带人前来攻打元茂屯，不久就被农民武装和解放军所消灭，不幸的是，赵玉林在战斗中牺牲。胜利的果实得到了保护，元茂屯的土改工作也顺利开展起来。

不久，肖祥率工作队第二次进驻元茂屯。由于村里干部外调过多，领导力量减弱，所以落后地主又卷土重来，破落地主张富英趁机当上了农会主任，并与文书李桂荣狼狈为奸，排挤农会主任郭全海。党员花永喜等一些进步青年以为革命胜利，便不思进取，安心过自己的小日子。这样一来，村里的土改工作不仅没有进一步深入展开，还出现了倒退现象。

肖祥了解情况后，立即成立贫雇农团，开始清查和接收地主财产、清算假农会，并让郭全海担任贫雇农团团长。与此同时，大地主杜善人、庸抓子等在张富英庇护下，企图转移财产，蒙混过关。结果，工作组清算细账，不久就找到了他们埋藏的财产，以及杜善人的变天账、私埋的枪支弹药。村里的封建地主终于被斗垮了。

但是国民党特务李振江却积极开展破坏活动，造谣中伤工作组，挑拨贫雇农和中农关系。针对特务的破坏活动，肖祥恢复了农会工作，一方面团结中农，一方面打击特务，从而粉碎了敌人的阴谋。肖祥和郭全海积极团结广大农民群众，解决他们的生活困难，提高他们的认识，就连老王太太这样原本百事不问的人，都积极参与到斗争中来，提供了潜伏特务韩老五的线索，促使组织抓到韩老五，粉碎了潜藏的国民党特务网。

最后，元茂屯获得了土改运动的胜利，斗倒了地主，分得了土地、粮食、牲口、衣物等胜利果实，并向着美好的生活迈进。同时，解放军吹响了解放全中国的号角，郭全海也随解放军南下作战。

作者简介

周立波 (1908 年—1979 年)，原名周绍仪、周凤翔，湖南益阳人。立波是英语 "Liberty" (自由) 的音译，他 30 年代在上海从事革命工作时用的一个笔名，后来一直沿用。

周立波出生于一个普通的农民家庭，早年喜欢读书，爱看各种古典小说。后考入长沙省立第一中学，接触到先进思想、新文学。1928 年，周立波认识在上海读大学的周扬，并开始参加革命互济会活动，他积极组织宣传罢工运动，后因参加罢工运动被逮捕入狱。1934 年，周立波加入左翼作家联盟，后参加中国共产党。期间，他积极从事左翼文艺运动，负责编辑左联秘密会刊，担任《时事新报》副刊《每周文学》编辑，并且翻译了《被开垦的处女地》、《秘密的中国》等进步小说。

1937 年，抗战爆发后，跟随八路军前往晋察冀边区，任战地记者，并创作了很多报告文学和散文。随后，他辗转湖南、桂林、延安等地，从事抗日战争宣传工作，历任《救亡日报》编辑、《解放日报》社副刊部副部长等职位。抗战胜利后，任中原军区《七七日报》、《中原日报》社副社长，后被调往东北，参加土改运动。这段经历为他创作《暴风骤雨》提供了丰富的生活素材，小说获得了巨大反响，并获得斯大林文学奖金。

新中国成立后，周立波一直从事文学创作工作，从 1955 年至 1965 年，历经多年，创作出了长篇小说《山乡巨变》，以及 20 多篇反映农村生活的乡土短篇小说。周立波的小说开创了乡土文学的新主题、新风格，与同时期的著名乡土作家赵树理享有"南周北赵"之美誉。

周立波的大多数作品被编为《周立波短篇小说集》、《周立波散文集》、《周立波选集》、《立波文集》等出版。在 40 多年从事革命文学的道路上，周立波共创作了

300多万字的著作，记录了新中国成立后的变化和进步，成为新时代的见证。

主要作品包括：《暴风骤雨》（获斯大林文学奖）、《铁水奔流》、《山乡巨变》，短篇集《铁门里》、《禾场上》，散文报道集《晋察冀边区印象记》、《战地日记》，译著《被开垦的处女地》（第一部）等。1978年发表的《湘江一夜》获1979年全国优秀短篇小说一等奖。

赵玉林：

赵玉林是小说第一部的主要人物，他是小说中所塑造的最具光彩的农村新人形象之一，也是土改运动中最先觉醒的先进农民典型之一。他原本是一个贫苦的农民，从小受到封建地主的压迫和迫害，给人扛活、当劳工、住监狱，被逼得家破人亡。在恶霸地主韩老六的剥削下，赵玉林带着妻子孩子艰难度日，衣不附体、食不果腹，所以被人叫作"赵光腚"。正是因为如此，他对封建地主痛恨不已，也养成了倔强、坚强、敢于斗争的性格。他是一个硬汉子，从来没有流过一滴眼泪，曾经说过"穷人要是遇到不顺心的事就哭鼻子，那真是要淹死在泪水里"。正是因为他有骨气，所以才敢于反抗、敢于斗争。

当工作组开展土地改革斗争时，虽然他有一丝的犹豫和胆怯，却积极响应，义无反顾地走在斗争的最前列，第一个上台批斗恶霸地主韩老六。在肖祥的带领和指导下，赵玉林积极参与到土改斗争中来，并且加入了共产党。他思想觉悟很高，先人后己，不顾个人的利益，在分配财务时，他被分为一等一级的穷户，但是他却只领取三等三级的东西，只要了三件小布衫、三条旧裤。

赵玉林勇敢坚强，不怕牺牲，当韩老七带着军队攻打元茂屯时，他勇往直前、英勇战斗，结果不幸牺牲。从赵玉林身上我们看到了一个青年成长为热爱革命、忠于人民的革命战士的形象，展现了他勇敢坚定、视死如归的崇高的革命精神。可以说他是成长着的英雄，属于那些在党的领导下逐步觉醒、成熟的先进农民形象。

郭全海：

郭全海是第二部的中心人物，他是一个苦大仇深的农民，父亲被韩老六害死，自己则13岁就当了韩家的马倌,与韩老六和封建地主有着血海深仇。所以,工作组一动员,他就表现出强烈的革命要求与热情。

在第一部中他表现突出、积极参加土地改革运动,与赵玉林一起成了农会干部。然而当赵玉林牺牲后,领导干部缺失的情况下,他立刻表现出"被发动"者的茫然、"被动",在没有主动意识和能力的情况下,被张富英、李桂荣等反动分子排挤出农会,导致土改成果丢失。

后来在肖祥的带领下,他再次投入到革命工作中,领导农民群众斗争大地主杜善人。经过战斗的锻炼,他逐渐变得成熟、老练,善于运用头脑和智慧斗争。他也提高了思想觉悟,在分配胜利果实时,把本来是分到自己的好马让给人家;当军队南下解放时,他才结婚一个月,却立即带头报名参军,加入到解放事业中来。

郭全海经过战斗的锻炼,成长为一个精明能干、大公无私,无限忠于人民革命事业的革命战士。作者通过对郭全海缺点、成长的描写,展现了在土地运动中成长起来的青年农民的形象。

肖祥:

肖祥是进驻元茂屯的土改工作队队长,也是贯穿整部小说的中心人物。他是一个历经磨炼、思想成熟的共产党员,并且具有领导者的素质和风度。他工作认真,刚刚进驻元茂屯便展开调查,深入群众,当斗争大会遭到挫折时,他积极反省自己,总结失败经验,深入群众了解情况,动员培养村里的积极分子,最终将斗争对象确定为韩老六,并获得斗争的胜利。

当他第二次来到元茂屯时,土改成果已经被坏分子篡夺政权、恶势力卷土重来,他逐渐深入调查,再次激发了农民群众的斗争热情。他是一个立场鲜明,富有智慧的领导者,既实事求是,又善于团结群众,成为一个真实可信、又具有远见卓识的领导者形象。

韩老六:

韩老六是小说中的恶霸大地主,恶行更是耸人听闻、令人发指,"常常提根大棍子,遇到他不顺眼、不顺耳的,抬头就打","他吃过饭在屯里溜达,对于穷人的毕恭毕敬的招呼从来不理睬"。他原本是中等人家，却胡作非为、巧取豪夺，获得一千来亩田地。他出尔反尔霸占大家合修的水井，当庄稼成熟时他却叫下人将马匹放到地里，吃别人家的庄稼，并趁机霸占别人的田地。

赵玉林深受其害，连续四次被韩老六抓劳工，几乎九死一生；郭全海的父亲被他逼迫赌钱，输光了全部家产，并在大雪天被扔在门外冻死；白玉山家的庄稼被韩老六的马吃掉，不仅输了官司，还被关进了大牢……

韩老六可以说是为恶作歹的恶霸地主，当劳改工作组进屯时，他暗中积极做破坏，狡猾地躲过斗争大会，指使亲近收买干部，散布谣言，挑拨工作队、农会干部与群众的关系，收买分地委员杨老疙瘩。当他发现自家的小猪倌偏向工作组时，竟然起了杀心，残忍地鞭打小猪倌。最后他的暴行激起了群众公愤，被人民群众审判并枪毙。

名家评价

茅盾在论及周立波的创作风格时曾经指出："从《暴风骤雨》到《山乡巨变》，周立波的创作沿着两条线交错发展。一条是民族形式，一条是个人风格；确切地说，他在追求民族形式的时候逐步地建立起他的个人风格。"

山乡巨变

写作背景

《山乡巨变》是《暴风骤雨》的续篇,这部小说描写了湖南省一个名叫清溪乡的农业生产合作社发展、壮大的历程,表现了中国农民走上集体化道路时的全新面貌。之前,周立波描写东北土改运动的长篇小说,全景式地描写了轰轰烈烈的土改运动,小说出版后引起强烈的社会反响,而《山村巨变》则描写了广大农村农业合作化的第二次暴风骤雨。

1951年,周立波参加了延安文艺座谈会深受启发,并且坚定了走新文艺道路的信心。1954年,全国范围开展了合作化运动,周立波回到湖南老家邓石桥清溪村体验生活,并参加了益阳县谢林港区发展互助组、建立初级农业社的工作。次年,为了响应党的号召和深入体验生活,他将全家从北京迁回到湖南益阳郊区的桃花仑乡竹山湾村。期间,他被任命为大海塘乡互助合作委员会的副主任,帮助农民办起了凤鹤初级社。后来他帮助家乡邓石桥村办起了高级社。1957年,周立波在益阳桃花仑乡担任乡党委副书记,在工作中他与农民相处,熟悉那里的风土人情。每天周立波上午写作,下午参加集体生产劳动,晚上参加开会,或是到百姓家中走访、聊天。在竹山湾村居住期间,他与农民亲如兄弟,经常兴致勃勃地学习驭牛、相牛、用牛,并且喜欢人们讲乡下的故事。正是因为他对生活的观察达到了痴迷的程度,所以才积累了丰富的创作素材,为《山乡巨变》的写作打下了坚实了基础,使得小说的环境描写、人物形象都栩栩如生。

据当时桃花仑乡的书记陈清亮回忆说:"周立波当时居住在竹山队的瓦窑村一栋比较宽敞的两层楼房,房屋前后都有翠竹,非常幽静。周立波上午写作,下午参加集体生产劳动,或是走访,或找群众聊天。他对生活的观察不止入微,有时甚至到了入迷的程度。"

《山乡巨变》的人物原型大多是周立波在益阳体验生活时接触的老朋友，他就在"亭面糊"的原型邓益亭家住了很长一段时间，社长刘雨生的主要原型曾五喜，以及乡党委书记李月辉的原型都是周立波的好朋友。

经过2年多的写作，周立波终于在1957年12月完成了《山乡巨变》正篇，并先后进行了六次大的修改。1958年1月开始，《山乡巨变》正篇在《人民文学》连载，很快在社会上引起了强烈的反响和讨论，同年由作家出版社出版发行，被誉为"《暴风骤雨》的续篇，描写了中国农村的又一次暴风骤雨。"1959年9月经作者校订，小说由人民文学出版社第一版发行，同年11月续篇完成，后由《收获》杂志发表、由作家出版社出版发行。1963年6月经作者修订，正续两册合并分册依次出版发行。

随后，《山乡巨变》被改变为地方戏剧湘剧和花鼓戏，以及连环画，其中连环画产生了巨大的印象，深受读者的喜爱。

小说一开始在《人民文学》上连载就在社会引起一定反响，受到了很多读者的来信，讨论小说中方言土语的运用。在1960年续篇发表后，同样引起了读者广泛的关注和喜爱，清溪乡的故事传遍了全国各地。

故事梗概

在1955年初冬，毛主席发表《关于农业合作化问题》报告，全国范围在农村开展合作化运动。在湖南一个叫作清溪乡的小山村，青年团县委副书记邓秀梅奉上级命令来到这个乡，协助当地开展合作化运动，在途中遇到了贫农亭面糊和青年女子盛淑君。

邓秀梅到达的夜里就会见乡党委书记李月辉，探讨乡里的工作情况，为了深入了解情况，她入住贫农亭面糊家中。刘雨生是该乡上村农业互动组组长，因为常年忙于工作，疏忽了妻子，导致妻子愤然要求回家。随着工作的深入，很多农民都积极参加了合作社，只有几户人家坚持单独干，其中包括中农王菊生、团支书陈大春的父亲陈先晋等人。

为了更好地开展工作，邓秀梅亲自走访王家和陈家，细心引导，终于说服了陈先晋。然而王菊生却打定主意不入社，他装病躲避邓秀梅却被看穿，一计不成又生一计，和妻子导演了妻子坚持一旦入社就离婚的闹剧，最后也被拆穿。

随后，村里建立社筹备委员会，刘雨生被选为委员会主任，下村互动组谢庆元被选为副组长，因此心生不满，对工作也消极怠慢。然而在外工作积极的刘雨生，家庭生活却不幸福，妻子与他离婚，并很快就嫁给了村里的无赖符贱庚。不过，在他积极到年轻寡妇盛佳秀家做思想工作时，两人产生了感情。

1956年元旦，经过邓秀梅和工作组的努力，乡里终于成功举办了五大合作社联合成立会，合作社工作取得了初步成功。随后，乡里初级社转成了高级社，人们开始为春耕忙碌起来。刘雨生当上了常青社社长后，一心为公，并开始善于组建犁耙组事宜。由于刚开始办社，人们的积极性还没有调动起来，王菊生依然在自家田地努力；副社长组谢庆元依旧不满屈为副职，在工作中起不到任何带头作用。

随后，社里改造低产田，去挖塘泥，在陈大春弟弟陈孟春、妹妹陈雪春等青年组成的青年突击队的带领下，农民们干劲十足，单干户拼死累活也赶不上合作社的进步。同时，妇女宣传队长盛淑君是个性格开朗的女孩，心里暗中喜欢团支书陈大春，不久两人确定了恋爱关系。后来当上妇女主任的盛淑君为了发动广大妇女，办起了托儿所，解决妇女的后顾之忧。

不久问题出现了，社里和单干户的秧苗都烂了，谢庆元却瞒着大家，收了张桂秋的贿赂，把秧苗借给了他。群众对谢庆元的消极怠工十分不满，于是召开辩论会对他进行批判。谢庆元只好将秧苗借给社里。但是由于对张桂秋有内疚，所以对张桂秋的妹妹照顾有加，从而导致流言蜚语。他的妻子因此产生误会，与他打闹起来，再加上社里的牛在自家放养时被人砍伤，他心灰意冷，产生了寻死的念头，幸好被人救下。从此之后，他的思想也发生了转变，比以前积极多了。

转眼到了秋收时节，社员们奋力赶工，终于胜利地完成了抢收任务，而单干户却一筹莫展。社里看此情景，立即派人帮助王菊生完成了抢收任务，深受感动的王菊生也递交了入社申请。与此同时，乡亲们发现了龚子元的可疑行为，经过多番调查，终于揪出了他的老底，原来他是恶霸出身的恶霸土匪，潜伏在乡里为了搞暴动，还暗中砍伤了社里的牛。

最后，乡里开办了欢庆会，社里获得了"生产先锋"的荣誉，而刘雨生和盛佳秀也成就了美好姻缘。之后，全乡人继续努力前行，迎接更大的胜利和丰收。

合作化运动是广大农村在土改运动之后引起了又一次暴风骤雨，小说侧重表现了不同人物在这场运动中的矛盾、斗争，以及思想的转变。塑造了年轻干练的女干部邓秀梅、大公无私的刘雨生，以及顽固勤劳的贫农陈先晋、坚持单干的中农王菊生等形象鲜明的人物典型。

作者简介

周立波（1908年—1979年），原名周绍仪、周凤翔，湖南益阳人。立波是英语"Liberty"（自由）的音译，他30年代在上海从事革命工作时用的一个笔名，后来一直沿用。

周立波出生于一个普通的农民家庭，早年喜欢读书，爱看各种古典小说。后考入长沙省立第一中学，接触到先进思想、新文学。1928年，周立波认识在上海读大学的周扬，并开始参加革命互济会活动，他积极组织宣传罢工运动，后因参加罢工运动被逮捕入狱。1934年，周立波加入左翼作家联盟，后参加中国共产党。期间，他积极从事左翼文艺运动，负责编辑左联秘密会刊，担任《时事新报》副刊《每周文学》编辑，并且翻译了《被开垦的处女地》、《秘密的中国》等进步小说。

1937年，抗战爆发后，跟随八路军前往晋察冀边区，任战地记者，并创作了很多报告文学和散文。随后，他辗转湖南、桂林、延安等地，从事抗日战争宣传工作，历任《救亡日报》编辑、《解放日报》社副刊部副部长等职位。抗战胜利后，任中原军区《七七日报》、《中原日报》社副社长，后被调往东北，参加土改运动。这段经历为他创作《暴风骤雨》提供了丰富的生活素材，小说获得了巨大反响，并获得斯大林文学奖金。

新中国成立后，周立波一直从事文学创作工作，从1955年至1965年，历经多年，创作出了长篇小说《山乡巨变》，以及20多篇反映农村生活的乡土短篇小说。周立波的小说开创了乡土文学的新主题、新风格，与同时期的著名乡土作家赵树理享有"南周北赵"之美誉。

周立波的大多数作品被编为《周立波短篇小说集》、《周立波散文集》、《周立波

183

选集》、《立波文集》等出版。在 40 多年从事革命文学的道路上，周立波共创作了 300 多万字的著作，记录了新中国成立后的变化和进步，成为新时代的见证。

主要作品包括：《暴风骤雨》（获斯大林文学奖）、《铁水奔流》、《山乡巨变》，短篇集《铁门里》、《禾场上》，散文报道集《晋察冀边区印象记》、《战地日记》，译著《被开垦的处女地》（第一部）等。1978 年发表的《湘江一夜》获 1979 年全国优秀短篇小说一等奖。

邓秀梅：

邓秀梅是一个年轻干练的女干部形象，她工作认真，积极肯干，一心为公。她刚到清溪乡时，天色已经很晚了，但是她却坚持先向书记李月辉了解情况；为了更深入地了解当地的情况，她主动住到老贫农亭面糊家里。她刚刚结婚就被上级派下乡，顾不上新婚的丈夫，甚至有时连给丈夫回信的时间都没有。

邓秀梅是一个对组织十分热爱，对合作者工作十分拥护和支持的领导者，她是合作化时期的新人，接受了组织的新思想，积极联合贫困农民，做顽固分子的工作，与破坏分子做斗争，表现了一个年轻干部的成熟和积极性。当工作出现问题和失误时，她不回避推诿，认真寻找失败原因，吸取失败教训。当龚子元散布谣言，说竹林、茶山要充公，掀起了一场砍树风潮。这时陈大春等人想要绑人时，她坚持说服教育，说明党的政策方针，最后戳穿了敌人的阴谋。

邓秀梅工作十分认真、刻苦，一家一家地做工作。陈大春的父亲陈先晋是一个固执但很能干的老人，生活贫困所以时刻想着要发财致富，眼看刚分到的土地又要交出去，所以思想上转变不过来。邓秀梅不仅登门耐心做工作，还从根本上找原因，当他知道老人很听女婿的话，还特意找来外地的女婿帮忙，最后终于使陈先晋自愿加入了合作社。

邓秀梅具有极高的政治敏锐性，龚子元是一个隐藏在人民内部的特务，他十分善于伪装、在人前装老实，还积极加入了合作社。但是他却暗中煽风点火、造谣生事，千方百计地破坏合作化运动。对此邓秀梅坚持与其做斗争，逐步将他与群众分离，一步步使他露出破绽。

在作者的描写下，邓秀梅成为一个具有时代色彩又真实可靠的基层领导形象，她朝气蓬勃、热情乐观，又具有年轻女子的细致、温柔。

刘雨生：

刘雨生也是合作社的领导，他原本是上村互助组组长，心地善良、对工作认真负责、大公无私。更是因为工作忙碌而疏忽了妻子，导致妻子与自己离婚。刘雨生此时心里十分痛苦，但是却依然坚持将心思扑在工作上，他想"不能落后，只许争先。不能在群众跟前丢党的脸。家庭会散板，也顾不得了"。这表现了刘雨生对革命的坚定信念。

刘雨生是一个觉悟极高的青年，他工作积极、认真肯干，为人和睦，所以村里人都拥护他。后来，他当上了常青社的社长，当雨水快要淹没禾苗时，他奋勇当先、不畏艰难，奋不顾身地用稻草堵管口，他"带一捆草，跳进了水渠，潜入两个人深的急湍的流水的水底，用稻草把管子塞住，救了一大片禾苗"。

刘雨生是党的最基层的干部，他对上要联系邓秀梅、李月辉等领导干部，对下则要带动群众，向群众宣扬党的政策方针。所以说，刘雨生这样的基层干部，是在党的领导下，带领群众走向进步、觉醒、走向成熟的关键人物。

谢庆元：

谢庆元是下村的互动组组长，也是常青社的副社长。但是与刘雨生相比，他却是一个思想觉悟不高、心胸狭窄的人，私心极重，爱做表面文章。因为对刘雨生不服气，所以他消极怠工、工作不负责还乱发牢骚；经常将生活的一些遭遇和困难搬出来，换取别人的同情和可怜；当社里的秧苗出现问题时，他收受贿赂，还将秧苗借给了张桂秋。同时他还与单干户、反动分子龚子元都有过密的联系，正是因为如此，他在群众中失去了民心，成为村里的笑柄。但是当他被龚子元的老婆陷害，背了黑锅时，他一时想不开竟吃毒草水莽藤自杀。这些细节都给我们留下思想落后、自私自利的领导干部形象。不过，当他被社里人救起时，他的思想也发生了转变，工作也变得积极很多。

名家评价

贺仲明在《文学评论》上认为:"《山乡巨变》具有比《创业史》更高的艺术性,也具有更高的文学真实价值。"

学者唐弢在《人民文学》发表了《风格一例——试谈〈山那面人家〉》一文,就有人针对周立波淳朴厚实的风格提出的异议做了有理有据的辩解,他说道:"在一切成熟的——不管是年轻的或者年老的作家的笔底,新的风格正在成长。暴风骤雨是一种风格,风和日丽也是一种风格;绚烂是一种风格,平易也是一种风格。不同的风格都可以为社会主义服务,而且服务得很好。"

三里湾

《三里湾》是著名作家赵树理创作的长篇小说,围绕三里湾这个小山村农业合作社的秋收、扩社、整社、开渠等工作,以三里湾旗杆院周围的两对男女农民的爱情,以及几个旧式农民家庭的变化为故事主线,反映了这场变革在农村引起的巨大变化,以及伟大的历史意义。

赵树理出生于农村、生长于农村,所以对华北农村的风土人情、生活习惯十分熟悉。后来他具有丰富的农村工作经验,参加了根据地的减租减息运动,土地改革运动,并创作了反映减租减息的中篇小说《李有才板话》、反映土改后期平分土地的中篇小说《邪不压正》。

1951年春,全国范围开展了轰轰烈烈的农村合作社运动,晋东南地区也开始着手试办初级农业生产合作社的工作。他前往武乡县监漳村协助当地农民建立合作社,后来还前往窑上沟、枣烟两个农业社生活一段时间,对农村合作社成立后农民的思想状况和劳动组织情况进行了全面的考查。

1952年春,来到了太行山区的平顺县川底村郭玉恩农业社蹲点,了解农民对于合作社的看法,经过调查他发现大多数农民互动合作的积极性不高,只有个体生产的积极性,后来上级发布命令要求农村合作社的建立要积极发展,稳步前进。到了1952年底,农民自愿组成了830多万个互动组和3600多个初级社。川底村农民的积极性也被调动起来,据了解,当时有记者采访一个叫作常双虎的农民,询问他是否愿意加入合作社,他回答说:"我愿意。我倒不怕,我倒是也有牛羊,3个牲口,30多只羊,还有树木,种了18亩地,但是我愿意入,因为我跟上了党了,沾了光了,因为集体起来,比较富裕。"

在这里,赵树理待了7个多月,亲身领导并参与了当地的农业合作化运动,从秋收、分配、扩社、并社一直到准备开渠他都参加了。期间他了解到农业合作化运动中出现的矛盾冲突，以及人与人之间的关系的变化，并且他拥有在山西长治专区试办十个农业生产合作社成功经验。1955年，根据自己的亲身经历，赵树理创作了反映当时农业合作的长篇小说《三里湾》。作者描写了三里湾四个不同的家庭，即合作化带头人、支书王金生家、热衷于个人致富的村长、党员范登高家，富裕中农糊涂涂家，以及党员袁天成家，生动地表现了这个村庄在建社过程中的矛盾和变化，塑造了一个个形象鲜明的农民形象。

后来赵树理在《文艺报》上回忆："我从前没有写过农业生产，自他们这次试验取得肯定的成绩后，我便想写农业生产了，但是我在这次试验中仅仅参加了建社以前的一段，在脑子里形不成一个完整的社会生活面貌，只好等更多参加一些实际生活再动手，于是第二年便仍到一个原来试验的老社里去参加他们的生产、分配、并社、扩社等工作，一九五三年冬天开始动笔写，中间又因事打断好几次，并且又参观了一些别处的社，到今年春天才写成《三里湾》这本书。"

小说最早于1955年在《人民文学》第一至第四期连载，同年5月由通俗读物出版社出版单行本，受到社会上的广泛关注。其实，《三里湾》的创作和发表都是在农村合作社运动的初期，还没有迎来合作化的高潮，赵树理从农村生活的实际出发，敏锐地感受到农业生产合作社这一新事物的强大生命力。这是第一部反映农业合作化运动的优秀作品，不仅反映了模范村三里湾进行的如火如荼的农业社会主义改造，更带动了全国合作社运动的积极性。

故事梗概

《三里湾》是一部反映农村合作化运动的长篇小说，通过对王金生、王满意等先进分子积极支持合作化运动、与落后分子斗争的故事，以及落后分子马多寿、范登高等人思想僵化的描写，勾勒出三里湾农村社的进程和农村生活的美丽图景。

太行山区的小山村三里湾在上级的号召下成立了初级农业合作社，党支部书记王金生是一个优秀的农村干部，平日工作认真负责、能够吃苦耐劳，自然也成为了农村合作社运动的带头人。他积极组织三里湾的群众秋收、扩大农村合作社，然而合作化运动却遭到了一些落后分子的反对和破坏。

村长范登高是一个老党员老干部，但是他却存有私心，不仅不积极响应上级的号召，配合合作化工作，还只顾着自己发家致富。以前进行土改运动时，他就擅用职权，抢占了普通百姓的土地，将好地全分给自己，所以在群众中没有任何威信，被人们取外号为"翻得高"。他热衷于自己做买卖，不顾贫苦群众的疾苦和集体的利益。当上级动员群众扩社时，他立即提出了反对意见，甚至以"维护自愿原则"为借口，阻挠村里的合作化运动。

党员袁天成也是一个落后分子，他平时多留多占，做事不积极，跟随范登高一起反对农村合作化运动。村里还有一些思想固执、落后自私的农民，马多寿就是其中一个。他平时糊糊涂涂，所以村里的人都叫他"糊涂涂"。他的老婆也是一个思想守旧的人，平时胡搅蛮缠、蛮横不讲理，外号"常有理"。他们整天宣扬保守和反对合作化的言论，反对儿女参加合作社，甚至胡搅蛮缠阻挠开渠。他们不准儿媳妇们参加家庭大事，甚至想要控制儿子们的婚姻恋爱自由，为儿子包办婚姻。三儿媳菊英进步积极、要求分家、入社，却遭到了他们的强烈反对，最后家人之间的矛盾越来越尖锐。

这时，村长范登高以调解家庭矛盾为由，极力劝阻他们分家，劝菊英好好过日子。实际上，范登高却有自己的算盘，他想"如果菊英分家的话，那么就会立即参加合作化，这样一来，马家其他成员也会逐渐参加，最终马多寿也会瓦解。"但是，范登高的算盘最后也落空了，由于遭到众多儿女的反抗，马多寿也只好被迫参加合作社。

在王金生等人的积极带领下，越来越多的群众参加合作社。范登高怕自己在群众中失去威信，也不得不入社。最后，三里湾的合作化运动获得了巨大的成功，农村的群众过上了幸福的生活。

另外，作品还重点描写了王金生的妹妹王玉梅、马多寿的四儿子马有翼、范登高的女儿范灵芝三个年轻人的爱情婚姻状况，反映了年轻人对封建家长的反抗，以及对美好生活的追求。小说将农村的社会改革与家庭矛盾、爱情纠葛结合在一起，展现了一幅多彩的农村生活画面。

作者简介

赵树理（1906年—1970年），原名赵树礼，山西沁水县尉迟村人，著名现代小说家，文学流派"山药蛋派"的开创者，被誉为我国当代描写农村生活的"铁笔"、"圣手"。

赵树理出生于一个贫苦农民家庭，在农村长大的他不仅了解农村的生活习俗，更热爱这片土地的农民艺术。青年时期，曾就读于长治的山西第四师范学院，接触到了新文学，并深受影响。后来，他被人密告为共产党，被国民党反动派逮捕，关进监狱。出狱后，他来到太原，没有找到工作，只能以写作为生，经常向《山西党讯》文艺副刊投稿。从1930年底开始，赵树理一边流浪一边写作，发表了《金字》、《盘龙峪》等小说。

1937年，赵树理投身抗日工作，加入中国共产党，在山西从事各种文化事务，编辑报刊，并写出了许多反映农村社会生活、深受广大群众欢迎的小说。后赵树理先后被调到129师《人民报》编通俗副刊、《新华日报》太行版主编专发小报《中国人报》，期间写作了几十万字的鼓词、小小说、小杂文。

1943年赵树理被调到北方局党校政策研究室，听到了民兵队长岳冬至和智英祥自由恋爱，却被混进根据地的敌人陷害致死的真实故事。赵树理根据这个故事创作了著名的短篇小说《小二黑结婚》，深受人民群众的欢迎。同年，又写了中篇小说《李有才板话》，这部小说描写了减租减息斗争，反映了抗日战争时期农村阶级斗争的错综复杂的形势，对当时的减租减息斗争起到了极大的鼓舞作用。

1945年冬，赵树理回乡探亲，期间创作了长篇小说《李家庄的变迁》，小说揭露了旧社会恶霸地主对贫下中农种种剥削压迫。1952年春，赵树理又返回晋东南，来到平顺县川底村工作，参加了当地的农村合作社运动，全程参加了秋收、分配、扩社、并社等活动。后来，赵树理回到了北京，根据自己的亲身经历写作了长篇小说《三里湾》。

之后，赵树理参加了高级社运动、全民整风运动，并历任阳城县委书记处书记、晋城县任县委副书记等职，期间她一直从事文学创作，主要作品包括秧歌《开渠》，长篇评书《灵泉洞》（上集），短篇小说《套不住的手》、《杨老太爷》、《卖烟叶》等。

赵树理的作品大多数以华北农村为背景，反映了我国农村几十年来的巨大变革，以及存在的矛盾斗争，塑造农村各式人物的形象，具有独特的民族形式和民族风格，形成了文学上的"山药蛋派"，成为新中国文学史上最重要、最有影响的文学流派之一。

王金生：

王金生是三里湾的党支部书记，也是农村合作社运动的带头人，他是一个优秀的农村干部，工作态度认真负责，精明细致，具有自我牺牲的崇高精神。作为一个普通的农民，他性格淳厚朴实，吃苦耐劳，工作也踏踏实实；而作为农业社副社长，他具有出色的领导才能，积极响应党和政府的号召，组织农村群众开展扩社、开渠。同时他讲究工作方法，善于从错综复杂的矛盾中从容分析问题、研究问题，并且善于按照事实来解决问题。

王金生一直保持着基层党员的先进性，他坚持党性、一心为公，在与范登高做斗争的时候，他摆事实、讲道理，合情合理地劝说范登高；在对待富裕顽固中农马多寿的问题上，他耐心和善的说服、教育，没有咄咄逼人的架势。无论做什么工作他都踏踏实实、勤勤恳恳、讲究方式方法，充分表现了他出色的领导能力。

"糊涂涂"马多寿：

马多寿是典型的落后自私的中农，他思想保守"糊涂"，但是谋求私人利益时却十分精明，甚至用"糊涂"的名声掩盖自己自私自利的行为。他紧跟着村长范登高，反对扩社，还借助老婆"常有理"的胡搅蛮缠阻挠开渠。马家是一个典型的封建家庭，而马多寿就是一个守旧的封建大家长，顽固地维护"马家院"落后的生活方式，不准儿媳妇们参加家庭大事，甚至想要控制儿子们的婚姻恋爱自由，为儿子包办婚姻。马多寿的封建守旧也遭到了儿女们的反抗，三儿媳菊英进步积极、要求分家、入社，而面对轰轰烈烈的合作化进程，他只能无奈何地接受。

范登高：

范登高是这个村子的村长，是一个老党员老干部，但是作为党的基层干部，他不仅不积极响应上级的号召，配合合作化工作，还自私自利，根本不关心群众疾苦，只顾着自己发家致富。在土改运动中，他擅用职权，多分了好地，所以群众给他取外号为"翻得高"。

范登高热衷于跑买卖，在上级动员扩社时，以维护"自愿原则"为借口，反对扩社、阻挠开渠。他时常摆出老革命的架子，以维护党的利益的面目出现，却想尽办法谋求个人私利、不顾贫苦农民和集体的利益。当看到大部分农民都参加合作社后，他怕影响自己的形象，所以才不得不入社。

菊英是青年团员，是村里的积极分子，积极响应合作社运动，但是他的婆婆不喜欢她，两人矛盾重重，产生了分家的问题。范登高却极力劝阻他们分家，因为他知道只要菊英分家就会入社，糊涂涂或许也会入社。所以他表面上劝大家好好过日子，实际上找理由拖延，让他们家维持现状。

著名作家康濯称赞《三里湾》是"我国文艺界在最近时期（五十年代）出现的优秀作品之一"。

李家庄的变迁

写作背景

《李家庄的变迁》描写了抗日战争爆发前后，李家庄激烈尖锐的矛盾斗争，作者描述了主人公铁锁是李家庄的外来户，一个勤劳、忠厚、憨直的贫苦农民，但是却遭到了李如珍、小喜、春喜等人的欺压迫害，最后不得不远走他乡，漂泊流浪。在共产党小常的帮助下，他积极参加革命，与地主恶霸、日寇展开了激烈的斗争，并且在斗争中逐渐成长，参加八路军，走向武装斗争的故事。

《李家庄的变迁》故事发生地李家庄是晋东南地区一个极其普通的村庄，其实赵树理大部分都是以晋东南地区为故事背景的，如《小二黑结婚》中的"刘家峧"，《李有才板话》中的"阎家山"，《登记》中的"张家庄"。有人说其实这些村庄都是以赵树理自己的出生地沁水县尉迟村为基本原型，这表现了赵树理一种难以忘怀的、强烈的故乡情怀。

李家庄的变迁实际上也是表现了赵树理的故乡尉迟村，以及整个华北地区农村在民主革命时期、抗日战争前后的巨大变化。小说的故事起始于1920年代末期1930年代初期，到故事结束时，时间已经到了抗战胜利之后，整部小说的时间跨度长达十五六年的时间，赵树理通过整个李家庄，以及主人公铁锁在这期间的经历、前后的思想变化，在中国共产党的领导下广大人民群众，以及村庄发生的翻天覆地的变化，表现了当时农村发生的轰轰烈烈的变化，以及农民与地主、恶霸等旧恶势力，以及日寇之间的激烈斗争。

作家赵树理年轻时就接受了五四新文学的影响，但是当他回到自己的家乡，将学到的东西讲给老乡们时，却遭到了冷漠。这些土生土长的农民并不喜欢赵树理的学生腔，说赵树理的说话方式不符合农民的实际情况。于是，赵树理开始学着将新思想讲给农民听，用朴实、大众化的语言，充满山药蛋味道的语言，讲述发生在农村的故事。

1932年，上海文艺界展开了"文艺大众化"的热烈讨论，很多著名作家、评论家极力贬低连环图画、说书唱本之类的通俗文艺，鲁迅却提出了反对意见，高度赞扬了连环画、唱本的文学价值。这给赵树理巨大的激励，这一年，他以晋东南的农村生活为背景，写作了反映太行山区农民的生活的小说《盘龙峪》。这部小说具有清新的乡村风俗、生动诙谐的山西农民语言，这也为他后来的文学创作，形成"山药蛋"派奠定了坚实的基础。

1939年，赵树理先后在《黄河日报》（路东版）副刊《山地》和《人民报》副刊《大家干》等刊物上，写作了很多鼓词、快板、小说、杂文等作品，积极宣传抗日，揭露阎锡山破坏抗日统一战线的种种行径。这种小报的形式广受当地百姓的欢迎，很便于阅读和宣传，很快，赵树理得到了"庙会作家"、"快板诗人"，成了晋冀鲁豫边区政府和华北新华日报社众所周知的通俗作家。之后，赵树理一直坚信自己的文学创作思想，贴近百姓、贴近农民，成为一位坚定的"通俗文学家"。

1945年冬，赵树理回到了家乡，他看到了家乡发生的翻天覆地的变化，回想起旧社会地主对广大贫下中农的剥削和压迫，于是在故居西小楼上创作了长篇小说《李家庄的变迁》。

故事梗概

抗日战争爆发前，李家庄是山西一个普通的小山村，这里生活着一个名叫张铁锁的木匠，他本是一个外来户，由于在村里无依无靠，所以遭到了封建地主的欺压和迫害。当时，军阀和地主相互勾结，鱼肉、欺压百姓，村里的百姓生活在水深火热之中。村里有权有势的春喜以一棵桑树的归属为由，与张铁锁打起了官司，他利用自己在村里的家族势力逼得铁锁倾家荡产。春喜是社首，也是本村大户村长李如珍的本家侄儿，在李如珍的百般庇护之下，铁锁自然无法保护自己的权益。最后，连他爷爷和父亲辛苦买下的15亩地也被村长李如珍等人霸占去了。无奈之下，铁锁只能离开李家庄，外出打工，过着朝不保夕的生活。

铁锁一路漂泊到太原，却意外遇到了仇人小喜，为了挣口饭吃，他不得不委曲求全，在小喜手下干活。虽然在太原的生活异常艰苦，但是铁锁却开拓了眼界，明白了小喜、春喜这些坏人之所以能够在村里横行霸道，是因为他们背靠着阎锡山反动政权。铁锁痛恨那些迫害自己、欺压自己的封建地主，更痛恨这些作威作福的军阀、反动政府。同时，在这里他也遇到了共产党员小常，小常经常向他介绍革命思想，开导他、帮助他，逐渐地，铁锁重获了对生活的希望，并且明白只有通过革命才能与那些敌人做斗争，才能使自己获得新的生活。

后来，抗日战争爆发，时局动乱，小喜的48师留守处也解散了，铁锁不得不回到了李家庄。然而，小喜却借助此机会，为非作歹。日本军队疯狂地进攻山西，阎锡山的军队顿时四处溃散，小喜竟然带着阎锡山的散兵游勇洗劫了李家庄，李家庄的村民遭遇了战争带来的巨大灾难，而李如珍也不能避免，被孙殿英的部队绑架。后来，小喜给日本人当上了汉奸，甚怂恿村长李如珍也投靠日本人。在小喜的怂恿下，李如珍为了自保，投靠了日本人，也当起了无耻的汉奸。他们带领日本侵略者扫荡了李家庄，导致村里的百姓遭到了残忍地杀害。

这时，共产党领导的进步组织"牺牲救国同盟会"派特派员来到李家庄，而这位特派员就是铁锁认识的小常。"牺牲救国同盟会"是在国共合作的背景下，共产党与阎锡山合作发起的群众性抗日救亡组织，主要目的是铲除汉奸，组织抗日武装，牺牲救国，是共产党建立的抗日民族统一战线。小常积极动员李家庄的群众参加抗战，铁锁也积极响应小常的号召。在小常的带领下，铁锁积极发动群众参与牺盟会的各项工作，开展减租减息运动，李家庄不仅组成了自卫队，还建立了抗日根据地。

之后，日寇还对李家庄进行了几次扫荡，在共产党的领导下，小常积极组织民兵自卫，实行空室清野策略，粉碎了敌人的扫荡。其后，李家庄的互动大队组织群众开渠浇地，积极从事生产，与天灾进行斗争，与反动的李如珍等人做斗争。最后，日本人投降的消息传来，抗日战争取得了胜利，人民群众也公审了汉奸，自己当家做主，开始迎接美好的生活。

赵树理（1906年—1970年），原名赵树礼，山西沁水县尉迟村人，著名现代小说家，文学流派"山药蛋派"的开创者，被誉为我国当代描写农村生活的"铁笔"、

"圣手"。

赵树理出生于一个贫苦农民家庭，在农村长大的他不仅了解农村的生活习俗，更热爱这片土地的农民艺术。青年时期，曾就读于长治的山西第四师范学院，接触到了新文学，并深受影响。后来，他被人密告为共产党，被国民党反动派逮捕，关进监狱。出狱后，他来到太原，没有找到工作，只能以写作为生，经常向《山西党讯》文艺副刊投稿。从1930年底开始，赵树理一边流浪一边写作，发表了《金字》、《盘龙峪》等小说。

1937年，赵树理投身抗日工作，加入中国共产党，在山西从事各种文化事务，编辑报刊，并写出了许多反映农村社会生活、深受广大群众欢迎的小说。后赵树理先后被调到129师《人民报》编通俗副刊、《新华日报》太行版主编专发小报《中国人报》，期间写作了几十万字的鼓词、小小说、小杂文。

1943年赵树理被调到北方局党校政策研究室，听到了民兵队长岳冬至和智英祥自由恋爱，却被混进根据地的敌人陷害致死的真实故事。赵树理根据这个故事创作了著名的短篇小说《小二黑结婚》，深受人民群众的欢迎。同年，又写了中篇小说《李有才板话》，这部小说描写了减租减息斗争，反映了抗日战争时期农村阶级斗争的错综复杂的形势，对当时的减租减息斗争起到了极大的鼓舞作用。

1945年冬，赵树理回乡探亲，期间创作了长篇小说《李家庄的变迁》，小说揭露了旧社会恶霸地主对贫下中农种种剥削压迫。1952年春，赵树理又返回晋东南，来到平顺县川底村工作，参加了当地的农村合作社运动，全程参加了秋收、分配、扩社、并社等活动。后来，赵树理回到了北京，根据自己的亲身经历写作了长篇小说《三里湾》。

之后，赵树理参加了高级社运动、全民整风运动，并历任阳城县委书记处书记、晋城县任县委副书记等职，期间她一直从事文学创作，主要作品包括秧歌《开渠》、长篇评书《灵泉洞》（上集）、短篇小说《套不住的手》、《杨老太爷》、《卖烟叶》等。

赵树理的作品大多数以华北农村为背景，反映了我国农村几十年来的巨大变革，以及存在的矛盾斗争，塑造农村各式人物的形象，具有独特的民族形式和民族风格，形成了文学上的"山药蛋派"，成为新中国文学史上最重要、最有影响的文学流派之一。

 主要人物

张铁锁：

张铁锁是小说的主人公，他是一个勤劳、忠厚、憨直的贫苦农民，过着老实本分的生活。但是村长李如珍的侄儿春喜却欺负他是外来户，在村里无依无靠，与他争夺一棵桑树的归属权。李如珍仗势欺人，偏帮自己的侄儿，不仅武断地评张铁锁输理，还霸占了张铁锁的土地，并让他付出吃烙饼的费用。张铁锁此时有理难讲，有冤无处申，只能回家向妻子抱怨几句。然而就是这几句抱怨却被李如珍等人听见，竟被人关进了监狱，最后连父辈辛辛苦苦积攒下来的房产都被霸占。铁锁此时只能委曲求全，选择离开李家庄，来到太原谋求生活。然而，不幸的是，他又遇到了自己的仇人小喜，为了谋取生路，得到一口饭吃，他只能在自己的仇人手下工作，受尽军阀的欺压和剥削。这一时期的铁锁代表了广大农民软弱、委曲求全的性格，无可奈何地忍受恶霸、地主的欺凌，无力反抗。

后来，铁锁遇到了共产党员小常，在小常的教育下，铁锁的视野开始开拓、思想开始觉醒，并且认识到了地主、恶霸的罪恶，对敌人由个人仇恨转变为阶级仇恨。当他得知小常就是"牺牲救国同盟会"的领导人时，他积极参加革命活动，宣传抗日救国运动，积极开展减租减息运动，后来还参加了八路军，走上了武装革命的道路。

张铁锁的转变也代表了李家庄，以及整个中国全农村农民群众的转变，他们由开始的忍耐、委曲求全，备受欺凌到懂得觉醒、生长，在共产党的领导下参加革命，并追求个人和民族的解放的艰苦经历。

李如珍：

在抗战爆发前，李如珍是一个恶霸地主，他在村中多占土地，想尽办法侵占别人的田地、财产，肆意地欺压百姓，可以说是一个有权有势、为富不仁的豪绅恶霸。李如珍干了很多坏事，百姓对他恨之入骨，但是他并没有造成流血的后果，所以百姓与他的矛盾还没有到你死我活地步。

但是日本侵略者占领村子后，李如珍成为一个可耻的叛徒、汉奸，他指使日本兵残杀了大量的村民，看着自己的亲人被这样的汉奸害死，百姓恨不得喝其血食其肉。

最后，李如珍被人民群众抓住，愤怒的百姓活生生地将他撕成了几大块，可见人民对他无比痛恨。小说中有这样的描写，县长认为这样的行动很残忍，有人狠狠地说："这还算血淋淋的？人家杀我们的时候，庙里的血都跟水管道流出了。"这段描写不仅刻画了李如珍的残暴、无耻，更表现了人民群众对他的恨意。

 名家评价

茅盾在《谈〈李家庄的变迁〉》一文中说："赵树理先生是在血淋淋的斗争生活中经验过来的，而这经验的告白就是小说《李家庄的变迁》。"

小二黑结婚

写作背景

《小二黑结婚》是赵树理的成名作，中国现代文学中著名的短篇小说之一，也是解放区文学的典范之作。赵树理通过解放区进步青年小二黑和小芹勇敢地争取自由恋爱、婚姻自由的故事，描写了当时农村新时代进步力量与落后愚昧的迷信思想，以及封建反动势力之间展开的激烈斗争，表现了新一代农民对于新思想、新生活的追求和向往。

赵树理是一位土生土长的农民作家，他的小说大部分是以华北农村为写作背景，反映农村社会的变迁和存在其间的矛盾斗争，正是因为他生长在农村，了解农村和农民的生活习俗，通晓农业生产和北方农村的生活习俗，所以塑造了无数形象生动的农民形象，如这部小说中的进步青年小二黑、迷信落后分子二诸葛、三仙姑等人。为了让农民能够看懂自己的作品，听懂自己的作品，他开始使用通俗易懂的文字，主张文学作品趋向通俗化、大众化，创作了大量小说、小戏、快板和其他通俗文章。

赵树理还参加了农村剧团的编导工作，跟随剧团深入群众。1943年，赵树理在北方局从事抗日宣传工作，奉命深入县（今山西左权县）农村从事调研工作，期间，他听到了一个故事：当地一对青年男女岳冬至和智英祥勇敢地追求自由恋爱，但是受到了双方父母的强烈反对，在两人反抗的过程中，岳冬至不幸被人打死。

事情的经过是这样的：该县横岭上村有一个名叫智老成的农民，他的后妻天性风流，终日涂脂抹粉，还经常装神弄鬼，骗取他人的钱财，被当地人叫作"仙姑"。智老成有一个女儿二艮，十六七岁，十分漂亮、伶俐，很多青年人都喜欢她。然而她的继母却把她许配给了一个四十多岁的商人。村里的兵队长岳冬至，18岁，父亲是个老实的农民，并且给他养了一个八九岁的童养媳。岳冬至和二艮互相喜欢对方，谈起了恋爱，但是那些封建守旧的农民却议论纷纷，认为岳冬至已经是有妇之夫，与二艮交往违背道德。村长石献瑛、青救会主席史虎山、农会主席石羊锁、公安员王天保这些村干部都对二艮有好感，所以十分嫉妒岳冬至，他们便将岳冬至叫到村上，打算教训他一番。结果，岳冬至一直不承认自己与二艮犯了错误，四人在捆绑岳冬至时遭到了强烈反抗，导致岳冬至被打死。四人立即将岳冬至的尸体吊到了岳冬至家的牛圈里，伪造了上吊的假象。

赵树理全程参加了公安局的调查，亲自听取了对四人的审讯。对于这个悲剧故事，赵树理深有感触，在调查中他发现村民们都认为岳冬至和智二艮的行为有伤风化，"打几下教育教育不过分，可是不该打死。"他敏锐地感觉到这种封建落后的思想对贯彻边区政府的婚姻法有极大阻碍，其实早在1940年前后，太行山区就废除了婚姻陋俗的法规制度，确定了婚姻自由的法规，为了宣传革命新思想和新的婚姻法，于是他以这个故事为原型，创作出这部鞭挞封建思想、赞扬婚姻自主的中篇小说《小二黑结婚》。

这个故事以悲惨的结局收尾，在赵树理心中产生了很大的影响，他自幼就生长在晋中这片肥沃的土地上，不忍心看到自己故乡还会发生这样悲惨的故事。于是他将结尾改成了大团圆的结局。

这部小说完成后，赵树理就把手稿送给北方局秘书长兼党校教务主任杨献珍审阅，杨献珍称赞："这是一部通俗活泼、格调清新的好作品"，并将它推荐给了在北方局妇委会工作的浦安修。浦安修是当时八路军副总司令兼中共北方局代理书记彭德怀的夫人，工作之余，还经常为彭总搜集、提供一些出色的文学作品。彭总一看到《小二黑结婚》，便情不自禁地与夫人连夜阅读起来，阅读完毕之后拍案叫绝，大为赞赏，挥毫题词："像这种众群众调查研究中写出来的通俗故事还不多见。"

在彭总和北方局的支持下，《小二黑结婚》在同年秋天出版，小说以独特的风格、雅俗共赏的特点受到了读者和广大农民的欢迎，在社会上引起了轰动，仅在太行山区就发行了数万册。不久，《小二黑结婚》被张万一、李森秀改编为襄武秧歌剧目到处演唱，后来还多次被改编成舞蹈、电影、连环画，不仅传遍了祖国的大江南北，而且被苏联、丹麦、越南、日本等数十个国家翻译成了外文，广为传播。

《小二黑结婚》的成功让赵树理在文学道路上崭露头角，成为解放区著名的作家，《小二黑结婚》也成为我国解放区文艺创作的代表作之一。

故事梗概

故事以抗日战争时期的山西某县刘家峧村为背景，1941年，八路军在刚刚解放的刘家峧村成立了革命政府，并且组织人民群众进行抗日民主运动。八路金的民主运动得到了当地进步青年的支持和响应，小二黑是村里的民兵队长，在一次反扫荡战斗中作战英勇，打死了两个日本侵略者，自己却不幸负伤。同村的小芹是妇救会的积极分子，冒着生命危险为小二黑包扎伤口，并且对勇敢、善良的小二黑产生了爱慕之情。

不久，村里举行了庆功大会，小二黑获得了"民兵英雄"的奖旗，小芹当即向他表达了自己的感情。小芹是村里伶俐美丽的姑娘，从小就被村里的小伙子围着转，小二黑也喜欢这位善良美丽的姑娘，二人私下确定了恋爱关系。

然而，小二黑与小芹的自由恋爱遭到了双方父母的强烈反对。小二黑的父亲二诸葛是个落后迷信的家长，凡事都要先论一论阴阳八卦，看一看黄道黑道，他认为二人的命相不配，"小芹是火命，二黑是金命，火克金不能白头到老"。其实，二诸葛早在一年前就给小二黑找了一个年仅12岁的小姑娘当童养媳，尽管小二黑坚决拒绝，但是他仍坚持己见。因此，小二黑和二诸葛的关系十分紧张，两人经常吵嘴、闹别扭。为了阻止小二黑与小芹的恋爱，他甚至强制小二黑和小芹断绝来往。有一天，小芹来到小二黑家中收军鞋，小二黑的母亲竟然借此机会苦苦哀求小芹不要再与二黑来往。二诸葛竟然在门口大声责骂小芹，受了委屈的小芹伤心地大哭一场。

小芹的母亲三仙姑一心想要为女儿找一个有钱有势的丈夫，这样不仅可以收取更多的彩礼，还可以让自己在村里更有面子。她甚至将小芹许配给了一个五十多岁的阎锡山军队的退职团长，小芹坚决不同意这门婚事，在媒婆下彩礼这天，小芹愤怒地骂跑了媒婆，摔了彩礼，还砸碎了供奉的"神牌"。三仙姑一气之下将小芹关在屋里，企图强迫小芹答应亲事。这一天晚上,小芹打破了玻璃,跳窗逃离了家。

小芹来到小二黑家,然而,不幸的是,小芹被村里的混混金旺、兴旺兄弟看见。金旺当年是地主的狗腿子,后来竟混入村委会当上了武委会主任。他看上了小芹的美丽善良,并先后两次调戏小芹,结果一次被赶跑,一次挨了个嘴巴。金旺对此怀恨在心,再加上他担心小二黑威胁自己的地位,抢了自己主任的地位,所以想要借此机会陷害二人,先搞垮二黑,再搞垮村长,自己独揽村委会的大权。金旺、兴旺声称"捉奸捉双"将二黑和小芹捆起来送去政府,要求区政府斗争二人。区长早就听闻金旺、兴旺兄弟平时的胡作非为,当场将他们扣押起来,还了小二黑和小芹的自由。

区长听闻了小二黑和小芹的故事,教育他们"现在婚姻自由,别人不能做主",并且耐心地说服了二诸葛和三仙姑。在区长的支持下,小二黑和小芹终于获得了婚姻的自由,两人成功登记结婚。而二诸葛和三仙姑在政府的教育下,自动烧了卦筒,拆了神坛,发誓不再做那些迷信封建的事情,同时,金旺、兴旺也受到了相应的惩罚。

在小二黑和小芹的带动下,在党和政府的领导下,刘家峧的广大农民开始摆脱陈旧思想的束缚,接受新时代的新思想,追求自由、美好的新生活。从此,刘家峧发生了翻天覆地的变化。

赵树理(1906年—1970年),原名赵树礼,山西沁水县尉迟村人,著名现代小说家,文学流派"山药蛋派"的开创者,被誉为我国当代描写农村生活的"铁笔"、"圣手"。

赵树理出生于一个贫苦农民家庭,在农村长大的他不仅了解农村的生活习俗,更热爱这片土地的农民艺术。青年时期,曾就读于长治的山西第四师范学院,接触到了新文学,并深受影响。后来,他被人密告为共产党,被国民党反动派逮捕,关进监狱。出狱后,他来到太原,没有找到工作,只能以写作为生,经常向《山西党讯》文艺副刊投稿。从1930年底开始,赵树理一边流浪一边写作,发表了《金字》、《盘龙峪》等小说。

1937年,赵树理投身抗日工作,加入中国共产党,在山西从事各种文化事务,编辑报刊,并写出了许多反映农村社会生活、深受广大群众欢迎的小说。后赵树理先后被调到129师《人民报》编通俗副刊、《新华日报》太行版主编专发小报《中国人报》,期间写作了几十万字的鼓词、小小说、小杂文。

1943年赵树理被调到北方局党校政策研究室,听到了民兵队长岳冬至和智英祥自由恋爱,却被混进根据地的敌人陷害致死的真实故事。赵树理根据这个故事创作了著名的短篇小说《小二黑结婚》,深受人民群众的欢迎。同年,又写了中篇小说《李有才板话》,这部小说描写了减租减息斗争,反映了抗日战争时期农村阶级斗争的错综复杂的形势,对当时的减租减息斗争起到了极大的鼓舞作用。

1945年冬,赵树理回乡探亲,期间创作了长篇小说《李家庄的变迁》,小说揭露了旧社会恶霸地主对贫下中农种种剥削压迫。1952年春,赵树理又返回晋东南,来到平顺县川底村工作,参加了当地的农村合作社运动,全程参加了秋收、分配、扩社、并社等活动。后来,赵树理回到了北京,根据自己的亲身经历写作了长篇小说《三里湾》。

之后,赵树理参加了高级社运动、全民整风运动,并历任阳城县委书记处书记、晋城县任县委副书记等职,期间她一直从事文学创作,主要作品包括秧歌《开渠》、长篇评书《灵泉洞》(上集)、短篇小说《套不住的手》、《杨老太爷》、《卖烟叶》等。

赵树理的作品大多数以华北农村为背景,反映了我国农村几十年来的巨大变革,以及存在的矛盾斗争,塑造农村各式人物的形象,具有独特的民族形式和民族风格,形成了文学上的"山药蛋派",成为新中国文学史上最重要、最有影响的文学流派之一。

小二黑:

小二黑是一位解放区新时代农民的形象典范,他的父亲是一个典型的封建家长,但是他敢于与封建礼教做斗争，敢于掌握自己的命运。他大胆地与小芹自由恋爱，坚决反对封建包办婚姻，当父亲二诸葛为他收养一个八九岁的女孩作童养媳时，小二黑坚决地说"您愿意养，你就养着，反正我不要"；他敢于与旧恶势力做斗争，当遭到恶势力金旺、兴旺的陷害时，小二黑毫不示弱，勇敢地以理抗争；小二黑懂得用法律来保护自己，当他与小芹的恋爱遭到父母和恶势力的反对时，他义正词严地声称婚姻法主张婚姻自由。小二黑是一名勇敢追求自己幸福的新时代的农民，不仅为自己赢得了美好的姻缘，还克服了旧思想和旧道德的束缚，给广大青年树立了良好的榜样。

小二黑也是一个勤学好问、知错能改的年轻人，他6岁的时候，父亲就开始教他识字，包括是天干、地支、五行、八卦等封建迷信的算卦东西。原本不懂事的小二黑也认真地学，一些口诀几天就弄熟了，正是因为他伶俐可爱，二诸葛喜欢在别人面前卖弄，大人们也愿意跟他玩。但是随着年纪的增长，他开始懂得父亲的行为是封建迷信，是愚昧与无知的表现，于是他开始清醒、厌恶、反对父亲的迷信活动。

小芹：

小芹与小二黑一样，同样是在解放区民主的思想影响下成长起来的新时代妇女，在解放区先进、民主、革命的思想环境的影响下，她逐渐摆脱了传统的旧的思想束缚，开始追求自己的自由和幸福，走向更高的妇女解放的目标。

小芹敢于斗争，敢于反对恶势力，追求自己的幸福，大胆地自由恋爱、反对封建包办婚姻。作为新时代的女性，她具有非凡的勇气和气魄，当得知母亲将她许配给旧时军官时，她想都不想就回绝，将那人送来的绸缎扔在了地上，并跟三仙姑说："不管，谁收了人家的东西谁就跟人家去。"

小芹是一个聪明正经的女孩，小时候很多无聊的人总是开玩笑说小芹是"我的"，随着年纪的增长，小芹越来越漂亮，村里的小伙子们成天围绕她转，恶势力金旺也缠着她。但是小芹却很正经，虽然表面上跟大家说说笑笑，实际上却不跟人乱来。面对金旺的表白，她义正词严地拒绝，没有屈服于恶势力的威胁，虽然看着母亲三仙姑的装神弄鬼、装打情俏，心灵却没有被腐蚀，是一位洁身自爱、纯洁勇敢的女孩。

小芹也是一位勇敢、执着的女孩，他喜欢进步、勇敢的小二黑，也愿意与他自由恋爱、自主结婚。当金旺怂恿自己老婆组织妇救会斗争小芹时，她没有一丝的胆怯，光明磊落、公开与小二黑商量。当得知只要是男女本人同意，便可以在区上登记时，她更坚定了自己的信念，与小二黑到区上登记……这一切表现了小芹勇敢、果断，坚信自己的命运自己掌握。

二诸葛、三仙姑：

二诸葛和三仙姑是解放区落后农民的典型，他们深受封建思想的荼毒，养成了落后、自私、迷信的性格。

二诸葛迷信思想很重，做所有事情都要先论一论阴阳八卦，看一看黄道黑道；他喜欢胡言乱语、颠倒黑白，经常用那套迷信的算卦来麻痹自己，最后因"不宜栽种"受了嘲笑，却仍不知道悔改；他包办儿子的婚姻，给儿子找了一个12岁的童养媳；反对小二黑和小芹的恋爱，极力维护封建家长权威和封建包办婚姻制度；面对金旺等恶势力，他不能明白是非、只会委曲求全，他胆小怕事，当金旺兄弟将小二黑捆起来时，他只在兴旺面前苦苦的哀求，却不敢用正确的办法救自己的儿子。

而三仙姑则是一个好吃懒做、喜欢卖弄的人。她经常用迷信糊弄他人，装神弄鬼骗取钱财；她还极其爱财，包办小芹的婚姻，非要让小芹给旧军官做续弦；她每天神神道道、哼哼唧唧，虽然已45岁却喜欢打扮，每天涂脂抹粉、小鞋上仍要绣花，裤边上仍要镶边，顶门上的头发脱光了，用黑手帕盖起来。所以说三仙姑是一个深受愚昧思想影响的、装神弄鬼、争艳卖俏的封建农村妇女形象。

虽然他们与新时代的进步思想格格不入，但是却是受封建思想荼毒的善良农民，没有大奸大恶的思想，所以经过党的教育和儿女的影响，他们最终也得到了改造。最后，二诸葛收起来八卦，三仙姑也改变了打扮、撤去了香案。

名家评价

著名作家戴光中评价说："它（《小二黑结婚》）使那些在婚姻问题上痛苦呻吟的男女同胞豁然开朗，好像从暗无天日的洞穴里突然发现了一片投射到眼前的阳光，一条到达理想境界的坦途。"

著名评论家周扬在解放军日报上肯定了《小二黑结婚》的价值，他说："作者是在这里讴歌自由恋爱的胜利吗？不是的，他是在讴歌新社会的胜利（只有在这种社会里，农民才能享受自由恋爱的正当权利）……这些绝不是普通的通俗故事，而是真正的艺术品，它们把艺术性和大众性相当高度地结合起来了。"

三家巷

写作背景

《三家巷》以 30 年代的广州的沙基惨案、省港大罢工、广州起义三个事件为历史背景，通过周家、陈家、区家三个家庭的变化、矛盾和斗争，亲戚、恋人、朋友、同学、邻居之间错综复杂的关系，展现了不同的阶级、不同的人物，在巨大革命洪流中的选择和经历。作者着重描写了三家的青年们如何从怀有救国救民的抱负，立志为祖国富强献身，最后到走上了不同的人生道路。

广州地区一个小小的三家巷，其实就是当时中国南方社会生活，以及阶级关系的缩影，周家代表着广大工人阶级，陈家代表着买办资产阶级，而何家则代表着官僚地主阶级。周炳是工人阶级的代表，他经历了斗争的考验，最后投入到广州起义的革命洪流之中。

《三家巷》是长篇巨作《一代风流》的第一篇，也是整个革命篇章的序曲，它一经出版就在社会上产生了热烈的反响。在它之前，中国文学史上还没有一部作品反映 20 年代南方革命斗争，它开启了描写中国南方革命斗争题材的先河，所以长篇小说《一代风流》在中国当代文学史上占有重要的位置。

1959 年，小说《三家巷》出版，关于这部小说的构思、酝酿，作者花费了很长的时间，确切地说早在他身在延安时就开始了。欧阳山从年轻开始就从事文学创作，年仅 15 岁就在上海《学生杂志》发表第一篇短篇小说《那一夜》，后他积极组织广州文学会，主编《广州文学》周刊，发表了第一部长篇小说《玫瑰残了》；1928 年，欧阳山来到了上海，期间创作了《桃君的情人》、《莲蓉月》、《爱之奔流》、《密斯红》等 7 部中长篇小说和《再会吧黑猫》、《流浪人的笔迹》、《钟手》等 5 部短篇小说。这段时间，欧阳山的写作风格受到象征主义的影响，作品的主要内容大多体现城市下层人民的生活，反映了小资产阶级的苦闷与追求，以及对感情的感伤。

1930年开始，欧阳山开始接触革命文学，了解马克思主义，甚至因为推广革命文学受到反动政府的通缉。1933年，欧阳山加入了"左翼作家联盟"，开始走上了左翼文学的创作道路。其中，《竹尺和铁锤》反映了工人阶级意识的觉醒，中篇小说《崩决》描写了水灾的情况，《鬼巢》、《战果》等作品则大胆地揭露了军阀政府统治下的社会黑暗，描写了工人阶级的觉醒和反抗。在鲁迅等左翼作家的影响和帮助下，欧阳山很快成为一名左翼文学战壕中的优秀作家。

正是因为早期阶段的底层生活经历和左联时期鲁迅等人的影响，再加上他到延安参加了延安文艺座谈会和整风运动，思想发生了彻底的转变，写作风格也发生了较大的转变。在完成陕甘宁边区供销合作社的长篇小说《高干大》之后，他开始构思创作一部反映工人阶级斗争的长篇小说，即《三家巷》。

经过长时间的笔耕不辍，欧阳山于1959年、1962年完成小说的前两篇，《三家巷》和《苦斗》。小说的主人公周炳是典型的工人阶级知识青年，他出生于工人家庭，但是身上却带有小资产阶级知识分子的通病。对于这样一个刚刚走上革命的青年，思想还不成熟，所以身上也有着这样那样的缺点，所走的道路也充满了坎坷。正是因为小说着重描写了主人公在革命初期阶段尚处于不自觉时期的工人生活，以及表现的强烈小资产阶级情调，所以小说一出版就引起了激烈的争论，遭到了很多评论家的批判。当时评论家蔡葵不仅批评了周炳形象的小资产阶级性格特点，还特意指出："在关于他（周炳）的爱情生活的描写中，宣泄得更多的却是人物不健康的思想感情。比如外貌俊美的互相吸引在他们的恋爱中占着很重要的位置。"

所以直到1981年，欧阳山才出版发行了第三卷《柳暗花明》，而第四卷《圣地》和第五卷《万年春》最终于1985年才能与读者见面。诚然，《三家巷》的主人公具有小资产阶级的缺点，但是整部小说的主题确实是革命，第一卷只是描写了周炳最初走上革命的过程，反映了他参加革命的原因。

小说以二分之一的篇幅描写了三对青年人的爱情，但是这并没有偏离其革命的主题，与茅盾的《蚀》、《虹》，以及巴金的《家》都是采用"爱情+革命"的形式，通过爱情故事反映了新时代青年追求自由、摆脱封建礼教束缚、从而走上革命道路的艰难过程。而这一点也得到了后来评论家的肯定和赞扬，《三家巷》和《一代风流》在中国文学史上占据了重要地位。

故事梗概

19世纪20年代的广州，在一个叫作三家巷的地方住着三户人家，周家、陈家和何家。陈家的主人是一个买办资本家，何家的主人则是一个封建的官僚地主，而周家的主人只是一个手工业工人，这三家的地位阶级不同，却互有姻亲关系。

三家的年轻人都已经长大成人，他们受到了新思想的影响，都怀有救国救民的抱负，立志为祖国富强献身。广州的工人阶级发动了省港大罢工，周家幼子周炳的表妹、鞋匠之女区桃也参加到罢工活动中来。反动政府对工人进行了疯狂的镇压，制造了震惊中外的沙基惨案，无数手无寸铁的工人倒在敌人的枪口下。区桃也不幸中弹牺牲，听到这个消息的周炳十分伤心，原来周炳与区桃不仅是表兄妹关系，两人还情投意合，确定了恋爱关系。痛不欲生的周炳无法忍受失去爱人的痛苦，生了一场大病，后来在大哥周金和表姐区苏的劝导下，逐渐振作起来。

陈家的四小姐陈文婷也是一个积极进步的青年，虽然父亲是买办资产阶级，但是她却积极支持工人们的运动。后来，周炳和陈文婷一起参加了支持省港罢工的文艺演出，两人开始走上了革命的道路。

不久，国民党左派领导人廖仲恺被反动分子刺杀，革命志士和进步分子异常愤怒。然而，原本投身革命的陈家大少爷陈文雄却对革命失去了信心，认为革命前途黑暗一片。之后他欺骗周炳的姐姐周泉与他结婚，并退出了罢工委员会，到了父亲的德昌洋行当起了经理。

同时，周炳的二哥周榕与陈家的二小姐陈文娣是一对相互喜欢的恋人，但是遭到了双方父母的反对，他们为了追求自己的幸福私奔到上海新婚旅行。不久，周榕和陈文娣回到了广州，看到目前革命形势严峻，陈文娣的革命意志也开始动摇，也产生了退却的思想。从此,曾经怀有共同革命抱负的青年发生了分歧,这也注定了他们将要走上不同的道路,面临截然不同的人生结局。

在一次聚会上,三家巷的几位青年发生了激烈的争辩,周家兄弟坚决走上革命道路,而陈文雄、陈文娣则背叛了革命。原本相爱的周榕与文娣彻底决裂,成为势不两立的仇人。同时,陈婷却是陈家例外,她依然坚持自己的道路,并且向周炳倾诉了自己的感情,周炳也接受了她的爱情。

国民党反动派策动了残忍的"四一二"大屠杀,周家兄弟不得不离开广州,到乡下避难。期间,陈文娣嫁给了官僚地主何家的儿子何守仁。何守仁投靠了反动政府,并在周炳给文婷的信封邮戳上发现了周家兄弟的藏身之地,于是向反动政府告发。在敌人的追捕中,周金不幸牺牲,而周榕、周炳侥幸逃脱。

南昌起义后,革命的形势开始有所好转,周炳和周榕立即满怀热情地投入到革命活动之中,他回到广州来找陈文婷。但是令人没有想到的是,陈文婷此时已经没有了革命的热情,一心想要建立舒适的小家庭。不久在父母的帮助下,她嫁给了财政厅官员宋以廉,过上了富太太的生活。

周炳再次遭受了感情的打击,残酷的现实使他幡然醒悟,于是他怀着对区桃的怀念和对革命的信念,投入到广州起义的革命洪流之中,成了一名真正的革命者。

作者简介

欧阳山(1908年—2000年),原名杨凤岐,笔名凡鸟、罗西等,现代著名作家,湖北荆州人。欧阳山出生于一个城市贫苦家庭,因为家庭贫寒所以被亲生父母卖给杨姓人家,杨家也不是富裕的人家,他从小就跟随养父四处流浪,接触到很多贫苦的劳动人民。

1923年,欧阳山开始文学创作,在上海《学生杂志》发表第一篇短篇小说《那一夜》;1926年,他组织了广州文学会,创办《广州文学》周刊,随后创作了第一部中篇小说《玫瑰残了》、《桃君的情人》、《爱之奔流》等七八部中长篇小说,成为一名职业小说家。

1930年，欧阳山接受了革命文学思想的影响，后在广州组织"普罗作家同盟"，积极从事革命文学的写作和宣传。1933年，欧阳山在上海参加了"左翼作家联盟"，受到了鲁迅、郭沫若等文坛大家的教导与帮助。抗日战争爆发后，欧阳山积极在广州、长沙、沅陵、重庆等地开展抗日救亡文化运动，创作了短篇小说集《鬼巢》、《生底烦忧》、《青年男女》等小说，控诉了国民党反动派的暴行和揭露社会黑暗。

1940年，欧阳山在重庆参加了中国共产党，这一时期的作品主要反映了工农群众的生活和斗争，最具有代表性的便是描写工人斗争的长篇小说《竹尺和铁锤》，以及反映抗日战争的《战果》。次年，他到延安参加了延安文艺座谈会和整风运动，并且前往农村参加合作社运动，之后他根据自己的经历写出长篇小说《高干大》，描写了抗战时期陕甘宁边区一个供销合作社的故事。全国解放后，欧阳山一直从事文学创作工作，创作了中篇小说《英雄三生》、《前途似锦》、历史特写《红花冈畔》、短篇小说《乡下奇人》等一批优秀作品。

1957年开始，欧阳山开始着手创作长篇巨著《一代风流》，历经15年的时间，全书共分为5卷。1959年，第一卷《三家巷》发表，1962年，发表了第二卷《苦斗》，随后，第三卷《柳暗花明》、第四卷《圣地》和第五卷《万年春》分别于1964年、1985年出版发表。《一代风流》这部150万字的史诗式巨著，花费了欧阳山全部的精力，生动地刻画了周炳、区桃等一批出色的典型人物，通过一个工人出身的知识分子周炳复杂而漫长的革命经历，展现了中国新民主主义革命的历史画卷。尤其是《三家巷》更为出色地反映了革命者的抗争与斗争，引起了读者的广泛欢迎和关注。

周炳：

在《三家巷》中，周炳只是一个刚刚走上革命道路的青年，他出身于工人家庭，经历了底层生活的艰辛，但是由于在哥哥姐姐的爱护下，他接受了小资产阶级的思想，身上带有若干小资产阶级知识分子的通病。他是一个工人的儿子，与劳动人民有着更加紧密的血缘关系，所以更倾向于革命道路，尽管他的思想还有待于进一步成熟。

周炳是一个诚实、憨厚、正直、同情革命的青年，最初参加革命只是受到了哥哥姐姐革命激情的影响。后来，区桃在游行中的牺牲激起了他的愤怒和仇恨，使他下定决心走上革命道路。但是他身上也有着资产阶级的动摇和怯懦，他的性格也有软弱、幼稚的一面，温情而不切实际，富于幻想。所以在革命道路上，他比其他革命者经受更多严峻的考验、更痛苦的磨炼。最后，在一次次的革命斗争中，他经受了考验，当陈文婷改变初衷，想要过着舒适的生活时，他心中十分痛苦，但是却义无反顾地踏上了革命的征程。

所以说，周炳是一个具有小资产阶级的思想感情，有着救国救民的抱负的知识青年典型，在一次次战斗的磨炼中他逐渐成长，成了一名真正的无产阶级战士。

陈文婷：

原本陈文婷是一个积极进步、有思想的新时代女性形象。虽然出身于买办资产阶级家庭，但是她积极参加革命，积极支持工人们的运动，还和周炳一起参加了支持省港罢工的文艺演出。当大哥陈文雄、姐姐陈文娣纷纷退出革命队伍时，她坚持了下来；当陈家与周家彻底地决裂的时候，她也选择与周炳站在一起。这让周炳认为陈文婷是陈家的意外。

但是在革命陷入困境、形势严峻的时候，陈文婷的思想也发生了转变，一心想要过着舒适的生活，甚至背离了与周炳之间的爱情，嫁给了国民党的财政官员。

陈文婷和陈家兄妹是那个时期一些知识青年的代表，他们受到五四思想和革命思想的影响，对工人阶级抱有同情的感情，但是却缺乏坚定的革命信念。在遇到了挫折和诱惑的时候，他们的思想就发生了转变，或是追求个人舒适的生活，或是投入了反革命政府的怀抱。

文艺评论家蒋荫安评论说："周炳身上的这些缺点是随着革命的发展而逐渐泯灭

的，我们认为这样的描写是深刻的。因为它不但为周炳以后的性格发展留下广阔的余地，更重要的是使这个形象更真实更生动而不致简单化。"

作家于逢肯定了人物形象应该从复杂的社会生活中产生，他说道："周炳是一个典型环境中的典型人物，是一个活人，而不是抽象物和'组合物'。他有其生长和发展的历史过程。"

春风沉醉的晚上

《春风沉醉的晚上》是著名作家郁达夫的代表作之一,是作者较早描写工人的优秀作品,也是中国现代文学最早表现工人生活的作品之一。小说以旧社会黑暗浑浊的大都市为背景,作品中的"我"是一个贫困潦倒的知识分子,为生活所迫,住进了贫民窟中一个窄小破旧的阁楼里。在那里,"我"遇到了一个同样生活贫苦的烟厂女工陈二妹。相同的生活处境和经历,使他们很快靠近在一起,从相互同情,到相互关怀、体贴。作品反映了城市底层人民的困难,同样也表现了下层知识分子与贫苦工人之间的真挚友谊,相互支持。

作者郁达夫可以说也是一个贫困潦倒的底层知识分子,他出生于一个贫苦的知识分子家庭,3岁的时候就失去了父亲,与母亲、兄长过着窘迫的生活,兄长很早就干农活、帮助母亲维持家庭生计。由于幼年生活异常贫困,所以促使郁达夫勤奋读书,7岁入私塾,9岁便能赋诗。郁达夫十几岁的时候,就开始创作旧体诗,并向报刊投稿,后前往日本留学,阅读了大量的外国小说,便开始尝试小说的创作。1921年与同为留日学生的郭沫若、成仿吾、张资平、郑伯奇组创了新文学团体"创造社",并开始小说的创作。10月15日,第一部短篇小说集《沉沦》问世,在当时产生了很大影响,并且奠定了郁达夫在新文学运动中的重要地位。

在日本留学期间,郁达夫心怀美好的期望,希望可以通过努力改变国家的现状,然而回到了祖国之后,看到到处的满目疮痍,既感到失望又感到心痛。他心中充满了对革命慷慨激昂的热情,但是对革命前途又存在悲观感伤的思想。这种矛盾的思想在这一时期的作品中有充分的体现,作品中既有对革命的向往和热情,字里行间却流露出忧郁感伤的情调,尤其体现在他的散文之中。

1923年,郁达夫受到了革命形势的影响,接触了马克思主义,他的目光开始从较多地关注知识分子狭小的圈子,转移到更广大的劳动人们。在作品中他开始描述底层劳动者的疾苦,表现了这些劳动分子的抗争。《春风沉醉的晚上》中,郁达夫不仅反映了底层知识分子的失意、苦闷,更反映了工人陈二妹生活的贫苦,以及她正直、善良、真诚、乐于助人的优秀品质;《薄奠》则反映了一个人力车夫希望拥有一辆旧车以摆脱被剥削的生活困境,但是就是这么微薄的愿望始终未能实现,一家人只能辛苦地维持生活,最后,车夫不幸死去,最后只得到"我"买的一辆纸糊的车作为祭奠。这些作品都表现了郁达夫对社会黑暗的揭露,揭示他们不幸遭遇的根源,更表现了他对劳苦大众的同情和关怀。

作者经常将个人的生活经历作为小说和散文的创作素材,通过作品的中人物毫不掩饰地表达自己的思想感情、个性和人生际遇,带有强烈个性的自己的声音。《春风沉醉的晚上》采用了第一人称的写作手法,采用的是自叙传的形式。所以有人认为,作品中的"我"其实就是郁达夫本人,作品中"我"对陈二妹的关怀、友谊,也体现了郁达夫与底层劳动者的关怀,对黑暗现实的不满。

郁达夫的作品侧重描写人物的心理历程,这部小说同样也是如此。比如小说中陈二妹规劝"我"戒烟,尤其是劝"我"不要吸她所在工厂的烟时,作品描述了"我"的心理状况,"我知道这是她为怨恨 N 工厂而滴的眼泪,但我的心里,怎么也不许我这样想,我总要把它们当作因规劝我而洒的"。

《春风沉醉的晚上》原刊于 1923 年 7 月出版的《创造》季刊第 2 卷第 2 期上,后收入 1927 年 6 月出版的小说集《寒灰集》(《达夫全集》第一卷)中。

故事梗概

"我"是一个郁郁不得志的底层知识分子,虽然曾经留学海外,精通英、法、德等多种语言,但是却因为社会的黑暗并不为重用,生活无所着落,以至于沦落到贫民窟,过着穷愁潦倒的生活,平时只能依靠翻译些文学作品艰难地维持生活。

陈二妹是一个年仅 17 岁的烟厂女工,父亲刚刚去世,只能孤苦伶仃的生活,因为在上海无亲无故,所以不得不忍受别人的剥削和欺辱。陈二妹每天都要在工厂工作十几个小时,甚至还要忍受厂主的其他盘剥和"一个姓李的管理人"不怀好意的调戏。

"我"和陈二妹共同生活在上海一个偏僻的贫民窟中，因为"我"没有正式的职业，所以使陈二妹产生了戒备心理。但是经过一段时间的留心观察后，她觉得"我"并不是一个坏人，便消除了对"我"的疑惧、戒备。每次她上下班的时候，"我"都会主动客气地站起来给她让路，所以她对"我"也产生了好感，为答谢"我"请"我"到其房中吃香蕉。两人还谈论了各自的经历和遭遇，因为具有同样的悲苦遭遇，所以陈二妹对我产生了信任、依赖的情感。虽然陈二妹生活贫苦，但是对"我"深表同情，产生了"同是天涯沦落人"的感情。

　　"我"患有严重的神经衰弱，再加上只有一件破旧不堪的棉袍，所以白天基本上都是在阁楼上睡觉，晚上则经常出去散步，直到黎明时分才回家。偶然的机会，陈二妹发现了"我"不正常的行为，以为"我"在夜里做偷窃一类的坏事，所以她再次对我产生了怀疑和戒备。后来，邮差通知"我"拿印章去领装有杂志社稿费汇票的挂号信，这又加深了她的怀疑和恐惧。但是她并没有因此疏远"我"，而是决定规劝"我"改邪归正，用一种满含着亲人般情真意切的责备、规劝"我"。经过"我"的解释，两人的误会终于解开。

　　"我"因为她单纯的态度产生了"不可思议的感情"，但是也被她的真诚所感动，所以克制了这种感情。当她得知我吸烟时，她极力劝告我戒烟，尤其是她所在工厂生产的烟。经过一段时间的相处，"我"和陈二妹产生了深厚的友谊，而"我"也戒掉了吸烟，重新振作起来。

作者简介

　　郁达夫（1896年—1945年），原名郁文，字达夫，出生于浙江富阳满洲弄（今达夫弄）的一个知识分子家庭。郁达夫是中国现代著名小说家、散文家、诗人，也是一位为抗日救国而殉难的爱国主义作家。

　　1910年，郁达夫与徐志摩考入杭州府中学，先后到嘉兴府中学和美国教会学堂、蕙兰中学等校学习，这一时期，他开始从事文学创作，主要是旧体诗的写作。1912年，郁达夫进入浙江大学预科，因为参加进步学生的学潮被学校开除。1917年，郁达夫前往日本留学，并阅读了大量俄、德小说，1921年与同为留日学生的郭沫若、成仿吾、张资平、郑伯奇组创文学团体"创造社",并开始小说的创作。同年秋天,他的第一部短篇小说,也是中国现代文学史上第一部白话短篇小说集《沉沦》出版,在国内文坛引起了轰动。

1926年,回国的郁达夫在广州中山大学文学院任职,不过年底就辞职,在上海开始主持创造社出版工作,并发表了《小说论》、《戏剧论》等大量文艺论著。1928年,郁达夫加入"太阳社",并在鲁迅支持下主编《大众文艺》。1930年,中国左翼作家联盟在上海成立,郁达夫就是发起人之一。

抗日战争初期,郁达夫任《福建民报》副刊主编,1938年,在武汉担任政治部设计委员,参加了抗日宣传工作,期间曾经奔赴徐州慰问军队,到各前线参访。随后,他与家属来到新加坡,出任《星洲日报》、《晨星》、《星洲晚报》文艺副刊,《繁星》、《星光画报》文艺版的主编,发表编辑了大量宣传抗日的文章。太平洋战争爆发后,郁达夫流落到苏门答腊。期间,他化名为赵廉,表面上担任日本侵略者翻译,实际上暗中救助、保护了大量文化界流亡难友、爱国侨领和当地居民。

1945年,郁达夫的抗日身份被识破,日本投降不久郁达夫突然神秘失踪,后经证实被日本宪兵下令杀害。郁达夫是一位爱国主义作家,他积极创作抗日救国文章,还积极保护爱国进步分子,新中国成立后被追认为革命烈士。

代表作有小说《沉沦》、《故都的秋》、《春风沉醉的晚上》、《过去》、《迟桂花》,散文集《达夫游记》、《达夫散文集》、《闲书》、《我的忏悔》等。

"我":

作品中的"我"是一个贫困潦倒的底层知识分子,感情忧郁、神经衰弱,又满腹牢骚,但是对黑暗的社会充满了愤慨,对底层劳动人民的苦难充满了同情。

"我"曾经留学国外,精通英、法、德等多种语言,喜欢美国作家爱伦·坡式的小说,可以翻译几种语言的诗歌、小说,可以说"我"是一个才华横溢、学识出众的才子。但是由于社会的黑暗,"我"并不为社会所用,郁郁不得志,以至于沦落到贫民窟,过着穷愁潦倒的生活,平时只能依靠翻译些文学作品艰难地维持生活。

"我"性格软弱，多愁善感，甚至患有神经衰弱症，夜里在外面游荡，甚至失去了自我；但是当"我"遇到同样遭遇的女工陈二妹时，听闻她的不幸时，"我"对陈二妹充满了同情，内心深处充满了愤世嫉俗之情。慢慢地，在与陈二妹的相处中，"我"被陈二妹的善良、纯正感动和感染，逐渐戒掉吸烟，重新振作起来。原本在夜晚中游荡的"我"看到的是黑暗，心灵深处是苦闷和忧郁，当"我"重新振作之后，这晚上令人沉醉，心灵深处也变得愉悦、欢快。

陈二妹：

陈二妹在一家小烟厂做包烟工，却正直、善良、真诚、乐于助人，是一个朴素的底层工人的形象。

作为生活在社会最底层的女工，陈二妹年仅17岁，每天却要在机器边工作十几个小时，有时还要被迫加班。尽管她的工作十分辛苦，但是得到的报酬却十分微薄，吃了饭，甚至连付房租和买衣服的钱都没有。雪上加霜的是，父亲也刚刚去世，使她成了孤苦伶仃的女孩，因为无依无靠、地位低微，经常受到别人的欺辱，"一个姓李的管理人"甚至多次想要调戏她。但是这些经历并没有压垮她，反而使她更加坚强。

陈二妹对工厂和管理者充满了仇恨，具有朴素的反抗精神。当她发现"我"吸烟时，便劝"我"不要吸那厂生产的纸烟。尽管这种反抗不会对工厂造成损失，但是却反映了她发自内心的愤怒，也反映了底层工人群众自发的反抗。

她是一个十分善良的姑娘，虽然自己的生活十分窘迫，但是却乐于助人。刚开始，她看见"我"没有工作，晚上在外面游荡，所以觉得"我"是坏人，对"我"持疑惧、戒备的态度。但是经过一段时间相处后，她发现"我"不是坏人，于是主动买面包给"我"；当她发现"我"整夜不归时，便担心"我"走上邪路，在夜里做偷窃一类的事，她马上真诚地规劝；当她发现自己误会"我"时，立即坦率地承认自己的错误，同时鼓励"我"好好用功，专心写作。正是因为陈二妹的真诚与友好，才使得"我"摆脱了消沉、忧郁，增强了生活的信心和动力。

名家评价

著名学者钱理群在《中国现代文学三十年》中写道:"在郁达夫的笔下,男主人公在彷徨无路中,总要遭遇一些现代都市里的沦落女子,或为妓女,或旅馆侍女,或酒馆当炉女,显然承袭了中国传统的'倡优士子'模式,不免使人联想起白居易的《琵琶行》与马致远的《青衫泪》等元杂剧。在郁达夫的代表作《春风沉醉的晚上》里,古代的倡优变成了现代工厂的女工,她不仅仍然常受猥亵,而且时刻面临着失业的威胁,与小说中实际上已沦为都市流浪汉的'我',同是'无家可归'。当作者写到她以'孤寂的表情,微微地叹着说:"唉!你也是同我一样的么?"'时,是有着一种格外动人的力量的……"

高山下的花环

  《高山下的花环》是著名军旅作家李存葆创作的中篇小说，故事以对越自卫还击作战为背景，围绕着一个普通的连队在战前、战中、战后的生活，塑造了梁三喜、靳开来等年轻的战士为祖国的安定英勇奋战、壮烈牺牲的感人故事，同时故事也表现了梁大娘等烈士家属的大公无私、敢于奉献的高贵品质。

  与其他革命小说不同，《高山下的花环》创作于80年代，具有新时代的精神和特点，作者通过梁、赵两家那种交融着历史与现实的丰富内涵的悲欢离合，展现了人民群众与军队之间的血肉联系。

  1982年春天，时任济南部队歌舞团创作员的李存葆前往北京参加总政召开的军事题材文学创作座谈会，会上胡乔木就如何繁荣军事题材文学创作的问题提出了新的观点和想法。

  会议期间，李存葆和其他作家乘车到河北高碑店观看当地驻军的打靶演习，在车上他与《十月》的编辑张守仁畅谈，编辑还向他约稿。在谈话的过程中，李存葆向张守仁讲述了三个故事，第一个是描写军人爱情的《月照军营》，第二个是讲述一个将军从抗日战争、到解放战争、到抗美援朝再到新时期的戎马生涯，后来被取名为《英雄一生》。最后一个就是《高山下的花环》的故事雏形，叙述了一个边防基层连队的生活情节。张守仁对《高山下的花环》感兴趣，于是便约李存葆到自己的家中细谈。在交谈过程中，李存葆讲述了前线的所见所闻，当地卖鸡蛋的妇女听说部队的伤员需要鸡蛋补养身体，便排着队拎着鸡蛋到医院看望伤员，分文不取；一个战士在出征前还为伤重的战友输血，不久他就被抬了回来，身负重伤，不幸牺牲。李存葆还讲述了《高山下的花环》的几个细节，包括军长因为在战前接到上级领导要求调离儿子而愤怒不已；英勇的连长在牺牲前立下的带血的欠债单；以及害死战士的两枚臭弹……

张守仁觉得这几个细节十分感动，具有代表性，于是鼓励李存葆大胆创作，充分扩充小说的情节和内容，以达到突出战士们英勇奋战、表现宏大社会背景的目的。张守仁后来回忆说："我建议他放开手脚，有胆有识地去写，冲破清规戒律、条条框框，跨越好人好事的写作水平，把严酷的战争真相，鲜活的战士心灵，淋漓尽致地展现在读者面前。"

会议结束后，李存葆在北京参加了《解放军文艺》杂志社举办的小说读书班，他边学习边构思，列出了小说的主要人物表，并开始从事小说的创作。1982年5月20日，李存葆开始写作，一个月就完成了初稿。编辑张守仁说："当晚我连夜阅读……我判定：这是一部难得的突破之作，这是一部我渴望已久的好稿，这是一部能给《十月》和读者带来巨大荣誉的力作。"

1982年9月初，《十月》杂志刊登了李存葆创作的中篇小说《高山下的花环》，反响强烈，得到了很多刘白羽等名家的高度评价。一时间，中央及各省市报纸争相转载，中央人民广播电台连播，全国范围都刮起了一股"花环"旋风。当时先后有74家报纸全文连载，50多家剧团改编上演，最终有9家出版社出版了单行本，曾经创下单日180万册的印刷之最，发行量已突破千万大关。不久，《高山下的花环》被著名导演谢晋拍成电影，更是风靡大江南北，感动亿万观众。

故事梗概

70年代末，在祖国的西南边疆，某部9连官兵们正在欢度周末，战士们正在河边尽情地嬉闹着。这时，通信员金小柱给连长梁三喜带来了好消息——团队已经批准了他的探亲假期。想到终于可以见到家乡年迈的母亲和已身怀六甲的妻子，梁三喜心中异常兴奋，脸上也浮现出幸福的表情。

第二天，新任指导员赵蒙生来到了连队，但是他却并不愿意在下层连队工作，一心想要走后门调到机关单位去，所以他工作十分不负责，总是三心二意、魂不守舍。对于这种情况，梁三喜十分担忧，担心如果自己在这关键时刻离开，连队会出乱子。同时，排长靳开来对赵蒙生的工作态度十分不满，性格耿直的他忍不住直接给指导员提意见。

由于放不下连队的工作，所以梁三喜久久没有回家探亲。这时，我国南部边境发生了战事，形势十分严峻，梁三喜所在的部队接到了上级的命令，立即开赴云南前线，参加自卫反击战。全连战士积极准备参战，梁三喜也放弃了回家探亲的机会，然而这时赵蒙生也接到了调令，这彻底激怒了梁三喜，一向宽厚、和蔼的梁三喜狠狠地批评了他。最后，赵蒙生放弃了调令，跟随部队一起出发。军队临出发前，梁三喜给妻子写了一封信，给自己的孩子取名为盼盼，这个名字包含了自己对幸福生活的期盼，也包含着希望战争尽快取得胜利的期盼。

英勇的靳开来被任命为9连副连长，他决心一定要干出成绩。临战前，他拿出了妻子和儿子的照片，心中不免感慨万千，对妻子和儿子充满了想念，这更激励他英勇作战、报效祖国。

此时，赵蒙生的母亲、军区卫生部副部长吴爽，想通过雷军长帮助儿子调离，竟然将电话打到了前线指挥部。雷军长十分愤怒，虽然吴爽是自己的救命恩人，但是在原则面前他大公无私，铁面无情。他立即召开了战前动员大会，痛斥这种歪风邪气，"这是前线指挥部，有一位神通广大的婆娘竟把电话打到我的指挥部来，为她的儿子搞曲线调动，我就让他第一个冲向战场"。赵蒙生知道这是自己的母亲所为，羞愧得无地自容，发誓要在战场上奋勇杀敌。

战斗终于打响了，梁三喜与战士们义无反顾地冲上了战场，面对炎热的环境，战士们饥渴难耐，出现了严重脱水的现象，有的战士甚至昏厥过去。靳开来为了保存战士们的战斗力，在梁三喜和赵蒙生的默许下，带领战士们到山脚下砍甘蔗，却因踩中地雷不幸牺牲。炮手"北京"战士雷凯华奋勇杀敌，却因为一发臭弹耽误了战机，被敌人的枪弹击中而牺牲。而梁三喜为了掩护战友赵蒙生，中了敌人的冷枪，不幸壮烈牺牲。临死前，他还念念不忘自己欠下的债务。看着战友一个个倒下，赵蒙生抱起炸药包冲进敌人山洞，为战争的胜利立了大功。

惨烈的战斗终于结束了，高山下的烈士陵园里树立了一座座新坟，那些都是为祖国献出生命的年轻战士。烈士们的家属陆续来到了部队，他们怀着悲痛的心情缅怀自己的亲人和革命战士。梁三喜的母亲梁大娘和妻子玉秀从千里迢迢的沂蒙山区赶到连队，她们没有任何的怨言，还用亲人的抚恤金和借来的钱为梁三喜还清欠债，只带走了梁三喜不舍得穿的一件军大衣。靳开来的妻子杨改花也带着孩子来到了连队，但是她没有领到靳开来的军功章。原因是靳开来爱发牢骚，又违反纪律去偷老乡的甘蔗，这时雷军长站了出来，为靳开来主持了公道，烈士靳开来终于获得了应得的军功章。

夜幕降临时，梁大娘和玉秀在梁三喜墓前放声大哭，这时她们遇到了雷军长，这才知道"北京"战士竟然是雷军长的儿子。雷军长庄重地向她们行个军礼，而她们也从心里敬佩这位崇高无私的军长，此时同样失去的亲人的革命父母的身上闪烁着伟大的光辉。

李存葆（1946年—），作家、诗人，出生于山东五莲。1964年，参加中国人民解放军，先后担任团政治处任新闻干事、济南部队政治部宣传队任创作员、解放军艺术学院副院长等职。主要作品有：《高山下的花环》，舞剧《火中凤凰》（合著）、报告文学《将门虎子》，长篇报告文学《大王魂》等。其中《高山下的花环》被50多家报刊转载，获1981—1982年全国优秀中篇小说奖；报告文学《沂蒙九章》（合著）获全国优秀报告文学奖。

梁三喜：

连长梁三喜是来自革命老区的老战士，他热爱自己的祖国，忠于自己的职责，在极度贫困的生活中，他为祖国和部队贡献了自己的一切甚至是生命。最后不幸牺牲，牺牲前他没有惊天动地的豪言壮语，但是那一纸染上鲜血的欠账单却彰显了他无私的、崇高的革命精神。

梁三喜是一个忠诚、无私的战士，他早就该回乡探望自己的妻子和母亲，但是看到指导员三心二意、魂不守舍，便迟迟没有行动，"他担心他走后我将连队搞得一团糟"。他强烈思念远在家乡的老娘和妻子，但是他知道自己身上肩负着祖国和人民的嘱托，在自卫反击战中，他身先士卒、作战勇敢，英勇地献出了自己年轻的生命。弥留之余，他还念念不忘那张已经染血的欠账单。

对于战友，他是体贴和宽厚的，他关心自己的下属和战士。当得知赵蒙生竟然在开战前夕拿到了调令，他非常愤怒，更是气恼地痛骂："养兵千日、用兵一时。军人！你不会不知道你穿着军装！现在，你现在站在一个坎上……"这表现了梁三喜对军队的忠诚，以及为战友着想的品质。

雷军长：

雷军长是一位铁面无私、高风亮节的老革命家形象，被战士们称为"雷神爷"，他的出场并不多，但是却表现出坦荡的襟怀和凛然的正气，让人们见到了一位叱咤风云、虎虎生威的老将军。

吴爽是指导员赵蒙生的母亲，是雷军长的救命恩人，当初吴爽冒着生命安全和非议救下了他，"精心护理。在'雷神爷'康复归队的那一天，他紧紧地攥着我妈妈的手说'有恩不报非君子，我雷神爷走到天涯海角，也忘不了你这女中豪杰'"。然而在党性原则面前，雷军长却是一位大公无私的军人，他毫不容情地与吴爽的不正之风做斗争，并且召集师干部会议痛斥这种歪风邪气，表现了一个老革命者的爱憎分明、疾恶如仇。

后来人们才发现那位大智大勇的"北京"战士就是雷军长的儿子，在为儿子墓碑前，这位久战沙场的老将军经不住"大滴大滴的眼泪滴落在胸前"，"周身瑟瑟颤抖着"。作者通过细节的描写，展现了一个刚强坚毅、又情深义重的将军形象，也表现了老一辈革命者为祖国贡献一切的崇高精神。

梁大娘：

梁大娘是一位可亲可敬的革命母亲的形象，这位来自革命老区的普通母亲，以质朴、宽厚的胸怀，展现了革命母亲的伟大和无私。在战争年代，他的大儿子、二儿子都为革命壮烈牺牲，在最艰难的时刻，她以顽强的毅力支撑起整个家庭，并且将唯一的小儿子送到了军队，她始终支着儿子的革命工作，始终支持着国家的革命事业，然而她却不求回报，索取的是那么少，"梁大娘看上去七十多岁，穿一身自织自染的土布衣裳，褂子上几处打着补丁。老人高高的个，背驼了，鬓发完全苍白……"

不幸的是，唯一的儿子梁三喜也壮烈牺牲，面对白发人送黑发人的痛苦，她坚强地支撑下来，并坚持遵守烈士的遗言。她拒绝一切财物的馈赠，拿出全部的抚恤金偿还儿子欠下的债。为了节省一点票钱，竟和儿媳抱着出生3个月的盼盼翻山越岭走了4天。她是一个普通的农民，一位普通的母亲，在艰难的生活中挣扎，但是她的心灵却是那样的纯洁、崇高，这位伟大的母亲是勤劳、善良的广大群众的代表，他们以美丽无私的情操、高贵的道德情操，始终感染和激励着我们。

名家评价

著名评论家肖云儒在《当代文艺思潮》上评论说："《花环》是人们早已期待、早就在呼唤的作品。千万读者的眼睛，明亮而又聪慧。他们以美好的心灵，呼应着作品中美好的情操。他们带着一颗能察善感的心，在小说所描写的严峻的斗争的引导下，走进了一个崇高、悲壮的境界。"

当时《文艺报》副主编唐因称赞说："《花环》是解放30年来第一部描写军队矛盾的优秀之作。"

欧阳海之歌

 写作背景

《欧阳海之歌》是著名作家金敬迈创作的纪实性长篇小说,描述了解放军著名英模、共产主义战士欧阳海烈士的英雄事迹,表现了他舍身推战马、勇救人民生命财产的英雄壮举,歌颂了欧阳海为共产主义理想英勇牺牲的崇高思想。

欧阳海是60年代的著名英雄,是湖南桂阳人,1958年加入中国人民解放军。曾三次荣立三等功,多次被评为全军标兵。他曾经两次抢救溺水儿童,在烈火中营救出一位老人。1963年,欧阳海回家探亲,路上遇到了掉入冰窟的小女孩,他毫不犹豫地跳进冰冷的水中,救出了小女孩;回到家乡后,村民欧阳增玉家不幸失火,当时村民都在田地里劳动,欧阳海第一个发现火灾,他冲进火场背出了老人,又立即将燃烧的稻草扔出屋外,在救火的过程中,手被烧伤。当他回到部队后,竟谎称手是不小心烫伤的。

欧阳海在参军之前就是一个积极进取的年轻人,他对党和人民充满了无限的忠诚。当农村成立农村合作社时,他先后担任记工员和会计,他积极参加合作社的工作,热心地帮助鳏寡孤独干活,还经常将自己挣来的粮食分给这些有困难的人。欧阳海十分注重集体,更热爱集体。有一次,某探矿队需要临时工,合作社就派欧阳海和几个年轻人前去帮忙,当月终领到工钱时,他说服同伴们交给社里,并且给年轻人记了工分。

欧阳海十分崇拜黄继光、董存瑞等英雄,被战斗英雄英勇献身的精神所感动。他恨自己没有出生在那个英雄辈出的年代,恨自己无法在战争中为祖国做出贡献,于是一到连队他就无私地为部队和人民奉献自己的一切,并且发誓:"如果需要为共产主义的理想而牺牲,我们每一个人,都应该也可以做到脸不变色心不跳。"

欧阳海立志将自己的一切献给祖国,他是这样说的,也是这样做的。1963年11

月18日,欧阳海所在的部队进行野外拉练,在经过衡阳途中,进入一个峡谷时,一辆载满几百名乘客的列车驶来。列车的鸣笛惊吓了部队驮着炮架的军马,受惊的马匹突然奔跑到铁轨上,眼看火车即将撞上军马,在此危急时刻,欧阳海毫不犹豫地冲上去,用尽力气将受惊的军马拉离了轨道,列车和乘客才避免了车翻人亡的事故。然而,由于火车速度过快,欧阳海不幸被火车卷入铁轨之中,经抢救无效而献出了年轻的生命。这时,欧阳海年仅23岁,很快欧阳海的英雄事迹传遍了全军,人们无比崇敬这位为祖国英勇献身的英雄。1964年,欧阳海被广州军区委员会追授一等功和"爱民模范"荣誉称号,之后,为了表彰欧阳海的英雄事迹,国防部授予欧阳海生前所在班为"欧阳海班",并号召全军指战员,学习欧阳海同志的崇高品质,全心全意为人民服务。一时间,欧阳海成为继雷锋之后又一位伟大的共产主义战士。

《欧阳海之歌》的作者金敬迈是一位军旅作家、话剧演员,曾经历任第四野战军后勤部文工团、西南军区文工团演员,广州军区战士话剧团演员、创作员,军区政治部文艺创作组创作员。1958年,金敬迈开始文学创作,他经常到基层体验生活,在其过程中,他听到了欧阳海的故事:一个名叫欧阳海的普通战士,因为和指导员闹矛盾,越级给军区一位领导写了信,信中详尽讲述了他和指导员闹矛盾的由来和发展,后来欧阳海为了保护国家的财产和人民的生命安全,牺牲自己年轻的生命。这个故事在金敬迈心中产生了巨大的影响,怀着对这个战士的崇敬,他深入欧阳海所在的部队深入采访,之后创作了长篇纪实性小说《欧阳海之歌》,歌颂这位伟大的共产主义战士。

《欧阳海之歌》一经出版发行,就获得了读者的热烈欢迎,成为60年代中期家喻户晓的名作,"欧阳海拦惊马"的故事感染了无数人。

1940年,欧阳海出生于湖南桂阳县莲塘区老鸦窝村一个贫苦的农民家庭,当时他的家乡处在国民党反动派统治之下,父亲被抓去当壮丁。为了保住儿子,父母给他取了一个女孩的名字,欧阳玉蓉。少时,欧阳海经历了很多苦难,每天带着弟弟挨家挨户乞讨,所以他对敌人充满了仇恨,向往美好幸福的生活。

欧阳海的家乡解放后,小小的欧阳海看到了生活的希望,每天握着红缨枪带领儿童团站岗放哨，监视坏人。1958年，年仅18岁的欧阳海参加了人民解放军，在部队他积极努力，发誓将自己的一切都献给军队和祖国。由于没有念过书，他一有空闲时间就读书、遇到不懂的词语便查询字典，并懂得了很多革命道理。在党和部队的教育下，他积极为人民服务、勤学苦练，很快就成了部队的著名标兵。

他平时乐于助人，在国防施工中，总是比别人干得多，别人一次扛一根木头，他扛两根；别人一天跑四次，他却跑五六趟。有一次，领导为战士们分配任务，即把几十根木料搬到公路上去，欧阳海吃完饭就干了起来，等到其他战士午休之后，发现欧阳海已经干完了活。部队在完成修建铁路任务时，他虽然腹泻，却再三要求参加，在全连的动员大会上，毅然将竞赛红旗抢在手里。最后他带领挑土小组干得热火朝天，连续一个月都保持第一。

欧阳海对敌人充满了仇恨，对人民充满了热爱。有一次，部队组织观看电影《百万农奴站起来》，西藏人民的苦难使他想起了自己苦难的童年，义愤填膺的欧阳海立即到连队请愿：“我要到西藏去，为西藏人民报仇！”在指导员的教育下，他才懂得了国防建设、经济建设的重要意义，之后他满怀热情地投入到施工任务中。

他全心全意为人民服务，回家探亲时在家休假15天，却一直参加村里的劳动。当社里干部要给他记180个工分时，他立即拒绝说：“我吃国家的，穿公家的，为人民做点事是完全应该的！”

欧阳海曾三次荣立三等功，多次被评为全军标兵。他曾经两次抢救溺水儿童，在烈火中营救出一位老人。1963年，欧阳海回家探亲，路上遇到了掉入冰窟的小女孩，他毫不犹豫地跳进冰冷的水中，救出了小女孩；回到家乡后，村民欧阳增玉家不幸失火，当时村民都在田地里劳动，欧阳海第一个发现火灾，他冲进火场背出了老人，又立即将燃烧的稻草扔出屋外，在救火的过程中，手被烧伤。当他回到部队后，竟谎称手是不小心烫伤的。

正是因为他平时对人民事业充满了热情，所以才会在危急时刻，奋不顾身地献出自己的生命。1963年11月18日，欧阳海所在部队从野外拉练回来，正巧一辆满载旅客的列车由衡阳北上，伴随着刺耳的鸣笛声。此时，一队炮兵战士拉着驮炮的战马，正沿着铁路东侧迎面走来，巨大的鸣笛声使军马受到了惊吓，突然跨上了轨道，站在路轨中间，任凭战士使尽全力猛拖缰绳，仍是纹丝不动。火车司机看到这个情况后，立即拉下了紧急制动阀，但是由于车速飞快，距离太近，火车靠着惯性继续向前行，车厢猛烈地晃荡震动，一场灾难眼看就要发生了！

千钧一发之际，欧阳海冲了上去，用尽全身力气将军马拉出铁轨之外，自己却被卷入了铁轨之中，身负重伤地俯卧在轨道外侧沙石上。火车司机张世海和王治卫立即奔向英雄倒下的血泊，激动地说："快救这个伟大的战士，是他救出了几百位旅客的生命啊！"然而，欧阳海因为伤势太严重光荣牺牲，年仅23岁。

作者简介

金敬迈（1930年—），著名的作家、话剧演员，江苏南京人。1949年，参加解放军，1957年加入中国共产党，历任第四野战军后勤部文工团、西南军区文工团演员，广州军区战士话剧团演员、创作员，军区政治部文艺创作组创作员。

1958年，金敬迈开始文学创作，主要作品有长篇小说《欧阳海之歌》，话剧剧本《神州风雷》（合作），自传体小说《好大的月亮好大的天啊》、《好人邓练贤》，报告文学如《那沉甸甸的三百元》、《南庄一老农》、《虎门啊虎门》、《南庄啊南庄》、《朴朴实实云浮人》、《拓荒者》、《不沉的大海》等，以及话剧《欧阳海》、《神州风雷》，电影《铁甲008》，电视剧《欧阳海》。其中，《欧阳海之歌》影响巨大，被翻译成多种外文出版，发行近3000万册，成为当代中国小说发行量之最；《好人邓练贤》获征文一等奖及鲁迅文艺奖。

主要人物

欧阳海：

欧阳海是一位伟大的共产主义战士，他对人民事业保持无限的忠诚和热爱，保持着高度的自觉和责任感，愿意为祖国和人民的利益献出一切，甚至是自己的生命。

欧阳海出生于一个贫苦的家庭，饱受了生活的艰辛和困苦，小小年纪就承担起生活的重担。欧阳海对敌人充满了仇恨，所以向往美好的生活、对人民和祖国充满了向往。

入伍前，他是一个积极进取的青年，年纪轻轻就担任了农会的义务通讯员，积极打水、扫地、送信；积极响应农村合作社运动，先后担任记工员、会计；他热心帮助群众，帮助村里那些鳏寡孤独干活，还将自己的粮食送给他们；他大公无私，一切都为别人和集体着想，当他到探矿队当临时工时，将挣到的工钱交给集体。

参军之后，他工作积极、训练刻苦，哪里有危险就向哪里冲，哪里有困难就迎头而上，所以受到了战士们和领导的喜爱。他吃苦耐劳、乐于助人，工作干活从来不吝惜力气，经常比别人多干，即便别人休息，他还在工作。

部队在修建铁路时，欧阳海虽然患腹泻病，但他再三要求参加。在全连动员会上，他把竞赛红旗抢在手里，宣称将用最出色的工作来保持它。果然，他带领的挑土小组，个个都挑着双担，来回都是小跑。连续一个半月，他的小组令人信服地保持了第一。

在部队他学到了很多的革命道理，并且逐渐成长为了一位出色的战士，渴望着为人民立功当英雄，把自己的一生献给祖国。他不顾个人生命危险，勇救落水的小女孩，冲入火场营救年迈的老人；同时他并不贪功，无私奉献，即便回到部队也隐瞒自己救人的事情。正因为他平时有对人民事业的高度自觉和责任感，一旦危险来临，他就奋不顾身地为人民的利益献出一切。最后为了保护国家的财产和人民的生命安全，牺牲了自己年轻的生命。

下卷·外国红色经典

西行漫记

《西行漫记》，即《红星照耀中国》，是美国著名记者埃德加·斯诺写作的一部文笔优美的纪实性很强的报道性作品。作品真实地记录了斯诺在 1936 年 6 月至 10 月在陕甘宁边区、特别是革命圣地延安的所见所闻。斯诺作为一个西方新闻记者，向世界真实报道了共产党、中国工农红军，以及许多红军领袖、将领的情况。

斯诺于 1905 年，出生于美国的密苏里州堪萨斯市，父亲开一家小印刷厂，过着小康的生活。父亲原本想要他从事印刷业，他却成了一位新闻记者。

1928 年，他刚来上海时，曾任欧美几家报社驻华记者、通讯员，给自己起了一个中文名字：施乐。后来，胡愈之先生等人在翻译《西行漫记》时，因不知道他有这个名字，所以译作"斯诺"，并一直沿用下来。1933 年到 1935 年，他担任燕京大学新闻系讲师。1936 年 6 月，在宋庆龄先生的安排下，斯诺来到陕甘宁边区，采访了毛泽东、周恩来等领导人，并且将亲眼所见的"一二·九"运动实况讲给毛泽东。

期间，他同毛泽东、周恩来等多位领导人进行了多次长时间谈话，搜集了关于长征的第一手资料。他还深入红军战士和当地百姓之中，进行实地考察，对当地的军民生活，地方政治改革，民情风俗习惯等作了广泛深入的调查。经过 4 个月的采访，他足足记录了 14 个笔记本的资料。

同年 10 月，斯诺回到北京，立即发表了大量关于陕甘宁边区的通讯报道，还积极向北大、清华、燕大的青年学生介绍陕北的所见所闻。同年 7 月，斯诺编译的中国现代作家短篇小说选集《活的中国》在英国出版；11 月《密勒氏评论报》首先发表了他的采访文章《与共产党领袖毛泽东的会见》，其中毛泽东头戴有红五角星的八角军帽的照片成为人们关注的焦点，也成为后来的经典照片。1937 年初，上海的英文报纸《大美晚报》、北京的英文刊物《民主》，以及英美的一些报纸相继发表了斯诺关于陕北的报道，其中美国的《生活》杂志还发表了他拍摄的陕北的大量照片。

1937年3月，他先后在燕大展出了自己拍摄的影片、幻灯片、照片，让人们看到了"红旗下的中国"。1937年卢沟桥事变前夕，经过几个月的埋头写作，斯诺完成了《西行漫记》，并且10月在英国伦敦戈兰茨公司公开出版，一时间引起了巨大的轰动，两个月内再版4次，发行十几万册。为了取得更丰富的第一手资料，斯诺夫人海伦·斯诺于1937年4月，穿过国民党反动派的封锁线，来到延安采访了大量的八路军战士和将领，写作了《续西行漫记》、《中共杂记》等书。

1938年1月，美国出版公司也出版了这本书，2月，中文版本在上海出版，由胡愈之策划，林淡秋、梅益等12人集体承译，以复社名义出版的《Red Star Over China》第一个中文全译本，考虑到作品在敌占区和国统区的发行，所以译本改名为《西行漫记》。这部作品在短短十个月就印行了4版，轰动了国内及海外华侨聚集地，在香港和海外华人聚集地还出现了难以计数的重印本和翻印本，不仅使整个中国，以及海外华人，更让世界人民都看到了中国共产党和红军的真正形象。

著名的无产阶级战士诺尔曼·白求恩和柯棣华都曾阅读这本书，它也是促使他们来华工作、帮助中华民族抵抗日本侵略者的主要原因；从"二战"时期到20世纪末，世界的众多学者都曾阅读过此书，它成了学者了解20世纪中国的"一把钥匙"。

《西行漫记》先后被译为20多种文字，几乎传遍了全世界，它影响和教育了一代又一代青年，成为家喻户晓的红色文学作品。中国成千上万的青年因为读了《西行漫记》，纷纷走上革命的道路。

故事梗概

《西行漫记》真实地记录了自1936年6月至10月期间，作者斯诺在中国西北革命根据地，即以延安为中心的陕甘宁边区进行实地采访的所见所闻，真实地报道了中国和中国工农红军，以及许多红军领袖、红军将领的情况，报道了作者对中共领导人毛泽东、周恩来，八路军指挥员朱德、贺龙、彭德怀等人的采访记录。

全书共分为12篇，主要包括关于红军长征的介绍；对中国共产党和红军主要领导人的采访；分析了中国共产党的抗日政策，红军的军事策略；最后还记录了作者在整个采访过程中的采访经历和感受等内容。作者详细地介绍了自己在前往陕北根据地过程中，遭受国民党反动派追击、堵截的经历；侧重描写了毛泽东走上革命道路的经历，在长沙度过的少年时代、革命初期的热情，以及参加苏维埃运动、在红军长征中的探索和思考；描写了建设革命根据地中进行的捐税、土改斗争，以及苏维埃政府的真实情况；描写了彭德怀老总、贺龙老总的一些事迹，以及进行游击战术的情况；还描述了普通的红军战士的生活战斗情况，以及陕北人民群众的生活风情，从火车上遇到的老者，到飞夺泸定桥的敢死队队员，再到衣着破烂、生活艰难的农民。

斯诺在蜀中还探求了中国革命发生的背景、发展的原因，判断由于中国共产党的宣传和具体行动；他表达了对长征的钦佩之情，称赞长征是一部英雄史诗，是现代史上的无与伦比的一次远征。同时，斯诺也描绘了中国共产党和红军战士坚韧不拔、英勇卓绝的伟大斗争。

埃德加·斯诺（1905年—1972年），美国著名记者。1928年来华，曾任欧美几家报社驻华记者、通讯员，同时兼任燕京大学新闻系讲师。1936年6月斯诺访问陕甘宁边区，写了大量通讯报道，成为第一个采访红区的西方记者，于1937年10月发表著名的报告性著作《西行漫记》。抗日战争爆发后，斯诺任《每日先驱报》和美国《星期六晚邮报》驻华战地记者，发表了大量新闻、作品。1942年去中亚和苏联前线采访，离开中国。

名家评价

美国著名历史学家哈罗德·伊萨克斯表示："作为美国人对中国人印象的主要来源，《西行漫记》仅次于赛珍珠的《大地》，《大地》使美国人第一次真正了解中国老百姓，而《红星照耀中国》则使西方人了解中国共产党人的真实生活。"

美国新闻记者白修德评论说："斯诺对中国共产党的发现和描述，与哥伦布对美洲大陆的发现一样，是震撼世界的成就。"

毁灭

写作背景

《毁灭》是早期苏联文学中最优秀的作品之一。它同富尔曼诺夫的《恰巴耶夫》、绥拉菲莫维奇的《铁流》一起被称为苏联 20 年代文学中 3 部"里程碑式"的作品。而且着重描绘了游击队员精神上的成长和性格的形成。法捷耶夫曾这样概括小说的主题思想："在国内战争中进行着人才的精选，一切敌对分子都被革命扫除掉，一切不能从事真正革命斗争的人和偶然落到革命阵营里来的人，都要被淘汰，而一切从真正的革命根基里、从千百万人民群众里生长起来的人，都要在这个斗争中得到锻炼、成长和发展，在革命中进行着'人的最巨大的改造'。"作者对小说的人物形象体系和情节结构的安排，都为揭示这一主题思想服务。

故事梗概

《毁灭》描写了 1919 年远东南乌苏里边区红军游击队艰苦奋战的斗争生活，刻画了布尔什维克党员莱奋生率游击队与穷凶极恶的日军干涉军和白匪高尔察克展开浴血奋战的英雄形象，歌颂了红军游击队员的勇敢、奋不顾身的高尚精神。

1919 年夏，布尔什维克党员莱奋生率领一支红军游击队在远东的乌苏里边区与反革命匪帮进行斗争。尽管当时的斗争环境非常艰苦，但是游击队员们英勇奋战，不怕牺牲。一天，莱奋生派传令兵莫罗兹卡完成送信的任务，莫罗兹卡出身于贫苦矿工，饱受生活的折磨，但是思想觉悟却不高。他本想前往军医院看望妻子瓦丽亚，心中不愿意接受任务，不过经过慎重考虑后，他还是以大局为重，同意执行命令。送信途中，莫罗兹卡遇到了一个被白匪军队打伤的年轻人密契克，并热心的将他送往医生治疗。然而在归途中，莫罗兹卡却违反了纪律，偷吃了农民地里的瓜。莫罗兹卡回到游击队后，莱奋生表扬了他救助伤员的行为，同时也批评了他违反纪律的行为。

随后，莱奋生接到游击队参谋长的来信，得知游击队主力在城内遭到了日军干涉军的袭击，部队伤亡惨重。于是他派游击队员到城里打探消息，队员带回了上级的命令，指示他们保存游击队的实力，将来作为游击队的主力核心。尽管莱奋生急切地想要为游击队员报仇，但是为了保存战斗力量，他便带领游击队向安全地点转移。

与此同时，青年密契克在医院养伤，而他与莫罗兹卡的妻子瓦丽亚互相产生了感情，但是密契克却不敢向瓦丽亚表白。很快，莫罗兹卡发觉了此事，与妻子瓦丽亚发生了激烈的争吵，随后要求调回杜鲍夫的矿工排，发誓做一名出色的战士。不久，密契克伤愈出院，他来到了游击队的库勃拉克排，由于他身上有些知识分子习气，无法融入战士们，受到了战士们的嘲笑和讥讽。为了融入军队集体，他开始改变自己习惯，表面上变得与战士们一样，但是内心却排斥这样的行为。

为了保证游击队的战斗力，莱奋生积极训练队员，还组织了一次夜间紧急集合，以考察队员们的备战情况。此时，乌苏里江一带已经被白军占领，敌人的巡逻兵多次与游击队遭遇，莱奋生只好带领游击队撤到深山老林中。森林里的环境异常艰苦，再加上白军一直紧追不舍，游击队员的处境十分危险，人员也不断减少、伤亡很大。

一天，莱奋生派队员麦杰里察到森林外探查敌情，不幸被敌人抓住，莱奋生得知消息后，立即率领游击队前去营救，迅速击退了哥萨克骑兵连，并且占领了附近的村庄，但是麦杰里察一惨遭杀害。这天夜里，敌人突然袭击，敌众我寡的情况下，莱奋生立即带领游击队撤回森林。游击队且战且退，后被沼泽地挡住了去路，关键时刻，莱奋生高举火把走在队伍前列，指挥游击队员用柳条树枝铺路，顺利带领队员冲出突围。

正当游击队员以为已经脱险时，他们再次遭到了敌人的伏击，这时担任巡逻任务的密契克竟然在发现敌人时私自逃跑，不顾全体队员的安危。紧跟其后的莫罗兹卡也发现了敌情，立即鸣枪报警，却不幸被敌人打死。疲惫不堪的队员们仓皇迎战，经过一番苦战终于摆脱了敌人。

最后，游击队走出了森林，全队只剩下 19 个人。不过，在他们眼前呈现"大片高高的青天和阳光照耀着、四面都是一望无际的、收割过的、鲜明的棕黄色的田野"。在路边的打麦场上，人们欢快地忙碌着、享受丰收的喜悦。

作者简介

亚历山德罗维奇·法捷耶夫（1901年—1956年），前苏联著名作家，苏联社会主义现实主义文学的杰出代表之一，也是著名的社会主义革命者。法捷耶夫因创作描写俄国内战的小说《毁灭》和反映卫国战争时期地下抵抗斗争的《青年近卫军》出名，小说主要描写了为革命事业和建设新生活而英勇战斗的战士形象。

法捷耶夫出生于一个农民家庭，父母都曾参加过革命活动。在父母的影响下，他在1912至1919年期间在海参崴商业学校学习时，就参加了革命活动，并于1918年加入布尔什维克，后参加了红军游击队，并见到了革命领袖列宁。

1927年，他开始从事文学运动，根据自身经历而创作中篇小说《泛滥》（1922）、《逆流》（1924）和长篇小说《毁灭》（1927）。这些作品都是以国内战争为题材，描写了革命者的战斗生活。其中《毁灭》在社会上产生了巨大影响，生动地再现了1919年远东南乌苏里边区游击队斗争生活，以及主人公莱奋生领导的游击队与敌人的浴血奋战，临危不惧的崇高精神。1931年，鲁迅翻译了这部优秀的小说，在国内也引起了强烈的反响。

30年代，法捷耶夫写了两部长篇小说，《最后一个乌兑格人》和《黑色冶金业》。1941年，卫国战争爆发，他担任《真理报》和新闻通讯社记者，期间发表了激动人心的文章和特写，随后出版特写集《封锁时期的列宁格勒》。

1945年，他写作了长篇小说《青年近卫军》，被称为战后苏联文学中最优秀的作品之一。小说通过克拉斯顿诺共青团地下组织"青年近卫军"与德国纳粹英勇斗争的故事，塑造了一个个栩栩如生的青年英雄形象。

随后，法捷耶夫一面从事社会活动，一面从事文学创作，编选了文学评论集《三十年间》，写作了随笔《在自由中国》等。

主要人物

莱奋生：

莱奋生是小说的中心人物，是红军游击队队长，也是领导游击队战胜敌人、走出困境的领导者。他是一位布尔什维克党员，但是作者却将他塑造成一个平凡的人，没有惊天动地的伟业，也没有魁梧的身躯，是典型的红军优秀指挥员的形象。

他对革命事业无限忠诚，接到上级保存实力、战略转移的命令后，立即坚决地执行命令；在游击队陷入后有追兵、前有沼泽的情况下，表现出出色的指挥能力和智慧，他手持火把走在队伍最前列，砍掉树枝铺在沼泽上，终于使队员们摆脱了困境。莱奋生对革命事业充满了信心，当游击队员只剩下19个人时，看到远处麦场上的人们和丰收的情景，他又看到了希望，想着只要自己活着，就要使他们成为自己人，吸引他们参加革命。

莱奋生是一位出色的领导者，他坚持对队员们进行思想教育，努力提高他们的觉悟，当莫罗兹卡偷百姓的瓜时，他召开队员会对莫罗兹卡进行批评教育，也增强了其他队员的纪律性；他关心游击队的每一个成员，经常在夜间查岗，"悄悄地在篝火中间穿过"，恐怕惊动值班的队员。最后，当他身边还有十几名战士时，他把这些战士当成是自己的亲人；当其他战士在战斗中牺牲时，他伤心地掉下眼泪……

莱奋生是早期苏联文学中最成功的革命者形象之一，在他身上我们可以看到一个工作严肃认真、对同志充满关爱的共产党员形象。

莫罗兹卡：

莫罗兹卡是一个普通的、勇敢的革命者形象，在革命斗争中不断锻炼、成长，最终成为一名出色的革命者。

莫罗兹卡是一个出身于贫苦的矿工，身上具有浓厚的农民意识，开始他身上有很多缺点，偷东西、酗酒、胡闹，还因为想去看望妻子而不愿接受任务。甚至在执行任务时，违反纪律，偷吃农民的瓜；但是他也是一个正直、勇敢的战士，他救下了被白匪军队打伤的年轻人密契克，并热心的将他送往医生治疗。

他知错能改，在发现妻子与密契克发生了感情时，他愤怒地与妻子发生了激烈的争吵。随后他申请调回杜鲍夫的矿工排，并且决心成为一位出色的好战士。最后，在担任侦察兵、遇到敌人的伏兵时，他不顾个人生命安危，只想到向队员们报警，因此也付出了生命的代价。

密契克：

　　密契克是小说中的反面形象，他带有小资产阶级的缺点，最终因为贪生怕死而背叛革命。作为小资产阶级知识分子，他怀着浪漫主义参加了游击队，由于身上具有知识分子的习气，所以遭到了战士们的嘲笑和讥讽。他表面上改变了自己的习惯，想要融入队伍之中，但是内心却与革命者格格不入。

　　他性格软弱、意志不坚定，遇到敌人赶紧把手枪藏进衣袋；即便面对喜欢的瓦丽亚也不敢表白。虽然置身于火热的革命之中，心中却向往安逸、舒适的生活。作为侦察兵，遇到伏击的敌人时，他贪生怕死，不惜置曾搭救过他的莫罗兹卡和游击队员的安危于不顾，自己私自逃走。

母亲

《母亲》是著名作家高尔基的优秀作品,小说通过巴维尔、雷宾,以及母亲尼洛夫娜由普通的工人群众成长为自觉革命者,英勇斗争、坚定不移的故事,展现了俄国工人运动轰轰烈烈的画面,反映了人民群众的觉醒。

《母亲》是一部具有划时代意义的巨著,开辟了无产阶级文学的新纪元,在高尔基之前,很多俄国作家和欧洲作家反映了工人被压迫被剥削的苦难生活,但是这些作品只是描写了工人日常生活的贫苦和工作的繁重,将工人描写成为资本主义制度的牺牲品。高尔基第一次深刻地反映了在马克思主义思想影响和布尔什维克党的领导下,工人阶级的觉醒、革命斗争,反映了工人运功从自发到自觉的艰苦历程。所以说,《母亲》的出版具有时代意义,对俄国工人阶级和世界革命人民产生了极大的鼓动力。小说受到了列宁的肯定和热烈赞扬,称《母亲》是"一本非常及时的书"。

高尔基出生于俄国伏尔加河畔一个贫苦的家庭,很早就父母双亡,从小就寄住在外祖父家。他11岁的时候,就开始学着独立生活,过着流浪漂泊的生活,捡过破烂,当过学徒和勤杂工,饱尝了生活的苦难和艰辛。后来,他生活在喀山的贫民窟,在码头上出卖劳力,所以他深刻了解贫苦人民生活的艰辛和不幸。贫苦的生活成了高尔基"社会"大学的课堂,尽管生活艰苦,但是他始终没有放弃学习。1889年,开始文学创作,1892年第一部短篇小说《马卡尔·楚德拉》,1898年出版两卷集《随笔志短篇小说》,从而成为知名的作家。

20世纪初,俄国工人运动蓬勃发展,高尔基积极参加革命运动,反对沙皇专制、争取民主自由。他创作了著名的散文诗《海燕》,热情歌颂革命的力量,歌颂了无产阶级战士的战斗热情和坚定的革命理想。1905年1月9日,沙皇政府制造了"流血星期日"事件,野蛮枪杀前往冬宫向沙皇逞递请愿书的工人,高尔基挺身而出,号召工人们与专制制度进行坚决的斗争。不幸的是，革命遭受了失败，高尔基积极四处奔走，前往欧洲和美国去宣传革命，筹措经费。他利用自己的国际上的影响力，宣传革命，赢得了国际民主力量对俄国革命的支持。他经芬兰、瑞士、德国和法国辗转来到美国，在那里居住了三个半月，但是由于当时的形势并不利于国际共产主义运动发展，所以高尔基这次欧美之行并不算成功。美国政府甚至采用驱逐的手段阻挠高尔基的行动，高尔基仍针锋相对地战斗，写了几篇抨击文章。

在美国期间，高尔基写出了这部小说《母亲》，小说取材于真实的革命事件，1902年高尔基家乡诺夫戈罗德附近的索尔莫夫镇举行了浩浩荡荡的"五一"游行，游行遭到了反动军警的残忍镇压，领导人扎洛莫夫等被捕，半年之后被判处终生流放。高尔基以前就认识扎洛莫夫，后来也认识了他的母亲安娜，安娜在儿子被流放后继承了儿子的事业，继续为革命工作。高尔基被扎洛莫夫母子的革命事迹感动，于是就以扎洛莫夫的事迹创作了这部《母亲》。

1907年到1908年，《母亲》在美国杂志上发表，不过已经有很多情节遭到删节，在俄国小说只出版了第一部，很快就被收缴，虽然小说残缺不全地在俄国流传，但是仍引起了巨大的反响，鼓舞了人民群众的革命热情。十月革命后，《母亲》的完整本才在俄国出版发行，小说受到了广泛的赞扬，列宁给予了高度评价"一本非常及时的书，高尔基的作品是全世界无产阶级共同的财富，给世界工人运动带来了巨大的益处"。

故事梗概

米哈伊尔·弗拉索夫是一个老钳工，尽管技术是厂里最好的，但是由于脾气暴躁、性格倔强，经常顶撞上司，所以在工厂干了30年，依然得不到重视，仅仅获得微薄的工资。由于工作不顺心，所以他经常喝醉酒，还常打老婆孩子，最后在生活的压力下得疝气病去世了。

巴维尔是米哈伊尔·弗拉索夫的儿子，受到父亲的影响，脾气暴躁，喝酒抽烟，所以母亲尼洛夫娜担心他走了父亲的老路，为儿子操碎了心。母亲是一个普通的家庭妇女，一辈子为丈夫和儿子操心劳累，还经常遭到丈夫的毒打，这使得她的身体十分虚弱，整天驼着背，唯唯诺诺。

这时，俄国的工人运动蓬勃发展，在革命知识分子的影响下，巴维尔逐渐加入到工人运动之中，与工人们组成了马克思主义工人小组，勤奋地学习革命理论。母亲发现儿子发生了改变，不再沉湎于喝酒、玩乐、不再乱发脾气，还经常帮助母亲做家务。后来，巴维尔家成了工人们秘密集会的场所，每逢周六霍霍尔、娜塔莎、维索夫希科夫、萨申卡等人就会聚在一起学习、讨论。母亲十分喜欢这些年轻人，尤其是霍霍尔，还邀请他搬到家里来住，母亲经常听这些年轻人讲述社会主义革命的道理，逐渐明白了儿子所从事的事业。

之后，巴维尔带领这些年轻人写、印刷进步传单，散发到工厂四处，宣传革命思想，号召工人团结起来，介绍全国各地工人罢工的情况。巴维尔在工作中意志坚强，头脑清醒，很快就赢得了工人小组成员的支持，并且受到了广大工人群众的拥护。很快警察便发现了工人的行动，母亲十分害怕，但是巴维尔、霍霍尔坚定地告诉母亲，他们是为了真理而斗争，没多久宪兵逮捕了霍霍尔和维索夫希科夫。

之后，巴维尔继续革命，积极号召工人群众，工厂后面有一大块沼泽地，臭气熏天，工厂主却要从工人的工资中每卢布扣除一戈比，来填平这个沼泽。巴维尔立即召开工人大会，向工人们宣传革命道理，揭露厂主扣钱错误的做法。工人们集体抗议、罢工，厂主命令工人立即开工，否则就要扣工钱。由于巴维尔缺乏斗争经验，工人们还没有觉醒，所以这次罢工失败了，巴维尔被捕入狱。

巴维尔被捕后，革命者继续印刷传单，母亲心里十分害怕、伤心，但是她接下了传送传单的任务，以送饭的名义将传单送给里面的革命者。在革命者的影响和教育下，母亲的觉悟有了较大的提高，也懂得了儿子工作的意义和危险性。不久，宪兵就释放了巴维尔，通过监狱的锻炼，巴维尔进一步提高了革命觉悟，也逐渐掌握了斗争的方式方法。

"五一"劳动节即将来临，巴维尔决定趁机举行示威游行，他走在了游行队伍的最前线，高喊"全世界工人万岁！"的口号。警察前来镇压，工人们与军警展开了激烈的斗争，巴维尔再次被捕入狱。为了照顾母亲，组织将她安排在革命者尼古拉·伊凡诺维奇家，他和姐姐索菲娅都是坚定的革命者，母亲受到了很大的影响。之后母亲自觉地参加革命，坚决地担负起革命工作，她与索菲娅一起前往农村联络雷宾，发动农民兄弟，讲述了工人斗争的情况，使广大农民群众受到了极大的鼓舞。雷宾被母亲和巴维尔的革命精神感动，依然加入到革命队伍中，后也被宪兵逮捕入狱。母亲经常扮成修女、小商贩、朝圣者，奔走于各地，将禁书和传单送到革命者手中，这时她已经由一个软弱的妇女成长为一个自觉的革命者。

法庭对巴维尔进行了公开审判，开庭那天，母亲前去庭审。在法庭上，巴维尔和其他革命者慷慨激昂，怒斥统治者，驳斥法庭强加给他们的罪名。顿时，法庭成了他们宣传革命、批判沙皇专制制度的讲坛。母亲更进一步提高觉悟，她将儿子和革命者的演讲印成传单，想乘火车将它们散发到各地，但是却被特务盯上。特务故意说她是小偷，母亲索性打开箱子，勇敢地将传单发给车站的群众，被捕时，她庄严地高呼："真理是用血海也淹不灭的……"

作者简介

高尔基 (1868 年—1936 年)，原名阿列克塞·马克西莫维奇·彼什科夫，是俄苏伟大的无产阶级作家，也是社会主义现实主义的奠基人，开创了无产阶级文学的新纪元。

高尔基出生于俄国伏尔加河畔的下诺夫戈罗德城 (今高尔基市)，很小时就父母双亡，孤身一人的他只好寄住在外祖父家。在这里的生活并不理想，只有外祖母善待他，在他 11 岁时，外祖父破产，他只好开始学着独立生活。他小小年纪经历了生活的艰辛和不幸，捡过破烂，当过学徒和勤杂工，他饱尝了生活的苦难，所以在作品中反映了底层人民生活的艰辛和不幸。1884 年，高尔基来到喀山，在贫民窟和码头辛苦生活，尽管如此他还是勤奋自学，读了很多书籍，并且开始学着写作。

1892 年，高尔基发表了自己的处女作《马卡尔·楚德拉》，反映了主人公追求自由的精神。随后他又创作了《少女与死神》、《伊则吉尔老婆子》、《鹰之歌》等作品，这些作品具有浪漫主义色彩。除此之外，他还开始尝试写作现实主义作品，包括《叶美良·皮里雅依》、《切尔卡什》、《柯诺瓦洛夫》、《草原上》、《马尔华》等。之后，高尔基开始尝试写作小说，并于 1899 年完成了第一部长篇小说《福玛·高尔杰耶夫》。

20 世纪初，俄国工人运动蓬勃发展，高尔基也积极加入到革命运动中，争取自由和民主。1901年4月,他在《生活》杂志上发表了著名的散文诗《海燕》,生动地反映了1905年革命前夕革命运动的蓬勃发展,热情地歌颂了革命者的战斗热情,以及坚定的革命理想。从1901年到1905年期间,他还创作很多剧本,包括《小市民》、《底层》、《避暑客》、《仇敌》等。

1906年,高尔基完成了著名的革命长篇小说《母亲》,第一次成功地塑造了具有坚定无产阶级革命战士的光辉形象,以及在革命中不断觉醒的群众形象,表现了无产阶级不屈不挠的革命精神和英雄气概。

之后又创作了自传体三部曲《童年》、《在人间》、《我的大学》,记录了他的童年和青少年时期的生活,反映了底层人民所经历的苦难和不幸。还有长篇小说《阿尔达莫洛夫家的事业》、史诗《克里姆·萨姆金的一生》、剧本《耶戈尔·布雷乔夫和别的人》等。还有几十篇回忆录、大量的政论及论文艺的文章。

主要人物

佩拉格娅·尼洛夫娜(母亲):

尼洛夫娜是一个20世纪初期俄国普通工人妻子和母亲的形象,也是由一个贫困、软弱、胆小的普通女性,成长为自觉的革命者的典型,她的成长和转变,反映了在工人运动的影响下、布尔什维克党的领导下,普通人民群众的逐渐觉醒、抗争。

原本母亲是一个勤劳、胆小的家庭妇女,每天忍受繁重的劳动,为丈夫和儿子操心,还要忍受脾气暴躁的丈夫的殴打。所以,最初她像千百万受压迫的妇女一样,是一个逆来顺受、忍气吞声的人。当她知道儿子巴维尔所做的事情时,当宪兵第一次来搜查时,她十分害怕,吓得全身发抖;不过,由于经常听儿子们讲革命道理,看着革命者积极活动,她的思想开始发生改变,所以当第二次宪兵来搜查时,她并没有那么害怕。她喜欢这些年轻人,也喜欢霍霍尔,立即要求他搬来和儿子巴维尔同住。

"沼地戈比"事件后,巴维尔被捕,母亲接替了儿子的工作,去工厂送传单。这时她心理十分害怕,但是还是坚持下来,积极支持革命者。在巴维尔积极准备"五一"示威游行时,她也大力支持儿子的活动,儿子再次被捕,这使得她认识到了革命工作的意义和危险性。后来她与革命者生活在一起,提高了革命觉悟,她扮成修女、小商贩、朝圣者去各地散发革命传单、小册子，坚决地担任其革命的工作，奔走于市镇和乡村。

最后，巴维尔在法庭上的演说及斗争更进一步提高了母亲的觉悟，她以极大的热情投身革命工作，冒着生命危险散发儿子在法庭上的演说传单，却不幸被特务发现。这时母亲表现得十分镇定、沉着、勇敢，在特务面前将传单散发给车站上的群众，并发出了坚定的呐喊："真理是用血的海洋也扑不灭的。"此时，尼洛夫娜已经从一个胆小怕事的家庭妇女成长为一个坚强、勇敢、自觉的革命者。

巴维尔：

巴维尔是一个无产阶级革命的英雄形象，他由一个脾气暴躁、抽烟喝酒的工人成长为自发自觉斗争、工人运动的领导者。他勇敢、坚强，坚持执行列宁的革命路线，站在革命斗争的前列，是个出色的革命者。

巴维尔开始沉迷于喝酒、抽烟、玩乐，后在革命思想的影响下，他变得勤俭、帮母亲做家务，脾气也有所改变。他明知道革命的危险性，还积极学习革命理论，想要弄明白"穷人为什么受穷？为什么受苦？"他积极参加革命运动，散发传单、团结工作，在"沼地戈比"事件，"五一"示威游行中，始终站在斗争的最前沿，不怕牺牲，为了真理而无所畏惧。当大批武装警察镇压群众时，他毫不动摇、勇敢坚定，表现了无所畏惧的英雄气概和对革命事业的无限忠诚。在法庭上，他发表演说，慷慨陈词，严厉谴责敌人，将敌人的法庭变成他抨击敌人、宣传革命的场所。

开始由于巴维尔缺乏工作经验，导致"沼地戈比"事件中斗争失败，但是经过监狱的锻炼，他进一步提高了思想觉悟，还逐渐掌握了斗争的艺术。之后他重视发动群众工作，提高工人群众的自觉性、积极性。经过一次次的斗争，巴维尔终于成长为一位出色的革命者，一位坚定的无产阶级战士。

雷宾：

雷宾是一个农民革命者的形象，也是农村革命运动的领导者。他开始具有狭隘的农民意识，不相信知识分子的革命理论能够为工人、农民说话的。在革命者的教育和引领下，再上看到巴维尔和母亲积极革命的事迹，使他走上了革命的道路，成长为勇敢、坚强的农民革命领袖。在斗争中，他表现得十分勇敢、遭到宪兵的毒打，却不屈不挠、依然号召农民们站起来反抗。

列宁对《母亲》评价说："一本非常及时的书，高尔基的作品是全世界无产阶级共同的财富，给世界工人运动带来了巨大的益处。"

巴金评论说："他带着不可制服的锐气与力量走进文学界，把俄罗斯大草原的健康气息带给世界各国的读者。"

英国文学批评家福克斯："俄国国外有许多人永远不能忘记这本小说。在世界各地都有因为《母亲》而第一次过问政治的人。"

前苏联文学家、社会活动家评论说："现代文学中大概只有少数作品能同这部中篇小说在给人的印象和流传的程度上相比较。国外的工人报刊，主要是德国的报刊，还有一部分法国和意大利的报刊，大大贺扬这部中篇小说，并且作为报纸的附件或者成百万地印成小册子分发给大家。《母亲》成了西欧无产阶级的案头书。"

铁流

写作背景

《铁流》是苏联作家绥拉菲靡维奇写作的长篇小说，以十月革命后的1918年内战为题材，讲述了库班流域的红军达曼军带领被库班的哥萨克富农和白匪军残害的红军家属和被迫害的群众，历经艰险突破叛军和白匪军的重重包围，机智英勇地转移的动人事迹。小说不仅反映了内战时期红军与叛军、白匪之间的斗争，更表现了士兵们成长为一支纪律严明的部队的过程。

《铁流》这部作品塑造了主人公、红军领袖郭如鹤这一鲜明形象，表现了革命者坚定、勇敢的革命思想，以及苏联人民勇于反抗的崇高精神。

小说发表于1924年，之前作者加入了布尔什维克党，担任了《真理报》和《消息报》的记者，经历了艰苦的斗争，更接触了无数为革命理想而奋斗、牺牲的革命志士。当时，处在苏联国内革命战争的高潮阶段，人民群众在空前激烈的阶级斗争风暴中充满了高涨的革命意向。作者通过库班流域少数人民群众反抗意识的觉醒，反映了革命人民的"铁流"滚滚向前，锐不可当的气势。

鲁迅先生对《铁流》给予了很高的评价，称赞它表现了"铁的人物和血的战斗"的成功之作。当时，中国革命形势正是高涨之时，鲁迅先生觉得这样出色的作品定会鼓舞中国人民的斗争士气，所以邀请著名翻译家曹靖华对其进行翻译。当时正在苏联列宁格勒的曹靖华开始着手翻译，鲁迅先生亲自编校，瞿秋白同志代译序言，终于完成了《铁流》中文版的翻译。

鲁迅先生在《铁流》的译介、出版、宣传方面付出了巨大的经历，然而一经出版却立即遭到了严查。鲁迅只好通过好友内山完造开设的内山书店进行销售，将书籍放在柜台下面，一点点参透到读者中间。后来，鲁迅还自己出钱出版《铁流》，尽管这本书遭到了反动当局的严查，却在中国产生了巨大的影响，激励了无数青年人投身革命。《铁流》与《毁灭》在当时中国社会产生了巨大反响，它以不屈的精神激励着中国人民争取民主和自由的斗争。

国内战争初期，库班流域红军主力遭到了叛军和白匪军的疯狂镇压，被迫撤出库班流域。之后，当地反革命白匪军对同情、支持红军和布尔什维克党的人民群众进行了疯狂的迫害和屠杀。被屠杀的百姓包括无辜的女人、孩子，以及老人，他们穿着破旧的衣服，衣不果腹，却对白匪军充满了仇恨、怨恨。

达曼游击队队长郭如鹤是一位战斗经验丰富的红军指挥员，他出生于贫苦的农民家庭，少年曾当过牧童、学徒，遭受沙皇政府的剥削和压迫。之后，郭如鹤参军，因为机智勇敢、作战勇敢，被送进军官学校学习，不久被提升为准尉。但是在旧军队中，他见证了旧军队中军官虐待士兵的惨状，深刻认识了沙皇政府的腐败，更加痛恨憎恶军官生涯。十月革命爆发后，他毅然抛弃旧军队的军官职位，走上了革命的道路。

他开始号召和组织那些无组织的人民群众突破敌人的重围，英勇地反抗敌人的迫害。在突围的过程中，他们经历了难以想象的艰难，游击队的枪支弹药几乎打光，还要照顾老人和孩子。不过，经历了艰苦的战斗，粉碎了敌人铁桶般的包围，不仅打下了全副武装的城池，击退了白匪军的突袭。郭如鹤以及游击队战士们英勇作战的精神，激励了人民群众的志气，甚至连老人、孩子，都加入到战斗中来。这些无组织的普通群众，没有经受严格的训练，却在经历了血与火的考验后，逐渐觉醒、凝聚，终于如一股"铁流"一般，冲破敌人的重重封锁，与主力红军会师。

作者简介

亚历山大·绥拉菲摩维奇（1863年—1949年），苏联无产阶级作家，也是社会主义现实主义文学奠基人之一。他出生于顿河州下库尔莫雅尔斯克镇哥萨克军人家庭，1877年因为起草反对沙皇政府的宣言被流放，期间一直从事文学创作活动。1889年，他发表了第一部短篇小说《在浮冰上》，后创作了《岔道夫》、《在地下》、《无票乘客》和《小矿工》等多部短篇小说。这些小说反映了十月革命前俄国人民所经受的苦难，反映了作者对俄国贫苦人民的同情，以及对资本主义私有制的丑陋和罪恶的揭露。

1905年，俄国爆发了轰轰烈烈的第一次革命，绥拉菲靡维奇受到了高尔基革命思想的影响，开始提高革命觉悟，作品中也体现了初步的革命主义思想。1912年，他发表了批判俄国资本主义原始积累的小说《草原上的城市》。十月革命胜利后，绥拉菲靡维奇加入了布尔什维克，积极参加革命工作，一直担任《真理报》和《消息报》的记者，后于1924年发表著名的长篇小说《铁流》。

主要作品还包括，短篇小说：《送葬曲》、《街上的尸体》、《炸弹》；长篇小说《集体农庄的土地》。

主要人物

郭如鹤：

郭如鹤是苏联红军出色的指挥员形象，他出生贫苦家庭，做过牧童、学徒，经历了生活的苦难和艰辛。之后为了寻找出路，他参加旧时军队，因为作战勇敢、机智能干，所以得到了上级的重视，并被送进军官学校学习，不久被提升为准尉。正是因为如此，他才见证了旧军队中军官虐待士兵的惨状，深刻认识了沙皇政府的腐败。所以，革命爆发后，他走上了革命的道路。

他对革命事业无限忠诚，在敌人严密封锁的情况下，带领人民群众历经艰险，终于冲破了敌人的包围圈。他决心献身于革命事业，所以不怕艰险、不怕牺牲；他以身作则，既严格要求游击队员，又严格要求自己，所以得到了队员的尊重以及人民群众的拥护；他具有出色的领导才能，将说服教育和行政命令有效结合，终于将一般无组织的群众、一盘散沙的乌合之众变成了有铁一般纪律的部队。

名家评价

鲁迅先生对《铁流》做出很高的评价，评论它是表现了"铁的人物和血的战斗"的成功之作。

绞刑架下的报告

　　《绞刑下的报告》是一部自传体长篇特写，作者是前捷克著名作家、无产阶级战士伏契克。作品通过描写伏契克艰苦斗争的经历，揭露了德国纳粹入侵捷克后，法西斯分子对革命者的残酷迫害，描述了狱中难友们的坚贞不屈与团结斗争。

　　伏契克出生于一个布拉格的斯米霍夫工人区普通的工人家庭，从小就过着艰苦的生活，见证了工人阶级的痛苦和不幸，所以立志为无产阶级事业奋斗终生。在俄国十月革命的鼓舞下，他积极参加革命活动，并参加了捷克共产党。1921年，他进入布拉格查理大学文学院学习，同时为了生活，他不得不兼职做短工和街头广告员。

　　在学校期间，他在党报和其他进步期刊上发表了很多文章，后被指派为文艺与政治评论周报《创造》的总编辑和党中央机关报《红色权利报》的编辑。他曾先后两次拜访苏联，写作了许多报告文学作品，歌颂苏联的无产阶级政权，因此曾被捷克反动当局逮捕入狱。出狱后，他没有改变初衷，继续积极参加革命，参加了1932年捷克北部矿工大罢工。

　　1936年，德国纳粹威胁到捷克的独立和主权，伏契克以强烈的爱国热情发表了多篇政论文章、宣言和告人民书等，揭露反动政府的卖国行径和侵略者的野心，号召捷克人民团结起来斗争。

　　1939年3月，捷克全部被德国占领，伏契克和他的同志们转入了地下斗争，他一方面积极领导地下斗争，一方面继续研究文学。当时，德国纳粹疯狂地搜捕共产党人，数以千计的共产党人和爱国志士被逮捕，遭受迫害和屠杀。1942年4月，由于叛徒的出卖，伏契克不幸被捕入狱，敌人用尽各种酷刑逼迫他就范，软硬兼施，他都毫不动摇自己的信念。

　　敌人见他意志顽强，便逮捕了伏契克的妻子，当着他的面拷打他妻子。面对敌人残忍的做法，伏契克内心十分愤怒和痛苦，但是他经受住了精神上的折磨，坚持下来。伏契克的妻子也十分顽强，始终不肯承认认识伏契克，最终给敌人的阴谋以失败告终。

伏契克在监狱中经受了非人的折磨，他以超人的意志克服了肉体上的痛苦，始终保持乐观的精神，并且积极组织狱友与敌人做斗争。他顽强的精神感动了一位捷克斯洛伐克的看守，在看守的帮助下他得到了一些铅笔头和碎纸片。在机器艰苦的环境下，他用这些铅笔头和碎纸片，写出了自己以及其他革命者的战斗经历——《绞刑架下的报告》。1943年9月8日，在伏契克受尽了种种肉体和精神折磨后，被敌人秘密杀害。在被送上绞刑架时，伏契克豪迈地宣称："我们为了欢乐而生，为了欢乐而死?!"

作品讲述了伏契克自己和革命者与德国纳粹艰苦斗争的经历，以及自己被捕入狱的经过，不仅表现了革命者英勇斗争的英雄主义，更表现了作者对祖国和故乡深深的热爱。

1945年5月，德国纳粹战败，捷克人民获得了最后的胜利。伏契克的妻子，找到了那位看守拿回了伏契克的手稿。直到这时，这部凝聚着革命烈士鲜血的不巧之作才得以出版。

《绞刑架下的报告》是捷克无产阶级文学中最出色的经典著作，也是激励世界人民进步的精神财富。自出版后，就受到广大读者的欢迎，先后被译成90多种文字，在世界各国人民中广为流传。20世纪50年代，被翻译成为中文版本，对中国读者起到了极大的鼓舞作用。后被拍摄成同名电影，同样获得观众的喜爱。1948年10月，捷克斯洛伐克总统授予伏契克象征国家最高荣誉的白狮子勋章；1950年的第二次世界和平大会上，伏契克又被授予"国际和平奖"。

故事梗概

1936年后，纳粹德国将战争的魔掌伸向了捷克斯洛伐克，捷克斯洛伐克的独立和主权受到了严重威胁。这里的人民奋起反抗，与德国军队进行了顽强的斗争。伏契克原本是一个新闻工作者，当时担任共产党机关报《红色权利报》的编辑，怀着对纳粹分子的仇恨和对祖国人民的热爱，他与同志们积极斗争，发表了很多尖锐犀利的文章，揭露纳粹德国的侵略阴谋。

1939年3月15日，捷克斯洛伐克被纳粹分子的铁蹄践踏，整个国家被占领。伏契克和革命者在布拉格继续战斗，革命工作却不得不转入地下。当时，德国纳粹疯狂地搜捕共产党人，数以千计的共产党人和爱国志士被逮捕，遭受迫害和屠杀。1942年4月，由于叛徒的出卖，伏契克在一次抵抗组织的会议上不幸被捕入狱，敌人用尽各种酷刑逼迫他就范，软硬兼施，他都毫不动摇自己的信念。

敌人见他意志顽强，便逮捕了伏契克的妻子，当着他的面拷打他妻子。面对敌人残忍的做法，伏契克内心十分愤怒和痛苦，但是他经受住了精神上的折磨，坚持下来。伏契克的妻子也十分顽强，始终不肯承认认识伏契克，最终给敌人的阴谋以失败告终。伏契克知道这是自己最后一次与妻子见面，心中十分悲痛，但是为了激励妻子，他默默地以快乐的目光向妻子告别。

之后，敌人继续想尽办法折磨他，他却以超人的意志战胜了肉体和精神上的折磨，始终保持乐观主义精神，并组织和领导了狱中的政治斗争。之后他在一位好心的看守那里得到了一些铅笔头和碎纸片，写下了那部举世闻名的不朽之作——《绞刑架下的报告》。

伏契克满怀热情地记述了自己和革命者与纳粹分子的斗争经历，更记录了自己在狱中的斗争。1943年9月8日，在伏契克受尽了种种肉体和精神折磨后，被敌人秘密杀害。在被送上绞刑架时，伏契克豪迈地宣称："我们为了欢乐而生，为了欢乐而死？！"

作者简介

伏契克（1903年—1943年），捷克著名作家、文艺评论家，出生于捷克一个普通工人家庭。十月革命后，他积极投身革命活动，并于18岁加入前捷克斯洛伐克共产党，曾担任党刊《创造》和《红色权利报》的编辑。1936年，德国纳粹入侵捷克斯洛伐克，伏契克和革命者怀着强烈的爱国热情，发表了许多抨击纳粹分子的文章。后捷克斯洛伐克沦陷，伏契克和革命者转入地下工作，由于叛徒出卖不幸被捕。

在狱中，他坚强不屈、不屈不挠，写作了长篇特写《绞刑架下的报告》，这部作品揭露了法西斯对革命者的迫害，描述了革命中在狱中坚贞不屈的斗争精神，最后不幸被杀害。

 主要人物

伏契克：

伏契克是出生于贫苦的工人家庭，受尽了生活的艰苦，所以他痛恨反动政府的黑暗和腐败，在俄国十月革命的鼓舞下，他加入了捷克共产党、并且积极加入到革命活动之中。他热爱自己的祖国，并以饱满的热情投入到革命事业之中；当德国纳粹占领捷克后，他毅然留在布拉格领导斗争，表现了坚强的毅力和无畏的精神。

当他被叛徒出卖、在监狱中遭酷刑、备受折磨时，他表现出大无畏、视死如归的崇高精神，他曾经对革命者说："我们都知道：一旦落到盖世太保手里，就不会再有生还的希望。在这里我们正是根据这一点来行动的。"

从被捕的那天起，他就遭受了极其残酷的拷问和毒打，每天处在死亡的边缘，就连狱友都为他做临终祈祷。但是他却以顽强的毅力坚持了下来，忍受常人无法忍受的折磨；敌人见酷刑不能使他屈服，便在精神上折磨他，在他面前拷打他的妻子、战友，企图瓦解他的意志。然而这些阴谋并没有使他产生一丝的犹豫和恐惧，他始终对革命、对祖国充满了信心和忠心。在备受折磨之时，还积极组织领导狱友与敌人进行不屈不挠的斗争。

伏契克具有乐观的精神和火一般的热情，对美好生活充满了向往，在"报告"中他向人们提出要求"不要忘记这些好人，要热爱这些为他人、也为自己而牺牲了的人"。他痛恨那些在敌人的皮鞭下失去勇气的叛徒，认为这些人是不配做捷克人的刽子手，比魔鬼更可恨。所以他能以敏锐的眼光发现这些卑鄙的敌人。

伏契克是一位优秀的共产主义战士、革命的新闻工作者，他为祖国的解放事业牺牲了自己年轻的生命，并且留下了足以惊醒、鼓舞后人的不巧之作。

恰巴耶夫

瓦西里·伊万诺维奇·恰巴耶夫是苏联国内战争时期的民族英雄，红军著名的指挥员，深得俄国人民和红军战士的拥护和爱戴。

1887年，他出生于喀山省切博克萨雷县一个贫农家庭，幼年生活十分贫苦，曾经当过牧童、做过木匠学徒。1908年，恰巴耶夫参军，并且参加了第一次世界大战，经历了多次争斗的洗礼。1917年，他从前线撤回到尼古拉也夫城，并且参加了革命斗争，次年加入俄国布尔什维克党。国内战争时期，他担任旅长带领士兵在乌拉尔一带作战，多次击败高尔察克的东方战线。由于作战英勇，战功显赫，很快被提升了25师师长。

1919年6月，恰巴耶夫在指挥军队攻占乌法时，头部受到重伤，但他仍继续指挥作战，最终取得了战斗的胜利，并获得了红旗勋章。同年9月4日夜晚，恰巴耶夫师部所在地乌拉尔的尔比欣斯克（今恰巴耶夫市）遭到哥萨克白军的突袭，被白军包围。恰巴耶夫指挥军队英勇奋战，在突围渡过乌拉尔河过程中，不幸壮烈牺牲。

红军战士将恰巴耶夫安葬在河岸上，但是由于担心高尔察克白匪会掘墓盗尸，所以没有在墓地上做任何标志。但是等到战士们回到墓地时，发现墓穴已被掘空。战士们十分气愤和悲伤，但是经过一个多月的寻找，却一点线索也没有。尽管恰巴耶夫的尸体失踪，但是他的英雄气概和民族精神却影响了无数后人。后来，恰巴耶夫的长子亚历山大参加了卫国战争，晋升为将军，小儿子阿尔卡季当上了飞行员，却在一次飞行训练中牺牲。只有女儿克拉夫季娅·瓦西里耶夫娜幸存下来，居住在莫斯科。

作者富尔曼诺夫当时担任第25师政委，与恰巴耶夫一起并肩战斗，他于1923年，根据恰巴耶夫以及第25师英勇战斗的故事，创作了著名的小说《恰巴耶夫》。小说刻画了恰巴耶夫英雄、传奇的一生，受到了读者的热烈欢迎。1936年，小说《恰巴耶夫》被翻译成中文，名为《夏伯阳》，受到了中国读者的热烈欢迎，影响了一代青年人。1943年，被前苏联列宁格勒电影制片厂改编为同名电影，荣获1941年斯大林奖金。

《恰巴耶夫》可以说是苏联的"红色经典"，它向读者展示了一个独特的俄罗斯性格，反映了俄罗斯民族精神。正如作者富尔曼诺夫自己所说的："如实地描写恰巴耶夫，连他的一些细节，一些过失，以及整个人的五脏六腑都写出来。"

故事梗概

《恰巴耶夫》描写了俄苏内战时期的杰出的传奇式英雄恰巴耶夫创奇而又英雄色彩的一生，通过着重描写1919年1月至8月在苏联东线上的战事，以及红军战士们英勇奋斗的故事。

1919年，在俄国东线作战的大多是由农民组成的红军部队，而恰巴耶夫率领的第25师就是其中一支。恰巴耶夫出生在一个贫苦的农民家庭，他从小就十分顽皮、机灵，父亲对他寄托了希望，拼尽全力将他送进了中等师范学校。他的父亲共生过9个孩子，5个孩子都夭折，剩下的4个都参加了革命。恰巴耶夫也不例外，早早就参见了革命，曾经参加过第一次世界大战，在尼古拉也夫城参加了革命，并加入了俄国布尔什维克党。

国内战争时期，恰巴耶夫英勇善战，屡建奇功，但是作风却自由散漫、在政治上还不成熟，对党也不够信任。后来政委克雷奇科夫来到第25师，在他的引导下，恰巴耶夫逐渐走向成熟，成为一名优秀出色的军事将领。

在战斗中，恰巴耶夫在战争中所向披靡，顽强勇敢、视死如归，并且并不自夸、从不在战士们面前摆架子，因此受到了战士们的爱戴。他不仅以英勇作战驰名，还具有颇深的谋略和智慧，先后获得4枚乔治十字勋章，年仅30岁就当上了第25师师长。他为自己的步兵师的第17装甲部队装备了特殊的装备——在"加斯福尔德"号上装甲舰，彼得堡制造的"奥斯采诺夫"牌装甲车功率极大，无坚不摧。他还在第25师，训练了训练有素的飞行员。

1919年6月，恰巴耶夫在指挥军队攻占乌法时，头部受到重伤，但他仍继续指挥作战,最终取得了战斗的胜利,并获得了红旗勋章。同年9月4日夜晚,恰巴耶夫师部所在地乌拉尔的尔比欣斯克(今恰巴耶夫市)遭到哥萨克白军的突袭,被白军包围。恰巴耶夫指挥军队英勇奋战,在突围渡过乌拉尔河过程中,不幸壮烈牺牲。红军战士们把师长安葬在河岸上,但在墓地没有做什么标志,担心高尔察克白匪会掘墓盗尸。然而,当他们再次返回墓地时,发现墓穴已被掘空。

作者简介

富尔曼诺夫(1891年—1926年),俄国著名作家,出生于俄国科斯特罗马省谢列达村(现为伊凡诺沃州富尔曼诺夫市)一个农民家庭。1912年,他进入莫斯科大学语文历史系学习,深受高尔基文学思想和革命思想的影响。第一次世界大战期间,参加革命斗争,在前线救护列车上工作,后在伊凡诺沃—沃兹涅先斯克担任领导工作。1918年,他加入共产党,在国内战争中曾经率伊凡诺沃—沃兹涅先斯克工人支队奔赴前线,都担任恰巴耶夫师政治委员和红色陆战队政治委员、革命军事委员会驻土尔克斯坦战线全权代表等职位。期间,他主编《红色军人报》,获得红旗勋章。

俄国内战结束后,在国家出版局文艺部工作,从事文学创作活动,发表了多部小说、诗歌、特写、政论和文艺评论等,其作品反映了革命斗争的生活,或描写了社会主义革命和社会主义建设。

1923年,发表著名长篇小说《恰巴耶夫》,塑造了国内战争时期人民英雄雄恰巴耶夫的英勇事迹,以及恰巴耶夫师成为一支有觉悟的革命军队的过程。小说通过对政治委员格雷契诃夫的形象的描写,成功地刻画了共产党的领导者形象,是早期苏联文学中的优秀作品之一。1925年,创作长篇小说《叛乱》,描写了在哈萨克斯坦进行的国内战争。他是"拉普"的领导成员,极力反对阿维尔巴赫等人的极"左"路线,却在创作的盛年,不幸患脑膜炎逝世。

主要人物

恰巴耶夫:

恰巴耶夫无疑是作战勇敢、意志坚定的苏军高级指挥员的形象,也是令人敬仰的民族英雄。他头戴哥萨克皮帽、留着浓密的小胡子,勇敢剽悍、机智有谋略,在与敌人战斗时，顽强勇敢、视死如归，因此屡建奇功，成为第25师师长。

开始恰巴耶夫作风比较散漫，政治上不成熟，对党不够理解，后来在政委克雷奇科夫的引导下，成为一位思想成熟、优秀的军事将领。他对祖国充满了无限的忠诚，即便在艰难的斗争环境中，依然顽强的斗争；在身负重伤的情况下，依然指挥军队战斗，最后壮烈牺牲。

作为红军的高级将领，他不仅谋略出众、作战勇猛，还十分关心战士、没有将领的架子。小说中这样描述恰巴耶夫这位传奇英雄："恰巴耶夫性格上的特点是剽悍和骁勇……他与其说是自觉的革命者，倒不如说是一个狂热的革命者。粗看起来，他过分好动，老想变换环境，然而，他是农民起义队伍里一个多么独特的人物啊，是一个多么光彩夺目的形象啊！"

恰巴耶夫很容易与人相处，而且比较谦让，敢于认错，"他一发脾气，就大吵大闹……过了一分钟，气消了，反而觉得有点难受。他带着沉重的心情开始回想，思考自己方才做过的事情……只要一认清楚，他就主动退让"。

名家评价

电影《恰巴耶夫》中扮演恰巴耶夫的演员巴博契金说："恰巴耶夫像是从俄国历史的深层掬起了自发的叛逆性格，他像是穿越时代的密林，也接过了俄罗斯人民英雄的接力棒。"

这里的黎明静悄悄……

《这里的黎明静悄悄……》是苏联当代著名作家鲍里斯·瓦西里耶夫的代表作，它没有描写壮丽的战争场面，而是通过一个小小兵站的指挥员瓦斯科夫和女兵们在战争环境和日常生活中的表现和心理状态，歌颂了苏军战士们为祖国英勇战斗的高尚精神和英雄主义。

5个年轻美丽的姑娘，性格不同、经历不同，有人勇敢顽强、有人胆小怯懦，但是却都热爱自己的祖国，敢于为祖国牺牲自己年轻的生命。作者通过女兵们一个个壮烈牺牲的凄美故事，揭示了战争的残酷和英雄的苏联人民为战胜敌人所付出的巨大牺牲，反映了战争对人类、对生命的摧残。

1969年，瓦西里耶夫完成了这部小说的创作，并在《青春》杂志上发表，并在苏联产生了强烈的反响，瓦西里耶夫也一举成名，成为苏联最为著名的作家。小说取材于一个真实的故事，在卫国战争时期，5名苏军战士为了抗击德国兵进入沃比湖畔献出了年轻的生命。当时在通往摩尔曼斯克铁路附近前沿阵地，德军先后两次企图切断这条铁路线，但都以失败告终。德军派出一支伞兵突击队，隐蔽在车站附近的森林。这个车站只有少许苏军士兵、几支步枪，还有几个伤残人员。这些苏军士兵与敌人展开了殊死的搏斗，等到援军赶来时，只剩下一个中士。

瓦西里耶夫被这个故事感动，再加上自己在战争中的亲身经历和所见所闻，写成了小说《这里的黎明静悄悄……》。不过这个真实故事的主人公都是男兵，瓦西里耶夫为了加强悲剧色彩和感染力，将小说的主人公改为女兵。

小说发表后，瓦西里耶夫收到许多苏联读者的来信，提出这部小说的故事是否来源于真实故事。他回答说："在一次偶然的机会，我在《消息报》上看到一则报道，是关于苏联士兵与一对德国伞兵作战的故事。"后来他还回忆说自己之所以能当作家，多亏了自己妻子佐丽娅："开始我写剧本，后来写小说，佐丽娅对我说'做你喜欢做的事吧。'几年时间里，我们就靠她每月的96卢布过日子。期间，我读了邦达列夫和巴克拉诺夫的书，从中看到了另外一种战争，那里没有侦察兵和巩固的后方，满目是毁坏的交通干线和死亡。当我看到那个苏联中士与德军作战的报道时，我就想如果中士不是和男兵而是和姑娘们在森林里截住了这些伞兵，怎么样？于是就产生了小说《这里的黎明静悄悄》。"

创作的构思，瓦西里耶夫曾经说："妇女的使命是生育、是延续生命，不是战争、不是死亡。"他在接受《书的世界》杂志记者采访时，说道："作品里的每个姑娘都是综合形象，准尉瓦斯科夫也是个综合形象，没有任何一个女主人公是以具体的某一个人为蓝本的。我力求再现的不是具体的人物，而是年轻妇女的典型，她们只有一个目的：保卫自己的祖国。她们仿佛体现了奋起同法西斯进行神圣战争的我国全体人民的意志。"

之后，《这里的黎明静悄悄……》多次被搬上银屏，多次在剧场上演，1972年斯坦尼斯拉夫·罗斯托茨基导演将其拍成电影，取得了巨大成功，获得奥斯卡提名奖，并获得苏联国家奖。随着影片的上映，瓦西里耶夫的名气也愈来愈大，小说原著更加受到追捧，被认为是世界文学史上的经典之作。

故事梗概

1942年5月，俄国经受了最残酷和最惨烈的战火，在列宁格勒北面山林中一个最普通的171铁路站，经过了敌军的狂轰滥炸，只剩下12户人家，1个消防棚，1座仓库。而守卫这个车站的军运指挥员瓦斯科夫准尉接到了上级的命令，增派两个班的兵力前来支援，令人没有想到的是，这些战士竟然是穿短裙的年轻女兵。之后，瓦斯科夫准尉指挥她们守卫171车站的设施。由于这个地方远离战场，这些女兵平时过着平静的生活，她们似乎并不在意战争，于是每天将军服熨烫得平整、烹调美味的食物。这些女兵看似平静，给车站增添了不少情趣，但是她们每个人心中都有一段鲜为人知的故事。

一天，女兵嘉莉娅从城市赶回驻地时，在树林里发现了两个德国兵，向沃比湖走去。她立即将这个情况报告给瓦斯科夫准尉，瓦斯科夫准尉认为他们肯定是为了破坏基洛夫一带的铁路。为了保卫铁路，瓦斯科夫带 5 个女兵丽达、热尼亚、索妮亚、丽莎和嘉莉娅前去拦截，为了追赶敌人，瓦斯科夫准备穿过不为人知的沼泽地，然后沿着森林越过赶在德军之前赶到沃皮潮畔的西牛欣岭。到达沼泽地后，瓦斯科夫在前面探路，女兵们艰难地前行，冒着掉入沼泽的危险，终于赶在德军之前到达了西牛欣岭，扼住了敌人通往铁路的必经之道。瓦斯科夫指导女兵们占领了有利地形，以便发动突然袭击。

第二天黎明，整个森林都静悄悄的，瓦斯科夫终于见到了德国兵，但是他们也发现敌人共有 16 名全副武装、手持冲锋枪的士兵。瓦斯科夫意识到情况的严重性，立即派丽莎返回驻地，向上级汇报情况并请求支援。为了阻止敌人前进的步伐，瓦斯科夫假扮成伐木工人，点燃了一堆篝火，还故意大喊大叫。而热尼亚也脱下军装，跳入了沃比湖中游泳，假装愉快地戏水。

瓦斯科夫等人在迷惑敌人的同时，焦急地等待上级的救援，但是他们没有想到的是，丽莎在回去报信的途中，不幸陷进了泥沼地并牺牲。在等不到援军的情况下，瓦斯科夫开始带着女兵们转移，不料索妮娅在替瓦斯科夫拿烟荷包时，被敌人发现并被杀害。瓦斯科夫十分伤心，发誓要为她报仇，他悄悄地跟踪两个德国兵，迅速地刺死一个，与另外一个抱成一团扭打在一起。幸好热尼亚及时赶到，用枪托砸德国兵的脑袋，瓦斯科夫才脱离危险。

瓦斯科夫带剩下的三个女兵，继续寻找德国兵的踪迹，却与德国兵迎面相撞，在紧要关头，瓦斯科夫扔出了手榴弹，炸伤了两个德国兵，也使自己摆脱了危机。瓦斯科夫继续带着嘉丽娅搜索，很快就发现了那两个伤病的尸体，原来敌人担心这两个伤员拖累自己的行程，开枪打死了他们。瓦斯科夫突然听到了不远处的树枝响，断定敌人的方位，便想悄悄地跟踪上去，可是嘉丽娅突然从树林中冲了出来，被敌人发现，嘉丽娅也壮烈牺牲。

为了保护剩下两个女兵的安全，瓦斯科夫决定引开敌人，他一面向敌人射击一面撤退，最后子弹打光了，手臂也受了伤。瓦斯科夫继续撤退到沼泽地的小岛上，这才发现了丽莎已经陷入了泥沼中牺牲了。在休息的过程中，瓦斯科夫发现剩余的 12 名德国兵带着炸药包，向列贡托夫修道院奔去，想要炸掉修道院。他们放完炸药后，留下一个人向院内运送炸药，一个伤员在台阶上休息，瓦斯科夫趁其不备，杀死了运炸药的人，迅速地消失在树林中。之后，他在河边遇到了丽达和热尼亚，三人兴奋地拥抱在一起。

不久，瓦斯科夫等人再次与敌人遭遇，展开了激烈的战斗，丽达不幸受了重伤。热尼亚将受伤丽达交给瓦斯科夫照顾，拿着冲锋枪直奔河对岸，把敌人从丽达和瓦斯科夫藏身的地方引开，自己却壮烈牺牲。现在，只剩下瓦斯科夫和丽达两人，丽达不想拖累瓦斯科夫，于是趁瓦斯科夫外出侦察之时，开枪自杀了。瓦斯科夫伤心地埋葬了丽达，之后，来到了列贡托夫修道院，机智地擒住了剩余的几个德国兵。他将这些敌人捆绑起来，押送他们回到了驻地。

战争结束的许多年后，白发苍苍的瓦斯科夫带着丽达的儿子、大尉的阿尔贝特，回到曾经战斗过的地方来看望 5 个女兵。这里的黎明依旧静悄悄，可是残酷的战争却夺走了 5 个年轻而美丽女孩的生命。

作者简介

鲍里斯·瓦西里耶夫 (1924 年—2013 年)，苏联著名作家，以写卫国战争题材小说著称，被公认为是战争小说新浪潮的代表人物，特点是将描写对象从指挥员转到普通战士身上，从宏伟的战争场景转到战士的日常生活和思考

瓦西里耶夫出生于一个斯摩棱斯克军官家庭，从小受到部队生活的熏陶。卫国战争爆发后，年仅 17 岁的他参加了飞行队，与德国纳粹进行战斗，后不幸负伤。战后，他进入装甲兵军事学院学习，毕业后担任工程师。1954 年开始发表作品，写过剧本、电影脚本和小说，主要以战争为主题，包括卫国战争题材、当代生活题材、历史题材等，其中以卫国战争题材的作品成就最为显著。因作品带有高昂的英雄主义和浪漫主义色彩，所以受到了读者的热烈欢迎。

1969 年发表著名中篇小说《这里的黎明静悄悄……》，小说被译成多种文字，后被改编成电影、话剧、歌剧、芭蕾舞，受到世界许多国家人民的喜爱。获 1970 年度

"全苏儿童文学作品"一等奖，1972年被改编成同名电影，1975年获苏联国家文艺金奖。

瓦西里耶夫还创作了很多作品，包括中篇小说《伊万诺夫快艇》、《最后的一天》、《遭遇战》、《他们可能同我一起去侦察》、《后来发生了战争》；长篇小说《不要向白天鹅开枪》、《未列入名册》，长篇历史题材小说《虚实往事》；剧本《军官》、《我的祖国，俄罗斯》；电影脚本《例行的航程》、《漫长的一天》；与K·拉波波尔特合著的《军士们》和《军官们》，自传体中篇小说《我的骏马奔驰》等。

其中长篇小说《未列入名册》描写了布列斯特要塞保卫战，塑造了俄罗斯战士普鲁日尼科夫在严峻的战争环境中，由胆怯变得勇敢、坚强的成长经历，经过血与火的战斗成长为一个勇敢无畏的战士的故事。而中篇小说《遭遇战》则从新的角度探讨了爱惜普通战士的生命问题，通过战争的残酷以及一位坦克军团的指挥官的反省，呼吁指挥员应该爱惜战士的生命，尽量避免无谓的牺牲。

瓦斯科夫：

瓦斯科夫是五个美丽、英勇的女兵的领导者，也是她们英勇献身的见证人。他是171兵站的最高指挥官，开始对上级派女兵下来十分不满，认为这些柔弱的女兵根本不适合战争、根本不会打仗。当女兵们每天穿的整洁、漂亮，做美味的美食时，他更肯定了自己的想法，认为她们就是麻烦。不过虽然他为人比较苛刻，管理也有些死板、漏洞，但是他也是女兵们的兄长，在生活中处处帮助她们、关心她们。

瓦斯科夫是一个经历战争考验的指挥员，他英勇而机智，不惧怕牺牲，忠于军人的职责，脑海中只有一个念头，那就是击败敌人，誓死保卫祖国，直至最后胜利。当他得知两个德国兵想要破坏铁路时，他立即带兵5个女兵前去截击。当他得知德国兵不是两个而是16名训练有素、装备精良的士兵时，他陷入痛苦的抉择。既知道敌我力量悬殊的危险，又不想铁路遭到破坏，最后他依然带领没有实战经验的女兵，历经艰险、穿越沼泽，与敌人展开了殊死的斗争。

瓦斯科夫是一个热爱士兵的指挥员，看着女兵们一个个牺牲，他内心十分痛苦，甚至感到绝望。但是凭借顽强的意志，和对敌人的仇恨，他坚持战斗到最后，最终俘房了全部敌人。胜利没有使他高兴，而是陷入深深地自责中，他既痛恨战争的残酷，又自责自己没有保护好年轻的女兵们。

瓦斯科夫是典型的俄国军人形象，他区别于传统的英雄，有些不修边幅、有些刻板，却忠厚随和，性格善良。他有一些缺点，但是却忠心保卫祖国，坚持履行坚守的职责到死。

丽达：

丽达是女兵的班长，她的丈夫是边防军官奥夏宁，但是丈夫在战争第二天就牺牲了，留下她和幼小的儿子。她性格内向、沉默寡言，却精明干练、勇敢顽强，一心为丈夫报仇，曾用高炮亲手打下了德国人的飞机。她关心战友、工作认真负责，与瓦斯科夫一起勇敢地带领女兵与敌人作战。在战场上，她勇敢杀敌，在身受重伤后，为了不连累瓦斯科夫，义无反顾地开枪自杀。当瓦斯科夫伤心绝望时，她仍轻轻地安慰他："不必这样，我们在保卫祖国，首先是祖国。"去世前，她嘱咐瓦斯科夫照顾自己的儿子，并要求瓦斯科夫吻她一下，这表现了她对生活和和平的向往。丽达是一位坚强的俄国女军人，在她身上我们可以看到军人的勇敢无畏和一位普通女人的博大母爱。

热尼亚：

热尼亚是一个天真、活泼、美丽的姑娘，她出身于红军指挥官家庭，但是一家人都被德国兵杀害。她受到家庭环境的影响，早早就参加了革命，却因为恋情受到了处分。她被人称作"美人鱼"，给兵站带来了激情、快乐和美丽，她修改了女兵的军服、提出举办酒会，甚至为了送上前线的上校和战友们，不顾一切地冲向车站。

她是一个勇敢的士兵，为了掩护自己的战友、迷惑敌人的侦察兵，竟大胆地在离敌人只有10米的河中嬉笑拍水；在丽达身负重伤时，她为了掩护战友竟用火力把德寇引到自己身边来；当子弹打光时，她还抱起一块石头砸向敌人，直至最终壮烈牺牲。这位美丽、勇敢的女孩，直到去世都依然保持着高傲美丽的面容，让人肃然起敬。

嘉莉娅：

嘉莉娅是一个身世可怜的女孩，她从小失去父母，在孤儿院长大。她参军初衷带有浪漫主义色彩，看着孤儿院的伙伴都入伍，她也参军了。但是战争的残酷打破了她的罗曼蒂克，于是她时常怅然若失、甚至偷偷哭泣。当遇到敌人时，她吓得浑身发抖，一枪没放，把步枪丢在一旁；当瓦斯科夫带着她追击敌人时，她的精神接近于崩溃的边缘，当看到全副武装的敌人时，立即从树丛中跳了出来，抱头狂奔，嘴里喊着"妈妈！"最后，不幸被敌人打死。

与其他女兵相比，嘉莉娅是一个胆小懦弱的女兵，由于缺乏经验而惊慌失措，但是当时她只是一个孩子，还未成年。所以作者将她列入英雄的行列，因为她尽管害怕却没有当逃兵，为了保卫祖国而牺牲。嘉莉娅的参军和牺牲表现了战争的残酷，对未成年少女的摧残。

名家评价

苏联评论家瓦西里·诺维科夫评论说："这部小说是浪漫主义和现实主义手法相结合的典型。"

青年近卫军

《青年近卫军》是苏联作家法捷耶夫的代表作,堪称是苏联文学史上里程碑式的作品,作品描写了克拉斯诺顿共青团地下组织"青年近卫军"在城市沦陷的情况下,与德国法西斯占领军激烈斗争的事迹,表现了新一代青年人顽强斗争以及高尚的共产主义品质。

法捷耶夫出生于普通的农民家庭,父母都是革命者,所以他深受父母的影响,早早就参加了革命。在学习期间,他开始接近布尔什维克,参加革命运动,并加入了共产党。1919至1921年,他在远东参加了红军的游击队,与敌人进行了艰苦的斗争,并且参加了第10次代表大会,见到了列宁,还因为参加镇压喀朗施培德反革命叛乱而负伤。这些革命经历为他创作小说提供了丰富的生活资源。之后,法捷耶夫一直从事革命工作,先后在库班、罗斯托夫、莫斯科工作。从1927年起,一直在莫斯科专门从事文学运动。

卫国战争时期,他担任《真理报》和新闻通讯社记者,前往前线报道苏军英勇斗争,以及苏军战士不怕牺牲的精神,并发表了很多激励人心的文章和特写。

1942年7月,顿巴斯矿区的小城克拉斯诺顿被德国法西斯军队占领,当地一些未来得及撤退的共青团员,在地下党的领导下组成了"青年近卫军",他们与占领军展开了激烈的斗争,给敌人沉重的打击。但是由于叛徒的出卖,大部分"青年近卫军"被捕牺牲。这便是长篇小说《青年近卫军》所根据的事实基础。

1943年,苏联共青团中央建议法捷耶夫以这个故事为题材写作一部小说,他欣然接受,经过艰苦的写作,仅用一年多时间便写完了这部作品。1945年,小说一经出版就获得了读者的欢迎,次年获得了斯大林奖金一等奖,后被改变为同名电影,同样在社会上引起了强烈反响。当时,斯大林观看了这部电影之后十分恼火，认为作品把英雄们的战斗写成是自发性的，没有突出党的领导。之后，《真理报》对这部小说进行了猛烈地批判。为了平息舆论压力，法捷耶夫只好公开表态：接受批评，修改小说。为了修改小说，他花费了 3 年的时间，进行了较大的改动。1951 年，《青年近卫军》又出版了修订本。之后，斯大林去世后，围绕着小说的争论再起风波，西蒙诺夫等作家认为斯大林对小说的评判、干涉过于粗暴，于是法捷耶夫再次修改小说，删减了所有歌功颂德的内容。然而，经过反复的改动，作品已经支离破碎。

故事梗概

《青年近卫军》是一部反映前苏联人民在反法西斯卫国战争时期的英雄业绩的杰出作品，小说分为两部，第一部描写了 1942 年 7 月德国法西斯进攻克拉斯诺顿城和当地军民撤退的情景；第二部则描写了在州委书记普罗庆柯和区委书记刘季柯夫的领导下，这些青年建立"青年近卫军"并与敌人殊死斗争的故事。

1942 年夏，德国法西斯向欧洲东部发起了猛烈进攻，乌克兰伏罗希洛夫州顿巴斯矿区的小城克拉斯诺顿很快就沦陷，广大人民沦落到法西斯的铁蹄之下。为了使广大人民免受法西斯的荼毒，该市政府对军民进行了有组织的疏散和撤退。井长瓦尔柯是一位经验丰富的老布尔什维克，为了避免矿产落入敌人手中，奉命炸毁了新建的一号矿井。地下州委书记普罗庆柯跟随大部队撤离，而地下区领导人刘季柯夫和舒尔加接受了潜伏下来的任务，秘密地在城中进行地下工作。

与此同时，共青团员邬丽娅、奥列格、万尼亚也接到了撤离的命令，但是由于德军阻断了逃难群众的道路，他们只能返回城中。后来，奥列格悄悄地会见瓦尔柯，要求给自己分配工作任务，积极参与到革命工作中来。不久，留在城里的女报务员、共青团员刘芭前往伏罗希洛夫格勒执行任务，而参加支前工作的谢辽沙刚回到城里，并积极建议和帮助医院转移了 70 多名红军伤员。

舒尔加在城中积极组织工作，但是由于粗心大意，投宿在一个矿工福明家中。但是令人没有想到的是，福明原本是一个富农，却隐瞒了自己的真实身份。不幸的是，舒尔加被出卖。

刘季柯夫的革命活动获得了成功,他通过女联络员波里娜·索柯洛娃将印有列宁、斯大林照片的《真理报》张贴到城市的每一个角落。并且帮助奥列格更深刻地了解革命,教育他学习革命先烈的斗争传统。不久,瓦尔柯通过刘芭和伊凡卓娃姐妹找到了奥列格;普罗庆柯在北顿涅茨河对岸也成功地开展了游击活动。在德国军队的严密封锁下,这些充满激情的革命青年积极开展地下运动,一方面组织群众抵御敌人,一方面宣传列宁和斯大林。

为了打击城内革命者的运动,德国占领者发动突然袭击,城中一批党员和干部被逮捕入狱、牺牲。革命形势陷入危急关头,此时,奥列格等人认为应该建立独立的武装,有组织、有计划地进行斗争,于是他们成立了"青年近卫军",奥列格任政委,杜尔根尼奇任指挥员,邬丽娅、万尼亚、谢辽沙、刘芭、莫什柯夫、斯塔霍维奇为委员。当刘芭向普罗庆柯汇报组织成立情况时,却得到了要警惕斯塔霍维奇的指示。

在州委书记普罗庆柯和区委书记刘季柯夫的领导下,"青年近卫军"展开了一系列的对敌斗争,他们先是处决了出卖舒尔加的叛徒,散发进步传单、收听苏军的战报,破坏敌人的交通,还积极营救被敌人俘虏的战士,反对敌人招募劳工去德国。与此同时,为了支持苏军的战斗,他们抢夺敌人的粮食、军装,以及弹药,给敌人沉重的打击。

10 月,苏军在斯大林格勒等战役中连连获胜,革命形势向着有利方面发展。不久,普罗庆柯离开了这里,前往伏罗希洛夫州北部地区重新组织游击队,为迎接苏军的进攻做准备。

除夕夜,德军发起突然进攻,逮捕了万尼亚、莫什柯夫和斯塔霍维奇,斯塔霍维奇叛变了,并出卖了"青年自卫军"。在叛徒的出卖下,"青年近卫军"大部分队员以及刘季柯夫先后被逮捕入狱,奥列格等人本想奉命撤退,却未能穿越敌人的封锁线,不久也不幸被捕。被捕的革命者在狱中与敌人进行了英勇的斗争,誓死不屈,最后被敌人残忍的杀害,奥列格和刘芭在罗基文城被枪决。"青年近卫军"只有杜尔根尼奇一人逃离了敌人的追捕,后组织了游击队,与敌人继续战斗。

1943年2月15日，苏军解放克拉斯诺顿。普罗庆柯、杜尔根尼奇怀着悲痛的心情缅怀曾经的战友，他们在烈士墓前发誓，一定会为他们报仇雪恨。之后，他们又踏上了新的征程，与德国法西斯进行激烈的斗争。

作者简介

亚历山德罗维奇·法捷耶夫（1901年—1956年），前苏联著名作家，苏联社会主义现实主义文学的杰出代表之一，也是著名的社会主义革命者。法捷耶夫因创作描写俄国内战的小说《毁灭》和反映卫国战争时期地下抵抗斗争的《青年近卫军》出名，小说主要描写了为革命事业和建设新生活而英勇战斗的战士形象。

法捷耶夫出生于一个农民家庭，父母都曾参加过革命活动。在父母的影响下他，他在1912至1919年期间在海参崴商业学校学习时，就参加了革命活动，并于1918年加入布尔什维克，后参加了红军游击队，并见到了革命领袖列宁。

1927年，他开始从事文学运动，根据自身经历而创作了中篇小说《泛滥》（1922）、《逆流》（1924）和长篇小说《毁灭》（1927）。这些作品都是以国内战争为题材，描写了革命者的战斗生活。其中《毁灭》在社会上产生了巨大影响，生动地再现了1919年远东南乌苏里边区游击队斗争生活，以及主人公莱奋生领导的游击队与敌人的浴血奋战，临危不惧的崇高精神。1931年，鲁迅翻译了这部优秀的小说，在国内也引起了强烈的反响。

30年代，法捷耶夫写作了两部长篇小说，《最后一个乌兑格人》和《黑色冶金业》。1941年，卫国战争爆发，他担任《真理报》和新闻通讯社记者，期间发表了激动人心的文章和特写，随后出版特写集《封锁时期的列宁格勒》。

1945年，他写作了长篇小说《青年近卫军》，被称为战后苏联文学中最优秀的作品之一。小说通过克拉斯顿诺共青团地下组织"青年近卫军"与德国纳粹英勇斗争的故事，塑造了一个个栩栩如生的青年英雄形象。

随后，法捷耶夫一面从事社会活动，一面从事文学创作，编选了文学评论集《三十年间》，写作了随笔《在自由中国》等。

 主要人物

奥列格：

奥列格年仅 16 岁，是一个朝气蓬勃、纯洁善良、坚强的年轻人。他受到过良好的教育，热爱生活、更热爱自己的国家和人民。当克拉斯诺顿即将沦陷之时，作为共青团员的奥列格奉命撤离，但是由于道路被敌人封锁，所以不得不选择撤回城中。回到城中的奥列格，并没有消极、悲伤，而是积极要求瓦尔柯给自己分配任务，参加到革命中来。

奥列格天资聪明，勤奋好学，并且善于思考，在地下战斗过程中，奥列格逐渐成长、成熟，逐渐表现出非凡的组织才能，和应变能力，因此受到了同伴们的敬重和信任。奥列格果然不负众望，建议成立"青年近卫军"，并成为政委，在极其艰苦的斗争环境中，他表现出勇敢机智的斗争精神。

奥列格是一个出色的革命者，他具有高尚的共产主义品质、强烈的责任感，并且时刻准备着为革命和人民献出自己的一切。同时，他更具有顽强的意志力，面对斯塔霍维奇叛变，"青年近卫军"大部分队员先后被捕的困境，他积极带领其他队员穿越封锁线，不幸被捕。然而在监狱中，他与战友们与敌人进行了英勇悲壮的斗争，最后在罗基文城被敌人杀害。

邬丽娅：

邬丽娅是一个年轻美丽的姑娘，不仅聪明多才、充满活力，而且心灵也十分善良。作为一个年轻的姑娘，她喜欢读诗，喜欢充满诗意的美好生活，但是在国家危亡的关键时刻，她选择踏上了革命的道路，加入了"青年近卫军"，并且发誓"我只要一息尚存，就绝不离开这条路"。这充分地表现了邬丽娅是一个具有崇高品德、勇敢、坚定的进步青年。在斗争中，邬丽娅表现出出色的领导才能，被队员们称为"谦虚的指挥员中最勇敢的，勇敢的指挥员中最谦虚的"的领导者。

刘芭：

刘芭是一个具有浪漫主义色彩的英雄形象，她性格活剥开朗、乐观，并且能歌善舞，原本幻想成为一个出色的演员。不过，她积极参加了共青团，成了一个出色的女

报务员，当城中军民选择撤离的时候，她选择留在城中，积极前往伏罗希洛夫格勒执行任务。在城中，她积极进行革命工作，帮助瓦尔柯找到了奥列格，并且出色地完成了许多任务，利用自己的演员天赋戏弄德军，将敌人弄得狼狈不堪；被捕后她积极乐观、用唱歌、画漫画来激励战友，积极发表演说……最后，被敌人残忍地杀害。

静静的顿河

《静静的顿河》是苏联著名作家肖洛霍夫的一部力作，小说以俄国两次战争（即第一次世界大战爆发和苏联的国内革命战争，两次革命即二月革命和十月革命）为故事背景，描写了哥萨克青年葛利高里在动荡中苦苦挣扎、追求人生理想的过程，反映了葛利高里一家以及整个哥萨克群体在那个战争年代的生活和悲剧命运。

肖洛霍夫出生于顿河地区，是一位典型的哥萨克，也是苏联一位具有独特艺术风格的作家，他的作品再现了哥萨克群体在革命和战争中的艰苦经历，反映了他们在走向新生活过程中的曲折经历，以及为保卫祖国所进行的斗争。

肖洛霍夫一生的绝大部分时间都生活在顿河地区，他的生活和写作是永远与顿河分不开的，每当人们提起顿河，自然就会想起它的歌者肖洛霍夫。在顿河两岸居住着勇敢、渴望自由的人民，他们就是哥萨克。哥萨克一词源于突厥语，是"自由自在的人"或是"勇敢的人"的意思，他们原本是生活在东欧草原的游牧民族，受到地主贵族和沙皇政府的压榨，后不堪忍受沙皇的剥削和压迫，逃到了顿河流域。他们性格粗犷，热爱自由，以英勇善战著称，而哥萨克骑兵更是俄国最勇猛的力量。十月革命后，少数哥萨克参加了苏联红军，而多数则加入了反政府的白军，第二次世界大战期间，哥萨克骑兵在斯大林格勒攻防战中建立重大战功；同时也有少数人趁机反叛，建立了哥萨克共和国，但只维持了短短15天就被苏联红军撤销。在顿河两岸，流传着许多悲壮的英雄史诗、起义者的传说，而肖洛霍夫则运用独特的写作风格，歌颂着这片传奇色彩的土地以及生活在这片土地上的英雄。

肖洛霍夫出生于1905年，正值俄国革命风暴风起云涌之时，他的父亲虽然是从梁赞省移居顿河地区的外乡人，但是母亲是哥萨克农民的女儿。肖洛霍夫一出生便见证了俄国工人阶级第一次举行罢工起义，在以后的生活中，俄国和整个世界都经历了翻天覆地的变化，他自己也加入其中，先后经历了国内战争、农业合作化运动、卫国战争。他体验了俄国人民群众尤其是顿河地区哥萨克所经历的苦难，见证了人民群众在战争和革命中顽强不屈的精神，以及对自由美好生活的探索和追求。

从1914年开始，肖洛霍夫开始读了几年书，但是由于国内战争爆发，他被迫中断了学业。此时顿河地区的斗争十分严峻，他参加了本地的武装斗争，当过粮食征集队的队员。1920年，顿河地区建立了苏维埃政权，他以饱满的热情投身于革命之中，曾担任镇革命委员会办事员、扫盲教师、业余剧团的编剧兼演员等。1922年秋，肖洛霍夫来到莫斯科，加入文学团体"青年近卫军"，并开始从事文学创作，在各级报刊上发表了小品文、特写和第一部短篇小说《胎记》，后参加了俄罗斯无产阶级作家联合会（拉普）。1924年他回到顿河开始创作，两年后根据自己在国内战争时期的亲身经历和见闻为素材，创作了小说集《顿河故事》，反映了顿河地区尖锐复杂的矛盾斗争，其中包括《胎记》，它描写了顿河地区的哥萨克尼古拉参加了红军，但是作为匪帮头子的父亲强烈反对，并亲手用马刀砍死了自己的儿子；《看瓜田的人》则描写了父亲活活地打死了给红军俘虏送面包的母亲；弟弟为了救当红军受伤的哥哥，用斧头亲手砍死了前来搜寻哥哥的父亲。这些故事是当时顿河地区生活的侧面，反映了矛盾冲突的激烈，以及红军革命的艰辛。

同样出生于顿河哥萨克的著名作家绥拉菲莫维奇在为《顿河故事》写序言时，说道："肖洛霍夫的短篇小说像草原上的鲜花一样，生气勃勃，色彩鲜艳，朴素，鲜明，所讲的故事使人感同身受，仿佛就在眼前。……作者对于所讲述的事物具有广泛深入的了解。眼光敏锐、能抓住事物的本质。善于从许多特征中挑选出最典型的特征。"

1926年，肖洛霍夫开始创作长篇小说《静静的顿河》，作者经过14年的写作，终于1940年完成这篇巨作。作者肖洛霍夫曾经说过，自己想在小说中"表现革命中的哥萨克"，正如小说开篇的哥萨克诗歌所唱的一样："我们的土地用马蹄来翻耕，光荣的土地上种的是哥萨克的头颅，静静的顿河到处装点着年轻的寡妇，我们的父亲，静静的顿河上到处是孤儿，静静的顿河的滚滚波涛是爹娘的眼泪。"

小说一经问世就受到了国内外的瞩目，被人称作是"令人惊奇的佳作"，"苏联文学还没有遇到同它相比的小说"，并于 1941 年获斯大林奖金、于 1965 年获诺贝尔文学奖。

故事梗概

在俄罗斯南部静静的顿河边上，有一个小村叫作鞑靼村，住着 300 户人家，绝大多数都是哥萨克人。村子尽头住着麦列霍夫一家，男主人叫作潘苔莱，曾经当过兵，他和妻子年事已高，大儿子彼得罗和妻子妲丽亚，小儿子葛利高里还未娶亲，还有一个小女儿杜妮亚。一家人恪守哥萨克传统，勤劳朴实，家庭并不是太富裕，但是幸福美满。

村里住着另一个名叫司契潘·阿司塔霍夫的哥萨克，妻子叫作阿克西妮亚，他经常游手好闲，喜欢喝酒，常打骂老婆，两人的关系并不和谐。而村里的首富是米伦·珂尔叔诺夫，他的儿子与葛利高里同年，是个游手好闲的花花公子，不过他的女儿娜塔莉亚，性情却十分温和。除此之外，村里还有一个外地迁来的富豪莫霍夫，靠向政府告密和剥削工人发家。

1910 年，村里来了一个叫施托克曼的外乡人，是一位从事地下工作的布尔什维克党员，曾经参加过 1905 年革命，被沙皇政府逮捕、流放。他来到鞑靼村，以铁匠铺作掩护，开展秘密活动，宣传革命，村里参加活动的有工人达维德加、机械师科里特里亚洛夫、贫农珂晒沃依等人。

这一年，彼得罗和司契潘前去参军，阿克西妮亚和葛利高里悄悄地相爱了，两人的感情很快升温，还经常住在一起。两人的事情很快被潘苔莱得知，为了阻止两人的行为，他立即张罗为儿子娶亲。后来，司契潘回家后得知此事，不仅毒打了妻子，还与葛利高里决斗，但这仍阻止不了他们的暗中来往。潘苔莱前往米伦家为儿子提亲，但是遭到米伦的拒绝，认为两家门不当户不对，女儿娜塔莉亚执意要嫁给葛利高里，米伦不得已只好答应。葛利高里和娜塔莉亚结了婚，但是却仍喜欢阿克西妮亚，经常与妻子吵架，遭到了父亲的责骂。谁知，葛利高里竟带着阿克西妮亚私奔，前往地主李斯特尼次基家当雇工。

第一次世界大战爆发，葛利高里参军，在战斗中他英勇杀敌，获得了十字勋章。

在部队中遇到哥哥彼得罗和情敌司契潘，司契潘屡次想谋害他，但都无法下手，在一次战斗中葛利高里救了司契潘，于是两人冰释前嫌。当他负伤返乡时，年幼的女儿已经病死，而阿克西妮亚与地主的儿子勾搭上。葛利高里十分气愤，回到了妻子身边，因为他在军队中立功，所以受到了村里人的尊敬。很快，葛利高里重返前线，妻子也为他生了一对龙凤胎，他依然作战英勇，先后获得了四枚乔治勋章。

十月革命后，反动政府开始革命反扑，顿河地区又陷入了水深火热之中，人民群众遭受了更严重的痛苦和灾难。此时，他因战功被沙皇军队提升为排长，但是他拥护哥萨克独立，受到了革命者波得捷尔珂夫的影响，离开了沙皇军队参加了红军，英勇地与白军作战。不久，波得捷尔珂夫担任当地革命军事委员会主席，残忍地杀害被俘虏的白军，这引起了葛利高里的反感和反对。此时，他在战斗中负伤，所以趁机回家养伤，父亲潘苔莱十分反对他参加革命军。

1918年春，顿河地区发生了反革命叛乱，叛军来到鞑靼村，米伦出任村长，彼得罗任村哥萨克军头目，他们指挥叛军与红军作战。由于叛军来势凶猛，波得捷尔珂夫及其部下被捕，被处死刑，顿河地区被白军占领。而在哥哥和父亲的影响下，葛利高里也参加了叛军。很快，红军再次占领鞑靼村，米伦、彼得罗被枪毙了，潘苔莱、葛利高里也被列入被通缉的名单。葛利高里心中充满了仇恨，残忍地杀害大量红军战士，只要抓到俘虏就全部杀掉。慢慢地，他又从连长逐步升为叛军师长，在一次战斗中他杀死了四名红军战士，后因为心怀不忍，又释放了被关押的红军家属。最后，顿河地区的叛军失败，葛利高里想带着阿克西妮亚随白军逃跑失败，只好回到了鞑靼村。

葛利高里又参加了红军，因为作战英勇而立功受奖，升为副团长。当他回到家乡时，发现父母、妻子、嫂子都已经去世，他的妹夫珂晒沃依担任鞑靼村革命军事委员会主席，并且要追究他反革命罪行。为了逃避罪行，他又参加了佛明匪帮，在红军的打击下，佛明匪帮很快解散。葛利高里决定带走阿克西妮亚远走他乡，在路上遇到了征粮队的袭击，阿克西妮亚中弹身亡。葛利高里怀着悲伤的心情回到了家乡，女儿已经病死，他抱着儿子米沙特加，发觉儿子是自己活在世界上唯一的希望。

米哈伊尔·肖洛霍夫（1905年—1984年），苏联著名的文学家，凭借代表作《静静的顿河》获得诺贝尔文学奖，曾获得列宁勋章和"社会主义劳动英雄"称号，他的文学创作对苏联文学和世界文学产生了深远的影响。

肖洛霍夫出生于俄国顿河地区维约申斯克镇的克鲁日伊林村，他一生绝大部分的时间在那里度过。父亲做过店员、种过地，还做过磨坊经理，母亲只是普通的家庭妇女。他小时只读过几年书，但是却十分喜欢读书，经常阅读各种文艺报刊和书籍。1918年，顿河地区的斗争十分严峻，他参加了本地的武装斗争，当过粮食征集队的队员。1920年，顿河地区建立了苏维埃政权，他以饱满的热情投身于革命之中，曾担任镇革命委员会办事员、扫盲教师、业余剧团的编剧兼演员等。

1922年秋，肖洛霍夫来到莫斯科，加入文学团体"青年近卫军"，并开始从事文学创作，在各级报刊上发表了小品文、特写和第一部短篇小说《胎记》，后参加了俄罗斯无产阶级作家联合会（拉普）。1924年他回到顿河开始创作，于1928年在苏联《十月》杂志上发表了著作《静静的顿河》，一时间声名鹊起，受到了国内外的瞩目，小说在德国的销售量甚至超过雷马克的《西线无战事》。在创作《静静的顿河》期间，他又完成了反映农村集体化的长篇小说《被开垦的处女地》（又译《新垦地》）的第一部。

卫国战争时期，肖洛霍夫作为苏联《真理报》和《红星报》的记者奔赴前线，发表了很多政论和特写，还创作了短篇小说《仇恨的科学》。之后又在《真理报》上发表了小说《一个人的遭遇》（又译为《人的命运》）。1960年，肖洛霍夫完成了《被开垦的处女地》的第二部，这部小说被称作为《静静的顿河》的续作，同样具有较大的影响。

葛利高里·麦列霍夫：

葛利高里是小说的主人公，他是一个悲剧性的人物，也是一个性格独特而又复杂的人。受到哥萨克的传统和教育的影响，使他养成了正直善良、热爱劳动、热爱生活的性格特点，但是也受到了哥萨克旧的生活方式的影响，在复杂、激烈的革命中，他看不清方向，以至于走上了错误、反复的道路。

葛利高里是一个勇敢的人，为了追求爱情，他敢于冲破世俗观念，勇敢地与阿克西妮亚结合；当战争爆发时，他毅然奔赴前线，英勇杀敌，并且多次获得勋章，多次获得提升；十月革命爆发后，他在哥萨克革命者波得捷尔珂夫的影响下，积极参加红军，担任连长，与白军的战斗中依然作战勇敢。

他也是一个善良的人，对人们和动物都具有怜悯之心，第一次砍死一名奥地利士兵，他的内心十分痛苦，他同情死于战争中的人，即便是敌人，所以当看到一个哥萨克残忍地劈砍俘虏时，他气急败坏地朝他开枪；当哥萨克士兵轮奸波兰姑娘，他义愤填膺地解救；他还救下了司契潘，这个多次陷害自己的情敌；甚至因为波特捷尔珂夫残杀俘虏，而决定离开红军。红军杀害自己的亲人，他疯狂地与红军作战，但是内心却苦恼不已，甚至违抗上级命令放走了红军家属。尽管他叛离了红军，但是他良心未泯，执着于真善美。

他是一个矛盾的人，在红军和白军两大阵营中徘徊不定，先后两次参加红军、三次参加白军，但是不管在哪方军队他都作战英勇，从不允许自己和下属抢劫；在生活中，他也是一个矛盾的人，摇摆于妻子娜塔莉亚与情人阿克西妮亚之间，使这两个都深爱他的女人为他死得异常悲惨。

葛利高里不相信布尔什维克主义，也不满白军的残暴和腐败，他为了追求真理，从一个阵营跑到另一个阵营，始终处在徘徊的状态。他的悲剧是历史造成的，他的人格魅力就在于痛苦地抗击战争对他的人性腐蚀和扭曲，始终保持良心未泯。

阿克西妮亚：

阿克西妮亚也是一个悲剧式的人物，她的丈夫司契潘·阿司塔霍夫开始整天游手好闲，喜欢酗酒打人，所以经常打骂她。她并不爱自己的丈夫，后来爱上了同村的葛利高里，她的爱情是那样的大胆、真挚，甚至为了他愿意一起私奔到地主李斯特尼次基的庄园做雇工。

在葛利高里参军期间，娜塔莉亚曾经哀求她把葛利高里放回去，此时她对葛利高里的全部的爱都放在女儿身上，听到这个消息后发疯似的保护着自己的地位。然而不久，女儿就患病去世，她内心十分痛苦，此时回家养伤的李斯特尼次基中尉乘虚而入，对她表示了深切的关心和爱护，因此被失望折磨着的阿克西妮亚背叛了两人的感情，但是她心中依然深爱葛利高里。当葛利高里得知此事时，她伤心地求他原谅，却遭到了拒绝，此时她内心十分痛苦。

最后，当葛利高里决定带她远走时，她毅然跟随他远走天涯，却不幸地被征粮队员打死。阿克西妮亚是一个可怜的、善良的女人，她勇敢地追求自己的爱情和自由，却经历了无数的苦难和不幸，最后不幸去世。她的生活经历代表了无数俄国当时普通女人的悲惨命运，也体现了她们顽强不屈的精神。

被开垦的处女地

写作背景

《被开垦的处女地》是肖洛霍夫的主要作品，被誉为《静静的顿河》的续作，在苏联和国际上均享有盛誉。

1932年，肖洛霍夫参加了苏联共产党，后经历了国内战争、农业合作化运动、卫国战争。他体验了俄国人民群众尤其是顿河地区哥萨克所经历的苦难，见证了人民群众在战争和革命中顽强不屈的精神，以及对自由美好生活的探索和追求。在创作《静静的顿河》期间，他又完成了反映农业集体化运动的长篇小说《被开垦的处女地》的第一部，其间中断了二十几年的时间，终于于1959年出版小说的第二部，于1960年获得列宁奖金。

这部小说以顿河格列妙奇村集体农庄的建立、发展和巩固为背景，反映了当时革命斗争的复杂性和尖锐性，塑造了达维多夫、拉古尔洛夫和梅谭尼可夫等鲜明的人物形象。随着苏联社会情况的变化，这部作品的命运遭遇了令人意想不到的转折。

其间，苏联经历了卫国战争时期，肖洛霍夫积极参加革命，与红军一同前往前线，写作了许多通讯、特写和短篇小说。1943年，他创作了反映卫国战争的长篇小说《他们为祖国而战》，但是由于种种原因没有完成。在卫国战争时期，他的思想发生了新的转变，被苏联人民强烈的爱国主义精神所感动，其作品也反映了人民群众博大的胸怀和不可摧毁的意志。主要作品包括《一个人的遭遇》。所以，《被开垦的处女地》前后两部，在人物塑造和写作风格上都有很大的区别。

虽然《被开垦的处女地》在苏联国内并没有如同《静静的顿河》一般产生巨大的影响，但却在中国产生了重大的影响。当时丁玲、周立波、马烽、孙犁、贺敬之等许多作家都受到了苏联文学的较大影响，而著名作家周立波是最早翻译这部小说的。周立波写作了反映解放军土改运动的《暴风骤雨》，丁玲创作的《太阳照在桑干河上》都受到了这部作品的影响。

《被开垦的处女地》，共分为两部，描写了以达维多夫为代表的共产党员在顿河区域农村格列妙奇村进行集体化过程中，与反革命分子波罗夫则夫、奥斯特洛诺夫进行激烈斗争的故事。

1930年，苏维埃政权在全国范围内开展农业集体化运动，然而，由于地区的领导工作上有所偏差，再加上工作遭到了富农和反革命分子的破坏，集体化运动开展得很不顺利。之后，先进工人、共产党员达维多夫接受上级的命令来到顿河地区，组织这里的农民建立集体农庄。路上，他遇到了前来迎接他的老贫农西奚卡，获知了村里的真实情况，发现村里贫苦农民对集体农场情绪很高。

第二天，达维多夫召开了村民大会，贫民们纷纷表示愿意加入集体农庄，不过也有少数农民持有反对和观望态度。达维多夫积极团结群众，没收了富农的财产，一些积极分子将家里的牲口赶到集体农场来。少数人采用消极敷衍的态度，在达维多夫和村支书拉古尔洛夫、村苏维埃主席安得烈的教育和说服下，参加集体农庄的农民越来越多。

与此同时，过去的白匪军官叫波罗夫则夫也偷偷在村里活动，他隐藏在老部下中农奥斯特洛诺夫家里，积极拉拢那些不满意集体化的落后分子，准备发动反革命暴动。奥斯特洛诺夫假装加入了集体农场，乘机搞分裂活动，破坏集体化运动。这时，区委书记犯了激进的错误，要求村里在最短时间内百分之百地完成集体农庄任务。达维多夫认为这个指示不准确，于是便到区委提意见。波罗夫则夫趁机让奥斯特洛诺夫造谣生事，说政府要求一切大小家畜一律交公，这增加了人民群众的恐慌和疑虑，纷纷屠杀猪羊。

村支书拉古尔洛夫恐怕村民将全村的牲口都杀光，情急之下便决定让群众将鸡鸭统统交公，引起了群众极大不满。达维多夫回来之后，才纠正了拉古尔洛夫的错误，不仅归还了群众的牲畜,还积极解释政府的政策,终于稳定了局面。之后,反动分子又造谣说要求将麦种交公保管,群众都不愿意执行。拉古尔洛夫却强行下命令,还将不愿意参加集体农庄的农民禁闭了一天,这样一来,拉古尔洛夫与农民群众之间的矛盾越来越严重。

3月初,斯大林纠正了各地开展集体农场运动中所犯的错误,强调了集体农庄建设的自愿原则,也教育了一些不了解党的政策的群众。这让很多群众打消了顾虑,纷纷拥护政府的集体化运动。然而,村里的一些领导仍把握不住政策,只知道处分那些犯错误的人,区委书记将工作失误都推在拉古尔洛夫身上,甚至主张开除拉古尔洛夫出党。

在反动分子的煽动下,不明真相的妇女在缴给集体农庄麦种时,殴打了达维多夫。他不仅没有处分这些妇女,还谅解和教育了她们。他的这种大度感动了广大群众,很多人都自动回到集体农场来。达维多夫亲自带领农民进行产生竞赛,调动了农民群众的积极性。之后,上级撤掉了区委书记,纠正对拉古尔洛夫的处分过重,恢复了他的党籍,只给以批评教育的处分。

最后,格列妙奇村在达维多夫带领下,终于冲破了重重困难和阻碍,集体农场渐渐巩固起来。反动分子波罗夫则夫、奥斯特洛诺夫受到了惩罚,顿河地区贫苦的农民也在被开垦的处女地上建设起自己的新家园。

作者简介

米哈伊尔·肖洛霍夫(1905年—1984年),苏联著名的文学家,凭借代表作《静静的顿河》获得诺贝尔文学奖,曾获得列宁勋章和"社会主义劳动英雄"称号,他的文学创作对苏联文学和世界文学产生了深远的影响。

肖洛霍夫出生于俄国顿河地区维约申斯克镇的克鲁日伊林村,他一生绝大部分的时间在那里度过。父亲做过店员、种过地,还做过磨坊经理,母亲只是普通的家庭妇女。他小时只读过几年书,但是却十分喜欢读书,经常阅读各种文艺报刊和书籍。1918年,顿河地区的斗争十分严峻,他参加了本地的武装斗争,当过粮食征集队的队员。1920年，顿河地区建立了苏维埃政权，他以饱满的热情投身于革命之中，曾担任镇革命委员会办事员、扫盲教师、业余剧团的编剧兼演员等。

1922年秋，肖洛霍夫来到莫斯科，加入文学团体"青年近卫军"，并开始从事文学创作，在各级报刊上发表了小品文、特写和第一部短篇小说《胎记》，后参加了俄罗斯无产阶级作家联合会（拉普）。1924年他回到顿河开始创作，于1928年在苏联《十月》杂志上发表了著作《静静的顿河》，一时间声名鹊起，受到了国内外的瞩目，小说在德国的销售量甚至超过雷马克的《西线无战事》。在创作《静静的顿河》期间，他又完成了反映农村集体化的长篇小说《被开垦的处女地》（又译《新垦地》）的第一部。

卫国战争时期，肖洛霍夫作为苏联《真理报》和《红星报》的记者奔赴前线，发表了很多政论和特写，还创作了短篇小说《仇恨的科学》。之后又在《真理报》上发表了小说《一个人的遭遇》（又译为《人的命运》）。1960年，肖洛霍夫完成了《被开垦的处女地》的第二部，这部小说被称作《静静的顿河》的续作，同样具有较大的影响。

主要人物

达维多夫：

主人公达维多夫是苏联顿河区域格列妙奇村农村集体化运动的领导人，也是一位出色的共产党员。他对革命具有无限的忠诚以及丰富的工作经验，在格列妙奇村集体化运动落后、进展缓慢的情况下，接受了领导组织农民参加集体农庄的任务。他刚刚来到村里，就从老贫农西奚卡那里了解了村里的真实情况，并根据实际情况制定工作方针，即积极召开村民大会，发动积极性强的贫农，教育落后的中农，没收富农的财产，由于他善于联系团结群众，所以村里的工作得以顺利开展。

在波罗夫则夫等反动分子进行破坏活动的情况下，村里的集体化活动受到了阻碍，当反动分子制造谣言、区委书记犯了激进错误时，他敏锐地指出错误，积极寻求解决办法，便到区委提意见；当村支书拉古尔洛夫让群众将鸡鸭统统交公的指令遭到群众不满时,他及时纠正了拉古尔洛夫的错误,安抚群众的不满和恐惧心理,积极宣传政府的政策。

他是一位具有领导魅力的共产党员,善良、宽容,当被煽动的妇女打了他时,他选择了宽容,正因为如此他得到了村里群众的尊重和支持,才使得格列妙奇村农村集体化运动得到巩固和稳步发展。他是经历了战斗锻炼的无产阶级先锋队的代表,具有坚强的意志力,更具有宽广的胸怀。

拉古尔洛夫:

拉古尔洛夫是村里的支部书记,他积极支持上级的农村集体化运动。但是由于思想不成熟、工作方法激进,从而犯了一系列的错误。当奥斯特洛诺夫造谣生事,说政府要求一切大小家畜一律交公,恐慌的群众纷纷屠杀猪羊时,他担心村民将全村的牲口都杀光,情急之下便决定让群众将鸡鸭统统交公;当反动分子又造谣说要求将麦种交公保管,群众不执行命令时,拉古尔洛夫却强行下命令,将不愿意参加集体农庄的农民关了禁闭,甚至还打了人。这样激进的错误使他受到了群众的质疑和不满,甚至影响了村里集体化的进程。

后来,当斯大林纠正集体化运动错误时,区委书记将工作失误都推在拉古尔洛夫身上,甚至主张开除拉古尔洛夫的党籍,幸好上级纠正了区委书记的失误,纠正对拉古尔洛夫过重的处分,恢复了他的党籍,只给以批评教育的处分。而他也知道了自己工作的失误,改正了自己的错误和缺点。

所以,拉古尔洛夫是一个正在成长的共产党员的形象,尽管他的思想不成熟却对革命充满了热忱,却能够知错就改。

名家评价

卢那察尔斯基在20世纪30年代初讨论社会主义现实主义的价值的时候,把《被开垦的处女地》称为"目标明确、积极、辩证的现实主义——社会主义现实主义——类型的佳作"。

列休切夫斯基认为:"《被开垦的处女地》是一部讲述近日苏联农村的作品……它提出并解决了我们革命的一般问题,小说以巨大的艺术力量肯定了集体化运动的世界意义,肯定了党让广大农民群众走上集体化道路的总路线的胜利。"

苦难的历程

《苦难的历程》是苏联著名作家阿·托尔斯泰的代表作,书名来自俄国古代伪经《圣母历难记》,以第一次世界大战、二月革命、十月革命和国内战争等重大历史事件为背景,描写了捷列金、罗欣、卡嘉、达莎四个性格迥异的知识分子在社会动荡、如火如荼的革命时期,经历了彷徨、失落、觉醒、成长从而走上革命道路、获得幸福的艰难历程。

小说虽然没有正面描写十月革命,却反映了十月革命前后的社会变革和无产阶级革命的历史进程,表现了俄国知识青年不断探索、抗争的精神。小说场面广阔、人物众多、情节跌宕起伏,从彼得堡到荒僻的乡村,再到硝烟弥漫的战争前线,从乌克兰到莫斯科,从伏尔加河到库班,展现了当时俄国广阔的社会画面。

《苦难的历程》是作者花费了 20 年时间,精心构思和艰苦写作、反复修改完成的作品,它反映了作者在人生道路上经历的一段痛苦、希望、喜悦、失望的辛酸历程。小说的第一部《两姐妹》完成于 1912 年,第二部《一九一八年》于 1928 年在《新世界》杂志上发表,而第三部《阴暗的早晨》于 1941 年 6 月发表。其间,写作几经停顿,先后经历 20 年,所以在写作思想、创作方法、人物形象、小说体裁和语言风格上都有很大变化。

阿·托尔斯泰出生于沙皇俄国萨拉托夫省东北部的尼古拉耶夫斯克一个破落的贵族家庭,父亲是一位地位高贵的伯爵。虽然出身贵族家庭,他却厌恶贵族生活的腐败和贪婪,早年便以果戈里式的诙谐笔调写作了讽刺贵族生活的两部长篇小说《怪人》和《跛老爷》。他热爱自己的祖国,在第一次世界大战期间,作为战地记者前往前线,报道了多篇反映俄国人民为祖国而战斗的文章。他曾经前往英国、法国等欧洲国家,希望俄国的社会局面也能得到改善。所以当二月革命爆发时,他对此表示了热烈的欢迎，但是他对武装革命和布尔什维克党还存在着怀疑和质疑，当十月革命爆发时，他感到了困惑并选择了逃离。

1918年，他流亡巴黎和柏林，其间开始创作《苦难的历程》的第一部《两姐妹》，表现了对革命的困惑和疑虑。后来，在与高尔基交往的过程中，他坚定了对祖国的信心、对革命事业的认识和了解，1923年他回到了莫斯科，文学创作思想也进入了新的阶段，开始接近人民群众，富有革命的思想。其间，他完成了一系列有影响的作品：《粮食》、《伊凡雷帝》、《苦难的历程》后两部《一九一八》、《阴暗的早晨》等。

1943年，阿·托尔斯泰回忆自己的写作经历时说："《苦难的历程》就是作者的良心所经受的一段痛苦、希望、喜悦、失望、颓丧和振奋的历程，是对于整整一个巨大时代的感受。这个时代从第一次世界大战的初期开始，直到第二次世界大战的初期才告结束。"

《苦难的历程》是阿·托尔斯泰一生中最重要的作品，也是苏联文学最优秀的长篇巨著之一。它不仅反映了作者"回家，到祖国之路"所经历的艰苦历程，也反映了俄国人民，尤其是俄国知识分子在共产党的领导下经受考验、取得革命胜利的曲折过程。

故事梗概

《苦难的历程》是阿·托尔斯泰的代表作品，以第一次世界大战、二月革命、十月革命和国内战争等重大历史事件为背景，通过卡嘉、达莎和她们所爱的人捷列金和罗欣所经历的彷徨、苦闷、探索、追求，最后走向革命的苦难历程，反映了俄国知识分子在共产党的领导下坚强不屈地寻求人生出路，谋求真理的崇高精神。

卡嘉和达莎是两个热爱生活的两姐妹，希望能够获得幸福美满的生活。姐姐卡嘉嫁给了顽固的大律师，丈夫在向士兵们鼓吹把战争打下去时，被士兵打死，卡嘉的生活陷入了绝望之中。而充满青春活力的达莎善良、美丽，平时同情被压迫的工人，并与工程师捷列金相爱。不久，卡嘉与对沙皇政权的腐败深恶痛绝的旧军官罗欣相爱，两人重新找到了生活的希望。

当时的俄国处在沙皇政府的统治之下，腐败的政府和第一次世界大战的爆发，使社会矛盾更加激烈，人民群众遭受反动政府的压迫和剥削。俄国发生了翻天覆地的变化,工人举行大罢工而遭到军警的疯狂镇压;无数士兵被迫加入第一次世界大战之中,最终在炮火中死亡;妇女们每天忍受饥饿和贫寒……革命的风暴越来越近。卡嘉和达莎以及他们的丈夫捷列金、罗欣各奔东西,个人幻想破灭,他们也走上了不同的人生道路。

1917年,二月革命爆发和十月革命爆发,革命者与沙皇政府展开了激烈的战斗。罗欣是一个出身贵族的军官,他热爱自己的祖国,但是却不相信革命能够胜利,于是加入了白匪军,将拯救祖国的希望寄托在白匪军之上。而捷列金则毅然加入了红军,他虽然是一个旧知识分子,却也热爱自己的祖国,他英勇地与白匪军作战,保卫自己的国家和人民,并多次获得战功。

捷列金和罗欣参加军队之后,两姊妹卡嘉与达莎也经历了一番苦难和不幸。卡嘉孑然一身,生活无着,便开始四处流浪,寻找自己的丈夫罗欣。同时,年轻不成熟的达莎受到了反革命组织的诱惑,加入了反革命集团并在流浪中被红军俘虏。在红军战士的关心和教育下,她开始接受革命思想,成为一个红军战地医院的护士。

1918年底,红军与白匪军的斗争更加激烈,罗欣逐渐发现白匪军残忍、腐败的一面,对自己的选择产生了怀疑。之后他开始觉醒,摆脱了资产阶级贵族观念的束缚,与白匪军彻底脱离,从而走上了革命的道路。在察里津保卫战中,捷列金战斗英勇,已经成为一位出色的红军指挥员,在战斗中负伤的他与达莎邂逅。而卡嘉在寻找罗欣的过程中历经艰辛,终于找到了自己的丈夫和苏维埃政权,成了一名教师。

1920年,国内战争即将结束,捷列金和罗欣等四人在莫斯科团聚,经历了一番艰苦的历程之后,他们逐渐认识到革命的深刻道理:只有国家和民族得到民主解放之后,个人才能找到自己的位置和真正的幸福。

作者简介

阿·托尔斯泰(1882年—1945年),出生于沙皇俄国萨拉托夫省东北部的尼古拉耶夫斯克一个破落的贵族家庭,父亲是一位伯爵,母亲则是一位儿童文学作家。1901年,进入彼得堡工学院学习,后中途离校,开始文学创作,之后发表了第一本诗集《抒情诗》。1911年之后,发表诗集《蓝色河流后面》和童话集《喜鹊的故事》,以及长篇小说《怪人》和《跛老爷》，这些作品描写了俄罗斯贵族地主的生活和精神的堕落。

第一次世界大战爆发后，阿·托尔斯泰作为战地记者前往前线，写作了一些战争的随笔、小说和戏剧，作品也开始接近人民群众。如短篇小说《美丽的夫人》，剧本《魔鬼》、《苦命的花》等。1917年，二月革命爆发后，阿·托尔斯泰热情地迎接革命，却对接下来的十月革命不理解甚至恐惧，便开始流亡巴黎，后又移居柏林。其间，创作了自传体中篇小说《尼基塔的童年》、《苦难的历程》三部曲第一部的《两姐妹》，以及长篇科学幻想小说《艾里达》。

1923年，他回到祖国，写作风格也发生了转变，创作了一系列批判资本主义社会的作品，如短篇小说《海市蜃楼》、《五人同盟》、长篇讽刺小说《涅夫佐罗夫的奇遇或伊比库斯》、科学幻想小说《加林工程师的双曲线体》，以及反映现代生活的小说《蓝色的城》。

1927年，他开始创作《苦难的历程》的后两部《一九一八年》和《阴暗的早晨》，这三部曲描写了革命初期和国内战争时苏联人民的英勇斗争和知识分子思想转变的过程。他还创作了很多精彩的童话故事，包括《狼和小山羊》与《金冠大公鸡》被读者熟知的童话故事。

阿·托尔斯泰是苏联著名的作家，积极参加社会活动，将自己的生命献给了苏联的无产阶级文学事业，曾获得了列宁勋章、三次获得斯大林奖金。

捷列金：

捷列金是一位意志坚定、具有崇高信仰的革命者。他出生于贫民家庭，受尽了沙皇政府的压榨和剥削，后经过一番努力成为出色工程师，也是俄国新时代知识分子的代表。他热爱自己的祖国，痛恨白匪军的腐败和贪婪，因此革命一爆发他便参加到革命的队伍中来，积极与白匪军作战。

捷列金参加红军之后，对革命充满无限忠诚，在库班英勇作战。经历了战火的考验后，捷列金成了一位出色的红军指挥员。后来在即将胜利之后，遇到了苦苦找寻自己的妻子。在莫斯科他参加了苏维埃代表大会，并且看到上台演讲的列宁，这时他更加坚定了自己的信念，看到了祖国美好的前景。

罗欣：

罗欣是贵族出身的知识分子，但是他厌恶贵族以及沙皇政府的贪婪和腐败，他热爱自己的祖国，希望能够凭借自己的能力改变俄国的现状，找到新的出路。他不相信人民革命能够改变俄国的命运，所以参加了白军，与红军展开了战斗。但是当他看到白军枪杀无辜的妇女儿童以及红军家属，看到旧贵族和军官们仍在花天酒地时，他开始怀疑自己当初的选择，思想开始有所觉悟。最后，罗欣参加了起义，加入了红军队伍。

罗欣是一位有思想的知识分子，他从开始的彷徨、探索、失望、绝望到觉醒，终于找到了自己的出路，终于摆脱了资产阶级贵族观念的束缚而获得了自由与新生。这个形象实际上代表了作者阿·托尔斯泰的个人经历，代表了俄国人民群众的觉醒。

钢铁是怎样炼成的

《钢铁是怎样炼成的》是作家奥斯特洛夫斯基根据自身经历创作的一部自传体小说,小说反映了十月革命前后到社会主义工业化初期苏联的历史情况,描写了主人公保尔·柯察金由一个自发反抗的少年成长为坚定的共产主义战士,克服人生道路中的千难万险,并为实现社会主义理想而进行艰苦卓绝的斗争的感人故事。

小说分为两部,第一部描写了第一次世界大战到国内战争时期,乌克兰地区为建立苏维埃政权进行的尖锐复杂的斗争;第二部则描写了经济恢复时期乌克兰首都基辅中的布尔什维克党进行的肃清土匪和反革命、恢复经济等一系列艰巨的斗争。

奥斯特洛夫斯基出生于现在的乌克兰的维里亚村一个贫困的工人家庭。他的父亲是普通的工人,母亲负责料理家务,还当过女佣。年幼的奥斯特洛夫斯基只上完了小学就因为家庭贫困而辍学,给人放过马、做过杂工。后来,他进入发电厂,做助理司炉工、电工,也干过锯木柴、卸煤等杂活。虽然他只上过几天小学,但是却十分渴望读书,12岁时就阅读了英国女作家伏尼契的代表作《牛虻》,被牛虻的经历深深感动。他经常想尽办法读书,甚至把午饭换成报纸,还尝试写作童话、短篇小说和诗歌。

十月革命前夕,奥斯特洛夫斯基认识了工人运动的领导人费多尔和林尼科,在两人的带领下,他开始了解革命,并走上了革命的道路。十月革命胜利不久,边境小城舍佩拖夫卡被德国人占领,林尼科领导的革命委员会转入地下斗争,而奥斯特洛夫斯基也接受了革命任务,为革命委员会搜集情报。

1919年春,革命委员会委员费多尔被敌人逮捕,年仅15岁的奥斯特洛夫斯基独自一人前去解救,费多尔幸运得救,他自己却被捕。在狱中,他受尽了敌人的严刑拷打,还差一点被枪毙,幸好被一位慈善的匪军上校释放。同年,他加入了共青团,不久就参加了红军,开赴前线。战斗中,他作战英勇,加入了威名远扬的布琼尼第一骑兵军团。在这里他成了一名出色的侦察兵，并获得了很多嘉奖。然而不幸的是，在1920年8月进攻里沃夫的战斗中，他的头部和腹部被炮弹炸伤，经过艰难抢救才挽回了生命，却右眼失明。他不得不复员，被安排在基辅铁路工厂，负责共青团的相关工作。

在工厂工作期间，他认真负责，工作积极，一方面阻止匪军的破坏，另一方面解决工人们的消极罢工。为了解决燃料问题，他不顾身体的虚弱，带领共青团员日夜奋战在风雪交加的建筑工地，最终在工程即将完成时病倒在工地上。

1924年，年仅20岁的奥斯特洛夫斯基加入了共产党，先后担任青年团舍佩拖夫卡地委书记和沃伦州团委委员等职务，由于他时常拼命地工作，身体状况越来越糟糕，后来因关节硬化而卧床不起。在病床上，他始终以顽强的毅力和不屈不挠的精神与病魔作斗争，并且开始了读书和写作，创作了几篇中篇小说。

1930年4月，奥斯特洛夫斯基和妻子搬到莫斯科，开始根据自己的战斗经历写作小说《钢铁是怎样炼成的》。此时，他的双眼失明，全身瘫痪，妻子赖莎每天都要工作，早出晚归。尽管他的全身几乎不能动弹，疼痛难忍，但是仍坚持借助刻字板艰难地写作，并完成了小说的开篇。次年，母亲和妹妹来到莫斯科，此后他开始口述写作，由母亲和妹妹负责记录。后来，组织给他配备了秘书和打字员，这大大地加快了写作速度，仅仅花费一年时间，就完成了小说的上卷。

1932年4月，《青年近卫军》杂志开始连载这部《钢铁是怎样炼成的》，在国内外引起了强烈的反响。当一位英国记者问他为什么取名为《钢铁是怎样炼成的》时，他回答说："钢是在烈火与骤冷中铸造而成的。只有这样它才能坚硬，什么都不惧怕。我们这一代人也是在这样的斗争中、在艰苦的考验中锻炼出来的，并且学会了在生活面前不颓废。"

1934年，小说出版了单行本，受到了著名作家妥拉菲莫维奇的称赞，妥拉菲莫维奇和列宁的弟妹还特意前往疗养院看望他。主人公保尔·柯察金为了革命艰苦奋斗、贡献一生的事迹震动着数代人的心弦，而他在家乡烈士公墓前的独白，成了无数青年的座右铭："人最宝贵的东西是生命。这生命，人只能得到一次。人的一生应当这样度过；当他回忆往事的时候，他不至于因为虚度年华而悔恨，也不至于因为过去的碌碌无为而羞愧；在临死的时候，他能够说：我的整个生命和全部精力，都已经献给了世界上最壮丽的事业——为人类的解放而斗争。"

1942年，著名翻译家梅益先生翻译了《钢铁是怎样炼成的》，由上海新知书店出版，在国内产生了巨大的反响，后又由人民文学出版社多次翻译出版。保尔·柯察金的英勇无畏、艰苦奋斗、大公无私的精神同样激励着无数的中国青年为了理想而奋斗。

故事梗概

在十月革命前夕的乌克兰某镇，生活着一个贫苦的工人家庭，保尔·柯察金是这个家庭的二儿子，父亲早就去世，母亲在一户富人家做厨娘，而哥哥阿尔焦姆是个钳工，一家人的生活十分艰难、受尽了剥削和压迫。保尔原本在小学读书，但是有一次到瓦璦里神父家补考时，不小心将烟末撒在神父厨房的面团上，所以被学校开除。辍学的保尔被母亲带到了车站饭馆，主要做一些杂务，包括烧开水、劈柴、倒脏水等。在这里他受尽了欺辱，看到了底层人民的艰辛与痛苦，所以两年后就离开了这里。

1917年，十月革命爆发，沙皇政权被推翻，人们向往自由、平等的生活，但是红色政权却遭到了外国势力的武装干涉和本国反动派的围攻，革命形势十分严峻。红军虽然解放了舍佩托夫卡城，但是不得不撤离，老布尔什维克朱赫来转入地下工作。保尔认识了朱赫来，并且在他的教育下，了解了许多革命道理，还学会了英式拳击，保尔逐渐走上了革命的道路。

有一天，朱赫来被匪兵抓获，保尔突然向匪兵扑去，压住了他的枪口，朱赫来见此也抡起拳头向匪兵打去，两人趁机逃走。后来由于波兰贵族列辛斯基的儿子维克托·列辛斯基告密，保尔被匪兵逮捕入狱。尽管受尽了严刑拷打，但是他始终不肯说出朱赫来的下落。不久，保尔被释放，来到了冬妮娅家的花园。冬妮娅是林务官的女儿，两人在一次偶然的机会下认识，成了好朋友。

不久，苏维埃政权建立，乌克兰也建立了共青团地方委员会，红军攻占舍佩托夫卡城，在朱赫来的影响下，保尔参加了红军，成了著名的科托夫斯基骑兵旅的战士。

他成了骑兵旅最英勇的战士，多次受到嘉奖，曾经一天向敌人发起17次冲锋。在战斗之余，保尔喜欢读小说，还经常讲给战友们听，因此受到了战友们的欢迎。在一次战斗中，保尔冲锋在前，英勇杀敌，不幸被一颗炮弹击中，头部受了重伤，并且导致右眼完全失明。康复后的保尔不能再上前线，所以住进了冬妮娅亲戚家，并且邀请冬妮娅参加共青团。但是由于冬妮娅始终那么讲究，受到了工友们的嘲笑，所以两人发生了争吵，不久就分手了。

后来，朱赫来安排保尔担任肃反工作，保尔将全部精力都投入工作之中，身体情况转坏，在一次工作中昏了过去。为了照顾保尔的身体，朱赫来安排他前往铁路总厂担任共青团书记，在这里他遇到了共青团省委委员丽达，两人产生了感情，但是为了革命工作，保尔舍弃了这段感情。

寒冬将至，城市和铁路遭遇了木材短缺的困境，上级要求修建一条从博亚尔卡车站到伐木场的窄轨铁路，主要负责运输木材。于是保尔与350个工人和两名工程师一起加入了艰苦的修路工作，他拖着病残的身体始终坚持在工地，起早摸黑地工作，终于完成了铁路工程。朱赫来视察工地时，感慨地说："托卡列夫，你说得对，他们的确是无价之宝。钢铁就是这样炼成的。"然而在工程将要完工时，保尔却得了伤寒，病情十分严重。

保尔不得不回到家乡养病，在烈士墓前悼念战友时，他发出了感人至深的感慨："人最宝贵的是生命。有一次差点死了，但他想起了战友，觉得自己应该活下去，毕竟生命每个人只有一次。人的一生应当这样度过：当回忆往事的时候，他不会因为虚度年华而悔恨，也不会因为碌碌无为而羞愧；在临死的时候，他能够说：'我的整个生命和全部精力都已经献给了世界上最壮丽的事业——为人类解放而斗争。'"病愈后，保尔又投入到革命工作之中，但是他的身体越来越糟，右腿残废、脊椎暗伤无法治愈。在海边疗养时，他遇到了自己的妻子达雅，两人相互扶持。

后来，保尔全身瘫痪，双目失明，他曾经一度灰心丧气，失去了活下去的勇气，但是坚强的革命意志使他走出了低谷，并且开始写作。保尔在病床上拿起了新的武器——笔，开始新的战斗、新的生活。

 **作者简介**

尼古拉·奥斯特洛夫斯基（1904年—1936年），苏联著名作家，出生于现在的乌克兰的维里亚村一个贫困的工人家庭。他的父亲是普通的工人，母亲负责料理家务，还当过女佣。年幼的奥斯特洛夫斯基只上完了小学就因为家庭贫困而辍学，做过杂工、发电厂司炉助手。

1919年，乌克兰解放，他加入了共青团，并加入传奇的第一骑兵军，奔赴前线打仗。次年，他在作战中头部和腹部受重伤，右眼失明，不得不复员回乡，进入铁路工厂当了一名普通的助理电气技师。1924年，他加入共产党，担任团省委书记，由于长期的艰苦斗争，他的身体健康严重损害，到1927年，病情严重恶化，因关节硬化而卧床不起。但是他仍以顽强的毅力和不屈不挠的精神与病魔作斗争，并深切地感到："在生活中没比掉队更可怕的事情了。"在病床上他开始读书、创作，他根据自己的亲身经历创作了一篇关于科托夫斯基师团的成长壮大以及英勇征战的中篇小说，他急切地将这部小说寄给战友们阅读，受到了战友们的欢迎，然而不幸的是，这唯一的手稿在邮寄的过程中丢失。

1930年秋，他全身瘫痪，双目失明，他已经积累了一定的写作经验，所以开始根据自己的战斗经历，开始写作《钢铁是怎样炼成的》一书。这部小说获得了巨大的成功，受到了世界读者的欢迎和称赞。1935年，苏联政府为表彰奥斯特洛夫斯基的文学功绩，授予他列宁勋章，以表彰他在文学方面的创造性劳动和卓越的贡献。

1934年起，他开始创作长篇小说《暴风雨所诞生的》，小说描写了1918年乌克兰西部地区工人阶级和劳动群众在布尔什维克党领导下，反抗波兰贵族和德国占领军、争取自由解放的斗争。原本他计划写作三卷，然而在完成第一卷后，他病情恶化，6天后就在莫斯科逝世。除此，奥斯特洛夫斯基还发表了大量富有战斗性的政论和演说，出版了三卷本的《尼古拉·奥斯特洛夫斯基文集》。

 **主要人物**

保尔·柯察金：

保尔·柯察金是这部小说的主人公，也是作者奥斯特洛夫斯基的本人人生经历的展现。他是一个伟大的无产阶级革命者、共产主义战士的光辉形象，爱憎分明，具有高昂的革命热情，钢铁般顽强的意志。"我已把自己整个的生命和全部的精力献给了世界上最壮丽的事业——为人类的解放而斗争。"这句话正是他整个人生的真实写照，也是他崇高精神的表现。

保尔是一个自觉的、无私的革命战士，他对匪兵、反动政权充满了仇恨，为了保卫苏维埃政权，他毅然加入红军，与外国武装干涉者和白匪军浴血奋战，具有不怕牺牲的革命精神。当因为伤病不得不复员时，他抱着饱满的热情加入经济建设和和平劳动中来，带领工人们抢修铁路，不分昼夜地工作，最后累倒在工地上。

保尔是一个勇敢、机智的战士，他年纪轻轻就与朱赫来参加了革命，当看到朱赫来被匪兵抓获时，他只身一人前去营救，勇斗敌人，最后将朱赫来救出。当他被匪兵关进监狱时，他忍住了敌人的严刑拷打，始终不肯说出朱赫来的下落。

保尔是一个忠诚的共产主义战士，始终为党工作、贡献自己的一切。无论是在担任共青团干部还是在修铁路中，他都充满无限的热情；他喜欢文静、美丽的冬妮娅，但是当他带着穿着漂亮整洁的她参加工友同志的聚会时，遭到了工友们的讥讽和嘲笑。保尔意识到自己与冬妮娅不是一个阶级，当冬妮娅拒绝与自己站在同一战线时，他毅然离开了这个女孩；后来，保尔爱上了美丽的共青团女政委丽达，但是为了革命工作他又放弃了自己的爱情。

保尔具有钢铁般的顽强意志，在一次次战斗和革命工作中，他的身体越来越糟糕，最后双目失明，全身瘫痪，但是他顽强地坚持下来，与病魔作斗争。他曾经也有过动摇，心灰意冷之时，但是他克服了那一刹那的怯懦，鼓起勇气顽强地活下去。在妻子的帮助下，他找到了新的战斗方式，开始了艰难的写作，继续为共产主义事业奋斗、工作。就像保尔自己所说的一样："只要我的心脏还在跳动……你们就不能叫我离开党。能使我离开战斗行列的，只有死。"

朱赫来：

朱赫来是一位老布尔什维克战士，他坚强、勇敢、机智，更是保尔革命道路的领路人。他始终为党的事业劳碌，当红色政权遭受反动势力的袭击时，红军离开城市时，他继续留了下来，在艰苦的环境中继续从事革命工作，积极组织领导群众进行斗争。

朱赫来十分善于工作，他积极教育青年一代，特别是做保尔的思想工作，让他了解了工人阶级、革命和阶级斗争等问题，使保尔走上为无产阶级事业而奋斗的革命道路。他也是个工作认真的人，在担任肃反委员会"主席"期间，废寝忘食地工作。所以说，朱赫来是一位出色的革命领导人的形象，是广大革命者和群众的带领者和榜样。

苏联作家法捷耶夫曾高度评价《钢铁是怎样炼成的》这部作品："整个苏联文学中暂时还没有如此纯洁感人，如此富有生命力的形象。"而肖洛霍夫说它是"生活的教科书"。

牛虻

《牛虻》是爱尔兰著名女作家伏尼契创作的长篇小说，它通过主人公革命党人牛虻艰苦的人生经历、献身革命的崇高精神，生动地反映了19世纪30年代意大利革命者反对奥地利统治者、争取国家独立统一的斗争。

"牛虻"一词源于希腊神话，希腊天神宙斯爱上了少女安娥，而天后赫拉因为忌妒放出了牛虻来日夜追逐已化为牛的安娥，使得她几乎发疯。后来，著名希腊哲学家苏格拉底将自己比喻为牛虻，对当时社会弊端进行针砭时弊，即便为此而死也在所不惜。伏尼契以"牛虻"作为书名和新生的亚瑟的名字，寓意着亚瑟是一个坚定的革命者，以及顽强不屈的精神。

伏尼契少年经历了不幸，父亲早早就离开人世，母亲只身一人抚养她们姐妹五人，虽然生活艰苦，但是她们都接受了良好的教育。1881年春，报纸上刊登了沙皇遇刺的消息，她阅读了斯捷普尼亚克的《俄罗斯的地下革命》，十分崇拜这位出色的作者。后来在《自由》杂志出版人夏洛特的帮助下，她见到了斯捷普尼亚克和他的妻子艾捷尔，并且产生了游历俄罗斯的念头。1885年，伏尼契毕业于柏林音乐学院，后在俄国彼得堡生活两年，其间在一个将军家中担任家庭教师，并且接触到很多彼得堡革命团体俄国民粹派的民意党人。她积极参加革命党的活动，并利用自己的外侨身份及她所在的将军家庭来掩护，为革命者传递秘密信件，为关押在监狱中的爱国志士送食、送衣。这些工作为她以后的文学创作积累了大量的第一手资料。

在俄国居住两年后，她回到伦敦，其间结识了很多流亡伦敦的俄、意革命者，还结识了伟大的革命者恩格斯、马克思的大女儿爱伦娜、普列汉诺夫，以及著名的作家赫尔岑等著名人物。之后，她还遇到了一个从西伯利亚流放地逃脱的犹太青年，这个人就是她的丈夫米·伏尼契。米·伏尼契也是一位爱国志士，他们一起积极地参加俄国流亡者的活动，积极地出版俄文著作，出版了《俄罗斯幽默文集》。后来，她还担任了流亡革命者创办的《自由俄罗斯》杂志的编辑，从事革命文学的创作。

后来，她前往意大利，一面继续保持与民意党人的联系，一面还积极接触意大利党人。看着这些革命者为了民族解放事业英勇献身，她心中敬佩不已，便决心写反映这些革命者斗争经历的小说。1897年，她根据这些流亡者颠沛奋斗的事迹，创作了这部出色的长篇小说《牛虻》。小说出版之时，正值欧洲各国民族民主革命高潮，所以很快就受到了广泛的关注。牛虻这个饱经忧患、意志坚强、机智勇敢的革命者的形象，给人们留下了深刻的印象，而他对革命的无限忠诚激励了无数革命者前仆后继。《钢铁是怎样炼成的》的作者尼·奥斯特洛夫斯基在牛虻的影响下，战胜了病痛的折磨，顽强地走向新生；在卫国战争时期，牛虻的精神激励着"青年近卫军"的英雄们，为了祖国的解放事业艰苦奋斗，当时在库班地区甚至还有一支著名的游击队以"牛虻"命名。

1953年7月，李俍民翻译的《牛虻》由中国青年出版社出版，在国内引起了很大的反响，发行100万册以上，感染了无数中国青年为革命和建设而奋斗。

故事梗概

19岁的亚瑟出生于意大利的一个英国富商勃尔顿家中，名义上他是一家之主勃尔顿与后妻的儿子，但是实际上，却是后妻与比萨神学院院长蒙太尼里的私生子。亚瑟从小就受到异母兄嫂的欺负和歧视，看到母亲同样受到他们的折磨和侮辱，虽然他心里十分痛苦，但是并不知道自己和母亲为什么受到欺辱。父母双亡后，兄嫂更加肆无忌惮地欺辱他，尤其是霸道的大嫂就犹如一根令人无法忍受的毒针。此时只有琼玛和院长蒙太尼里安慰他、关心他，这让他冷漠的心得到了一丝温暖。

琼玛是华伦医生的女儿，与亚瑟是青梅竹马的玩伴，后来两人一起上大学，相互照顾、相互关爱。在亚瑟看来，蒙太尼里就像是自己的父亲，无微不至地关怀自己，而他也敬佩蒙太尼里的渊博学识，将他看成是良师益友。

当时意大利正在遭受奥地利的侵略，为解放意大利而成立的秘密团体"青年意大利党"积极号召广大人民群众与侵略者进行斗争，争取民族独立，而亚瑟与很多热血青年一样,决心为了革命事业奉献自己的生命。亚瑟积极参加革命活动,这引起了蒙太尼里的不安,并且想方设法地加以劝阻。为了促使亚瑟改变心意,他劝说亚瑟与自己一起到阿尔卑斯山采集植物标本。在阿尔卑斯山,亚瑟被这里美丽壮观的美景所吸引,每天天不亮就出去、直到夕阳落山才回住地。他们在这里度过了一个愉快的假期,但是这并没有促使亚瑟改变初衷,依然决心参加革命运动。在一次秘密聚会中,他又遇到了琼玛,并且对她产生了爱情。

不久,蒙太尼里被派往阿平宁山区任主教,警方的密探卡尔狄成了新的神父,蒙太尼里为亚瑟担心,还极不信任卡尔狄,所以只能怀着忐忑的心情前往阿平宁山区。卡尔狄利用亚瑟对他的信任,诱骗他在忏悔中透露了青年意大利党的一些活动情况,还说出了他暗中忌妒的同志波拉的姓名。很快,亚瑟和波拉被奥地利军警逮捕,他痛恨自己的幼稚无知,但是他并没有背叛革命,经受住了折磨和酷刑。最后,奥地利军警迫于无奈只能释放他,而同志们甚至连琼玛都认为是亚瑟告的密,愤怒之下打了他的耳光。

亚瑟跌跌撞撞地回到家中,却得知了另一巨大秘密:他是母亲与蒙太尼里的私生子。亚瑟受到了巨大的打击,没有想到他最崇仰尊敬的人居然欺骗了他,这一连串的打击使他陷入了极度的痛苦之中,他砸碎了耶稣神像,伪造了遗书,只身流亡到南美洲。

13年过去了,自由主义热潮席卷整个意大利半岛,经过了流浪生活的磨炼,他变得坚强勇敢、冷酷老练,并以成了笔名"牛虻"的旅法政论家列瓦雷士。现在他的形体、面貌都有了很大变化,但是内心却充满了对教会的仇恨,以及渴望解放意大利的信心。作为一名玛志尼党员,他用自己手中的笔揭露教会的骗局,并一针见血地揭露以红衣主教蒙太尼里为首的自由派实际上乃是教廷的忠实走狗。牛虻的讽刺文章得到了意大利人民的喜爱,也得到了人民的尊敬和响应。后来,在一个教授家中,琼玛见到了牛虻,虽然觉得这人很像她年轻时深爱的亚瑟,却并没有真正认出他。琼玛以为自己害死了亚瑟,长时间生活在内疚之中,她急切希望牛虻自己能证实他就是亚瑟,但牛虻根本不予理睬。

牛虻一方面积极写作讽刺文章，一方面前往山区组织武装起义。一次，他前往阿平宁山区偷运军火，准备组织起义，却不幸被教会的密探发现。牛虻掩护其他人突围，经过激烈的战斗，牛虻被逮捕。之后，战友们积极组织营救，但是由于牛虻身负重伤，营救活动以失败告终。敌人决定立即处死亚瑟，在狱中他见到了蒙太尼里，并且承认自己就是亚瑟。蒙太尼里企图以父子之情和放弃主教的条件劝他投降，而牛虻则义愤填膺地述说了自己的悲惨经历，企图打动蒙太尼里，要他在自己与主教之中做出抉择。牛虻和蒙太尼里两人谁也没有放弃自己的信仰，最后，蒙太尼里痛苦地在儿子的死刑判决书上签了字。

牛虻坚贞不屈的精神和光明磊落的品格感染了看守他的士兵，他们帮助牛虻将绝笔信交到了琼玛手里，述说了自己的身份以及对琼玛的感情。信中写了儿时的小诗：

不管我活着，

还是我死去。

我都是一只牛虻，

快乐地飞来飞去。

最后，牛虻从容不迫，慷慨就义。而蒙太尼里则承受不住巨大的打击，在复活节盛大的游行集会后作了疯狂的演讲，说出了自己的悔恨，并突发心脏病去世。

艾捷尔·丽莲·伏尼契（1864年—1960年），原名艾捷尔·丽莲·布尔，爱尔兰著名的女作家，出生于爱尔兰的科克市，父亲是著名的数学家乔治·布尔。父亲早早去世，母亲艰难地抚养她们姐妹五人，而她是最小的一个，一家人的生活十分艰辛。

1885年，艾丽·伏尼契从柏林音乐学院毕业，后她在一个将军家中担任家庭教师。由于早年生活的艰辛，她对革命者充满了同情，后接触到了彼得堡革命团体俄国民粹派的民意党人，深深被革命者的坚定所感染。之后她积极加入革命者的活动之中，利用自己的外侨身份及她所在的将军家庭来掩护，在俄国和英国之间寄送宣传品，还曾经冒着生命危险探望被沙皇监禁在狱中的革命者。

1890年，她回到了伦敦，认识了自己的丈夫爱国志士米·伏尼契，两人相识、相恋，并且一起积极地参与俄国流亡者的活动，积极地出版俄文著作。其间，她还结识了国际共产主义运动的导师恩格斯以及俄国的革命家普列汉诺夫，受到了很大的启发和影响。之后，她还在伦敦遇到了俄国著名作家赫尔岑和克拉甫钦斯基，他们对艾丽·伏尼契的写作给予了巨大的帮助和指导。

当时，伦敦也是意大利革命流亡者们云集之地，在与这些革命者的交往中，她积累了丰富的文学创作素材，为以后创作《牛虻》奠定了坚实的基础。

1897年，艾丽·伏尼契以许多流亡者颠沛奋斗的事迹为素材，创作了著名的英文长篇小说《牛虻》，并率先在美国和英国发表，后被翻译成俄语，在国际上引起了巨大反响。

艾丽·伏尼契还创作了很多其他作品，包括牛虻三部曲《牛虻》、《中断的友谊》、《牛虻世家》，《杰克·雷蒙》、《奥利芙·雷瑟姆》、《俄罗斯幽默文集》等。

主要人物

牛虻（亚瑟）：

少年时代的亚瑟是一个饱受生活艰难的人，他从小就受到了兄嫂的歧视和欺压，只有儿时的青梅竹马琼玛和蒙太尼里关心、照顾他。所以，他从小就受到蒙太尼里的影响，深受基督文化的熏陶，并成为神学院的一名学生。他认真学习、潜心研究教义，从来没有怀疑过蒙太尼里，把他看成是自己的严师慈父，也从来没有怀疑过信任上帝。

不过，意大利民族独立的革命风潮却改变了他的思想甚至一生。年轻的亚瑟是一个充满血性的青年，亲眼见证了自己的祖国被奥地利军队践踏，感受"青年意大利"成员为解放意大利所做的斗争，他深受鼓舞，并且毅然加入到革命运动之中。尽管他的行为受到了蒙太尼里的极力劝阻，但是他却没有改变自己的初衷。然而令他没有想到的是，革命的活动与自己曾经信奉的信仰发生了激烈的矛盾，两者的冲突和不相容为他的人生悲剧埋下了种子。

当他发现自己诚心忏悔的神父出卖自己时，当他得知最信任的蒙太尼里欺骗他时，当他心爱的女孩因误会而离开他时，他的生活和精神世界彻底崩溃了。他绝望地

"抓起铁锤向耶稣十字架猛扑过去",并且伪造了遗书,踏上了流浪南美的道路。这也标志着他与往日纯净、善良的亚瑟告别,开始新的生活和革命,迈向牛虻时代。

经历了多年的流浪和生活的磨炼,他的相貌和体型都发生了巨大变化,却变得更加坚强、勇敢,更加冷酷老练。此时他是笔锋犀利的旅法政论家列瓦雷士,对教会充满了仇恨,对意大利的解放充满了渴望和信心。他积极参加革命活动,组织武装起义,最后却不幸被捕。但是他信仰革命的初衷却没有改变,在监狱中与蒙太尼里彻底决裂,最终毅然慷慨赴义。

牛虻对爱情充满了向往,坚贞不屈,虽然他恼恨琼玛对自己的误会,却始终爱着她。他不肯承认自己是当年的亚瑟,一直折磨着自己和琼玛,直到临赴刑场才给琼玛留下一封诀别信,承认自己的身份和感情。最后却留给琼玛悲痛欲绝的遗憾。

牛虻是一个悲剧色彩的人物,他的悲剧源于他不幸的身世,也源自他自己对自我的追求。他将全部的希望都寄托于追求革命事业之中,并且为此付出了生命。正是因为他这种坚强不屈的精神和勇于拼搏的追求,使他的人格得到了升华,牛虻的坚毅和刚强,以及为自由和祖国独立不断奋斗的精神始终鼓舞着青年人。

蒙太尼里:

蒙太尼里也是一个具有悲剧色彩的人物,作为教会的神父他信仰上帝、信仰基督,对上帝怀有一颗忠诚的人。作为一位教士,他不能产生感情,但是他却与情人葛兰第斯产生了感情,并生下了私生子亚瑟。

他是爱自己的儿子亚瑟的,当亚瑟饱受兄嫂欺辱时,他无微不至地照顾亚瑟,并且将亚瑟接到神学院学习;当他得知亚瑟想要参加革命时,他知道这样有危险,所以极力劝阻,并且劝说亚瑟和他一起到阿尔卑斯山中去采集植物标本;当他前往阿平宁山区担任主教时,他不舍得离开亚瑟,所以希望得到亚瑟的挽留,希望亚瑟与自己一起离开。当他看到亚瑟革命意志坚定时,只好不得不选择离开。其实,当时蒙太尼里只是一个普通的教士,大可放弃教会、与自己的儿子走在一起。当时他对自己的信仰无比忠诚,所以放弃了这一切。这也意味着将来两人必将走向决裂。

当成为牛虻的亚瑟回到意大利时,他们之间的矛盾更加突出、更加激烈。此时他已经是深受万人爱戴和仰慕的红衣主教，他为了自己的信仰和名利甘心为教会服务。当他与亚瑟在监狱中相遇时，他企图以父子之情和放弃主教的条件劝他投降；当亚瑟要求他放弃自己的信仰，在信仰和自己之间做出选择时，他却毅然选择了自己的信仰，目睹了儿子的死亡。最后，蒙太尼里因为失去儿子而陷入无尽的痛苦之中，还有一些良心的他在复活节盛大的游行集会后作了疯狂的演讲，因心脏病猝死。

名家评价

著名教授刘小枫说："误会是生命的自然状态，遗憾是生命的本质，人与人只有通过爱彼此抱慰，如果不能如此，那么就通过怨恨彼此记挂。"

列宁十分喜欢《牛虻》，曾称赞牛虻具有"坚韧的精神和坚强的意志"。

耶·叶戈洛娃在《牛虻》的序中说："牛虻——是前世纪三十至四十年代间意大利革命志士的英勇的形象。"

图书在版编目(CIP)数据

红色文学经典导读 / 杨剑主编. ——北京:中国华侨出版社,
2015.11

　　ISBN 978-7-5113-5803-5

　Ⅰ.①红…　Ⅱ.①杨…　Ⅲ.①中国文学-现代文学-文学欣赏
②中国文学-当代文学-文学欣赏　Ⅳ.①I206.6

中国版本图书馆CIP数据核字(2015)第286584号

红色文学经典导读

主　　编	/ 杨　剑
责任编辑	/ 文　喆
责任校对	/ 孙　丽
经　　销	/ 新华书店
开　　本	/ 787毫米×1092毫米　1/16　印张/20　字数/350千字
印　　刷	/ 北京建泰印刷有限公司
版　　次	/ 2016年2月第1版　2016年2月第1次印刷
书　　号	/ ISBN 978-7-5113-5803-5
定　　价	/ 35.00元

中国华侨出版社　北京市朝阳区静安里26号通成达大厦3层　邮编:100028
法律顾问:陈鹰律师事务所
编辑部:(010)64443056　　64443979
发行部:(010)64443051　　传真:(010)64439708
网址:www.oveaschin.com
E-mail:oveaschin@sina.com